씨
간
장

김 도 운 소 설 집

이 도서의 국립중앙도서관 출판예정도서목록(CIP)은
서지정보유통지원시스템 홈페이지(http://seoji.nl.go.kr)와
국가자료종합목록 구축시스템(http://kolis-net.nl.go.kr)에서
이용하실 수 있습니다. (CIP제어번호 : CIP2020017422)

씨간장

김도운 소설집

오늘의
문학사

머리말

내가 소설을 쓴다는 게 신기했다. 내가 소설가라는 게 어색했다. 그러나 소설을 쓴 것도 맞고, 소설가로 등단한 것도 맞다. 소설 집필은 언감생심이라고만 여겼다. 내 어찌 감히 소설을 쓸 수 있겠느냐고 생각했다. 그러던 중 〈문학사랑〉 이사장이신 석파 리헌석 선생께서 문득 소설을 써보라고 권유하셨다. "소설을 배워본 적도 없고, 어찌 써야 할지 감도 안 잡힌다"며 손사래를 쳤다. 그랬더니 선생께서는 "수필 쓰시잖소. 그것보다 좀 길게 쓴다고 생각하면 돼요. 수필은 사실만 쓰지만, 소설은 어차피 허구니까, 적당히 거짓말한다고 생각하면 되고. 김 선생 정도면 쓸 수 있어. 자신 없으면 장편(掌篇)이라도 써봐요. 장편(長篇)은 몰라도 장편(掌篇)은 금방 쓸 수 있을게요."라고 용기를 북돋아 주셨다. 이렇게 소설과의 인연은 시작됐다.

몇 편 안 되지만 소설을 쓰면서 소설의 맛과 멋에 사로잡혔다. 공연한 허구의 세계라고만 여겼던 소설. 막상 써보니 무궁한 상상력이 발동하며 쓰는 내내 재미에 푹 빠져들었다. 플롯을 잡아나가며 등장인물 한 명 한 명에 개성을 입혀나가는 작업이 너무도 재미있다. 소설이야말로 문학의 정수라는 생각을 했다. 소설을 통해, 평소 갖고 있던 생각을 허구에 접목했다. 소설 안에서 자유롭게 내가 의도하는 세상을 꾸밀 수 있었다. 허구의 세계를 통해 이야기를 엮어나가면서 그 안에 메시지를 담아낼 수 있다는 사실은 소설이 주는 가장 큰 재미이자 보람이다. 내가 쓴 작품을 읽으며 스스로 재미있어하는 나를 발견하고 한

동안 혼자 웃어도 보았다.

　반세기 전만 해도 소설이 인기가 대단했다고 한다. 신문에 연재소설을 실으면 소설을 읽기 위해 그 신문을 구독하는 경우가 많았다고 하니 그 인기를 실감하겠다. 요즘은 어떤 글도 잘 읽지 않는 시대이다. 영상과 사진 또는 삽화 등 이미지가 메시지 전달 수단이 되면서 사람들은 점차 활자를 멀리하고 있다. 그러니 소설이라고 읽겠나 싶다. 하지만 그것은 기우라면 기우일 뿐이다. 영상과 사진이 넘쳐나는 이 시대에도 분명 소설의 창작열을 불태우는 작가는 많고, 그들이 발표하는 소설작품을 찾는 마니아층도 존재한다. 오히려 대중의 인기는 줄어들었을지언정 소수 마니아의 충성도는 오히려 높아졌다고 보아도 된다. 그러니 그들을 위해서라도 이 땅에서 소설은 계속 창작돼야 한다.

　소설은 시대상을 반영한다. 이 소설집도 그러하다. 이 시대의 아픔과 고민을 담아내고 있다. 모두가 부러워하는 직업을 가진 이들의 위선을 폭로하고 싶었다. 노인을 비롯해 이 땅에서 소외된 채 살아가는 이들의 고독과 아픔을 실감 나게 표현해보고 싶었다. '인간적 고뇌와 심리적 갈등을 잘 표현하는 작가'라는 평가를 받고 싶었다. 그래야 독자들이 자신의 감정인양 동감하며 작품에 빠져들 것으로 생각했다. 세상엔 소외된 삶을 살아가면서도 속울음만 삼키며 표출하지 못하는 이들이 너무도 많다. 그들의 울분을 대신 풀어주고 싶었다. 약자가 이기고 성취하는 모습을 드러내고 싶었다.

세상엔 넉넉하고 즐겁고 건강한 사람만 있는 것처럼 보이지만 실상 그렇지 못한 이들이 더 많다. 묵묵히 아픔을 이겨내면서 하루하루를 살아가는 이들에게 손을 내밀고 싶었다. 꼭 승자만 독식하는 세상이 아니라 패자로 비치는 이들도 당당히 세상의 주인공으로 살아가는 모습을 그려주고 싶었다. 현실에서는 그렇지 않더라도 소설 속 세상에서만큼은 그렇게 되게 하고 싶었다. 이 소설이 소외된 이들에게 용기와 희망을 안겨주는 역할을 해준다면 더 바랄 것이 없겠다. 소시민으로 살아가는 이들이 가장 행복하고 가장 즐거웠으면 좋겠다. 그 소망을 한 줄 한 줄 소설에 담아냈다.

　지금껏 다양한 장르의 책을 출간해보았지만, 왠지 소설집이 출간된다고 생각하니 유난히 조심스럽고 설레는 마음도 크다. 이 소설을 읽으며 입가에 미소를 머금는 사람들의 표정을 상상해본다. 아주 기분 좋은 상상이다. 그 상상이 현실이 되었으면 좋겠다. 소망은 간절히 이루고자 바라고 믿으면 이루어진다고 들었다. 가족을 비롯해 출간을 위해 애써주신 모든 이들과 기쁨을 나누고 싶다. 빈곤하고 척박한 여건 속에서도 대한민국의 출판시장을 지켜내느라 애쓰시는 전국의 출판인들에게 진심 감사의 마음을 전한다. 오늘의문학사 리헌석 대표와 직원들께도 거듭 감사드린다.

2020년 봄 유성서생

김 도 운

차 례

슬픈 눈

‖ 작가 노트 ‖

평생 같이 지내는 친구도 있지만 절친하게 지냈음에도 어느 날 연락이 끊겨 서로의
존재를 잊고 지내는 친구도 있다. 그렇다고 마음 속에서도 그 친구를 지운 것은 아
니다. 돌이켜 보면 내게도 그런 친구들이 있다. 한동네에 살다가 이사 간 이후로 자
연스럽게 연락이 끊긴 친구, 학교를 졸업하고 각자의 길로 나아간 뒤 시나브로 소식
이 끊긴 친구, 군대 전역 후 작자의 생활에 묻혀 만나지 못하는 친구…. 내게도 그런
친구가 여럿 있다. 그중 한 명은 가정사도 꼬이고, 하는 일도 꼬이고 너무도 가혹한
삶을 살고 있다고 들었다. 주위를 수소문 해봐도 그 친구의 연락처를 아는 이가 없
다. 그 친구의 성격으로 보아 절대 먼저 나타날 위인이 못 된다. 그를 잊고 살았다는
것이 미안하고 부끄럽다. 어디서 어떻게 살아가고 있는지, 다시 만날 수는 있는 것
인지…. 미안한 마음, 보고 싶은 마음을 소설에 담아 본다. 모든 인간관계에서 일방
은 없다. 양방 간 알뜰히 챙기는 마음이 이어질 때 관계는 지속된다.

#1

　　　　　　　　　유난히 쌀쌀한 날씨다. 지구 온난
화다 뭐다 해서 추위란 이제 남의 나라 얘기가 된 것으로 알았던 터라
닷새 넘게 강추위가 이어지니 모두 어쩔 줄 몰라 하고 있다. 가만히 있
어도 사지 관절이 삐걱거릴 정도로 몸에 불편이 오는데 바람은 왜 그
리 거센지. 학영은 혼잣말로 "아! 더럽게 춥네." 소리를 몇 번이고 중얼
거리며 회사에서 나와 인근 주차장으로 향했다. 동지가 지난 지 보름
이 넘었지만, 아직도 오후 6시만 되면 거리는 칠흑같이 어둡다. 엊그제

내린 눈이 아직 녹지 않아 빙판이 된 보도를 종종걸음으로 걸어가던 중 핸드폰 벨 소리가 주머니에서 울렸다. '이 시간에 또 누가 한잔하자는 것이겠지' 싶은 생각에 통화를 연결했다. 고향 친구 후선이었다.

"야 퇴근했냐? 빨리 우리 가게로 좀 와라. 급한 일이 생겼다"

"무슨 일인데?"

"일단 와봐. 와서 이야기하자. 성호하고 연철이도 온다고 했으니 너도 빨리 와라"

'한잔 생각나서 모이는 거면서 뭐 괜히 요란 떠는 거 아닌가?'라고 혼자 생각했지만, 한구석 뭔가 꺼림칙한 마음이 가시지 않았다. 일단 후선이 운영하는 생맥줏집으로 차를 몰았다. 어제 자정이 넘도록 진하게 마신 탓에 낮까지만 해도 술병만 봐도 속이 울렁거렸던 터라 술을 마시러 간다는 게 적지 않게 부담스럽긴 했지만 해 떨어지면서 속이 가라앉아서인지 몇 잔은 마실 수 있을 것 같았다. 후선의 가게 별미인 골뱅이무침에 소주와 맥주를 섞어 한잔 마실 걸 생각하니 군침이 살짝 돌기도 했다.

같은 도시에 살면서 1년에 서너 번 만나기도 어려운 시골 친구들이 모인다니 반가운 일이다. 하지만 어제(엄격히는 오늘 새벽이다)도 자정을 훌쩍 넘겨 인사불성 상태에 귀가했기 때문에 오늘 또 한잔하려니 아내의 성난 얼굴이 순간 뇌리를 스쳐 간다. 그래도 전화는 걸어야겠다는 생각에 수화기를 들고 핸드폰 단축번호 1번을 길게 눌렀다.

"왜?"

역시나 아내의 목소리는 얼음장같이 차가 왔다.

"저기…, 시골 애들이 급히 좀 보자네. 뭔가 급한 일이 생긴 모양이야…."

뭔가 더 말을 이어가려 했지만, 학영의 아내 희정은 차갑게 쏴붙였다.

"또 술이야. 마시든 말든 맘대로 해. 그런 일이라면 전화하지도 마."

"아이참! 또 난리네 난리. 누군 마시고 싶어 마시냐?"

혼자 투덜거리며 차를 몰았다. 큰 도로는 제설작업이 돼 그래도 다닐 만했지만, 이면도로는 불법 주차 차량과 눈길에 헛바퀴를 돌리는 차들이 뒤엉켜 아수라장을 연출했다. 가까스로 후선의 호프집에 도착하니 친구들은 벌써 소주 두 병과 3000CC 생맥주 한 통을 해치운 상태였다. 평소 같으면 저 정도 술이 들어갔으면 시끄럽고 요란할 텐데 오늘은 왠지 다소 차분하면서도 침울한 분위기가 흘렀다. '뭔가 일이 있긴 있구나.' 싶은 생각을 하며 학영은 조용히 친구들이 모여 앉은 테이블 빈자리로 파고 들었다.

"무슨 일인데 왜들 이렇게 호들갑이야?"

학영이 말을 건네자 가장 성질 급한 성호가 나섰다.

"야 성철이 소식 들었냐?"

"갑자기 웬 성철이?"

"그 자식이 글쎄 김희영 선생님에게 나타났단다. 오늘 오전에 말이야."

"성철이가?"

"그래, 바로 오늘 오전에 선생님 댁으로 찾아왔더란다. 선생님이 급히 나에게 전화를 걸어 와보라고 하시기에 들렀더니 성철이가 다녀갔단 얘기를 하시더라고."

학영, 후선, 성호, 연철은 성철과 더불어 시골 한 동네에서 동갑내기로 태어나 초등학교, 중학교, 고등학교까지 같이 다닌 사이이다. 넷은 학교 다닐 때도 잘 어울렸고, 지금도 자주 만나는 사이지만 유독 성철은 간장 위에 떨어뜨린 참기름처럼 혼자 빙빙 겉돌았다. 넷은 고향 마을에서 가까운 도시에 자리를 잡아 살아가고 있지만, 성철은 고등학교를 졸업하고 곧바로 서울로 올라갔고 그 뒤로 소식이 끊겼다.

2

　　　　　　　　　　부모가 모두 일찍 돌아가시고 어려서부터 작은아버지 집에서 사촌들과 함께 자란 성철은 무척 내성적이었다. 웬만해선 속내를 드러내지 않는 성격이었다. 작은아버지는 그래도 피붙이라고 성철을 살뜰히 보살폈지만 농사지으며 삼 남매 키우기도 벅찼던 작은어머니는 성철에게 연민을 느낄 마음의 여유가 없었다. 동네 사람들 눈이 무서워 대놓고 구박은 못 했지만 누가 봐도 시조카에게 어떤 정도 없었다. 그저 밥이나 먹여주면 된다고 생각했다. 어려서부터 눈칫밥 먹고 자란 성철은 고등학교를 가까스로 졸업하고 곧바로 서울로 올라갔다. 떠날 때 동네 친구들에게 변변히 인사도 하지 않고 훌쩍 바람처럼 떠났다.

　그러던 녀석이 20년이 지나 고등학교 은사님에게 나타났다니 모두 놀라지 않을 수 없었다. 낮에 은사님을 만나고 온 성호가 말을 이어갔다.

　"성철이란 놈, 장가도 가고 애도 낳고 그럭저럭 살았단다. 서울에서. 정수기 회사에서 영업사원을 했다고 하던데."

　"그런데 그 녀석이 20년 만에 갑자기 나타난 건 도대체 뭐야? 그것도 선생님한테. 우리에게는 연락도 안 하고…."

　연철이 식식거리며 말을 받아내자 성호가 계속하던 말을 이어갔다.

　"그 녀석 교도소에서 엊그제 출소했다더라."

　"뭐 교도소?"

　듣고 있던 친구들이 깜짝 놀라며 약속한 듯 같은 소리를 냈다. 옆 테이블에서 손님이 남기고 간 맥주병을 치우던 후선도 달려와 놀라움을 표시했다. 성호가 말을 이어갔다.

　"성철이란 놈, 그럭저럭 잘 살았데. 애도 둘이나 낳았고. 그런데 회사 회식하고 2차로 노래방에 갔다가 옆방 사람들하고 시비가 붙어서 몸싸움을 했는데, 그 녀석이 술김에 한 사람을 밀었고 그 사람이 만취 상태에서 넘어져 뇌진탕으로 그 자리에서 죽었데. 참 재수도 더럽게 없지. 그 사건으로 성철이란 놈 6년을 복역했단다. 황금 같은 청춘 6년을 안양교도소에서 보낸 거지."

성호의 말이 끝나기가 무섭게 학영이 말을 받았다.

"우린 그걸 까마득하게 몰랐구나. 아무도 몰랐지? 너들 다 처음 듣는 얘기지?"

성호가 계속 말을 이었다.

"아니 그런데 6년 복역하는 동안 성철이란 놈 마누라가 단 한 번도 면회하러 안 갔단다. 글쎄. 단 한 번도. 그놈 6년 동안 마누라는 물론이고 애들 얼굴 한 번 못 봤단다. 어쩌면 그럴 수가 있냐. 그래?"

성호의 말이 끝나기가 무섭게 이번에 과묵한 연철이가 질문했다.

"6년간 애들 아빠가 교도소에서 복역하는데 애 엄마가 안 나타났다고? 이런 육시랄. 아니 그런데 그놈은 왜 출소한 지 하루 만에 선생님을 찾아간 거래?"

성호가 다시 설명에 나선다.

"선생님이 그러시는데 놈이 아주 초라한 모습으로 나타나 울면서 이야기를 하더래. 감옥에 가게 된 얘기, 마누라가 면회도 안 온 얘기…."

성호는 소주 한 잔을 단숨에 들이켜고 설명을 계속했다.

"녀석이 출소하고 6년 만에 살던 집을 찾아갔는데, 아 글쎄 식구들이 이사를 하고 없더란다. 이런 환장할 일이 또 어디 있냐? 그래. 그래서 오갈 데 없는 신세가 됐는데 제일 먼저 선생님 생각이 났다는구나."

성호는 다시 소주 한 잔을 급히 들이켜고 친구들을 향해 선생님께 듣고 온 이야기를 계속했다.

"펑펑 울면서 그동안의 사정 얘기를 허더니 돈 좀 빌려달라고 하더래."

친구들은 일제히 "에잉~"하며 다시 한번 놀랐다.

"10만 원만 주시면 훗날 갚겠다고 하더래. 그래서 선생님이 현금인 출기에서 10만 원 뽑아 주셨는데. 국밥 한 그릇 사 먹이고. 그랬더니 다음에 꼭 찾아뵙겠다고 하더니 사라졌데."

"어디로"

"그거야 모르지"

듣기만 하던 학영도 말문을 열었다.

"아니 그놈은 왜 우리를 안 찾고, 하필 김 선생님을 찾아갔다냐? 알 수 없는 놈일세."

오랜만에 모인 친구들은 고향 친구 성철이의 소식을 전해 듣고 저마다 큰 충격 속으로 빠져들었다. 성철이 얘기를 주고받던 사이 호프집 안의 모든 테이블이 비었고 그제야 후선은 친구들 자리에 합석했다. 정신없이 손님상을 오가던 후선은 궁금한 것도 더 많았다. 연철이 성호에게 물었다.

"선생님은 그놈 연락처는 받아 놓으셨다냐? 연락처가 있어야 연락이라도 해볼 거 아냐?"

후선이 툭 던지듯 말한다.

"엊그제 교도소에서 나온 놈이 무슨 연락처가 있겠어? 식구들도 모두 사라졌는데, 더구나 수중에 돈 한 푼 없는 놈이. 오죽하면 선생님 찾아가 10만 원만 달라고 했겠냐?"

학영은 성철이 얼마나 황당하고 답답한 상황인지 헤아려지기 시작했다. 마치 자신이 그 처지인 양 가슴이 답답해 오기 시작했다. 이 엄동설한에 집도 절도 없는 상태에서 달랑 돈 10만 원 들고 사라진 옛 친구의 처지를 생각하니 가슴이 시려왔다. 소주를 한 잔 들이켜니 식도를 타고 내려가는 술의 찌릿한 맛이 느껴진다. 한숨이 절로 난다. 그것도 연거푸. 다른 날 같으면 이 얘기하다가 저 얘기하고 주제를 바꿔가며 이런저런 대화를 나눴을 텐데 친구들 모두 이날은 시종일관 성철에 관한 이야기만 나눴다.

"또 나타날까?"

학영이 질문을 던지자 후선이 잽싸게 답한다.

"그놈 성격 모르냐? 난 안 나타날 걸로 본다. 죽는 날까지 다시는 못 볼지도 몰라"

그러자 연철도 맞장구를 친다.

"그놈 안 나타난다. 나타날 놈 같았으면 우리한테 찾아왔겠지. 선생님만 만나고 바로 그렇게 가겠냐? 안 나타난다. 안 나타나."

다들 인정하는 분위기다. 넷 중 성철이 다시 나타날 것이라고 말 한 친구는 한 명도 없었다.

#3

　　　　　　　　늦가을에 만난 이후 서너 달 만에 자리를 가진 친구들이지만 이날은 소란스럽지 않게 차분히 대화를 이어갔다. 별 한 얘기도 없는 것 같은데 세 시간이 지났다. 호프집 창밖으로 어린아이 주먹만 한 함박눈이 쏟아지는 모습이 비친다. 다른 날 같으면 당연히 자리가 2차로 이어지겠지만 오늘은 다들 술자리를 이어가지 않으려는 모습이다.

"오늘 같은 날 대리운전 부르면 한두 시간 기다리는 건 예사다. 얼른 전화해서 불러라. 눈 더 오면 택시도 안 잡힌다. 서둘러라 서둘러."

성호가 자리를 정리하려 하자 저마다 핸드폰을 꺼내 들고 대리운전 번호를 누른다.

날 풀리면 봄에 가족동반으로 만나 삼겹살이라고 함께 굽자고 인사 말을 나누고 각자 자신의 차량으로 이동한다. 제법 마셨는데 호프집

주인인 후선이 오늘은 계산하지 말고 돌아가라고 한다. 학영이 한사코 계산하겠다고 나섰지만, 후선은 끝내 돈을 받지 않고 모두를 돌려보냈다. 후선의 얼굴에도 뭔가 가득한 수심이 묻어났다. 어쩌면 돈도 귀찮다는 듯한 표정이었다.

평소 같으면 전화를 끝내고 5분 안에 대리운전 기사가 도착할 도심 한가운데지만 눈이 오는 탓인지 20분이 넘도록 차 안에서 기다렸지만, 대리운전 기사는 나타나지 않았다. 30분이 다 돼서야 50대 초반의 한 기사가 나타났고, 그는 조심스럽게 차를 몰기 시작했다. 평소 30분이면 도착할 거리지만 눈길이 미끄러워 한 시간이 다 돼서야 집에 도착했다. 오는 동안 두 번이나 신호등 앞에서 차가 미끄러져 사고 직전 상황에 이르기도 했다. 지하주차장에 차가 도착하자 학영은 "휴~" 하고 한숨을 쏟아냈다.

악천후 속에서 자신을 집까지 안전하게 데려다준 대리운전 기사에게 고마운 마음이 들었다. 그래서 선뜻 만 원짜리 두 장을 꺼내 내밀었다. 겸손해 보이는 대리운전 기사는 넙죽 인사를 하고 고맙다는 말을 서너 번이나 하고 사라졌다. 집에 도착했다고 생각하니 긴장이 풀리며 급히 취기가 올라왔다. 아파트 16층인 집까지 엘리베이터를 타고 오르는 동안 학영은 벽을 잡고 겨우 몸을 지탱했다. 조용히 전자자물쇠 번호를 누르고 집에 도착해 벽시계를 보니 자정이 조금 못됐다.

아이들과 아내가 함께 자는 안방 문을 살짝 열어봤다. 다들 쌔근쌔근 곤히 자고 있었다. 아이들은 이불을 모두 걷어차고 이부자리에서 벗어나 뒤엉켜 있었다. 아이들을 똑바로 뉘고 한동안 물끄러미 바라보았다. 문틈 사이로 거실에서 불빛이 들어와서인지 아내는 이불을 뒤집어쓰며 애써 불빛을 피했다. 그러면서 잠꼬대처럼 핀잔을 퍼붓는다.

"당신 술 마셔서 코 골 거면 거실에서 이불 펴고 혼자 자. 매일 그렇게 이 핑계 저 핑계로 마셔대도 그놈의 간은 멀쩡한가 보네. 내일까지 마셔서 일주일 내내 마시는 걸로 기록을 세우시지 그래"

잠결이라서 그런지 잔소리는 그렇게 오래가지 않았다.

내일 아침에 2라운드 할 테니 각오하라는 암시를 주는 정도에서 아내의 잔소리는 멈춰 섰다. 학영은 늘 귀찮고 짜증스럽다고 여겼던 아내의 잔소리가 오늘따라 전혀 짜증스럽게 받아들여지지 않았다. 오히려 정감 있고 귀엽다는 느낌이 들 정도였다. 그래서인지 피식 웃음도 났다. 당장이라도 아내에게 달려들어 입이라도 맞춰주고 싶을 정도로 강한 애정이 밀려왔지만, 단잠에 방해해선 안 된다는 생각을 했다. 그래서 아내를 향해 피식 웃기만 했다.

학영은 조용히 방문을 열고 거실로 나가며 중얼거렸다. '저렇게 표독스럽게 매일 바가지를 긁어대도 실상 내가 어려움에 부닥치면 매정하게 나를 내팽개치지는 않을 테지. 술 마시지 말라고 잔소리를 해주는 마누라가 있으니 얼마나 행복하냐? 혼자 이런저런 생각을 했다. 아내에 대한 고마운 마음과 친구 성철을 걱정하는 마음이 동시에 양쪽 가슴으로 밀려온다.

거실 소파에 누워 잠을 청하려던 학영은 문득 아직도 눈이 내리는지 궁금해졌다. 커튼을 젖히고 베란다로 나가 밖을 보니 좀 전에 집으로 돌아올 때보다 굵어진 함박눈이 펑펑 쏟아지고 있었다. 앞이 보이지 않을 정도로 소담스럽게 내리고 있었다. 한동안 눈 내리는 모습을 지켜보니 현기증이 났다. 순간 '이 눈이 포근하고 따듯한 것이라면 좋겠는데'라는 생각이 들었다. 누군가 아름답다고 감상할 이 눈이 오갈 데 없는 친구에게는 퍽 고통스러운 존재일 것이란 생각이 들었다.

'이렇게 추운 겨울에 어디서 따듯한 잠자리는 찾은 건지, 밥 먹을 데는 있는 건지, 당장 갈아입을 옷은 있는 건지…. 짜식, 어쩌다 그리됐냐? 어려서 눈칫밥 먹으며 그렇게 고생을 허더니. 당당하게 성공해서 나타날 줄 알았더니.' 그동안 까맣게 잊고 살았던 친구의 비보는 잊으려 해도 자꾸만 학영의 가슴을 먹먹하게 만들었다. 그래서 주먹으로 가슴을 한 번 내리쳐 보기도 했다.

이처럼 펑펑 내리는 눈은 평생 처음 보는 것 같다는 생각이 들었다. 그러면서 한편으로는 눈이 참으로 슬프게 내리고 있다는 생각도 들었다. 다른 날 같으면 펑펑 쏟아지는 눈을 지켜보며 당장 내일 아침 겪어야 할 출근길의 고통을 걱정했겠지만, 이날은 그런 생각이 전혀 들이 않았다.

"이토록 슬픈 눈은 처음이야. 그 녀석을 마지막 본 20년 전 시골 고등학교 졸업식 날도 이렇게 펑펑 눈이 내렸었는데…."

18년만의 복수

대한민국 사내가 가장 가기 싫어하는 곳이 군대이다. 하지만 다녀온 후에는 모두가 추억이라고 말한다. 그래서 가장 많은 이야기를 만들어 나오는 곳이 군대이다. 군대는 길지 않은 기간에 노비 신분부터 황제 신분까지 경험할 수 있다. 그래서 인생을 배울 수 있는 곳이기도 하다. 사내들은 모이면 군대 이야기를 한다. 들어보면 허풍도 많다. 그러나 군대 이야기를 들으면서 허풍이라고 면박 주는 일은 없다. 맞장구를 쳐주고 양념을 곁들여 준다. 남자들이 모이면 군대 이야기를 한다고 여자들은 불평한다. 그러면서도 재미있게 들어주는 게 군대 이야기이다. 군대는 훈련 때문에 힘든 게 아니다. 사회에서 인정받던 나이, 촌수, 직업, 학벌, 재산 등등이 모두 무시되고 오로지 계급과 군번이 존재할 뿐이다. 그래서 억울함을 당하는 일도 많고, 평생 잊지 못하는 울분을 담아오는 경우도 많다. 그래서 복수의 칼날을 갈지만, 말뿐인 경우가 대부분이다. 한잔 술에 서슬 퍼런 분노의 복수 검을 내려놓는 게 남자이다. 남자들의 싱거운 복수를 소설에 담아 보았다.

#1

　　　　　　　　　　"김 과장님! 한참 연락을 못 드렸네요. 죄송합니다. 사업이라고 한답시고 바쁜 척을 좀 하다 보니…, 내일 시간 좀 내주시면 저녁 한'끼 모시고 싶습니다만…."

"아니 됐습니다. 바쁘실 텐데요 뭘, 저까지 신경 쓰시느라고요. 창신은 이후창 전무님께서 자주 연락도 주시고 불편 없이 업무에 협조 잘 해주십니다."

"그래도 연말이 다가오는데 인사라도 드리고 싶은 마음에 이렇게 염치없이 전화를 걸었습니다. 괜찮으시다면 내일 저녁 7시 대방역 근처 사무라이 일식당에서 뵙죠. 어떻습니까?"

"괜찮은데…, 별일은 없습니다만…. 그럼 퇴근 후 그리로 가겠습니다. 거기서 뵙죠."

"예. 예. 모실 기회를 주셔서 대단히 감사합니다. 그럼 내일 시간 늦지 않게 먼저 도착해서 기다리고 있겠습니다."

대기업으로 분류되는 광인제약에서 구매 업무를 담당하고 있는 김선출 과장은 납품업체인 창신메디칼 서인구 사장으로부터 저녁 식사를 같이하자는 전화를 받았다. 사양하는 투로 전화를 응대하기는 했지만 저녁 식사 한 번 안 하고 연말을 넘겼다면 분명 서운한 마음을 가졌을 것이라고 김 과장은 혼자 생각했다. 더구나 바로 다음 주면 내년도 납품업체가 결정될 텐데 자칫 미운털이라도 박히면 연간 60억 원에 이르는 납품이 중단된다는 것을 서 사장은 누구보다 잘 알고 있는 사람이다. 물론 김 과장의 업무를 담당하는 직속 상관도 있지만, 사실상의 키맨은 김선출 과장이란 사실 또한 서 사장은 잘 알고 있다. 그러니 평소에도 김선출 과장과 관련된 일이라면 발 벗고 나서야 한다.

명절에 과일 상자를 집으로 보내는 것은 기본이고 휴가철이면 가족과 함께 묵을 콘도도 벌써 3년째 서 사장이 예약해주고 있다. 계절이 바뀔 때마다 한 차례씩 저녁 식사를 겸한 술자리를 갖는 것도 벌써 수년째 계속되는 일이다. 회사에서는 거래처 직원들과 불필요한 접촉하지 말라는 지시가 수시로 하달되지만, 일부 신입사원을 제외하고 이미 납품업체로부터 접대를 받는 것이 몸에 익은 고참 사원들은 회사의 주문을 한 귀로 흘려듣는다. 그러면서 '여기가 미국이야? 대한민국은 정으로 엮여 사는 사회야. 자기들은 과장, 차장 때 거래처 사람들하고 술한 잔도 안 했나? 그때는 룸살롱에 2차는 기본이고 떡값도 두둑이 받았다는 사실을 세상천지가 다 아는데 말이야'라고 투덜거렸다.

#2

　　　　　　　　　　김 과장은 입사 이후 줄곧 거래처
관리를 잘해야 한다는 말을 선배들로부터 귀가 따갑도록 들었다. 함부
로 금품이나 향락을 접대받으면 훗날 크게 탈 날 수도 있으니 조심하
라는 말도 수없이 들었다. 그러나 입사 이후 16년이 흘렀지만, 별일은
없었다. 한국 사회에서 접대라는 게 그렇다. 그저 품위 꽤나 있다는 식
당에서 저녁을 먹고 룸살롱 가서 접대부들의 교성을 들으며 양주 폭탄
주 마시고 노래 몇 곡 부르는 정도이다. 주위에서 야무지다는 평가를
받는 김 과장은 자신이 가진 권한으로 미루어 그 정도 접대는 받을 수
있다는 생각을 은연중에 갖고 있기도 하다.
　김 과장은 이튿날 서둘러 업무를 끝내놓고 서 사장과 약속한 일식당
으로 향했다. 한잔 마실 걸 생각하고 아침 출근도 택시로 했고, 약속장
소로 가는 길도 택시를 이용했다. 보도 위에서 종종걸음으로 시내버
스가 도착하면 버스를 향해 줄달음쳐 달려가는 사람들을 바라보는 것
도 택시를 타는 재미 중 하나이다. 시간을 잘 맞춘 데다 오는 길에 별다
른 체증도 없어 김 과장은 약속 시각 3분 전 정확하게 식당 앞에 도착
할 수 있었다. 서 사장도 막 도착했는지 주차장에서 식당 정문을 향해
걸어가고 있었다. 둘은 자연스럽게 악수를 하며 너스레 섞인 인사말을
주고받았다.
　"김 과장님, 오랜만입니다. 요새 좋은 일 있으신지 얼굴이 훤~ 합니
다. 여자 친구라도 생기셨나? 재미있는 일 있으면 혼자만 즐기지 마시
고 같이 좀 즐깁시다."
　"사장님도 원 참. 저 같은 샐러리맨에게 여자친구는 과분하죠. 사장

님이야말로 점점 젊어지시는 것 같습니다. 나이를 거꾸로 드시는 모양이에요. 젊어지는 샘물이라도 드시나 보죠?"

한참 마음에도 없는 대화를 주고받고 있는 사이 서 사장의 승용차 운전기사로 보이는 30대 후반의 젊은 남성이 냉큼 달려와 식당 문을 열어젖힌다. 그 기사를 보고 김 과장은 소스라치게 놀라 하마터면 소리를 지를 뻔했다. '아니 저 인간이 어떻게…. 아니 왜 하필 저 인간을 여기서 만나나 그래' 김 과장은 서 사장의 기사가 전방에서 군 생활을 할 때 자신을 지겹도록 괴롭혔던 선임병 우성택이란 사실을 금세 알아챘다. 반면 우 기사는 문을 여는 데만 집중하느라 김 과장을 똑바로 보지 못했다. 우 기사는 문을 열고 나서야 똑바로 서서 자신이 모시는 사장이 접대할 손님에게 정중하게 인사를 했다. 깊숙이 허리를 숙여 인사한 우 기사는 고개를 들고 나서야 오늘 접대할 상대가 자신이 군 시절 그토록 괴롭혔던 김선출 일병이란 사실을 알게 됐다.

김 과장과 눈빛이 마주친 우 기사는 적지 않게 놀라는 눈치였지만 그냥 머리를 조아리며 김 과장을 아는 척하지 않았다. 눈치 빠른 김 과장도 그가 자신과 아는 척하는 걸 원치 않는다는 사실을 직감하고 상례적인 인사를 한 뒤 재빠르게 시야를 다른 곳으로 돌렸다. 그때 마침 서 사장이 김 과장을 향해 자신의 기사를 소개했다.

"지난달부터 새로 일하게 된 우리 회사 우 기사입니다. 제 차를 운전해주면서 웬만한 의전 수행까지 맡아주기로 했습니다. 10년 넘게 제 차를 운전해주던 장 기사는 안식구하고 치킨집이나 해보겠다고 퇴사를 했습니다. 이봐! 우기사, 광인제약 구매부 김선출 과장님일세. 인사드리게. 우리 회사 명줄을 잡고 계신 분이야. 앞으로 잘 모셔야 하네."

"사장님도 참 별말씀을 다 하시네요. 서로 도움을 주는 관계이잖습니까. 좋은 원자재를 납품해주시니 저희가 고마울 따름이죠."

김 과장은 우 기사의 눈빛을 통해 그가 이 자리에서 과거의 인연을 들추지 않기를 원한다는 암시를 받았다.

"서 사장님을 모시게 된 우성택 기사입니다. 앞으로 자주 뵙겠습니다. 잘 부탁드립니다."

"예, 김선출이라고 합니다. 자주 뵙겠습니다."

둘은 아주 형식적인 짧은 인사만 나눈 채 식당 안으로 향했다.

서 사장은 예약한 방으로 김 과장을 안내했고, 우 기사는 둘이 방으로 들어가는 것을 확인한 후 두 사람의 신발을 가지런히 앞 방향으로 돌려놓은 뒤 다시 한번 허리를 깊이 숙여 인사를 했다.

"맛있게 드십시오."

"자네는 밖에서 식사하게. 이 집 대구탕이 일품이야. 간단하게 대구탕 한 그릇 하게"

#3

　　　　　　　　　　　　서 사장이 우성택에게 밖에서 혼자 식사를 하라고 하는 말을 듣는 순간 김 선출은 혼자 테이블에서 대화할 상대도 없이 밥을 먹을 우성택의 모습을 상상해보았다. 왠지 통쾌하고 고소하다는 생각이 들었다. 30개월의 군 복무 기간 중 김선출과 우성택은 무려 18개월을 같은 내무반에서 지내야 했다. 김선출이 막 이등병 계급장을 달고 자대에 배치됐을 때 우성택은 상병 계급장을 달고 있었고, 소위 내무반 내에서 군기 잡는 담당자로 악명을 날렸다. 18개월 동안 우성택은 김선출을 몹시도 괴롭혔다. 우성택이 며칠 외박이라도 나가는 날을 손꼽아 기다릴 정도였다. 같은 내무반 내 후임병들 모두 우성택의 악행에 혀를 내둘렀다. 허구헛날 창고로 집합을 시켜 몽둥이질을 가했고, 갖은 이유를 들어 얼차려를 돌렸다. 하루라도 조용히 넘어가는 날이 없을 정도였다. 찢어진 눈매에 가만히만 있어도 섬뜩한 인상인데 어쩌면 그렇게 화를 잘 내고 인상을 써가며 이야기를 하는지, 보기만 해도 소름이 돋을 정도였다. 그뿐인가. 욕은 왜 그리도 잘하는지. 세상에 들어보지 못한 온갖 욕설을 그의 입을 통해 들어봤다.

때리고 얼차려를 시키고 욕하는 것까지는 참을 수 있었다. 우성택은 후임병들의 인격을 모독하는 발언을 서슴지 않았다. 특히 대학을 다니다 입대한 후임병들은 우성택의 표적이었다.

"그래 이 새끼야. 너 대학 다니다 왔다고 그 지랄하는 거냐? 대학 다닌 놈이 그 정도밖에 안 되냐?"

이 정도는 그저 일상적인 말에 불과했다.

"대학 다닌답시고 애미애비 등골 뽑아 먹은 놈이 너냐? 이 새끼들아 난 니들 대학생이라고 잔디밭에 앉아 기집들 하고 키득거릴 때 난 철 공소에서 용접하면서 청춘 보냈다."

이런 정도의 말도 대수롭지 않은 말이었다. 세월이 흘러 일일이 기억 못 할 뿐이지 그의 입에서 칭찬이나 격려 위로 등의 말은 단 한 번도 들어보지 못했다. 게다가 간사하기까지 해서 내무반 내에서 무슨 문제라도 생기면 모든 책임을 후임들에게 떠넘기기 일쑤였다.

그래서 그 내무반 후임병들은 모일 때마다 우 병장에게 앙갚음하겠다고 다짐했다.

"우성택 저 개새끼 제대할 때 두고 봐. 내가 아주 아가리를 찢어 놓을 테니까."

"난 저 새끼 집 알아두었다가 제대하고 나가서 밤길에 짱돌로 대가리라고 찍을 거야. 그래도 분이 안 풀릴 것 같아."

훗날 알게 된 사실이었지만 우성택과 김선철은 동갑내기였고, 우성택의 친구 한 명이 김선철과 같은 대학에서 함께 로타렉트클럽 동아리 활동을 한 친구이기도 했다. 그래서 친구의 친구 사이로 따지고 보면 친구였다. 우성택도 그 사실을 알고 있었지만 한 치의 틈을 허용하지 않았다. 오히려 김선출을 더욱 가혹하게 다뤘다. 심한 욕설과 함께 뺨을 때리는 일도 있었다. 무던한 성격의 김선출이었지만 정자세로 서서 또래에게 뺨을 맞는 일은 아무리 군대라는 특수상황이지만 참을 수 없었다. 그래서 눈물이 왈칵 쏟아질 뻔한 일도 있었다. 내가 또래에게 뺨을 맞는 광경을 부모님이 바라보고 계셨다면 어땠을까를 생각하니 가슴 깊은 데서 울화가 치밀어 오르며 코끝이 시큰거렸다. 우성택의 턱을 보기 좋게 한 방 날리려고 주먹을 불끈 쥐기도 했다. 하지만 '그래도 국방부 시계는 간다.'는 말을 곱씹으며 참아냈다.

#4

　　　　　　　　　서 사장의 안내를 받아 방으로 들어가는 사이, 그 짧은 시간에 20대 초반의 군대 생활이 주마등처럼 스쳐 갔다. 우성택과의 악몽 같은 생활이 떠오르니 갑자기 숨이 가빠지고 혈압이 올라가는 것이 느껴지는 듯했다. 서 사장이 출입문 안쪽으로 김 과장을 안내하며 말을 건넸다.

"오늘 무슨 생선이 좋으냐고 물었더니 제주에서 올라온 도미가 있다고 해서 그걸로 주문했습니다. 김 과장님 괜찮으신지?"

"예. 저야 뭐 생선회라면 다 좋아합니다. 미식가이신 서 사장님께서 어련히 알아서 주문하셨으려구요."

등받이가 있는 고급 의자에 앉은 두 사람은 최근에 치러진 총선 얘기, 국제 사회에서 중국의 영향력이 점점 커지고 있다는 얘기, 정부의 보건 정책에 관한 얘기, 서 사장이 처음 광인제약을 거래하게 된 얘기 등등을 소재로 두 시간 넘게 대화를 나눴다. 물론 납품과 관련된 서 사장의 부탁도 있었다. 제약회사를 상대로 30년 넘게 영업을 해온 서 사장은 주절주절 납품과 관련된 이야기를 늘어놓지는 않았다. 알아서 잘 봐달라는 눈치다.

두 시간 동안 서 사장과 독대하는 시간을 가진 김 과장은 대화를 나누면서도 내내 밖에서 혼자 밥을 먹었을 우성택을 생각했다. 대구탕 한 그릇 비우는데 기껏해야 20분이면 될 텐데 그 나머지 시간에 무얼 하고 있을지 궁금했다. 혼자 눈치 봐가며 홀에서 식사하는 모습을 생각하니 왠지 처량하다는 생각과 함께 고소하다는 생각도 들었다. '그래 너 나를 그렇게 괴롭히더니 나하고 이렇게 만날지는 몰랐지 이놈아' 하는 생각도 들었다. 서 사장과의 대화 도중 소리가 밖으로 새나갈 것을 의식해서 일부러 우성택 들으라는 듯 헛웃음 소리를 크게 내기도 했다. 우성택이 얼마나 아니꼬울까 싶은 생각이 들며 묘한 승리감에 빠져들기도 했다.

#5

　　　　　　　　　　　　　시간이 밤 9시를 넘어서고 식사 자리가 정리됐다. 폭탄주를 10잔 이상 마셨고, 주방장이 특별히 가지고 들어온 참치 눈깔을 안주 삼아 따끈한 사케도 두 잔이나 마셨다. 적당히 취기가 올라와 몸은 살짝 노곤해졌지만, 기분이 좋아지는 것을 느꼈다. 서 사장은 그만 자리를 정리하자고 일어서며 김 과장의 양복 안주머니에 뭔가를 넣어준다.

"김 과장님! 사모님 예쁜 스카프 한 장 사다주세요. 백화점 상품권 몇 장 넣었습니다. 약소합니다.

"아니 뭐 이런걸. 안 주셔도 되는데. 만날 때마다 안 챙겨주셔도 됩니다. 아무튼, 고맙게 잘 쓰겠습니다."

"아직 시간 이른데 어디 가서 맥주라도 한잔 더하시죠. 아직 초저녁

인데 지금 시간에 집에 들어가기에는 좀 서운하잖습니까? 일찍 들어가면 마누라한테 깔보입니다. 하하하"

"적당히 마셨는데…, 저는 지금이 딱 좋습니다만 사장님이 부족하시면 한 잔만 더 하시죠."

서 사장은 식당 방을 나서며 우 기사에게 전화를 걸었고 이내 1분도 채 지나지 않았을 시간에 우성택이 문 앞으로 달여와 서 사장을 부축했다.

"우 기사, 지난번에 신성메디컬 사람들하고 마셨던 그 룸살롱 알지? 거기 전화해서 쓸 만한 애들 두 명만 준비해 놓으라고 해. 아주 귀한 손님 모시고 간다고 꼭 말하고. 알겠지?"

"네 사장님, 지난번에 마담 전화번호 받아두었습니다. 바로 연락하겠습니다."

서 사장 앞에서 오금도 펴지 못하는 우성택을 보며 김선출 과장은 내심 흐뭇함이 느껴졌다. 그러면서 우성택이 군에서 하급자들에게 못되게 군것에 대한 죗값을 톡톡히 치르고 있다는 생각을 하기도 했다. 서 사장과 김 과장이 나란히 식당 앞으로 나가자 우성택이 차를 대놓고 밖에 나와서 뒷좌석 문을 열어준다. 두 사람이 나란히 뒷좌석에 올라타자 우 기사는 잽싸게 몸을 놀려 운전대에 앉아 차를 몰기 시작했다. 10분 남짓한 거리를 이동하는 동안 김 과장은 우성택을 의식해 서 사장과 유난히 막역한 사이라는 점을 과시해 보였다. 헛웃음을 치기도 하고 슬쩍슬쩍 서 사장에게 '형님'이라는 칭호를 사용하기도 했다.

그러면서도 계속해서 힐끔힐끔 우 기사의 눈치를 살폈다. 우 기사는 뒷좌석에서 일어나는 일에 관해 관심 두지 않는 것이 기사의 본분이라는 것을 서 사장에게 보이기라도 하듯 전방만을 주시하며 운전에 열중했다. 그러면서도 약간의 어색하고 난처하다는 낯빛은 감추지 못하는 듯했다. 군 복무를 마치고 처음으로 우성택과 같은 공간에서 10분 이상을 머문다는 생각을 하니 김 과장은 야릇한 기분이 들었다. 그러나 워낙 악명 높았던 우성택을 떠올리니 기분이 과히 좋지는 않았다. 과거 그에게 당했던 순간들이 다시 떠오르기 시작한다. 복수를 다짐했던 일도 소록소록 생각이 난다.

#6

　　　　　　　잠시 후 일행을 태운 승용차는 고급 룸살롱 앞에 도착했다. 서 사장은 전화할 테니 차에서 기다리라는 말을 우 기사에게 남기고 김 과장을 살롱 안으로 안내했다. 구석 아담한 방에 양주 한 병과 맥주 몇 병이 놓인 술자리가 세팅돼 있었고 이들을 따라 방으로 들어온 마담은 서 사장을 향해 온갖 애교를 떨어댔다. 서 사장이 김 과장을 소개한 뒤 마담에게 뭔가 귓속말을 했고, 이후 마담이 물러간 뒤 20대 글래머 두 명이 가슴이 깊이 파인 야한 원피스 차림으로 들어와 깍듯하게 인사를 했다. 김선출 과장은 20살이나 많은 서 사장과 술자리를 갖는 것이 어색하기도 했고 속으로는 '서 사장이 아닌 친구 녀석들과 왔으면 좋았을걸'하는 생각을 하기도 했다.

그러면서도 여전히 밖에서 대기하고 있을 우 기사 생각을 하니 우쭐하기도 하면서 유치한 승리감이 밀려오기도 했다. 두 명의 접대부는 서 사장이 어찌나 단단히 일러두었는지 시종 한 번도 거스르는 행동을 하지 않고 교태를 피우며 김 과장의 비위를 맞췄다. 취기가 올라온 김 과장은 서 사장의 눈을 피해 슬금슬금 아가씨의 하얀 허벅지에 손을 올리기도 했다. 취기가 심하게 밀려오는 와중에도 '사람 살이 이렇게 하얄 수도 있구나.'하는 생각을 했다. '돈이면 하얗고 부드러운 20대 초반 여인네의 살을 만질 수도 있는게 대한민국 사회구나.'라는 생각도 들었다. 다리가 유난히 긴 두 여인은 온몸에서 향을 뿜어냈다. 여인들이 뿜어내는 향기에 취해 김 과장은 묘한 성취감을 느꼈다. 대한민국 사회에서 상위 10%가 다닌다는 룸살롱에서 자신이 술을 마신다고 생각하니 왠지 모를 성취감이 느껴진 것이다. 이렇게 서 사장과 둘이서 두 시간 남짓 노래도 하고 폭탄주도 만들어 마시며 호사스러운 시간을 보냈다. 서 사장은 글래머 아가씨들과 밤을 보낼 수 있게 해준다는 메시지를 던졌지만 김 과장은 '아무리 거래처 사장이라지만 작은아버지 뻘 되는 사람 앞에서 실수하면 안 된다.'고 마음을 다잡고 있던 터라 극구 사양했다.

#7

　　　　　　　　두 시간 동안 얼마나 마셨는지 이제는 똑바로 서기가 힘든 지경이었지만 흐트러진 모습을 보이지 않겠다는 알량한 자존심이 밀려왔다. 훗날을 기약하고 자리를 정리하기로 했다. 자리를 정리하고 나서며 서 사장은 자신의 기사 우성택에게 전화를 걸어 차를 술집 앞에 대라고 지시했다. 몸을 가누기 힘들 정도로 마신 둘은 술집 종업원들의 부축을 받으며 겨우 지하에서 차가 있는 지상까지 올라올 수 있었다. 자정을 넘긴 시간이었지만 도시의 유흥가는 사방에서 현란한 네온사인을 뿜어대며 술꾼들의 발걸음을 유혹했다. 형형색색의 네온사인들이 빙빙 돌며 정신을 혼미하게 했다.

"김 과장! 나는 여기서 집이 가까우니까 택시 타고 갈 거야. 택시 기본요금이면 가는 거리거든. 내 차를 타고 집으로 가시오."

초저녁부터 무려 다섯 시간을 함께 술을 마시며 더욱 막역해졌다고 느꼈는지 서 사장은 김 과장에게 하대하기 시작했다.

"아이고 형님, 괜찮습니다. 저도 여기서 택시 타면 됩니다. 걱정 말고 어서 차 타고 들어가세요."

우성택이 보는 앞에서 김 과장도 들으란 듯이 서 사장에게 '형님' 소리를 했다.

"어허, 김 과장! 형님 말 들으라니까. 이 차 타고 편히 가요. 어이! 우기사 김 과장님 집까지 모셔다드리고 거기서 곧바로 퇴근하고 내일 출근 시간 맞춰 우리 집으로 오도록 해."

서 사장은 이미 꼬부라질 대로 꼬부라진 발음으로 우 기사에게 지시했다.

"예 사장님, 알겠습니다. 김 과장님, 어서 타시죠."

우 기사는 김 과장을 차 뒷좌석으로 밀어 넣었다. 그리고는 문을 닫고 서 사장에게 인사를 하고 차를 몰기 시작했다. 김 과장은 창문을 열고 서 사장에게 인사를 하고 이내 뒷좌석 안락한 의자에 몸을 기댔다. 그만큼 몸이 힘들었다.

이제 차 안에는 우성택과 김선출, 단둘만 남았다. 차는 움직이기 시작했고 잠시 어색한 시간이 이어졌다. '곯아떨어져 자는 척을 할까?' '호칭을 뭐라고 해야 할까?' '우 기사님, 아니 우 병장님, 아니 우성택씨, 아니면 야! 우성택! 도대체 뭐라고 불러야 하는 거야' 밀려오는 술기운에 몸은 가누기 힘들 정도로 힘들었지만, 정신은 살아나기 시작했다. 그러기를 잠시. 우 기사가 먼저 말을 걸어왔다.

"오랜만입니다. 20년도 넘게 만에 만났네요. 그렇죠?"

눈빛만 마주쳐도 오금이 저리던 우 병장이 존댓말을 하니 어색함을 어찌할 바를 몰랐다.

"그러게요, 이렇게도 만나네요. 원래 고향이 경기도 쪽이었지요?"

"군 제대하고 철공소와 인천 남동공단 철물제조업체를 떠돌았는데 나이 드니까 힘든 일 못 하겠더라고요. 동네 형님 소개로 한 달 전부터 서 사장 모시게 됐어요."

"아, 그랬군요. 난 대학 졸업하고 첫 직장이에요. 지금껏 십수 년 다녀서 이제 과장됐어요. 무능하니까 오라는 데도 없고."

"별말씀을. 그래 결혼은 하셨고요?"

"네 애도 둘이나 있는걸요. 아직 애들이 어려서 한참 더 고생해야 합니다. 작은놈은 아직 유아원 다녀요."

"난 결혼이 좀 빨라서 큰놈이 이번에 고등학교 갔어요. 집사람은 동네식당 서빙 하러 다니고. 그렇게 그럭저럭 살아요."

일상적인 대화를 나누고 나니 할 말이 없었다. 그래서 한동안 차 안에는 고요가 흘렀다. 어색함을 의식했는지 우 기사는 라디오를 작은 소리로 틀었다. 때마침 자정 뉴스가 흘러나온다. 이번에도 먼저 말문을 연 것은 우성택이었다.

"같이 군 생활을 했던 사람들 연락하나요? 다들 내 욕 많이 했겠지요?. 내가 좀 심하게 굴었어야죠? 옆 중대까지 우성택이 아주 악랄하다고 소문이 자자했는데. 그땐 왜 그랬는지 모르겠어요. 너무 미안하죠. 모두에게"

'알긴 아는구나. 녀석, 어지간히 좀 하지 그랬냐?'라는 생각을 하며 김선출이 대답을 이어갔다.

"다 지난 일인데요. 뭐. 사내란 놈들은 술 한 잔 같이 마시면 묵은 원한도 다 털어내잖아요. 그때 심정 같아선 정말 사회에서 만나면 분풀이라도 할 것 같았는데…, 후훗."

마음은 아직 용서하지 못했지만 김 과장은 마치 지난날을 다 용서하고 앙금이 없는 듯, 속에 없는 소리를 내뱉었다.

#8

　　　　　길거리에서 만나면 단단히 망신을 주고 한판 붙어서 치명적인 상처를 안겨주겠다고 마음먹었던 과거의 생각은 도대체 어디로 간 것인지 스스로 궁금했다. '그래 나이 40이 돼서 무슨 복수고 무슨 싸움질이냐' 한편으로는 그렇게 생각하면서도 지난날이 너무 억울하다는 감정은 쉽게 가시지 않았다. 그러면서도 한편으로는 '이미 게임은 끝났다' '오늘 하루 일정을 통해 우성택을 향한 김선출의 보복은 끝났다' 등등의 생각이 들기도 했다. 이미 우성택은 자신보다 약자라는 판단이 서니 더 복수 따위가 부질없는 짓이라고 여겨졌다.

이런저런 생각을 하던 끝에 차가 김선출의 아파트 주차장에 당도했다. 김 과장은 재빨리 문을 열고 나와 자리를 잡았다. 생각대로 우 기사도 따라 내렸다. 그러더니 김 과장 앞에 선다.

"정말 미안했어요. 철없던 시절에 했던 일이니까, 인제 그만 잊어줘요. 지금도 그때를 생각하면 너무 미안하고, 왜 그랬나 싶은 게 어디 숨고 싶은 심정이에요. 정말 미안했습니다."

우 기사가 먼저 손을 내밀며 악수를 청했다. 악수를 받아주며 김 과장이 말했다.

"아이고 벌써 20년이 다 된 이야기에요. 미안하기는요. 다들 어릴 때 한 짓인데. 염려 마세요. 군대 생활이 다 그렇죠. 뭐. 언제 둘이서 소주 한잔하시죠. 그때는 말 편하게 하시자고요. 동갑내기이고, 친구의 친구라는 것도 서로 알고 있잖아요."

"그럴까요. 난 서 사장님 해외 출장 나가 계실 때가 제일 편해요. 주말에도 괜찮은데 주말은 김 과장님이 술자리 쉬셔야죠. 일 때문에 평소에도 많이 드실 텐데."

"그러죠, 제가 서 사장님 스케줄 수시로 파악하고 있으니까 그분 해외 나가실 때 시간 한번 잡죠. 자 이건 내 명함입니다"

김 과장은 자신의 명함을 건네며 환하게 웃어 보였다. 우 기사도 명함을 받으며 빙그레 웃어 보였다.

"얼른 엘리베이터 타세요. 저도 집에 들어가 봐야죠. 다음에 꼭 만나자고요. 꼭요."

둘은 다시 한번 악수를 하고 두 번씩 허리를 숙여 인사하고 나서야 등을 돌렸다.

김 과장은 엘리베이터를 기다리는 동안 조여 있던 넥타이를 느슨하게 풀며 혼잣말을 했다.

"20년 동안 칼을 갈았던 복수가 고작 이렇게 끝나다니. 악수하고 술 마시자고 약속하는 게 복수라니. 아뿔싸. 세상은 그런 것이구나. 복수란 게 이런 것이구나. 참 허무하네."

혼자 중얼거리는 사이 엘리베이터가 도착해 문이 열렸다. 김 과장은 엘리베이터에 타 18층 버튼을 누르고 문 쪽을 바라보며 서서 아무도 없는 엘리베이터 밖 복도를 향해 손을 흔들었다.

"그래 이렇게 끝나는 거다. 바보 같으니. 잘 가라 복수야. 우성택, 너도 잘 가라. 굿 바이!"

엘리베이터 문이 스르륵 닫혔다. 엘리베이터 안에서 손가락을 구부리며 헤아려 보니 꼭 18년 전의 일이다. 김선출은 엘리베이터가 한 층을 올라갈 때마다 1년씩 용서를 하기로 마음먹었다. 어느새 1층 엘리베이터 입구에 표시된 숫자는 18에 다다랐고, 18층에서 엘리베이터는 한참을 멈춰 있었다. 18이라는 붉은색 디지털 숫자가 유난히 밝게 복도를 비췄다.

불장난

‖ 작가 노트 ‖

대학교수는 실력을 갖춘 엘리트 계층이다. 하지만 실력이 곧 도덕성은 아니거늘 대개의 사람은 실력 있는 자에 곁들여 도덕적인 자라는 부가점수를 부여한다. 겸양과 지성을 겸비한 대학교수도 많지만 실제로는 그렇지 못한 이들도 많다. 고매한 직업군으로 분류되는 대학교수도 때로는 불륜에 빠지기도 하고, 해서는 안 되는 짓을 하기도 한다. 대학교수에게 특별한 원한이 있는 것은 아니다. 다만 그들도 우리와 같은 어쩔 수 없는 인간이란 사실을 보여주고 싶었다. 이 이야기는 내가 들은 실화를 바탕으로 하고 거기에 허구를 가미해 창작되었다. 어느 날 내게 찾아와 자신이 겪은 과거사를 내려놓으며 소주잔을 들이키던 주인공의 냉소적인 웃음을 기억한다. 한 번의 실수는 그에게 너무 많은 것을 앗아가 버렸다. 그가 지금 새로운 세상에서 잘 적응하며 살고 있는지 궁금하다. 누구도 그에게 비난의 돌을 던질 수는 없다. 인간은 이성과 본능의 갈림길을 하루에도 수십 번씩 선택해야 하는 존재이기 때문이다.

1

　　　　　　　　목련을 시작으로 백화가 만개하고 상큼한 봄옷으로 치장한 학생들이 활보하고 다니는 4월 초 캠퍼스의 풍광은 신선하다 못해 화려하다. 곳곳에서 신입생 회원을 확보하기 위해 각 동아리가 시연을 펼치는 모습은 한나절 볼거리로 충분한 정도이다. 학생회관 앞 광장에서는 탈춤패들의 공연이 한창이고, 통기타 서클 회원들도 나무 그늘 밑에서 기타 연주와 함께 흥겨운 노래를 목청껏 부르고 있다. 성경 읽기 동아리도 기웃거리는 1학년 신입생들을 상대로 입회를 권유하며 예수를 믿어야 하는 이유, 성경을 읽어야 하는 이유를 설명하느라 진땀을 쏟고 있다. 한눈에 보아도 신입생 티가 나는 1학년생들은 각 동아리가 설치한 홍보 테이블을 기웃거리며 이것저것 묻고 신기해하는 모습을 감추지 못한다. 조금이라도 관심을 보이는 신입생이 나타나면 한 명이라도 신입회원을 끌어들이려는 선배들은 수십 미터를 쫓아가며 조금 더 이야기를 나누자고, 전화번호라도 적고 가라고 사정을 하는 모습도 수시로 눈에 뜨인다.

이 시각 대학본부 2층 총장실에서는 이 대학의 설립자 장손인 김정태 총장과 그의 심복으로 학내외에 알려진 이정호 부총장이 식은 찻잔을 앞에 두고 벌써 한 시간째 이야기를 나누고 있다. 창밖으로는 풍물소리와 학생들의 재잘거리는 소리가 나지막이 들려온다. 한눈에 보아도 둘 사이는 뭔가 심각한 문제가 있는 듯 무거운 분위기가 흐른다.

"사태가 진정되고 분위기가 잠잠해질 때까지 자네가 잠시 학교를 떠나있어야 할 것 같아. 그게 학교를 위해서나 자네를 위해서도 최선일 것 같네. 내가 감싸고돈다고 해결될 일이 아니야. 자네도 상황은 짐작하고 있지 않은가. 그동안 학교일 보느라 제대로 한 번 쉬지도 못했는데 이 기회에 좀 쉬면서 머리 좀 식히고 있어. 상황이 좋아지면 그때 연락하겠네."

김 총장이 타이르듯 이 부총장에게 말을 건넸다. 직급은 부총장이라지만 나이 차이가 스무 살 가까이 나고 평소 김 총장의 심복 노릇을 해왔던 터여서 사석에서 김 총장은 이 부총장에게 '자네'란 호칭을 서슴없이 사용했다. 이 부총장도 그런 호칭에 대해 별다른 거부감은 없었다. 더욱이 김 총장은 서울 변두리의 무명 대학에서 평교수로 재직하고 있던 이정호를 자신의 대학으로 데려와 5년 만에 부총장에 앉힌 당사자였다. 지방대학이지만 나름 명문이란 평가를 받는 다경대학교에서 이정호 부총장은 누구나 인정하는 이인자로 자리를 굳혔다. 김 총장과 손발을 맞춘 지도 벌써 8년째이다. 이 부총장도 김 총장이 부르면 자다가도 벌떡 일어나 찾아갈 정도로 충실한 심복을 자처했다. 실제로 이 부총장은 김 총장을 아버지 같은 존재로 여겨왔고, 한 번도 그의 뜻을 저버리는 일이 없었다. 누군가 김 총장에 대한 악평이라도 하면 핏대를 올리며 싸움닭처럼 나서는 모습을 보인 것도 한두 번이 아니었다. 둘의 밀착 관계는 대학 내 교수와 교직원들 사이에서도 잘 알려져 누구라도 김 총장의 오른팔이 이 부총장이란 사실을 부인하지 않았다.

"총장님! 면목 없습니다. 하지만 학교를 떠나있는 것 말고는 다른 방법이 없을까요? 당장 어디 가서 무엇을 어떻게 해야 할지 정말 막막합니다. 제가 학교를 떠나있으면 총장님도 당장 불편한 일이 한둘이 아니실 텐데요. 다시 한번 생각해 주십시오. 네? 총장님."

"글쎄 지금의 이 상황을 왜 이해 못 하나. 이 답답한 사람아. 나도 남자네. 자네 그 실수를 이해 못 하는 건 아니야. 하지만 여기는 학교고 자네는 선생으로서는 절대 저질러서는 안 될 실수를 저질렀어. 자네를 견제해온 세력들이 눈을 부릅뜨고 있어. 자네가 학교에 남아있다가는 자네나 나나 공멸하는 거야. 지금으로서는 자네가 잠시 학교를 떠나있는 것이 상책이야. 날 이해해 주게. 오늘 이야기는 이쯤 하세. 내일 당장 휴직 신청하게. 더 이상 할 말 없네. 미안하네. 나를 좀 이해해 주게."

이 부총장의 요청은 간절했지만 김 총장의 입장은 단호했다. 응접 테이블에 앉아있던 김 총장은 자리에서 일어나 업무용 책상으로 자리를 옮겨 앉았다. 김 총장을 한동안 물끄러미 바라보던 이 부총장은 고개를 숙인 채 자리에서 일어나 김 총장에게 가벼운 목례를 한 뒤 총장실을 빠져나갔다. 총장실 앞에서 결재판을 들고 대기하던 몇몇 직원들이 이정호에게 길을 내주며 어색한 인사를 건넸다. 이정호는 인사도 받지 않은 채 고개를 숙이고 말없이 사라졌다. 이 부총장이 계단으로 내려가는 모습을 확인한 후 직원들은 일제히 수군거리기 시작했다.

"아마 끝날걸. 학교에 남아있기 어렵지 않겠어?"

"일반 회사라도 그런 일이면 남아있을 수 없지. 여긴 학교잖아."

"엊그제까지만 해도 서슬이 퍼렇던 사람이 안 됐다. 안됐어. 쯔쯔."

#2

　　　　　　　　40대 초반의 나이에 수도권 신생
대학에서 전임강사로 재직했던 이정호는 눈에 띄지 않는 인물이었다.
10년 넘게 시간강사로 떠돌아다니다 어렵사리 자리를 잡아 전임 자리
를 차지한 것만으로도 그는 더 이상의 욕심이 사치라는 생각을 했다.
떠돌이 시간강사 생활을 마감하고 연구실을 차지한 그는 더 바랄 것이
없었다. 그러던 중 그의 인생이 반전을 맞은 것은 전임강사 생활한 지
불과 2년째로 접어든 이후였다. 연구실에서 수업 준비를 하고 있던 이
정호는 난데없는 전화 한 통을 받게 됐다. 그 전화가 자신의 인생을 바
꿀 전화라는 사실을 그는 전혀 알지 못했다.

"이정호 교수입니까?"

"네 그렇습니다만, 전화를 거신 분은 누구이신지요?"

"아! 예, 대경대학교 김정태 총장입니다. 이렇게 문득 전화를 드리게
돼 송구합니다. 한번 만나고 싶어 전화 드렸습니다."

"저를요? 총장님께서 제게 무슨 용무가 있으신지 전혀 감이 잡히지
않습니다만…."

"사정은 만나서 얘기 드리지요. 나쁜 일은 아니니 염려 마세요. 저를
좀 도와주십사 부탁드리려는 겁니다. 그럼 다음 주쯤 뵐 수 있었으면
합니다. 비서실 통해 시간과 장소를 다시 연락드리겠습니다. 다음 주
화요일 저녁이면 좋겠습니다."

"아~ 예. 그리 알겠습니다. 전화 주셔서 감사합니다. 총장님!"

전화 수화기를 내려놓은 이정호는 한동안 골똘히 김 총장이 자신에게 전화를 건 이유를 생각해보았지만 좀처럼 감이 잡히지 않았다.

이윽고 약속한 날 이정호는 김 총장을 만났다. 김 총장은 다경대학교에 자리를 내줄 테니 자신을 도와 함께 일해달라고 이정호에게 부탁했다. 김 총장은 자신의 사촌 동생으로 서울 삼한대학교에 근무하다가 중국 칭화대학교에 교환교수로 나가 있는 김은태 교수로부터 소개를 받았다고 이정호에게 설명했다. 김은태 교수는 이정호와 경기도 의정부에 있는 같은 부대에서 군 복무를 한 선후배 사이였다. 군 전역 후 서로의 소식을 모르고 지내다가 같은 학회에서 활동하며 다시 알게 됐다. 김은태 교수는 자신의 연구논문 발표 때마다 맨 앞자리에서 경청해 듣고 열심히 메모하는 이정호에게 호감을 느끼고 있었다. 그러던 차에 김정태 총장이 젊고 충직한 교수 한 명이 필요하다는 요청을 해 이정호를 소개했다. 김은태 교수는 여러 경로를 통해 이정호에 대해 알아봤고, 그가 무척 적극적이면서도 의리를 중시하는 성격의 소유자란 사실을 알게 돼 자신의 사촌 형인 김정태 총장에게 소개한 것이다.

사정이야 어쨌든 이정호는 무척 당황스러웠다. 그러면서도 자신의 인생을 바꿀 절호의 기회가 왔음을 직감했다. 자신이 몸담은 대학이 수도권에 있다고는 하지만 신설된 무명 대학이고 딱히 자신을 끌어 당겨줄 인맥도 없던 터여서 이정호는 큰 고민 없이 다경대학으로 이직을 결심할 수 있었다. 다경대학은 지방에 위치해 있지만, 반백 년 넘는 역사를 지닌 대학으로 학교 재정이 넉넉하고 나름대로 지방의 명문 사학이라는 평가를 받는 학교였다. 보수를 비롯한 근무 여건도 현재 몸담은 대학보다 월등히 좋았고 총장이 직접 자신의 챙겨주리라 생각하니 고민할 이유가 없었다. 그래서 그는 이듬해 곧바로 다경대학으로 자리를 옮겼다.

다경대학으로 자리를 옮긴 이후 이정호는 학교와 총장을 위하는 일이라면 물불을 가리지 않았다. 그런 만큼 이정호를 향한 김정태 총장의 신임은 날로 깊어졌다. 그래서 이정호는 다경대학으로 옮긴 지 불과 5년 만에 실세로 부상했고, 대학 내에서 총장의 신임을 등에 업고 무소불위의 권력을 휘두를 수 있게 됐다. 대학의 실질적인 소유주이면서 현직 총장인 김정태를 등에 업고 호가호위하는 이정호는 모든 대학 구성원들의 부러움의 대상이었고, 동시에 경계의 대상이기도 했다. 김정태 총장은 젊고 패기에 찬 이정호가 자신의 곁에서 사력을 다해 충성하는 모습을 지켜보며 날로 신망의 두께를 더해갔다. 학교 내 모든 구성원들은 공공연히 이정호가 김 총장의 최측근이며 가신이란 사실을 인정했다.

#3

　　　　　　　　그토록 하늘 높은 줄 모르고 치솟던 이정호의 기세가 꺾인 것은 다경대학으로 이직한 지 7년째, 그러니까 부총장이 된 지 2년째 되던 해이다. 50대 초반이던 이정호는 부총장 보직을 맡은 이후 한 주에 단 세 시간의 수업만 맡았다. 월요일 두 시간과 목요일 한 시간이 그가 맡은 수업의 전부였다. 나머지는 대학본부 부총장실에서 학교와 관련된 업무를 보는데 모든 시간을 할애했다. 일주일에 단 세 시간만 수업했던 이정호에게 수업은 큰 관심의 대상이 못됐다. 2학년 전공필수 '미시경제론' 수업은 전체 수강생이 25명으로 단출했다. 한 달이 지나자 전체 학생의 이름은 물론이고, 출신지와 출신학교를 모두 알 수 있게 됐고, 성격도 대충 파악할 수 있게 됐다. 20대 초반의 학생들이 주류를 이뤘지만, 남학생 일부는 군 복무를 마치고 복학해 스물 서너 살로 여학생들과 군 복무를 앞둔 남학생들에게 깍듯이 선배 대접을 받았다.

하지만 그 수업을 듣는 학생 중에는 40대 후반의 한 여성도 있었다. 김은자라는 이름의 그 여성은 6남매 맏이로 태어나 실업학교에 진학한 후 동생들 뒷바라지를 하느라 대학 진학을 포기하고 산업전선에 뛰어든 베이비붐 세대이다. 성실한 신랑 만나 비교적 넉넉한 가정을 꾸렸고, 아이들도 탈 없이 성장해 남부러울 것이 없는 생활을 했다. 생활에 여유가 생기니 대학을 진학하지 못한 한을 풀고 싶다는 생각이 간절해졌고 뒤늦게 학원 다니며 공부를 해 다경대학에 입학했다. 은자는 성실한 성격인 데다 뒤늦게 공부를 시작해 대학생이 됐다는 사실 자체가 너무도 만족스러워 하루하루 기쁨 속에 살았다. 수업에 빠지는 일이 없었고, 수업 시간에는 언제나 맨 앞자리에 앉아 강의를 경청했다. 과제물도 성실히 제출해 1학년 때는 장학금을 받아 학생들의 부러움과 시기를 동시에 받았다.

은자의 남편은 농업 관련 공기업 직원이었다. 주로 지방에서 근무했고 수년에 한 번씩 서울 본사로 발령 나면 1~2년 근무하다 지방으로 내려가기를 반복했다. 그러다가 나이 50이 넘어서도록 만년 과장이던 은자의 남편이 부장 승진을 할 기회가 찾아왔다. 해외 파견 근무를 2년간 다녀오는 일이었다. 과장으로 끝내겠다고 마음을 먹었던 은자의 남편은 그래도 부장이란 직함을 갖고 싶었다. 아이들이 스무 살 넘으니 혼사 걱정이 앞섰기 때문이다. 상견례 자리에서 과장으로 정년퇴임 했다는 말을 해야 한다고 생각하니 몹시 자존심이 상했다. 그래서 그는 농업기술 보급을 위해 2년간 인도네시아로 근무를 떠났다. 은자가 대학에 입학하고 한 학기를 마쳤을 때 그는 2년을 기약하고 인도네시아로 떠났다.

반년은 남편 없는 생활을 무탈하게 버텨냈던 은자는 겨울을 보내며 외로움을 타기 시작했고, 봄을 맞아 새 학기가 시작되면서부터 외로움의 깊이는 몹시 커졌다. 그래서 평소 즐기지 않던 술을 마시는 일이 잦아졌고, 이혼하고 혼자 사는 옛 친구를 만나 수다를 떠는 횟수도 늘었다. 그러면서도 은자는 학교 수업에 빠지는 일이 없었고, 강의실 맨 앞줄에 앉아 수업에 열중하는 모범생으로서의 모습을 잃지 않았다. 이정호의 수업 시간에도 그는 언제나 고정좌석에 앉아 강의를 경청했다. 그러던 어느 날 이정호가 하얀 드레스셔츠를 입고 들어와 소매를 걷고 강의하는 모습이 평소와 달리 강한 인상으로 다가왔다. 이후 은자는 이정호 수업 시간만 되면 왠지 모르게 들뜨는 기분을 주체하지 못했다. 월요일에서 목요일을 기다리는 시간이 그토록 길게 느껴질 수가 없었다. 몇 번이고 마음을 다잡지만 이미 흔들리기 시작한 마음을 컨트롤하기에는 한계가 느껴졌다.

#4

　　　　　　　　　　이정호의 수업을 듣기 시작한 지 달포쯤 지난 무렵 은자는 큰맘 먹고 그의 연구실을 찾아갔다. 수업과 관련된 질문거리를 갖고 들어갔지만 실상 마음은 딴 데 있었다. 이정호는 수업 시간 외에 주로 대학본부 부총장실에 있었지만 가끔은 자신의 연구실에서 전공 서적을 뒤적이기도 하고 외부인과의 접촉을 피한 채 휴식을 취하기도 했다. 은자가 연구실로 찾아오자 이정호는 손수 커피를 대접하고 그가 가져온 질문에 성실히 답변을 해주었다. 이정호의 숨소리가 들릴 정도로 가깝게 다가앉은 은자는 이정호의 몸에서 나는 야릇한 향수 냄새에 취해 아찔함을 느꼈다. 정신이 혼미해짐을 느꼈다. 그러면서 이윽고 슬그머니 속내를 드러냈다.

"교수님, 봄날 날씨도 좋은데 저랑 호프집 한번 가시죠. 뒤늦게 홀짝거리며 술을 배웠는데 요즘은 맛을 조금씩 알겠더라고요. 둘이 만나면 좀 어색할 테고 제 친구랑 셋이 만나면 어떨까요?"

은자가 용기를 내서 만남을 요청하자 이정호는 다소 당황스럽다는 표정을 지어 보였지만 흔쾌히 요청을 받아들였다.

"저도 학교 일 때문에 스트레스가 이만저만이 아닙니다. 학교 일로 술자리를 더러 갖지만, 머리 아픈 이야기만 나누다 보니 스트레스가 풀리기보다는 오히려 쌓이기만 합니다. 허심탄회하게 세상 얘기하며 술 한 잔 나눌 사람이 저도 필요했던 참인데 잘됐네요."

은자가 이정호의 연구실을 찾았던 날로부터 며칠 후 둘은 은자 친구 은숙과 함께 유원지 주변 통나무 카페에서 만났다.

#5

"어머 교수님, 정말 나오셨네. 오늘 날씨 너무 좋죠? 제 친구 은숙이에요. 은숙아! 인사드려. 우리 교수님이야."

"안녕하세요. 다경대학교 이정호입니다. 반갑습니다."

"네 교수님, 말씀 많이 들었어요. 우리 은자가 교수님 자랑을 얼마나 하던지…."

"자랑은요? 제가 뭐 내세울 게 있어야지요?"

이렇게 시작된 셋의 만남은 저녁 식사와 술 한 잔을 곁들이면서 점차 무르익었다. 어린 시절 겪은 가난했던 대한민국 얘기, 딸이라고 서러움 받던 얘기, 부모가 대학 안 보낸 준다고 해서 밤새 울었던 얘기, 요즘 애들은 호강하며 자란다는 얘기 등등 동시대를 살아온 이들은 자연스럽게 서로에게 친숙한 대화의 소재를 찾아 나갔다. 처음 맥주로 시작한 술자리가 중반 이후에는 소주로 바뀌었다. 모처럼 또래의 여인네들과 재미있는 대화를 나누며 가지는 술자리가 이정호는 몹시도 즐거웠다. 그동안 동료 여교수들과도 술자리를 가진 적이 몇 차례 있었지만 별다른 재미는 없었다. 저 잘났다고 영어를 섞어가며 전문 용어를 쓰고, 맥주 한 잔 가지고 잔을 들었다 났다 하기를 수없이 반복하는 여교수들과의 술자리는 별 재미가 없었다. 대화의 소재도 늘 학교와 학회, 학생들로 제한돼 있었다. 기껏 다른 얘기한다는 게 그저 골프 얘기 정도였다.

그러나 가정주부로 평범한 삶을 살아온 두 여인네와의 술자리에선 뭔가 인간미가 풍겼다. 이정호가 한 마디씩 사회 얘기를 던지면 토끼처럼 눈을 동그랗게 뜨고 귀를 쫑긋 세우고 들어주는 모습도 그를 즐겁게 해주었다. 큰 소리로 호탕하게 웃으며 건네는 술잔을 덥석 받아 단숨에 넘기는 모습도 좋았다.

"우리 교수님 말씀도 너무너무 잘하시고 술도 참 잘 드신다. 교수님! 우리 가끔 한 번씩 이렇게 만나서 세상사는 얘기 좀 나눠요. 네?"

"그러시죠. 저도 모처럼 반가운 분들과 재미있는 얘기 나누니까 너무 좋네요. 다음엔 저도 친구 한 명 데리고 나오겠습니다. 비슷한 환경 속에서 자란 탓인지 대화를 나누다 보니 참 공감되는 부분이 많네요. 오늘 정말 유쾌합니다."

이정호와 김은자는 한 번의 술자리를 통해 퍽 가까워졌다. 이정호는 교수 생활을 하면서 학생들과 술자리를 갖는 일은 더러 있었지만, 또래의 학생과 유원지에서 만나 이렇게 술을 마셔보기는 처음이다. 약속 자리에 나올 때는 적당히 밥이나 먹고 끝내야지 싶은 마음을 갖고 나왔지만, 분위기가 편하고 자연스럽게 흐르자 이정호는 연거푸 술잔을 입으로 옮겨 날랐다. 두 여인네도 호호 깔깔 맞장구를 치며 뒤지지 않는 술 솜씨를 선보였다. 이정호가 적당량의 술을 마셨다고 느낄 무렵 은자는 이정호와 친구 은숙에게 노래방에 가서 남은 스트레스를 풀어내자고 제안했다. 1차 식대와 주대는 화장실을 다녀오면서 은자가 살짝 카운터에 들려 지불했다. 이정호는 뒤늦게 그 사실을 알았고 자신이 2차 자리의 계산을 할 수밖에 없는 처지가 됐다는 것을 금세 깨달았다.

"술값 계산할 기회를 놓쳤으니 어쩔 수 없이 자리를 옮겨서 2차 계산은 내가 해야겠는걸요. 그럼 우리 가서 딱 한 시간만 신나게 즐기다 가시죠."

"네 교수님!"

이정호가 2차 자리를 마련하겠다는 말에 두 여인은 합창하듯 한목소리로 답했다.

#6

　　　　　　　일행은 카페에서 불과 50m 남짓한 곳에서 쉽게 노래방을 찾을 수 있었고, 주저 없이 방을 차지했다. 맥주 몇 병과 새우깡 안주가 들어왔고, 일행은 다시 몇 잔을 술을 나눴다. 은숙이 먼저 자신의 애창곡을 한 곡 뽑았다. 은자도 곧바로 마이크를 넘겨받아 거침없이 한 곡을 불렀다. 정호는 술에 취했지만 두 여인이 모두 음정이나 박자를 잘 맞추지 못하는 음치며 박치라는 사실을 알 수 있었다. 흥은 넘치는데 노래에 소질은 없다고 생각하고 있는 사이 은자와 은숙은 마이크를 정호에게 넘기며 노래를 부를 것을 권유했다. 제법 노래를 잘 부른다는 평가를 받는 이정호는 이내 마이크를 넘겨받아 자신의 애창곡을 불렀고, 두 여인은 흥에 겨워 손뼉을 치며 그의 곁에서 춤을 곁들였다. 두 여인의 춤은 어색했지만 나름대로 성의가 있었고, 약간의 귀여운 면도 있었다.

"어머! 교수님 멋져! 어쩌면 그렇게 노래를 잘하세요? 짱이야 짱!"

"그러게, 아니 교수님들은 대개 노래 못하던데. 이정호 교수님은 어디서 개인 강습이라도 받으셨나 봐?"

두 여인이 엄지손가락을 치켜세우며 이정호를 한껏 띄웠다. 어지간히 취기가 오른 이정호는 교수니 부총장이니 하는 따위의 허울을 벗어던졌다. 술에 취한 평범한 중년에 불과한 모습으로 흥을 다해 춤과 노래를 즐겼다. 은숙이 마이크를 잡고 70년대 유행하던 로맨틱한 노래를 목청껏 빼기 시작했다. 술기가 오른 이정호와 은자는 자연스럽게 부둥켜안고 은숙의 노래에 맞춰 어설프게 블루스 춤을 추기 시작했다.

취기가 올라온 상태였지만 여인의 체취가 강하게 느껴졌다. 은자의 머리카락에서 뿜어져 나오는 샴푸 냄새가 정호의 마음을 흔들기 시작했다. 은자도 몸에 반응이 오기 시작했는지 정호를 점점 더 세게 끌어안았다. 밀착해서 춤을 추고 있는 둘의 모습은 이제 누가 봐도 사제 간으로 볼 수 없는 지경에 이르렀다. 서로의 체취에 취해 오묘하고 야릇한 기분을 한창 느끼고 있을 무렵 은숙이 노래를 마치고 마이크를 테이블 위에 올려놓았다.

"자 이제 시간이 거의 다 됐네요. 막잔 들고 일어나시죠."

은숙이 먼저 자리를 정리하자고 권했다. 셋은 마지막 남은 맥주를 종이컵에 붓고 부라보를 외치며 단숨에 들이켰다. 그리고는 누가 먼저랄 것 없이 손뼉을 치고 자리에서 일어났다. 아쉬웠지만 셋은 다음에 다시 만날 것을 약속하고 노래방 밖으로 나왔다.

초겨울로 접어드는 11월 중순이어서 밤 11시 무렵의 유원지 인근은 인적이 끊겨 싸늘함이 감돌았다. 셋 모두 몸이 으스스 떨리는 것을 느꼈다. 2층 노래방에서 내려오자 마다 길가에는 기다렸다는 듯 택시 한 대가 서 있었다. 셋 중 가장 심하게 취한 은숙이 택시를 보자마자 한걸음에 달려가 뒷문을 열었다.

"은자야, 잘 놀았다. 교수님 반가웠어요. 죄송합니다. 먼저 가요"

은숙이 취기 가득한 목소리로 인사를 하더니 빨려 들어가듯 택시 뒷좌석으로 몸을 던졌다. 택시는 곧바로 둘의 시야에서 멀어져갔다. 은자는 이미 몸이 풀려있었고 발음도 새기 시작했다. 혼자서 몸을 제대로 가누지도 못했다. 정호도 사정은 비슷했다. 애써 술기운을 이겨보려고 정신을 가다듬고 몸에 힘을 주었지만 풀린 다리에는 좀처럼 힘이 들어가지 않았다. 이정호와 은자는 어깨동무하고 몇 발짝 움직였지만 더 이상 움직이는 것은 역부족이란 것을 느꼈다. 몇 발짝을 걸었을 때 은자는 더 걸을 수 없다는 듯 정호의 품에 안겨버렸다. 정호는 취중에도 잠시 전 노래방에서 은자를 안고 춤을 추며 느꼈던 야릇한 기분이 다시 밀려옴을 직감했다.

이미 머릿속에 이성은 자리를 비우고 은자를 갖고 싶다는 욕망이 밀려오기 시작했다. 이때 50m 남짓 앞에 있는 모텔의 선명한 네온사인이 정호의 눈에 들어왔다. 정호는 모든 정신력을 동원해 은자를 부축해 모텔 앞까지 갔고, 계산대에 요금을 지불한 뒤 엘리베이터에 올랐다. 은자도 조금은 정신이 드는 모양새였다. 엘리베이터 안에서 둘은 강렬하게 입술을 포갰다. 그리고는 정신없이 혀를 굴려대며 서로에게 몰입했다. 모텔방에 들어서자마자 둘은 뒤엉키기 시작했다. 자신이 유부남이고 은자가 유부녀란 사실도 그 순간에는 모두 잊었다. 삽시간에 둘은 아담과 이브로 돌변했다. 은자는 50에 가까운 나이지만 군살 하나 없는 가녀린 몸매였다. 은자가 하얀 속살을 드러내자 정호는 자신을 주체할 수가 없었고 그녀의 몸 구석구석을 탐닉했다. 은자도 아무런 저항 없이 정호의 억센 양팔에 몸을 맡겼다. 30여 분 남짓 둘은 원없이 서로의 체온을 느꼈다. 그리고는 쓰러지듯 침대에서 그대로 곯아떨어지고 말았다.

깊은 잠에 빠져들었던 정호는 밀려오는 갈증을 이기지 못하고 눈을 떴다. 침대 위 자신의 옆에는 전라의 은자가 엎어져 자고 있었다. 정신이 번쩍 났다. '아, 이런 이런' 정호는 간밤에 둘 사이에 사태가 벌어졌음을 인지하고 순간 아찔함을 느꼈다. 벽시계를 보니 5시가 조금 넘었다. 갈증을 이기지 못한 정호는 냉장고에서 생수 한 병을 꺼내 한 방울 남기지 않고 벌컥벌컥 소리를 내며 단숨에 들이켰다.

"휴~"

그제야 이정호는 한숨을 내뱉었다. 알몸으로 침대에 누워 엎어져 자는 은자의 모습이 한편 측은해 보이고 미안스러웠지만 한편 사랑스러워 보이기도 했다. 정호는 냉장고에서 생수 한 병을 더 꺼내 컵에 따르고 은자를 깨웠다.

"이봐요 은자씨! 물 한 잔 마셔요. 네? 은자씨! 은자씨!"

술기운을 못 이겨서인지 은자는 아무런 반응을 보이지 않고 계속 잠에서 깨어나지 못했다.

잠시 물끄러미 은자의 자는 모습을 바라보던 정호는 온갖 생각이 밀려오기 시작했다. 무단 외박을 한 것에 대해 집에다가는 무어라고 얘기해야 할지, 앞으로 은자와 어떤 관계를 유지해야 할지 등등의 생각이 복잡하게 밀려왔다. 하지만 어쩔 수 없는 일이라고 혼자 생각했다. 그러면서 은자의 몸을 서서히 더듬기 시작했다. 50을 바라보는 나이가 무색하게 은자는 매끈한 몸매와 피부를 가지고 있었다. 한참을 등과 가슴을 어루만지며 정호가 조심스럽게 옆으로 누우려 하자 은자는 그제야 눈을 뜨고 부끄럽다는 듯 이불로 몸을 감쌌다. 은자의 몸을 더듬으며 몸이 달아오른 정호는 다시금 은자의 입술에 자신의 입술을 포갰다. 그리고는 거칠게 은자의 몸을 구석구석 더듬었다.

"아이, 아이잉."

은자는 다소 앙탈을 부리는 듯하더니 이내 정호의 품에 몸을 맡겼고, 둘은 다시 열렬한 사랑의 시간을 가졌다. 시계를 보니 새벽 6시가 다 돼간다. 밖은 아직 칠흑같이 어둡기만 하다.

"이제 집에 가야죠. 서두릅시다."

정호가 먼저 말을 건넸다. 은자는 대꾸 없이 그냥 고개를 끄덕였다.

7

샤워하고 옷을 챙겨 입은 둘은 모텔 문을 나섰다.

"나는 어제 차를 두고 택시로 들어왔어요. 은자씨는요?"

"저도 택시로 왔어요."

"그럼, 어차피 택시로 나가야겠네요."

황량한 바람이 몹시 차갑게 몸속으로 파고드는 새벽녘. 지나가는 택시는 없었다. 정호는 휴대전화로 콜택시를 검색해 한 대를 불렀다. 뒤늦게 전화기를 보니 밤새 집에서 걸려온 전화가 시간대별로 10통 쯤 걸려와 있었다. '술을 많이 마셔 정신을 잃은 것을 동료 교수가 근처 모텔에 재우고 가버렸다고 해야지 뭐'라고 혼자 아내에게 핑계 댈 일을 생각하고 있는 사이 어둠을 뚫고 택시 한 대가 라이트를 환하게 비치고 둘 앞으로 다가왔다. 택시를 이용해 시내로 이동하는 사이 날이 밝기 시작했다. 우선 은자의 집 방향으로 가서 그녀를 내려주고 정호는 곧장 학교로 갔다. 학교에는 여벌로 가져다 놓은 속옷과 세면도구 등이 갖춰져 있었다.

연구실에 있는 컵라면으로 요기를 하면서 아픈 속을 달랬더니 조금 정신이 드는 듯 했다. 그러면서 은자와 함께했던 어젯밤 일이 자꾸 떠올랐다. 더불어 앞으로 어떻게 행동해야 할지, 머릿속이 복잡해졌다. 속을 다스리고 나서 정호는 집에 전화를 걸어 아내에게 어젯밤 일을 둘러대기 시작했다. 차분하게 상황을 둘러대니 아내는 걱정 많이 했는데 전화도 안 해주면 어떠냐고 투덜대면서도 남편인 정호의 말을 믿어주는 눈치였다. 정호는 그동안 아내와 가정에 나름 충실했고, 그가 학교 일을 목숨처럼 여긴다는 사실을 아내도 잘 알고 있었기에 크게 의심하지 않는 눈치였다. 언제 무슨 일이 있었냐는 듯 학교 일로 바쁜 오전 시간을 보내고 나서 정호는 은자가 학교에 왔는지 궁금해졌다. 학과 조교에게 다른 핑계를 대고 물어보니 오전 수업은 없어 잘 모르겠고, 오후수업에는 출석했다는 이야기를 전해 들었다. 그제야 안도감이 밀려왔다.

#8
　　　　　　　　　다음날은 이정호 교수가 은자가 수강하는 과목을 수업하는 날이었다. 강의실에 도착해보니 은자는 늘 앉던 자리에 앉아 차분하게 수업 준비를 하고 있었다. 둘은 무슨 일이 있었냐는 듯 태연하게 한 명은 강의하고 한 명은 강의를 들었다. 그날 수업이 끝나고 연구실로 돌아온 정호는 휴대전화로 은자에게 전화를 걸었다. 신호음이 울리는 사이 몇 번이고 전화를 끊을까 망설이기도 했지만, 정호는 '어차피 전화번호가 남을 텐데'라는 생각을 하며 은자가 전화를 받을 때까지 기다렸다.

"여보세요, 은자씨! 이정호입니다."

"네, 교수님"

잠시 어색한 듯 둘은 말없이 전화기를 붙들고만 있었고, 정호는 어렵게 말문을 열었다.

"친구 은숙씨는 잘 들어갔답니까?"

"네, 이튿날 바로 통화했는데 잘 들어갔다고 하네요."

"네."

한동안 말을 잇지 못하던 정호는 말문을 열었다.

"오늘 저녁 시간 되시면 간단하게 식사나 하시죠?"

"네 별일은 없는데…."

"그럼 6시에 학교 앞 버스 정류장 말고 그다음 버스정류장에 계세요, 내가 그리로 차를 몰고 가겠습니다."

"네, 거기 있을게요."

6시가 돼 둘은 약속장소에서 만났고, 변두리로 차를 몰아 한적한 호숫가 식당에서 식사했다. 둘은 태연스럽게 이런저런 세상 사는 이야기를 나눴다. 정호는 다음 달 교육부 주관 국비 지원 지방대학 육성 프로젝트 공모를 위해 서류 준비하느라 바쁜 시간을 보내고 있다는 얘기를 주로 했다. 은자는 자신이 수강하는 과목이 어떤 과목은 흥미로운데 어떤 과목은 교수법도 서투르고 도무지 내용이 어려워 제대로 이해할 수 없다는 등등의 얘기를 꺼냈다.

저녁 식사를 마치고 이정호 교수의 차에 오른 둘은 목적지도 없이 드라이브했고, 차는 도심에서 한참 벗어난 곳까지 이르렀다. 이정호는 머릿속으로 은자의 몸을 만지고 싶다는 생각을 했지만 차분하게 행동했다. 그리고는 국도변 한적한 곳에 모텔이 하나 나타나자 은자에게 달리 묻지도 않고 차를 그곳으로 몰았다. 은자도 그냥 별다른 반응을 보이지 않고 정호를 따랐다. 주중이어서 모텔 객실은 여유가 있었다. 그래서인지 꼭대기 층 전망이 좋은 방을 받을 수 있었다. 정호와 은자는 또 그렇게 뜨거운 하루를 보냈다. 모텔을 나온 시간이 밤 10시가 채 못됐다. 이정호는 은자를 집까지 바래다주고 자신의 집으로 차를 몰았다. 이렇게 둘은 대략 1주일에 한 번꼴로 만났다. 이정호 교수가 방학해서 조금 시간 여유가 생길 때는 1주일에 두 번 만나는 일도 있었다. 새 학기 준비로 바쁜 2월 중순까지 정호와 은자는 그렇게 지냈고, 만나는 횟수가 늘어날수록 둘의 거리는 가까워졌다. 툭툭 편한 말을 주고받을 정도의 사이가 됐다.

2월 중순 설 명절을 막 보내고 난 다음 주였다. 둘은 여느 때처럼 식사를 함께하고 서로를 탐닉하기 위해 모텔로 이동하기 위해 차에 함께 타고 이동하고 있었다. 그때 이정호의 휴대전화가 울렸다. 그의 집에서 아래로부터 걸려온 전화였다. 통화하고 나서 이정호는 급히 집에 들어가 봐야 한다며 은자에게 사정을 구했다.

"집 사람이 몸이 안 좋다고 얼른 들어와 달라고 하네. 어쩌지?

"왜요? 어디가 아픈데요? 많이 아픈 건 아니래요?"

은자는 어쩔 수 없다는 반응을 보이면서도 몹시 서운한 마음을 감출 수가 없는 듯 뾰로통한 표정을 지어 보였다. 정호는 이런저런 말로 이해를 구했지만, 은자의 얼굴 표정은 굳어만 갔다. 은자를 데려다주기 위해 정호가 차를 몰고 가던 중 는 사거리에서 신호등이 바뀌려는 순간을 만났다. 정호는 차를 급히 몰면 신호를 통과할 수도 있겠다는 생각을 했지만 무리할 필요가 없다고 판단해 급브레이크를 밟아 차를 세웠다. 정호의 뒤를 따르던 5톤 트럭이 급정거하는 정호의 차를 뒤에서 거세게 들이받았다. 쾅 소리와 함께 정호의 차는 뒤쪽이 반파되는 사고를 당했다. 정호의 차는 10여 미터를 튕겨 나갔고 우측 큰 도로에서 좌회전 신호를 받고 출발한 3000cc급 승용차와 다시 충돌했다. 단 몇 초 만에 벌어진 아찔한 사고였다. 둘은 모두 안전벨트를 매고 있었지만, 충격이 워낙 컸고, 머리와 가슴을 차량 앞부분에 심하게 부딪혔다. 은자는 순간 정신을 잃었다. 어쩔 줄 몰라 당황하던 정호는 문을 열고 밖으로 나가 사태를 파악해보려 했으나 이미 차는 형체를 알아보기 어려울 만큼 파손됐고, 문짝도 찌그러져 열리지 않았다. 정호는 큰 한숨을 쉬고는 운전석에 앉아 헤드레스트에 머리를 기댔다.

얼마의 시간이 흘렀을까. 경찰차의 요란한 신호음이 들리기 시작하더니 삽시간에 사람들이 몰려와 차에 있던 정호와 은자를 구출하기 시작했다. 건장한 경찰관과 소방관들이 장비를 동원해 둘을 차 밖으로 구조했고, 둘은 자신들의 의지와는 무관하게 병원 구급차에 실려 응급실로 이송됐다. 삽시간에 벌어진 사고로 정호와 은자는 응급실에 나란히 눕는 신세가 됐다. 워낙 큰 사고를 당해 정신이 없었지만 그런 와중에도 정호는 그동안 은자와 나눴던 밀애의 전모가 밝혀지면 어쩌나 하는 두려움에 휩싸였다.

#9

　　　　　　　　교수인 이정호와 학생인 김은자가 저녁 시간 같은 차를 타고 가다가 사고를 당했으니 이튿날 학교는 온통 둘의 얘기로 입방아가 계속됐다. 둘 이상이 모이면 모두 이정호 교수의 사고에 관해 이야기를 나눴다. 오너 총장의 막강한 신뢰를 바탕으로 교내에서 무소불위의 이인자로 각인된 이정호이었기 때문에 입방아는 더욱 거세게 돌아갔다. 소문은 꼬리에 꼬리를 물었다. 그러면서 눈덩이처럼 커졌다. 사실 지난 연말에 둘이 모텔에서 나오는 것을 봤다는 얘기가 한 번 학내에 돌았는데 목격자를 자칭한 교직원이 '밤이라서 제대로 못 봤다.' '뒷모습만 본 것이라 이 부총장이 맞는지 확신할 수 없다.' 등등의 말로 뒷걸음을 쳐 소문은 이내 가라앉았다. 그러던 중 밤늦은 시간 둘이 같은 차를 타고 가다 사고가 나서 같이 응급실에 실려 가 나란히 누웠으니 스캔들은 이전에 돌았던 소문과 섞여져 톱니바퀴를 맞췄다. 사고가 나고 단 이틀 만에 이정호가 어떤 변명을 해도 통하지 않을 수준까지 소문은 확대됐다.

이정호와 김은자는 다행히 큰 부상은 아니어서 5일간의 입원 치료를 한 후 각자 퇴원할 수 있었다. 처음 병원으로 실려 온 날 이정호의 아내는 응급실로 달려와 남편의 사고를 확인하고 안절부절못하는 모습을 보였지만 이후 병원에 모습을 나타내지 않았다. 은자와의 관계를 눈치챈 이정호의 아내는 믿었던 남편에게 배신을 당했다는 생각에 분노를 주체할 수 없었다. 병원 직원들 사이에서도 소문은 삽시간에 번져갔다.

"대학교수하고 여자하고 실려 온 사람들 부부가 아니라며? 글쎄 교수하고 제자 사이래. 어쩜 그럴 수가 있니? 배운 놈들이 더해. 세상에 믿을 인간이 없다니까."

병원 직원들은 둘만 모이면 이정호 얘기를 나눴다. 이정호의 아내가 입원 기간 병실을 방문하지 않는 것을 보고 병원 직원들은 더욱 소문을 확산시켜갔다. 심한 타박상과 함께 곳곳에 찰과상을 입은 정호는 혼자 몸을 움직여 화장실을 다니고 밥을 먹는 일 등이 몹시 불편했지만 그렇다고 아내를 부를 수 있는 처지가 아니라는 생각을 했다. 병원에 있는 동안 지난 수개월의 일들이 주마등처럼 스쳐 갔다. 자신에게 접근해 사태를 이 지경까지 오게 한 은자가 몹시 원망스러웠다. 하지만 생각의 끝은 결국 모든 잘못과 책임은 자신에게 있다는 쪽으로 기울었다. 누굴 원망할 처지가 못 됐다. 그저 자신의 무모한 불장난이 이 모든 사태를 몰고 왔다는 생각이 들었다. 바로 아래층에 은자가 입원해 있었지만, 그 병실을 가보지도 않았고, 전화 한 통 걸지 않았다. 누가 제대로 병간호는 해주는 건지, 얼마나 다쳤는지 궁금한 것이 한둘이 아니었지만 연락할 상황은 아니라는 판단을 했다.

#10

정호는 5일간의 입원을 마치고 집으로 돌아왔지만, 아내는 그에게 눈길조차 주지 않았다. 식사 시간이 돼도 아내는 냉장고에서 마른반찬 한두 가지를 꺼내 혼자 밥을 먹을 뿐 정호에게 식사하라는 빈말 한 마디 건네지 않았다. 정호는 아내가 식사를 마친 뒤 역시나 혼자 냉장고에서 반찬 한두 가지를 꺼내 찬밥을 물에 말아 꾸역꾸역 입에 몰아넣었다. 그저 살기 위해 먹는 식사일 뿐이었다. 아내는 실어증에 걸리기라도 한 듯 정호에게 한마디의 말도 건네지 않았다. 정호는 미쳐버릴 것 같은 답답함을 느꼈다. 뭐라고 말을 건네야 할 것 같은데 무슨 말을 어떻게 해야 할지 도무지 판단이 서지 않았다. 공연히 변명이라도 했다가는 오히려 큰 역풍을 맞을 것 같은 기분이었다. 이런 상황이 지속될수록 정호의 후회는 더욱 커져만 갔다.

아내의 냉대는 그래도 견딜 만했다. 이해도 됐다. 그러나 고교 1년생인 외동딸 혜린이의 냉대는 참기 어려운 고통이었다. 사춘기를 막 보내고 예민해질 대로 예민해져 있는 혜린이는 아빠인 정호와 눈길을 마주치지 않았다. 아침에 깨워서 학교 보내느라 날마다 전쟁을 치르던 모습은 온데간데없고 혜린이는 새벽같이 일어나 밥도 챙겨 먹지 않고 그냥 학교로 향했다. 학교에서 돌아와서도 거실에 얼굴을 비치지 않고 그대로 제 방으로 들어가 문을 걸어 잠그고 꼼짝을 하지 않았다. 화장실조차 가지 않는 듯 한번 방에 들어가면 좀처럼 나오는 일이 없었다. 중학교 때 전교 학생회장을 하고 수석 졸업을 한데다가 고교에 입학한 이후에도 학급 실장을 맡은 혜린이는 172㎝나 훤칠한 키에 매끈한 몸매와 뽀얀 피부를 지닌 재원으로 정호의 자랑목록 1호였다. 처음에 낳았을 때 딸이라고 무척 서운해했지만 키우다 보니 아들 가진 친구들이 하나도 부럽지 않을 만큼 혜린이는 잘 자라주었다. 아빠에게는 누구보다 애교스러운 딸이었다. 고등학생이 돼서도 아빠의 볼에 심심찮게 입맞춤을 해주는 혜린이는 정호의 가장 큰 희망이자 기쁨 덩어리였다. 그러던 딸 혜린이가 아빠를 쳐다보지 않는 것이 벌써 수일째이다. 아내도 딸도 모두 정호를 피했다. 정호는 고개를 들 수가 없었다. 가슴을 쇠망치로 얻어맞는 듯한 고통의 통증이 밀려왔다. 제대로 숨을 쉴 수도 없을 지경이었다.

11

며칠의 병가를 끝내고 학교에 나간
정호는 사뭇 달라진 주위의 시선을 금세 느낄 수 있었다. 복도에서 만
나는 직원들도 마지못해 목례는 하고 가지만 눈길을 마주치지 않았다.
부총장실 여직원조차 정호와 눈빛을 마주치지 않았다. 사람과 눈을 마
주치고 얘기를 나눠본 것이 얼마 만인가 혼자 손을 꼽아 헤아려 보기
도 했다. 학교에서는 출세 가도를 줄달음치던 이정호가 추풍낙엽 신세
가 될 것이란 소문이 하루가 다르게 번져갔다.

은자와의 교통사고가 터진 이후 정호의 삶은 그야말로 만신창이가
됐다. 아내와 딸 혜린의 신뢰와 존경을 한 몸에 받아오던 그는 하루아
침에 그들로부터 원망과 증오의 대상이 됐다. 자신에게 온갖 애교를
뿌려대며 마음 한구석 허전함을 달래주던 은자와의 관계도 자연스럽
게 정리됐다. 학교에서는 쌍칼을 휘두르듯 무서울 것이 없던 기세도
하루아침에 꺾여버렸다. 동료 교수들과 교직원은 물론 학생들 사이에
서도 눈치 빠른 놈들은 정호와 은자의 관계를 눈치채고 '어떻게 그런
일이 벌어질 수 있느냐?'며 노골적으로 실망감을 드러냈다. 당분간 학
교를 떠나있어야 하는 것도 기정사실로 됐다. 그는 모든 것을 잃었다.
지금이라도 시간을 되돌릴 수만 있다면 그날로 되돌아가 은자가 만나
자고 했을 때 거절해야 했다는 생각을 하루에도 수십 번을 했다. 하지
만 돌이킬 수 없는 일이란 걸 정호는 너무도 잘 알고 있었다. 그래서 그
고통은 더욱 무거워졌다.

그날 이후 정호의 몸도 망가질 대로 망가졌다. 사고로 인한 심한 타
박상으로 온몸이 통증으로 가득했지만, 누구 하나 따듯한 위로의 말
한마디 던지는 이가 없었다. 밀려오는 분노와 두려움으로 매일 불면
의 밤을 보내고 있으니 정신도 늘 몽롱하다. 술에 기대어 어렵게 잠을
청해도 새벽 3~4시만 되면 잠에서 깨어나니 정말 미칠 노릇이었다. 먹

는 것도 부실할 수밖에 없으니 몸이 시나브로 망가져 가는 것을 스스로 느낄 수 있었다. 죽지 못해 산다는 것이 바로 이런 것이라고 정호는 생각했다. 하루 한두 끼 눈치 봐가며 찬물에 밥을 말아 후루룩 마시듯 하니 영양을 섭취할 길이 없었다. 호시절엔 밀려오는 저녁 약속에 시간 잡기가 어려울 정도였고, 한 번 나가면 고급 한정식집이나 일식집, 청요릿집, 갈빗집에서 좋다는 것, 맛있다는 것, 귀한 것만 골라 먹었다. 주지육림에 빠져 살던 시절의 음식과 비교하면 지금 정호가 먹고 있는 음식들은 난민들이나 먹는 수준이다. 아내가 꼬박 챙겨주던 영양제나 홍삼액, 과일즙 등을 받아먹는 일도 먼 옛이야기가 됐다. 게다가 감당 못 할 스트레스까지 겹치니 그의 몸이 불과 한 달도 안 돼 만신창이가 된 것은 어쩌면 당연한 일이었다.

#12
　　　　　　　　　　　　김정태 총장의 입장은 단호했다. 이정호를 누구보다 아끼고 감싸던 김 총장이었지만 교수가 학생 신분인 유부녀와 정분을 나눴다는 사실이 도저히 받아들여지지 않았다. 결국, 김 총장은 읍참마속의 심정으로 이정호를 정리하기로 마음을 먹었다. 말로는 당분간 학교를 떠나있으라고 했지만 실상 그를 다시 불러들일 일은 없다고 김 총장은 생각했다. 이정호가 학교를 위해 또 자신을 위해 청춘을 바쳤고, 열정적으로 희생했다는 사실은 누구보다 잘 알지만, 일반 회사도 아닌 대학에서 학생과 정분이 난 교수를 그대로 둘 수는 없다고 생각했다.

　자신이 직접 데리고 와서 수족처럼 부렸고 때로는 의지했던 인물이란 점에서 그에 대한 측은함과 동정은 느껴졌지만 어쩔 수 없는 일이라고 판단했다. 이정호가 승승장구하면서 학내에서 누구보다 적이 많은 인물이라는 사실도 김 총장은 잘 알고 있었다. 이정호를 구제하면 그를 질투하는 세력들에 의해 학교가 곧 심한 내분을 겪을 것이란 사실도 누구보다 잘 알고 있었다. 어차피 정리할 거라면 하루라도 빨리 정리해 사태를 진정시키고 학교를 안정시켜야 한다고 김 총장은 생각했다. 김 총장뿐 아니라 보직이 있는 모든 교수도 김 총장과 생각을 같이했다. 이정호가 살아남을 수 있을 길은 모두 막혀버렸다.

모든 사실을 현실로 받아들일 수밖에 없던 이정호는 토요일 오후 조용히 학교에 와서 연구실 짐을 정리해 집으로 돌아갔다. 총장에게도 전화로 인사했을 뿐이다. 도와주는 이 한 명 없이 쓸쓸히 연구실 짐을 챙겨 나가려니 북받치는 서러움과 공허감을 감출 길이 없었다. 다시금 자신에게 교태로운 웃음을 던지던 은자의 모습이 떠올랐다. 너무나 원망스러웠지만 그를 탓할 수는 없는 일이었다. 그나마 은자의 남편이 외국에 나가 있어 사태가 이렇게 마무리되는 것이지, 만일 은자 남편이 국내에 있으면서 이 모든 사실을 알았다면 사태는 더욱 커질 수밖에 없었다는 사실을 그는 잘 알고 있었다.

그래서 그나마 다행이라고 여기며 오히려 자신을 위로했다. 은자가 걱정되기도 했다. 그도 나 못지않은 시련 속에서 하루하루를 보내고 있으리라 생각하니 미안스럽고 측은한 마음이 들었다. '학교는 제대로 다닐 수 있으려나?' '남편이 이 모든 사실은 알게 된 것은 아닌가?' '훗날 남편이 이 모든 사실을 알게 돼 이혼이라도 당하고 나서 내게 같이 살자고 덤벼들면 어쩌나?' '아내가 은자에게 쫓아가 해코지라도 하면 어쩌나?' 등등의 생각이 물밀 듯이 밀려왔다. 혼자 멍하니 자신이 7년간 앉았던 의자에 마지막으로 앉아 연구실 구석구석을 살펴보니 가슴은 찢어질 듯 아팠다. 순간 눈물이 핑 돌았다. 이런 상황까지 자신을 내몬 하늘이 원망스러웠다. 훗날을 예측하지 못하고 행동에 브레이크를 걸지 못한 자신이 너무도 원망스러웠다.

13

　　　　　　　　　　학교를 정리하고 나와 하루아침에
백수 신세가 된 정호는 난감했다. 갈 곳도 없고, 할 일도 없었다. 집에
있자니 아내와 부딪히는 것이 여간 부담스럽지 않아 약속도 없이 마냥
아침이면 집을 나섰다. 혼자 유료낚시터에 다녀보기도 하고 산에 오르
기도 했지만, 하루는 너무도 길었다. 친구를 찾아가 억울하고 분한 마
음을 털어놓고 위로를 받기도 했지만, 낮에는 다들 바빠서 변변히 이
야기를 나눌 처지도 못 됐고, 저녁에 그저 소주잔을 기울여 줄 뿐이었
다. 친구들은 하나같이 이정호를 이해해 주었고, 위로해주었다. 하지
만 위로만 해줄 뿐 근본적으로 문제를 해결해주지는 못했다.

　"안다 알아. 40대 후반 남자라면 누구에게라도 있을 수 있는 일이다.
막말로 제 마누라 살 냄새만 맡다 죽는 놈이 세상에 몇이나 된다느냐?
그렇게 작정하고 여자가 덤벼드는데 안 넘어갈 놈이 어디 있냐?"

　친구들은 진심으로 정호를 위로해주었지만, 정호의 마음을 달래주
는 것은 그저 잠시였다. 가뜩이나 눈치 보며 살고 있는데 만취 상태로
집에 들어가면 누가 좋아할까 싶어서 자제하며 마신다고는 하지만 심
신이 지쳐있는 상태인지라 정호는 평소 마시던 술의 절반만 마셔도 몸
을 가누기 어려운 지경에 이르렀다. 괴로운 나날이 한 달 넘게 지속됐
지만 뚜렷한 해법은 나타나지 않았다. 여기저기 대학 문을 두드려 보
려 했지만 이미 전국의 대학에서 이정호의 일탈에 대한 소문은 파다하
게 나 있었다. 더구나 그가 부교수급 고액연봉자인 데다 학교마다 연
구실을 차지하겠다고 번호표 뽑고 기다리는 교수 지망생들이 줄을 서
있는 형국이어서 그 틈을 뚫을 기회는 사실상 없었다.

　하루아침에 갈 곳도 할 일도 없는 처지가 된 자신의 신세가 너무도
애처롭게 느껴졌다. 돌아가신 아버지 산소에 찾아가 펑펑 울고 싶다
는 생각을 한 적이 한두 번이 아니었다. 평생토록 학교라는 울타리를

벗어나지 않고 살아온 정호는 앞을 봐도 뒤를 봐도 깜깜하다는 기분을 감출 수가 없다. 자신이 이렇게도 무능하고 나약한 존재라는 사실이 도무지 믿어지지 않았다. 무엇을 어찌 시작해야 할지 도무지 막막했다. 아버지와 어머니가 모두 돌아가신 이후 전답을 모두 정리하고 나온 터라 마땅히 찾아갈 고향도 없었다. 혹여 돌아갈 고향이 있다 한들 이런 모습으로 돌아가고 싶지는 않았다.

#14

　　　　　　　　　　　　　　태어난 후 가장 길고 고통스러운 한 달을 보낸 이정호는 이런저런 궁리를 하다가 문득 고교 때 단짝이었던 친구 문성진이 생각났다. 고교를 졸업하던 해 졸업식도 하지 않고 아버지를 따라 미국으로 건너간 성진은 정호와는 둘도 없는 사이였다. 서너 달에 한 번씩 전화를 나누는 사이이고 성진이 2~3년에 한 번씩 한국에 방문하면 꼭 정호를 만나보고 갔다. 그래서 둘은 서로에 대해 너무도 잘 알고 있었다. 성진은 아버지를 따라 애틀랜타로 가서 2년간 현지 생활을 익히는 데 주력했고, 이후 애틀랜타에 있는 4년제 사립대학을 졸업하고 사업에 뛰어들어 실패를 거듭하는 고생 끝에 지금은 시내 한복판에 자리 잡은 주유소를 경영하고 있었다. 그곳 한인회에도 활발한 활동을 해 부회장을 역임하기도 했고, 나름 마당발로 통했다. 사교적인 성격을 지닌 데다 감각도 뛰어난 성진은 애틀랜타 시내에 주유소 한 곳을 추가로 인수하기 위한 작업에 몰두하고 있었다. 그만큼 바쁜 일과를 보내고 있었다.

정호는 성진에게 전화를 걸어 그간 자신에게 일어났던 일을 상세하게 전해주었다. 통화하는 도중 "죽고 싶다"라는 말을 수없이 반복할 정도로 정호는 답답한 마음을 성진에게 토로했다. 정호의 말을 전해 들은 성진은 몹시 안타까워하며 며칠 생각해보고 전화하겠다는 말을 전했다. 실제로 며칠 후 성진에게서 전화가 걸려왔다. 성진은 평소와 달리 무척 냉정하고 나지막한 목소리로 정호에게 말을 건넸다.

"정호야! 내 말 냉정하게 판단하고 들어라. 내가 며칠을 두고 곰곰이 생각하고 하는 이야기이다. 너 어차피 한국에서 할 일이 마땅치 않으니 미국으로 건너와라. 한국에서 네가 할 일을 찾는 것은 마땅해 보이지 않는다. 미국 와서 새롭게 시작해라. 미국으로 오는 절차는 내가 최대한 빨리 처리해주마. 다만 한국에서처럼 고상하게 귀족 대접받고 살 생각은 말아라."

갑작스러운 성진의 제의에 정호는 적지 않게 당황했지만 지금, 이 상황에서 한국 땅에 꼭 남아야 하는 것이 무슨 이유인가 싶은 생각이 들었다. 하루아침에 자신을 만신창이로 만든 한국 사회를 못 떠날 이유도 없다는 생각을 했다. 학교만 생각하면 분노와 후회가 동시에 밀려와 감정을 주체할 수 없던 터라 성진의 말을 듣고 정호는 한국 사회를 당장이라도 떠날 수 있을 것 같은 자만심이 밀려왔다.

"내가 가서 뭘 할 수 있을까? 이 나이에 거기 가서 새롭게 시작할 수 있을까?"

"너 내가 어떻게 시작했는지 알지? 나도 2평 남짓한 도로가 상점에서 신문과 잡지, 핫도그, 커피 팔면서 시작했어. 편의점 차리는 데까지 6년 걸렸고 다시 주유소 차리는 데 5년 걸렸다. 처음부터 다시 시작한다는 각오를 가지 않으면 안 돼."

"그래 그 말이 맞지. 각오도 돼 있고. 그런데 가서 뭘 할 수 있을까?"

"내가 너 세탁소 하나 차릴 수 있도록 도와줄 일이 생겼다. 대학 부총장 하던 녀석에게 세탁소 하라니까 서운하겠지만 여기는 미국이고 새롭게 시작한다는 각오가 아니면 일어설 수 없는 곳이다. 세탁소라고 해서 옛날처럼 직접 빨래하고 다림질하는 건 아니고 세탁물 접수해서 세탁공장에 넘기고 물건 찾아다 손님에게 다시 돌려주는 형태니까 할 수 있을 거다. 마침 세탁공장을 운영하는 선배와 내가 자별하게 지내고 있어서 여러모로 좋은 조건으로 네가 일할 수 있도록 해보겠다. 내 말 서운하게 듣지 말고 잘 생각해보고 혜린 엄마와도 잘 상의해봐라."

"그래. 고맙다. 생각해보고 전화하마."

전화를 끊고 나서 정호의 마음은 몹시 혼란스러웠다. 이렇게 된 것도 받아들이기 어려운데 미국까지 건너가 세탁소를 한다고 생각해보니 보통 심란하지 않았다.

#15

　　　　　　　　처음 한 달간은 눈도 안 마주치던 정호의 아내는 조금 마음이 풀렸는지 묻는 말에 짧게 대꾸는 하기 시작했다. 하지만 여전히 치미는 울화를 참지 못해 정신과 진료를 받고 있었고, 전과 같은 온화한 표정은 도무지 찾을 수 없었다. 성진과의 전화 후에 이틀간 곰곰이 생각하고 기회를 보던 정호는 마침내 아내에게 말을 걸었다.

"이렇게 계속 살 수는 없는 일이고, 성진이하고 통화했는데 미국으로 건너오라네. 거기서 새로 시작하자고 하데. 처음엔 나도 흘려들었는데 며칠 곰곰이 생각해보니 여기서 허송세월하느니 미국으로 건너가 하루라도 빨리 현실적으로 사는 것도 괜찮을 것 같기는 해. 세탁소 한번 해보라고 하던데, 직접 세탁을 하거나 다림질을 하는 건 아니고 세탁공장에서 세탁은 하고 세탁소는 중개만 해주는 형태라더군. 생각 좀 해봐."

"이 나이에 나보고 미국까지 건너가서 남의 빨래나 만지라고요?"

아내는 쏘아붙이듯 말했다. 그리고는 안방으로 횡하니 사라졌다. 가뜩이나 마음이 무거웠던 정호는 아내의 민감한 반응에 더욱 마음이 상했다. 대학교수, 그것도 잘 나가는 대학의 부총장을 역임한 이정호는 본인 스스로가 세탁소 주인이 된다는 사실을 받아들이기 힘들었던 터에 아내가 의외의 민감한 반응을 보이자 당혹스러웠다.

스스로가 너무도 비참하게 느껴졌다. 따듯하게 말해주길 기대하지도 않았지만 그래도 이렇게 자신을 비참하게 만드는 아내가 원망스럽고 야속하게 느껴졌다. 정호는 아내가 안방으로 휑하니 사라진 뒤 북받치는 감정을 주체하지 못하고 주먹으로 거실 바닥을 힘껏 내려쳤다. 이렇게까지 망가진 자신이 너무도 초라하게 여겨져 분노가 치밀어 올랐다. 아내가 저렇게 나오니 딸 혜린이가 어떤 반응을 보일지 더욱 막막해졌다. 아무리 분노가 치밀어도 분노를 술로 다스리지 않겠다고 몇 번이고 혼자 다짐했던 정호지만 자신도 모르는 사이 냉장고를 열고 소주 한 병을 꺼내 들고 단숨에 들이켰다. 그리고는 술의 힘을 빌려 잠을 청하고 말았다. 은자와의 사건이 터진 이후 정호는 줄곧 비워두고 쓰지 않던 방에서 혼자 잠을 자야 했다. 아내의 옆으로 다가갈 용기도 없었지만, 아내는 이른 저녁 혼자 방에 들어가 문을 걸어 잠그는 버릇이 생겼다.

16

성진과의 통화 이후 가뜩이나 심란했던 정호는 아내에게 세탁소 얘기를 꺼낸 뒤 마음이 더욱 심란해졌다. 아내와 혜린이가 적극적으로 나서 미국으로 가서 새 출발 하자고 말해주길 바랬지만, 반응은 오히려 싸늘해졌다. 그래서 정호는 더욱 위축되고 맥이 빠졌다. 그렇게 며칠을 지내고 나서 아내가 정호에게 말을 걸었다.

"우리 미국 가요. 나도 여기서 이렇게 사는 거 더 이상 못하겠어요. 아무도 모르는 곳으로 가서 새롭게 살고 싶어요. 난 결심했으니까 이 제부터는 당신이 알아서 하세요. 혜린이 하고는 얘기 나눴는데 그 아이도 싫지는 않은 듯 말했어요. 모든 걸 당신에게 맡길 테니 당신이 알 아서 하세요."

아내는 당돌하게, 그러나 비장하게 정호에게 미국행을 결심한 자신 의 속내를 밝혔다. 뜻밖의 아내 결심에 정호는 적지 않게 놀랐지만, 순 간 마음이 더 복잡해지기 시작했다. 오히려 자신이 더 심란해지기 시 작한 것이다. 한편으로는 자기 뜻을 따라준 아내가 고맙기도 했지만, 한편으로는 새로운 세상으로 가야 한다는 생각을 하니 마음이 무거워 지기 시작했다. 겁도 났다. 평생 살아온 한국 땅을 떠나야 한다니 이런 상황을 만든 자신이 원망스러웠다. 패배의식이 밀려오면서 처량하고 착잡했다.

다음날 정호는 성진에게 전화를 걸었다. 그리고는 미국행을 결심했 다고 말했다. 그러자 성진은 곧바로 정호 가족의 미국행을 위한 절차 에 착수하겠다고 대답하고는 마음 단단히 먹으라고 충고했다. 미국 사 회에서 자리를 잡은 성진은 온 힘을 다해 정호 가족의 미국 입국을 위 한 절차를 준비했다. 정호도 빠르게 한국 생활을 정리해 나갔다. 그러 기를 두 달여 지나 성진에게서 전화가 걸려왔다.

"모든 준비는 끝났다. 곧 초청장하고 필요한 서류 챙겨서 보낼 테니 시간 되는대로 출국 준비해라. 더 있으면 마음 변한다. 마음 굳건히 먹 었을 때 행동으로 옮겨라. 기다리겠다."

모든 준비는 끝났다. 아내의 결심이 굳어진 후 곧바로 부동산에 내 놓은 아파트도 매입 희망자가 나타났고, 혜린이의 학교 문제도 해결됐 다. 이제 떠나는 일만 남았다. 마지막으로 정호는 부모님 산소가 있는 고향엘 다녀왔다. 시골에서 농사를 지으며 사는 8촌 형에게 묘지 관리를 잘해줄 것을 당부하고 소주 한 병을 사서 산소에 가서 마지막일 지도 모르는 큰절을 올렸다. 따가운 햇볕이 큰절을 올리는 정호의 등에 내리쬐었다.

"아버지, 어머니 죄송합니다. 언제 올지도 모릅니다. 편히 계세요."

정호는 감당 못 할 울음을 쏟으며 겨우 성묘를 마쳤다.

'이제 3일 후면 떠나는구나. 이렇게 허망한 것이 인생이구나. 한 번의 불장난이 내 모든 것을 빼앗아 갔구나.'

정호는 짧은 시간에 지난 오랜 시간을 옛날 영화관 낡은 필름처럼 빠르게 감아내며 회상에 잠겼다. 유난히 어머니와 아버지가 보고 싶어졌다. 10년도 넘게 끊었던 담배를 한 갑 사서 산에 오른 정호는 담배 한 개비를 빼서 입에 물고 불을 댕겼다. 그리고는 아주 길게 담배 연기를 한 모금 빨아들였다.

'내 철없는 불장난은 이렇게 끝이 나는구나. 인생 일장춘몽이라더니 정말 이렇게 허무한 것이 인생이로구나.'

혼잣말을 중얼거리는 사이 먼 산 너머로 노을이 붉게 물들기 시작했다. 정호는 노을을 향해 담배 연기를 힘껏 내뿜었다. 아직은 붉은 기운이 약한 노을 사이로 정호가 내뱉은 담배 연기가 흩어졌다. 한 번의 불장난이 자신의 인생을 이렇게 망가뜨릴 수 있다는 사실이 받아들이기 어려웠다. 참으로 어처구니가 없는 일이 자신에게 벌어졌다고 생각했다. 머지않아 낯선 땅 미국으로 가야 한다고 생각하니 미지의 세계에 대한 두려움도 밀려왔다. 김정태 총장 단 한 사람에게만 엎드리고 나머지 누구에게나 군림하던 삶을 정리하고 누구에게나 낮은 자세로 임하며 살아야 한다고 생각하니 불안감이 더욱 커졌다. 그러나 한편으로는 '사람이 못 할 짓이 무어냐. 그까짓 거 못 할 것도 없다.'라는 생각도 들었다.

해가 뉘엿뉘엿 서산으로 넘어가면서 세상이 빛을 잃어가자 정호는 산에서 내려오기 시작했다. 언제 또 올지 모른다는 생각에 부모님 산소를 몇 번이고 되돌아보았다. 부모님께 못 할 짓을 했다고 생각하니 가슴이 아렸다. 그렇지만 '살아계셔서 이 꼴을 안 보시니 얼마나 다행인가?' 싶은 생각을 하며 자신을 위로했다. 산에서 내려와 마을에 거의 다다를 무렵 산 밑 공터에서 열 살 남짓한 사내놈들 셋이서 나뭇가지며 쓰레기며 이것저것 주워 모아 불을 피우고 있는 것이 눈에 들어왔다. 가까이 다가서자 사내 녀석들은 잔소리를 들을까 봐 두려워하는 눈빛으로 물끄러미 정호를 바라봤다.

"우리 쓰레기 태우는 거예요. 이제 이것만 태우고 집에 갈 거예요."

정호는 아무 말도 하지 않았는데 아이들은 지레 겁을 먹었는지 정호에게 먼저 말을 건넸다. 정호는 한동안 아이들을 바라봤다. 어릴 적 불장난을 하며 친구들과 놀았던 기억이 삽시간이 머리를 스쳐 갔다.

"야 이놈들아! 불장난이 얼마나 무서운 건지 알아? 불길이 산으로 번지면 삽시간에 걷잡을 수 없이 번져. 몇십 년 가꾼 숲이 하루아침에 재로 변한다. 단 하루면 이 일대 모든 산은 끝장나. 알아? 세상에서 제일 무서운 게 불이야. 불장난보다 무서운 건 없어. 이제 얼른 불 끄고 집으로 돌아가. 부모님들 걱정하신다."

정호가 단호하게 말하자 아이들은 아쉬운 표정을 지어 보이면서도 어쩔 수 없다는 듯 불을 끄기 시작했다. 불이 꺼져가고 불씨만 남게 되자 한 녀석이 바지를 내리고 고추를 꺼내 불을 향해 오줌을 싸기 시작했다. 지켜보며 웃던 다른 녀석들도 역시 고추를 꺼내 불씨에 오줌을 뿌려대며 깔깔거렸다. 순간 지독한 냄새가 주위를 덮쳤다. 참으로 오랜만에 맡아보는 냄새였다. 불씨가 모두 꺼진 것을 확인하고 정호는 아이들과 함께 자리를 떠 마을로 이동했다. 그러면서 혼자 생각했다.

'나도 산으로 불이 번지기 전에 누가 불장난 못 하게 말려주기라도 했으면 좀 좋아. 빌어먹을…. 애써 가꾼 산을 모두 태우고 살림살이까지 불에 태웠으니….'

마을에 이르러 정호는 아이들과 헤어졌다. 시골 아이들은 정호에게 인사를 하고 저마다 제집 방향으로 흩어졌다. 정호는 집을 향해 뛰어가는 아이들을 물끄러미 바라보았다.

'이 녀석들아! 불장난 못 하게 말려준 내가 고마운 줄이나 알아라. 한 번 불장난으로 산이라도 태웠으면 네놈들은 물론 네 가족도 인생 고달파질 뻔했다. 나중에 커서라도 절대 무모한 불장난을 하지 마라. 세상에 불장난보다 무서운 것은 없느니라.'

어느덧 해는 서쪽 하늘로 완전히 넘어갔고, 노을은 어느 때보다 진하고 고운 빛깔로 여명을 뿌렸다. 서쪽으로 길을 잡아 걸어가고 있는 정호는 붉은 노을 속으로 빨려 들어가며 녹아 없어지듯 사라졌다.

짱이 엄마

‖ 작가 노트 ‖

대한민국 사회는 배운 자에게 너무도 관대하다. 가진 자에게도 마찬가지이다. 그래서 돈 많고 잘 나가는 사람들의 치부를 드러내는 일은 암암리에 금기시되고 있다. 사회적으로 성공한 사람으로 분류되는 잘 나가는 정치인, 교수, 의사를 비롯한 각종 전문직 종사자들에 대해 갖는 사회적 경외감은 참으로 크다. 성직자도 마찬가지이다. 그러나 내가 바라본 그들의 세상은 평범한 삶을 살아가는 우리네와 크게 다를 바 없다. 오히려 더 추악하고 속물근성을 드러내며 사는 경우도 많다. 하지만 사회는 그들에게 마냥 관대하다. 사회적 강자의 자리에서 온갖 특혜 속에 살면서 실상 오히려 민초들보다 더 탐욕스러운 삶을 살아가는 이들의 치부를 들춰내고 싶은 심술이 발동했다. 그들도 우리네와 별반 다를 것이 없는 그저 욕심을 앞세우는 인간의 본성에 충실한 존재라는 사실을 드러내 공감받고 싶었다. 그래서 '불장난'을 통해 대학교수를 고발했고 이번 작품 '짱이 엄마'를 통해 추악한 성직자를 고발한다. 그들이 사회에서 특혜를 받는 만큼 진정한 노블레스 오블리주를 실천해주길 바라는 마음에서 그들에게 창을 날린다. 이 사회를 함께 살아가는 우리는 모두 한낱 욕망에 들끓는 같은 인간에 불과하다는 점을 소설을 통해 표현하고 싶었다. 절제된 삶 속에서 지성으로 살아가는 다수의 사회 지도층에게는 미안스러운 일이지만 말이다.

#1

　　　　　　강원도와 충청도의 접경 시골 마을. 충청도 땅이지만 마을 사람들은 누가 많이 아프기라도 하면 강원도 원주 기독병원으로 달려가고, 명절을 앞두고 평소보다 크게 장을 볼 일 있으면 그때도 원주로 나간다. 한때 이 지역 금광에서 적지 않은 금이 생산되던 시절에는 면 전체 인구가 2만 명에 육박하던 시절이 있었다. 그때는 신작로에 다니는 사람들도 많았고 닷새마다 열리는 장날이면 도시 뒷골목을 연상케 할 만큼 인파가 북적였다. 광부들 목을 축여주는 대폿집도 즐비했고, 10개가 넘는 다방이 성업하기도 했다. 면 내에 두 곳인 초등학교도 저마다 한 학년에 200명 가까운 아이들이 다녔으니 대도시 학교와 비교할 바는 못 되지만 시골 학교로는 제법 큰 규모였다.

그러다 어느 날 갑자기 금광이 폐쇄되고 하나둘씩 사람들이 떠나면서 이 마을은 모든 것이 초라해지기 시작했다. 빈집이 늘어나기 시작하고 거리엔 사람 꼴을 찾아보기 힘들어졌다. 폐광된 지 벌써 10년이 넘었으니 더 떠날 사람도 없다. 한창 많았을 때와 비교하면 인구가 1/5도 안 된다. 초등학교 두 곳 중 한 곳은 이미 폐교됐고 그나마 남은 한 학교도 학생 수가 형편없이 줄었다. 한 학년이 그저 20~30명에 이르는 정도이다. 엉덩이를 실룩거리며 커피를 나르던 다방레지들도 많을 때는 50명이 넘을 때도 있었지만 모두 떠났다. 젊은것들은 모두 떠났고 아가씨를 별도로 두지 않고 혼자 주방도 보고 배달도 하다가 홀에 찾아오는 손님들과 차를 마셔주며 농담을 지껄이는 짓까지 혼자 다 하는 늙수그레한 여주인이 운영하는 별다방 한 곳만 남았다. 별다방 주인은 아가씨 때 이곳에 일하러 왔다가 눌러앉아 이 마을 사람이 됐다.

별다방 뒤편에는 누가 봐도 이 마을에서 제일 번듯해 보이는 이층집이 한 채 있다. 붉은 벽돌로 지은 이 집은 지은 지 20년이 다 돼가지만 주인 짱이 아빠 박정한이 언제나 부지런 떨며 이곳저곳을 수선하고 수년에 한 번씩 페인트칠도 해서 한눈에 봐도 단정하고 깨끗해 보였다. 이 집 아들 이름은 '장길'이었지만 동네 사람들은 '짱길'이라고 불렀고, 언젠가부터 그냥 '짱이'라고 불렀다. 그래서 동네 사람 누구나 짱이라고 해야 알아들었다. 짱이 아빠 박정한은 전문 면허가 있는 것은 아니지만 샘도 파고, 보일러도 고치고 하는 만능 재주꾼이었고, 그것이 그의 생업이었다. 어릴 적 사고를 당해 한쪽 다리를 제대로 사용하지 못하는 불구였지만 그의 손재주는 근동에 소문이 날 정도로 훌륭했다.

짱이 엄마 유순옥은 인근 마을에서 스무 살이 채 되지 않았을 때 고등학교를 막 졸업하고 시집왔다. 워낙 가난한 집에서 형제도 많아 제대로 가르칠 수 없는 환경이다 보니 부모가 서둘러 결혼을 시켰다. 시골에서 농사짓는 집에서 태어났지만 도시 여자 뺨치게 고운 외모를 지녀 누구라도 한눈에 보면 호감을 느낄 만한 정도였다. 시집온 뒤로 짱이 엄마는 좀처럼 바깥출입을 하지 않았다. 20년이 넘도록 그가 교회 다니는 일 외에 집 밖을 나와 다니는 일은 손가락으로 꼽을 정도였다. 마을에 결혼잔치, 환갑잔치가 벌어지거나 초상집이 생겨도 좀처럼 다니지 않아 동네 사람들은 짱이 엄마에 대해 달리 아는 바가 없었다. 심지어는 바로 이웃 마을 사람 중 일부는 얼굴도 잘 모르는 이도 있었다. 마을사람들은 짱이 엄마에 대해 그저 이 시골구석에 살기에는 부적합한 인물이라고만 생각했다.

그런 짱이 엄마가 지성으로 다니는 곳은 동네 교회뿐이었다. 아무리 급한 일이 있어도, 아무리 날씨가 궂어도 짱이 엄마는 교회 가는 일 만큼은 거르지 않았다. 새벽기도도 꼬박 다녔고, 주말이 아니더라도 수요예배에 빠지는 일이 없었고, 부흥성회 같은 큰 행사가 있으면 교회에 특별 헌금을 내기도 했다. 하지만 교회에서도 신자들 간의 친목 활동이나 기타 선교 활동 등에는 전면에 나서지 않았다. 십일조를 바치는 것은 기본이고, 집사라는 칭호를 받았지만 그래도 열심히 예배에 참석하는 일 외에 다른 일에는 좀처럼 나서는 일이 없었다. 이처럼 짱이 엄마는 지극 정성으로 교회에 다녔지만, 그의 남편 박정한은 교회에 다니지 않았다. 그저 일만 열심히 하는 사람이었다.

짱이라는 이름으로 더 알려진 장길이는 중학교 2학년으로 유순한 아이였다. 공부는 중상위 수준이었고 모든 면에서 평범한 성격이었다. 엄마를 따라 어려서부터 교회에 다녔지만, 그저 주일을 지켜 예배에 참석하는 정도였다. 교회에 가서 듣는 교리에는 별 관심이 없었지만, 워낙 어려서부터 습관적으로 다니던 교회여서 일요일이 되면 그냥 가는 것으로 알았다. 아버지 박정한은 아내와 짱이가 교회에 다니는 것에 대해 크게 관심이 없었다. 아내가 관심을 두고 사람을 만나는 유일한 공간이 교회였던 만큼 아내와 아들이 교회에 다니는 것에 대해 어떤 거부감도 없었다. 다만 자신은 교회의 분위기가 영 어색하고 불편해 다니지 않았다. 결혼 초기에는 몇 번 다닌 적도 있지만 이내 포기하고 말았다.

짱이 엄마 유순옥이 다니는 교회는 면내에서 가장 오래된 교회였다. 신도 수도 가장 많았고, 건물도 가장 컸다. 특히 4년 전 이인철 목사가 부임해 온 이후 신도 수가 꾸준히 늘면서 교세도 무럭무럭 성장했다. 이인철 목사는 본래 서울 출신으로 줄곧 서울서 나서 자란 사람이었지만 4년 전 이곳으로 이사와 구주교회를 일으켜 세웠다. 구주교회는 나이 많은 장덕수 목사가 운영했지만, 그가 병약해지면서 젊은 이인철 목사에게 자리를 내주고 자신은 충주 인근의 요양원으로 들어갔다. 가끔 구주교회에 나타나긴 했지만 오래 머물지는 않았다. 이인철 목사가 교회를 잘 운영하고 있어 그는 자신이 청춘을 바친 교회에 대해 크게 걱정할 바가 없었다.

이인철 목사는 46세로 아내와 중학교 2학년 딸을 두고 있었다. 아내는 목사 부인답게 모든 면에서 솔선수범하는 모범적인 생활을 하며 동네 사람들로부터 칭송을 받았다. 남편인 이인철 목사를 지극 정성으로 보살펴 현모양처라는 평가도 받았다. 이인철 목사의 딸 이혜주는 초등학교 때 아버지를 따라 시골 마을로 온 후 줄곧 학교에서 1등 자리를 내놓지 않는 모범생이었다. 깜찍하고 귀여운 외모를 지닌 데다 무엇을 시켜도 척척 잘 해내는 재주꾼이었다. 키는 비교적 작은 편이었지만 한눈에 보아도 야무지게 보였다. 한 학년이 1개 반으로 편성된 작은 시골 학교여서 이 목사 딸 혜주는 짱이와 4년째 같은 반이다.

이인철 목사는 인근 지역에서 교인이라면 모르는 사람이 없을 정도로 명성을 얻고 있었다. 그의 설교를 듣고 나면 누구라도 감동되어 교인이 되고 싶어 할 정도로 호소력이 있었다. 그래서 설교 잘하는 목사라는 소문이 멀리까지 났다. 야무진 외모에 예의 바르고 정도 많아 시골 사람들에게도 언제나 깍듯이 대했다. 쩌렁쩌렁한 목소리로 그가 신도들을 향해 설교하면 그 목소리가 교회 수십 미터 밖에서도 들릴 정도였다. 이인철 목사가 구주교회를 맡아 운영하면서 신자 수는 급속히 늘었다. 4년 만에 두 배 가까이 신자가 늘었다. 그를 통해 새롭게 하나님의 제자가 된 사람들도 있었고, 일부는 인근 교회 신자들이 옮겨오기도 했다.

열성 교인인 짱이 엄마도 이인철 목사가 부임해 온 후 더욱 열심히 신앙생활을 하게 됐다. 교회 예배를 마치고 집으로 돌아와서는 이 목사가 설교한 성경 구절을 떠올리며 성경책을 다시 탐독하곤 했다. 시원시원한 목소리로 귀에 쏙쏙 박히게 논리 정연한 설교를 하는 이 목사에 대해 유순옥은 대단한 존경심을 갖고 있었다. 어디서 귀한 선물이라도 들어오면 목사에게 전부 또는 일부를 전해주었고, 목사 집에 김장하는 날은 제일 먼저 고무장갑을 들고 찾아갔다. 목사 집에 보일러가 고장 나거나 겨울에 수도꼭지라도 얼어붙으면 남편 박정한을 시켜 수리해주도록 조치했고, 절대로 돈을 받지 못하게 했다. 박정한은 아내가 시키는 대로 어떠한 대가도 받지 않았다.

엄마 유순옥이 목사님을 무척이나 존경하고 교회에 대한 남다른 애정과 애착이 있다는 사실을 아는 짱이는 목사 딸 혜주와도 친하게 지냈다. 바깥 활동을 일절 하지 않는 엄마가 그저 교회 하나만큼은 열심

히 다니는 데다 목사에게 크게 심적으로 의지하고 있다는 사실을 짱이
도 잘 알고 있었다. 그래서 엄마도 혜주하고 친하게 지내는 것을 좋아
했다. 혜주는 맡아 놓고 1등 자리를 차지했고, 얼굴도 하얗고 예쁜 데
다 무엇을 해도 야무지게 잘하는 아이여서 짱이는 다소의 열등감을 느
끼고 있었지만, 그저 넘을 수 없는 산이려니 싶은 생각이었다. 공부가
됐든 다른 무엇이 됐든 혜주와 경쟁해서 이길 생각을 하지 않았다. 짱
이는 25명 중 10등 남짓한 성적이었고, 그럭저럭 학교생활에 잘 적응
하는 착한 아이였다.

#2

　　　　　　　　　　삼복더위에 가만히 앉아있어도 땀
이 줄줄 흐르는 한여름 날 10시 무렵. 짱이 엄마 순옥은 냉동실에 있던
얼음을 한주먹 꺼내 냉커피 한 잔을 만들었다. 냉커피를 만드는 내내
뭐가 그리 좋은지 싱글벙글 이고 콧노래까지 부른다.
　"목사님 갖다 주려고 만드는 거지?"
　옆에서 지켜보던 짱이가 물었지만, 순옥은 대꾸도 하지 않고 그저
냉커피 만드는 일에 몰두했다. 짱이는 지금껏 살면서 제 아버지가 그
토록 힘든 일을 해도 엄마가 커피는 고사하고 냉수 한잔 제대로 챙겨
주는 모습을 보지 못했다. 뭔가 정성스럽게 음식을 준비하거나 선물을
챙기면 그건 영락없는 목사님 차지라는 사실을 짱이도 알았다. 어려서
는 '그저 그런가.' 싶었지만 나이가 들어갈수록 아버지에게는 소홀하고
목사님만 챙기는 엄마의 모습이 짱이 눈에 조금씩 거슬리기 시작했다.
그렇다고 착한 짱이는 대놓고 엄마에게 대드는 일은 없었다. 그저 못
마땅할 따름이었다.
　40대 초반이지만 날씬한 몸매를 갖고 있던 짱이 엄마는 집을 나서며

양산을 한 손에 받쳐 들고 다른 한 손에 보온병과 성경책 가방을 들었다. 긴 생머리를 나풀거리며 걸어가는 모습이 뒤에서 보면 20대 중반이었다. 그래서 젊은 여자라고는 없는 시골마을에서 짱이 엄마가 차려 입고 걸어가는 모습은 동네 남정네들에게는 유일한 눈요깃거리였다. 속으로는 저마다 '저 여자 저러다 어떤 놈한테 몹쓸 짓 한 번 당하지'라고 생각은 했지만 성실하게 3대째 마을에서 사는 짱이 아빠 체면을 생각해 함부로 지껄일 수 있는 입장이 못 됐다. 그렇다고 짱이 엄마에게 누구 하나 농담 한마디 걸지 못했다. 워낙 서먹한 사이라서 함부로 농담을 건넬 처지가 못 됐다.

하물며 동네 아줌마들은 짱이 엄마의 행동이 몹시 못마땅했지만, 딱히 남에게 피해를 주는 일이 없으니 뭐라 말할 처지도 못 됐다. 다만 동네일에 무심하고 이웃에 초상이 나도 얼굴 한 번 들여다보는 적이 없으니 '어디 너희 집안 큰일 치를 때 보자'라고 벼르고만 있었다. 그러면서도 제 서방은 머슴 부리듯 하면서 목사를 믿는 건지, 예수를 믿는 건지 모를 정도로 목사에게 정성을 들이는 모습에는 저마다 한마디씩 수군거렸다. 하지만 동네 아낙들도 짱이 아빠가 워낙 성실한 사람이다 보니 그의 체면을 생각해 함부로 지껄이지 못하는 것은 마찬가지였다.

역시나 짱이 엄마는 냉커피를 들고 교회로 발걸음을 옮겼다. 예배는 10시에 시작되지만, 짱이 엄마는 언제나 9시 무렵에 교회에 가서 예배 준비를 하는 이인철 목사를 도왔다.

"목사님 이거 냉커피인데 시원하게 한 잔 드세요."

"아이고 이런 번번이 정말 죄송합니다. 고맙게 잘 마시겠습니다."

짱이 엄마가 준비해온 종이컵에 냉커피를 따른 이 목사는 단숨에 커피를 들이켰다. 그리고는 미안스럽다는 듯이 한마디 했다.

"이러시지 않으셔도 됩니다. 제가 늘 받기만 하는 것 같아서 너무 죄송스럽습니다. 다른 신도분들 뵙기 조금 민망하기도 하고요…."

"아닙니다. 목사님. 제가 즐거워서 하는 일인데요. 뭘. 저는 목사님 설교 말씀이 너무 좋아서 예배를 보고 나면 일주일 내내 너무 즐겁습니다. 제가 목사님께 받은 기쁨을 생각하면 이건 아무것도 아닌데요. 뭘."

둘이서 이런저런 대화를 주고받는 사이 신도들이 한두 명씩 교회 예배당 안으로 몰려들고 있었다. 짱이 엄마는 언제나 그랬던 것처럼 맨 앞줄에 앉아 성경책을 뒤적이며 예배 시간을 기다렸다.

예배당 내부에는 대형 에어컨이 가동되고 있었고, 군데군데 벽면에 벽걸이 선풍기가 돌아가고 있었지만 40도에 육박하는 더위가 며칠째 계속되다 보니 소용이 없었다. 모든 신도는 목사의 설교 중간에 "아멘" "아멘"을 외쳐댔지만 그래도 부채질은 멈추지 않았다. 모두 더위에 지쳐 숨을 헐떡이고 있었지만, 이인철 목사의 목소리는 어느 날보다 또렷했고 손짓에도 힘이 들어갔다. 목사의 설교에 힘이 들어가자 피아노 반주자도 평소보다 열정적으로 찬송가 반주를 했다. 목사의 설교와 찬송가 반주가 열정을 뿜어내자 신도들도 부채를 내려놓고 찬송가 부르는 데 열중했다. 한 시간여의 예배가 끝나자 신도들은 누구랄 것 없이 손뼉을 치며 "아멘"을 외쳤다.

짱이 엄마도 두 손을 모으고 연실 "아멘"을 외치며 흥분됨을 감추지 못했다. 그녀는 한동안 자리에서 일어서지도 않은 채 행복한 표정을 지어 보였다. 이 목사는 몹시 지친 표정으로 냉수를 몇 차례 들이켰다. 짱이 엄마 순옥은 목사의 탁자로 달려가 행복에 겨운 표정을 지어 보이며 말했다.

"목사님 어쩜 그렇게 설교를 멋지게 하세요? 목사님 말씀을 들으려면 또 일주일을 기다려야 한다니 안타깝네요. 좋은 말씀 감사합니다."

"웬 말씀을요. 신도 여러분들이 모두 경청해주시니까 힘이 나던걸요. 모두가 하나님의 힘입니다."

예배를 마치고 집으로 돌아온 짱이 엄마는 흥분된 마음을 좀처럼 가라앉히지 못했다. 싱글벙글 행복한 표정을 지으며 콧노래로 오전 예배 때 불렀던 찬송가를 온종일 흥얼거렸다.

#3

　　　　　　　　　　　　　그날도 짱이 아빠는 이웃 마을에 출장 수리를 다녀왔다. 오전에는 양수기 펌프가 고장 나 논에 물을 대지 못하는 김 노인 집에 가서 모터 수리를 했고, 오후에는 짐칸이 부식돼 더 짐을 실을 수 없게 된 박 씨의 경운기를 수리했다. 온종일 얼마나 많은 땀을 흘렸는지 속옷이 모두 흥건히 젖었다. 오죽했으면 혼자 사는 훈철이 할머니가 가져온 선풍기 수리는 내일로 미뤘다. 노인분이 선풍기 없이 하룻밤을 지낼 걸 생각하니 안쓰러운 생각이 들었지만, 더위에 지친 탓에 더는 몸을 움직이기도 힘들었다. 그리고는 평소보다 두 시간이나 일찍 집으로 돌아와 샤워했다. 강철 체력을 자랑하는 짱이 아빠지만 오늘만큼은 더위 앞에 무릎을 꿇고 말았다.

더위에 체력이 고갈된 짱이 아빠 박정한은 내심 저녁 밥상에 백숙이라도 올라오기를 기대했다. 나이를 먹어가면서 체력이 예전만 못하다는 것을 느끼고 있는 데다 이날은 입맛도 평소 같지 않았다. 그러나 그의 기대는 불과 몇 분 만에 산산이 부서지고 말았다. 짱이 엄마가 차려낸 저녁 식사는 열무국수였다. 노란 대접에 한 그릇 담아낸 열무국수에는 단무지 몇 개가 반찬으로 나왔다. 짱이 엄마는 자신은 밥맛이 없다며 남편 혼자 먹을 수 있게 작은 상에 국수를 차려냈다. 박정한은 내심 서운한 마음도 있었지만 내색하지 않고 단숨에 한 그릇의 국수를 뚝딱 해치웠다.

평소 짱이 엄마가 목사에게는 지극 정성으로 음식을 차려다 바치고 몸에 좋다는 영양제나 건강식품 등을 선물한다는 사실을 알고 있었지만, 박성한은 한 번도 그에 대해 시비를 걸지 않았다. 주위 모두가 그렇게 생각하듯 본인도 자신과 살기에는 어울리지 않는 여자라는 생각을 했다. 그저 같이 살아주는 것만으로도 과분하다고 생각했다. 서운한 점도 많았지만 그래도 드러내고 표현한 적은 없었다. 만약 짱이 엄마 유순옥이 자신의 곁을 떠난다면 감당할 수 없는 상황을 맞을 것이라는 불안감을 가졌기 때문이었다.

이튿날 유순옥은 수박 화채를 만들어 또 교회를 찾아갔다. 교회에 들어서서 두리번두리번 이인철 목사를 찾았다. 교회 마당 한구석에서 책을 읽고 있던 목사 딸 혜주가 반갑게 인사를 했다.

"안녕하세요? 짱이 어머니."

"그래 혜주구나. 넌 공부를 어쩜 그렇게 잘하니? 틈만 나면 이렇게 책을 보니 공부를 잘 할 수밖에 없겠구나."

"아니에요. 그냥 방학 숙제 독후감 쓰려고 문학 전집에서 한 권 읽고 있는 거예요."

"그렇구나. 우리 짱이란 놈은 손에 책잡는 꼴을 못 보니 어쩌면 좋으냐? 고등학교나 제대로 진학할 수 있는지 원…. 목사님은 어디 가셨니?

"네 교회 건물 안에서 의자 고치고 계세요. 들어가 보세요.

"그래. 고맙구나. 공부 열심히 하고 시간 되면 우리 집에도 좀 놀러오고 그래. 알았지?"

"네 아주머니"

수박 화채를 들고 교회 예배당 안으로 들어간 순옥은 목사가 한구석에서 망치와 톱을 들고 의자를 수리하고 있는 모습을 목격하고 그곳으로 향했다.

"어머, 목사님 더운데 에어컨 틀고 계시지 않구요?

"아닙니다. 혼자 있는데요. 뭘. 의자 고장 난 것이 몇 개 있어서요."

"네 그렇군요. 더우신데 이것 좀 드시고 하세요."

"아니 뭘 이렇게 자주 음식을 해오시고 그럽니까. 너무 죄송하고 부담스럽네요."

"목사님 무슨 말씀이세요. 저는 목사님께 음식을 해드리고 맛있게 드시는 모습을 보면 너무도 즐겁답니다. 제 즐거움을 방해하지 말아주세요. 제발요."

순옥은 보자기를 풀어 화채를 꺼낸 후 숟가락을 들어 이 목사에게 권했다. 이 목사는 몹시 부담스럽다는 표정을 지어 보였지만 그냥 순옥이 건네는 숟가락을 받아들었다. 그리고는 이마에 맺힌 땀을 수건으로 훔쳐낸 후 간단한 식사 기도를 하고 곧바로 화채를 먹기 시작했다.

순옥은 이인철 목사가 화채를 먹는 모습을 물끄러미 바라보았다. 선풍기가 돌아가고 있었지만, 순옥은 가지고 온 부채를 이 목사를 향해 계속 흔들었다.

"짱이 엄마도 같이 드시죠. 양이 넉넉한데."

이 목사는 화채 그릇을 내밀었지만, 순옥은 극구 사양했다.

"저는 집에서 한 그릇 먹고 온 걸요. 목사님 많이 드세요. 저는 목사님 드시는 모습만 봐도 행복하다니까요"

그리고는 이 목사가 화채를 모두 비운 후에 빈 그릇을 챙겨 집으로 돌아왔다. 집에 돌아온 후에도 순옥은 싱글벙글 입가에 웃음을 잃지 않았다. 이 목사가 수건으로 땀을 훔쳐 가며 수박 화채를 맛있게 먹는 모습이 머릿속에서 떠나지 않았다. 이인철 목사에게는 무엇이든 있는 것을 다 주어도 아깝지 않을 것이란 생각을 했다.

#4

        그날도 박정한은 밀려드는 일감에 잠시도 쉬지 못한 채 피곤한 하루를 보냈다. 해 질 무렵 집에 돌아왔을 때 그의 몸은 녹초가 됐다. 삼복더위에도 불구하고 온종일 힘든 일을 했으니 체력이 한계를 보였다. 점심에 고등어 조림과 열무김치에 밥 한 그릇을 먹고 오후 나절 일감을 준 집에서 미숫가루 한 대접을 타 준 것을 먹은 것이 전부여서 오후 6시가 넘어가니 배에서 창자가 비어 나는 꼬르륵 소리가 요란하게 흘러나왔다. 그래서 집에 도착하자마자 밥을 챙겨달라고 보챘다.

    "짱이 엄마! 아이고 나 배고파 죽겠네. 얼렁 밥 좀 챙겨주소."

    "뭘 그렇게 호들갑이에요. 알았으니 잠시만 기다려요. 짱이는 친구네 집에서 저녁 먹고 온다고 했으니까 먼저 드세요."

    순옥은 어제 끓여 먹었던 된장찌개 남은 것하고 냉장고에서 반찬 몇 가지를 꺼내 급히 상을 차려 성한 앞에 내밀었다. 대부분 그랬던 것처럼 이날도 성한은 혼자 밥상을 받았다. 순옥은 여간해 식구들과 함께 식사하는 일이 없었다. 아침과 점심 사이에 대충 반찬 한두 가지를 꺼내 한 접시가 될까 말까 하는 정도 양의 밥으로 한 끼를 때우고 또 점심과 저녁 사이에도 그렇게 혼자 밥을 먹는 것이 생활이 됐다. 살이 찔까 무서워 많은 양의 식사를 하지 않는 것이 어려서부터 버릇이 됐고, 그러다 보니 먹는 것은 그저 살기 위한 것일 뿐, 먹는 일에서는 별다른 재미를 찾지 못했다.

    정한은 아내의 그런 식습관이 몹시 못마땅했다. 반찬이 있든 없든 가족이 함께한 밥상에서 대화를 나누며 밥을 먹는 것이 옳다고 생각하고 그러기를 바라지만 아내가 받아주지 않을 것이란 걸 알기에 더는 요구하지 않는 것일 뿐이다. 같이 밥 먹자고 이야기한 것이 어디 한두 번인가, 어디 1~2년인가. 싫다는 사람에게 자꾸 매달리는 것도 귀찮고 자존심 상했다. 그래서 밥상을 차려주기라도 하는 것에 만족하자고 스스로 위안하며 매번 끼니를 때운다.

정한이 혼자 거실에서 식사하고 있을 때 아내 순옥은 속옷을 챙겨 목욕실로 들어갔다. 그리고는 물소리를 내며 몸을 씻기 시작했다. 밥을 먹으면서 성한은 아내의 몸 씻는 모습을 혼자 생각하며 왠지 설레는 마음이 생겼다. 순옥은 40대 초반이었지만 매끄러운 몸매를 갖고 있었고, 몸에서 야릇한 향내를 풍길 정도로 여성미가 넘쳤다. 정한이 잠자리를 요구할 때마다 이 핑계 저 핑계를 대며 거부하기 일쑤지만 그래도 잊을 만하면 한 번씩 잠자리를 응해줬다. 정한은 아내와 오랜만에 한 번씩 잠자리를 가질 때 비로소 '이 여자가 진정 내 여자구나' 싶은 생각이 들었다.

짱이 엄마는 남편이 성실한 사람인 데다 자신을 끔찍이 아끼고 사랑해주는 사람이란 걸 잘 알았다. 자신이 원하는 것을 해주기 위해 몸을 바치는 사람이란 사실도 잘 알았다. 자신이 정성을 다해 챙겨주지 않는다는 사실도 스스로 깨닫고 있었다. 속으로는 서운한 것이 많을 텐데 불필요한 갈등을 만들지 않으려고 성한이 꾸역꾸역 참고 있다는 사실까지도 잘 알고 있었다. 철없는 나이에 시집와 제대로 젊음을 누려보지 못한 것이 서운하고 아쉽기는 했어도 정한이 자신을 위해 최선을 다하며 허튼짓을 하지 않는 사람이란 사실에 그럭저럭 만족하며 살았다.

밥상을 물리고 샤워를 마친 후 안방에서 선풍기를 틀고 이부자리에 누운 정한은 TV를 보며 하루를 정리하고 있었다. 아내 순옥은 밖에서 뭔가 부스럭부스럭 소리를 내며 좀처럼 방에 들어오지 않았다. 정한은 오늘 밤 아내에게 잠자리를 청하려고 진작부터 마음을 먹고 있었다. 날씨가 덥다는 핑계로 아내 순옥은 벌써 한 달 넘게 정한의 잠자리 요구를 거부했다. 정한은 더 참는 것이 고통스러웠고 오늘은 무슨 일이 있어도 순옥과 정을 나눈 후 자야겠다고 거듭 마음을 먹었다. 그 마음을 모르는지 아내 순옥은 여전히 밖에서 들어오지 않고 있다.

"아 뭐해? 빨리 들어오지 않고. 할 일 있으면 내일 하고 쉬어."

"걱정 말고 어여 자요. 피곤할 텐데."

정한의 마음을 헤아리지 못한 순옥은 거실과 부엌을 오가며 뭔가 부산을 떨 뿐 방에 들어가지 않았다. 거의 한 시간이 지난 후에야 순옥은 방으로 들어갔다. 남편이 자고 있을 거란 생각을 하고 들어갔지만, 정한은 아직 TV를 보고 있었다,

"안 피곤해요? 자지 않고 뭐해요?"

"여보. 우리 잠자리 가진지 한 달이 넘었어. 오늘은 우리 같이 자자. 응?"

"아이고 가만있어도 땀이 날 지경인데 무슨. 어여 자요. 내일 또 일해야 하잖아."

순옥은 남편의 마음을 전혀 헤아리지 못한다는 듯 성한에게서 등을 돌린 자세로 누우며 이내 눈을 감았다. 성한은 서운한 마음이 가시지 않았다.

"아이 그래도. 오늘 그냥 자면 너무 서운할 거 같아. 그냥 참고 자기엔 내가 많이 힘들어. 자 이리와 여보 응?"

"그냥 자자니까요. 나 오늘 안 되는 날이에요."

순옥은 정한이 내미는 손을 뿌리친 채 그대로 잠을 청했다.

#5

　　　　　　　　정한은 전날 밤 모처럼 아내에게 잠자리를 청했지만 거절당한 것이 못내 서운했다. 자신이 하는 짓이 너무도 유치하다는 생각이 들었지만 그래도 아무 일 없던 듯하기에는

마음이 풀리지 않았다. 그래서 눈을 뜨자마자 대충 씻고 바로 밖으로 나섰다. 순옥은 아침 밥상을 차리며 밖으로 향하는 정한에게 "밥 차리는데 어딜 가느냐?"며 붙잡았지만, 정한은 들은 척도 하지 않고 곧바로 대문 밖으로 사라졌다.

"나 원 참. 뭐가 그리 삐질 일이라고 일하러 나가는 사람이 차려주는 밥도 마다하고 그냥 나가나 그래. 안 먹으려면 마쇼. 밥 안 먹으면 당신 손해지 뭐."

순옥은 혼자 중얼거리며 차리던 밥상을 물렸다. 그러면서 애꿎은 짱이에게 화살을 돌렸다.

"짱이 너 뭐하니? 방학이라고 만날 이렇게 늦잠 자도 되는 거야? 매일 밥상 두 번씩 차리는 거 정말 힘들다. 엄마는 모르겠으니 네가 일어나서 차려 먹든 말든 마음대로 해."

괜한 화풀이를 짱이에게 퍼부은 순옥은 방으로 들어가 라디오를 틀어 기독교 방송 주파수를 잡았다. 라디오에서 귀에 익은 찬송가가 흘러나오니 그제야 마음이 좀 풀리는 것 같았다. 혼자 드러누워 천장을 바라보며 찬송가를 듣고 있자니 이인철 목사의 얼굴이 떠오른다. 그러면서 혼자 빙그레 미소를 지어 보인다. 누워 벽시계를 바라보니 7시를 넘어선다. 당장 교회에 달려가 이 목사를 보면 마음이 뒤숭숭한 마음이 가라앉을 것 같았지만 교회로 발걸음을 돌리기에는 너무 이르다는 생각이 들었다. 그러면서 한편으로는 자신의 남편 박정한이 너무도 재미없는 사람이고, 자신이 원하는 이상형과는 한참 동떨어진 사람이라는 생각이 밀려왔다. 자신은 짱이 아빠와 헤어져도 아무것도 아쉬울 게 없다는 생각도 들었다.

혼자 이런저런 생각을 하다가 9시가 넘어서자 순옥은 급하게 화장을 하고 옷을 갈아입은 후 곧바로 구주교회로 발걸음을 잡았다. 아직은 이른 시간이지만 벌써 날씨는 숨을 쉬기도 불편할 정도로 높은 기온을 보였다. 웬 매미는 그렇게 울어대는지 귀가 따가울 지경이었다. 순옥의 집에서 교회까지는 걸음으로 10분이 채 걸리지 않는 거리였다. 순옥이 교회까지 가는 동안에도 매미는 그칠 줄 모르고 울어댔다. 순옥이 교회에 가는 동안 마주친 몇몇 동네 사람들은 "저 여편네 또 교회 가는구먼. 서방은 복더위에 힘든 일을 마다치 않는데 저 여편네는 그저 교회만 다니니. 쯔쯔. 팔자는 타고난 팔자여"라고 수군거렸다.

#6

　　　　　　　　　순옥이 교회에 들어섰을 때 무척이나 조용했다. 교회 건물엔 아무런 인기척이 없어 안쪽 마당을 거쳐 사택 쪽으로 걸음을 옮겼다. 그러자 이 목사가 혼자 텃밭에서 잡초를 뽑고 있는 모습이 눈에 들어왔다.

"목사님! 더운데 왜 모자도 안 쓰시고 밭에 나와 계세요? 얼굴 타면 어쩌시려고."

"짱이 어머니 오셨군요. 이른 시간에 웬일이세요?

"아, 예. 그냥 마음이 심란해서 조용히 기도하려고 왔어요. 시간 되시면 목사님 말씀 듣고 마음도 좀 풀 겸."

"무슨 일 있으세요?"

"아니. 그건 아니고요. 그냥 좀 이래저래 싱숭생숭하고 답답해서요. 그런데 왜 혼자 계세요? 사모님은 어디 가시고요? 혜주는요?"

"네. 혜주가 어제저녁부터 피부에 두드러기가 생기고 많이 가려워하기에 원주 병원에 갔습니다. 겸사 장도 좀 볼 게 있다고 하고요. 아침 첫차로 나갔습니다."

"그러시구나. 아침 식사는 하셨고요?"

"네. 아침 먹고 나갔습니다."

사택에 아무도 없이 이 목사 혼자 있다고 하니 순옥은 왠지 가슴이 떨렸다. 뭔가 거추장스러운 것이 없어졌다는 야릇한 기분이 들었다. 이 넓은 공간에 목사와 단둘이 있다고 생각하니 가슴이 두근거리기 시작했다. 이 목사는 순옥에게 밭 가장자리에 있던 야외용 의자를 내주며 앉으라고 권했다. 그리고는 혼자 집으로 들어가 냉장고에서 오렌지 주스를 꺼내 들고 나왔다.

"시원하게 한잔 드시죠. 제가 짱이 어머니에게 매일 대접만 받아 늘 죄송스러웠는데 이렇게 주스 한 잔을 권할 일도 생기는군요."

"별말씀을요. 이렇게 목사님이 직접 주스를 주시니 너무나 감격스러운걸요."

둘이서 이런저런 이야기를 나누던 중 이 목사의 휴대전화가 울렸다.

"아 당신이군. 혜주는 어떻데? 괜찮데?"

"……."

"음 다행이군. 그래 내 걱정하지 말고 천천히 점심 먹고 볼일 모두 보고 천천히 와요."

"……."

"알았대두. 라면이라도 끓여 먹을 테니까 내 걱정 말고. 그래그래, 알았어."

이 목사가 통화를 끝내자 순옥은 곧바로 말을 이었다.

"혜주는 괜찮데요? 다행이네."

"걱정할 정도 아니랍니다. 단순한 두드러기랍니다."

"사모님은 점심 드시고 천천히 오시려나 봐요? 모처럼 시내 나가셨으니 따님하고 쇼핑도 하고 맛있는 것도 사 드시고 오시려나 보네. 부럽다."

"부럽긴요. 우리 집사람은 짱이 엄마가 이 동네에서 제일 부럽다던데요. 짱이 아빠가 여간 성실하신가요? 짱이는 또 얼마나 착하고요?"

"무슨 그런 말씀을…. 목사님 가정이야말로 이 마을에서 가장 화목하시죠. 혜주만 보면 저는 부러워 죽겠어요. 어쩌면 그렇게 똘똘하고 예의 바른 지."

"과찬이십니다."

"그나저나 목사님 점심 어떡하신대요?"

"걱정 마십시오. 찬밥도 있고 하니 라면 하나 끓여 먹으면 됩니다."

"아니 무슨 라면을요? 제가 점심 준비해 올 테니 기다리세요."

"아니 됐습니다. 걱정 안 하셔도 됩니다."

"아니 그러지 말고 잠시만 기다리세요."

"아니 제가 공연한 말씀을 드렸나 봅니다. 제 걱정 마시고 기도하러 오셨다니 열심히 기도하고 가세요."

"아니 기도가 문제인가요. 목사님 뵙고 나니 무겁던 마음이 다 풀렸어요. 잠시만 기다리세요. 목사님. 제가 냉큼 가서 점심 차려올게요"

"아닙니다. 그러시지 않으셔도 됩니다."

이 목사는 한사코 말렸지만, 순옥은 들은 척도 하지 않고 목사의 점심 식사를 준비하기 위해 집으로 발걸음을 돌렸다. 집으로 가는 내내 순옥의 얼굴에서는 미소가 떠나지 않았다. 집에 돌아오자마자 냉장고에 있던 쇠고기를 꺼내 핏물을 빼기 위해 물에 담그는 일부터 시작했다. 새우젓으로 간을 해 계란찜을 하고, 콩나물을 무쳤다. 호박볶음과 오이냉국도 준비했다. 온갖 양념에 쇠고기를 재우는 것으로 점심 준비가 끝났다. 점심 준비를 하는 동안 순옥은 행복감이 밀려왔다. 남편 정한의 밥상을 준비할 때와는 확연히 다른 기분이었다. 잠시 남편에 대한 미안한 생각이 들기도 했지만 말 그대로 잠시였다.

순옥은 새로 지은 밥과 함께 이것저것 반찬을 챙겨 찬합에 정성스럽게 담아 보자기로 묶어 들고는 곧바로 교회로 향했다. 평소 주위의 시선에 신경 쓰지 않는 성격이지만 점심 식사를 챙겨 교회로 가는 동안에는 왠지 주위의 시선이 신경 쓰였다. 하지만 이 목사와 단둘이서 식사를 할 기회가 찾아왔다고 생각하니 그깟 남의 시선은 별스럽지 않게 여겨지기도 했다. 순옥은 이 목사와 함께 식사한 일이 여러 번 있지만, 교회에서 많은 신도와 더불어 가진 자리였을 뿐 단둘이서 식사를 한 적은 없었다. 그래서 사춘기 계집아이처럼 벅차오르는 감정을 어찌할 줄 몰랐다.

정오가 조금 안 돼 다시 순옥이 교회를 찾았을 때 이 목사는 텃밭 옆 샘에서 손을 닦고 있었다. 순옥이 대문을 열고 들어오자 이 목사는 난감하다는 표정을 보였지만 한편으로는 무척 반가운 미소를 띠었다. 사실 이 목사도 내심 순옥에 관심을 느꼈던 것은 사실이다. 4~5살 아래의 순옥은 동네에서 소문난 미인으로 마을에서 몇 안 되는 자신을 가꿀 줄 아는 여인이었다. 여성스럽고 애교도 있었다. 거기다 교회 일이라면 발 벗고 나서고 특히 자신을 하나님처럼 떠받드니 그를 싫어할 이유가 하나도 없었다. 다만 가족들과 교인 등 주변인들의 시선이 부담스러웠을 뿐이다. 이 목사는 순옥에게 조금씩 무너지는 자신을 느낄 때마다 남몰래 하나님께 기도를 드렸다. '아버지 하나님이시여! 제발 저를 시험에 들지 말게 하시옵소서. 아버지 하나님의 충직한 아들이 되게 해주소서.' 이렇게 기도를 드린 것이 한두 번이 아니었다.

순옥이 점심을 준비한 보자기를 들고 들어오자 이 목사는 얼른 보자기를 받아들었다.

"정말 이러시지 않으셔도 되는데. 자매님에게는 항상 이렇듯 신세만 지니 몸 둘 바를 모르겠습니다. 날이 뜨거우니 안으로 드시죠."

"목사님. 자꾸 그러지 마세요. 저는 목사님을 위해 제가 할 수 있는 일이 있다는 게 너무 행복할 뿐이에요."

둘은 집 안으로 들어갔고, 이 목사는 선풍기 전원을 연결하여 바람이 순옥을 향하게 해주었다. 순옥은 애써 선풍기 머리를 돌려 이 목사에게 향하도록 했다. 그리고는 주방 가스레인지에 불을 붙여 프라이팬에 자신이 재워온 쇠고기를 굽기 시작했다. 이 목사는 안절부절못하며 불편해했지만 어쩔 수 없다는 듯 그냥 식탁에 앉아 순옥이 준비하는 음식을 먹기로 했다. 이윽고 상이 차려져 둘은 식탁에 마주 앉았다. 순옥이 준비해온 상은 울긋불긋 화려했고, 한눈에 봐도 정성 그 자체였다. 갓 구워낸 쇠고기는 특유의 냄새를 풍기며 모락모락 김을 뿜어내고 있었다.

"쨍이 어머니 정말 고맙습니다. 맛있게 먹겠습니다. 같이 기도하실까요?"

"네"

"아버지 하나님. 오늘 이렇게 맛있는 음식을 저희에게 주시고… 아멘."

"아멘"

"자 드시죠."

이 목사는 젓가락을 집어 들고는 쇠고기 양념구이를 한 점 집어 들고는 밥 한 숟가락과 함께 입에 넣었다.

"와 정말 맛있네요. 이렇게 솜씨가 좋으신 줄은 미처 몰랐습니다."

"웬 말씀을요. 두어 시간 더 재워야 맛이 제대로 날 텐데 재운 시간이 2시간밖에 안 돼 제대로 맛이 안 들었을 거예요."

이 목사가 정신없이 밥을 떠 입속으로 넣은 모습을 바라보고 있지나 순옥은 형언할 수 없는 행복감이 밀려왔다. 그냥 이대로 시간이 멈춰버렸으면 좋겠다는 생각을 했다. 그러면서 이 목사의 식사하는 모습을 물끄러미 바라보았다. 이 목사는 순옥의 시선이 자신을 향하고 있음을 알아챘지만 달리 어찌할 바를 몰랐다. 시선을 이리저리 피해가며 밥 먹는 데 열중했다. 본래 점심 식사를 거의 하지 않는 순옥이었지만 이 목사가 혼자 먹으면 불편해할까 봐 몇 숟가락 떠 넣었다. 이 목사가 식사를 거의 끝낼 무렵 순옥은 냉큼 일어나 냉장고에서 물병을 꺼내 찬 물을 컵에 따라 이 목사에게 건넸다. 물컵을 건네면서 순옥의 손끝이 이 목사의 손끝에 닿았다.

순간 둘은 찌릿함을 느꼈다. 하마터면 컵을 놓칠 뻔했다. 이 목사는 머리를 한번 가볍게 털고 애써 제정신을 찾으려 애를 썼다. 하지만 순옥은 달랐다. 이 목사가 물을 마시고 컵을 식탁에 내려놓기가 무섭게 양손으로 이 목사의 오른손을 덥석 잡아 자신의 앙가슴에 갖다 댔다. 이 목사는 무척 당혹스러웠다. 하지만 그 짧은 순간에도 순옥의 체온이 무척 따뜻하다는 것을 느꼈다. 40대 초반의 여인 손이라고는 믿어지지 않을 만큼 보드랍다는 것도 느껴졌다.

"짱이 엄마 이러지 마세요. 이러시면 안 됩니다."

"아니요. 오늘은 저도 솔직해지고 싶어요. 목사님! 제가 목사님을 얼마나 애틋하게 생각하는지 목사님이 더 잘 아시잖아요. 제발 제 마음을 헤아려 주세요. 네?"

"안됩니다. 저는 하나님의 말씀을 전하는 사람입니다. 저를 혼란스럽게 하지 말아주세요. 부탁입니다. 제발요."

"알아요. 저도 이러면 안 된다는 거 잘 알아요. 목사님을 혼란스럽게 해드리면 안 된다는 거 잘 알아요. 하지만 아무리 마음을 바로잡으려 해도 안 되는 걸 어떡해요. 저도 힘들어요. 미치겠단 말이에요."

순옥은 무릎을 꿇은 채 의자에 앉아있는 이 목사의 품에 그대로 안겨버렸다. 매미 소리가 귀를 찢을 듯이 크게 들려오는 삼복더위였지만 더운 줄도 몰랐다. 순옥은 자신의 얼굴을 이 목사의 가슴에 묻고 한동안 아무 말도 하지 않았다. 이 목사는 움찔움찔 가벼운 저항을 하다가 이내 순옥의 등을 가볍게 안아주었다. 순옥의 머리에서 나는 향기가 코를 자극했다. 정말 감미로운 냄새였다. 이대로 숨이 멎어버릴 것만 같았다. 잠시의 포옹을 마치고 둘은 눈을 마주쳤다. 순옥의 눈은 이글

거리고 있었다. 이 목사는 순옥의 눈에 금방 빠져버릴 것만 같았다. 이 목사는 조심스럽게 순옥을 일으키며 자신도 의자에서 일어섰다. 그리고는 깊게 순옥을 안아주었다. 순옥도 칡넝쿨처럼 이 목사의 몸에 달라붙었다. 잠시의 시간이 흐른 뒤 이 목사가 먼저 말을 꺼냈다.

"자 이제 돌아가시죠. 저도 자매님을 위해 기도하겠습니다. 아버지 하나님의 가혹한 시험이라고 생각하겠습니다. 제가 하나님의 아들로 남을 수 있도록 도와주시기 바랍니다."

"잠시만요. 잠시만 이렇게 있어요. 그리고 오늘은 하나님 말씀을 말아주세요. 저도 마음이 무겁답니다. 저는 지금 죽어도 후회가 없을 것 같아요. 목사님! 저를 비웃지 말아주세요. 그저 제 감정에 충실할 따름입니다. 오늘은 이렇게 하고 싶네요."

#7

　　　　　　　　　　집에 돌아온 순옥은 마음을 가라앉히려 애썼지만 좀처럼 흥분된 마음을 앉힐 수가 없었다. 안방에 혼자 누워 '벽 쪽을 봤다' '문 쪽을 봤다'를 되풀이했다. 이인철 목사의 나지막한 목소리가 귓가에 맴돌았다. 그의 가슴에서 느꼈던 땀 냄새를 잊을 수가 없었다. 당장이라도 이 목사에게 다시 달려가고 싶었다. 이 목사에게 마음을 빼앗길 대로 빼앗긴 순옥은 숨이 멎어버릴 것만 같았다. 자신이 방에 갇혀있다는 생각을 하니 답답함에 어찌할 바를 몰랐다. 창을 바라보며 날아가고 싶다는 생각을 했다. 라디오를 켜고 평소 듣던 기독교방송에 주파수를 맞췄지만 무슨 내용인지 전혀 귀에 들어오지 않았다. 그렇게 서너 시간을 보내고 났을 때 남편 정한이 일을 마치고 돌아오는 소리가 밖에서 들렸다.

"짱이 엄마 뭐해? 집에 있는 겨?"

정한이 어른 머리통보다 큰 수박 한 덩이를 사 들고 거실을 거쳐 안방으로 들어오고 있었다.

"왜 인기척이 없는 겨? 밖에 있던 사람이 들어오면 문이라도 열어봐야지. 자 수박 받어. 냉장고에 있던 놈으로 달란 거니께, 지금 바로 먹어도 돼야. 짱이는 들어온 겨?"

서운한 마음에 아침에 밥도 안 먹고 집을 뛰쳐나간 것이 미안했던지 정한은 순옥의 마음을 풀어주려고 애쓰는 모습을 보였다.

"짱이 아침에 나가서 아직 안 들어왔어요. 올 때 됐어요."

"이눔의 자식 2년 후면 고등학교 가는데 공부는 좀 하는 건지 원. 밥상 좀 얼른 봐주소. 많이 배고프네. 피곤하기도 하고."

정한은 바로 목욕실로 들어가 요란한 물소리를 내며 씻기 시작했다. 정한이 한창 씻고 있는 동안 짱이가 귀가했다.

"넌 하루종일 어딜 그렇게 싸돌아다니는 거냐? 아빠 시장하시단다. 얼른 손 씻고 와라."

정한과 짱이가 씻고 밥상 앞으로 모여들었다. 순옥도 자신의 밥공기를 밥상에 올려놓았다. 말 그대로 고양이 밥만큼이나 될 양이었다. 정말로 오래간만에 세 식구가 밥상에 마주 앉았다. 여간해 식구들과 함께 식사하지 않는 순옥이 함께 밥상에 앉아주는 것만으로도 정한은 기뻤다. 거기다 쇠고기 구이까지 밥상에 올랐으니 싱글벙글 이다.

"웬 소고기여? 아니 좀 구울 거면 넉넉히 굽지 이게 뭐여? 반 접시밖에 안 되겠네. 더 없어? 이게 다여?"

정한은 쇠고기 양이 너무 적어 아쉽다고 말을 이어갔지만, 순옥은 어떤 대꾸도 하지 않았다. 정한은 더 말을 하면 순옥이 짜증을 부릴지도 모른다는 생각에 아무 말도 하지 않았다. 그날 밤 정한은 순옥의 비위를 맞추며 재차 잠자리를 갖기 위해 시도했지만, 순옥은 돌아누운 채 피곤하다며 그를 외면했다. 눈을 감고 있었지만, 정신은 말똥했다.

머릿속에는 그저 이 목사에 관한 생각으로 가득 차 있었다. 정한은 몇 차례 순옥에게 다가가며 살을 어루만졌지만, 순옥은 앙탈을 부리며 정한의 손을 걷어냈다.

#8

　　　　　　　　　　　아침이 밝아 다시 하루가 시작됐다. 정한은 이날도 전날처럼 아침 식사를 거른 채 대문 밖을 나섰다. 순옥은 한편 미안스러운 마음도 들었지만, 정한이 아이처럼 투정을 부리는 모습이 불만스러울 뿐이었다. 짱이도 여느 날처럼 마을회관 공부방에 간다며 아침밥을 먹고는 바로 가방 하나 챙겨 들고 밖으로 나갔다. 순옥은 혼자 바람난 암캉아지처럼 거실과 안방을 오가며 안절부절 못했다. 이 목사를 찾아가고 싶었지만 찾아 나설 핑계가 없어 주저하고 있었다. 그러던 중 혜주가 병원에 다녀왔다는 사실이 문득 떠올랐다. 혜주가 어떤지 걱정스러워서 와봤다고 하면 될 것이란 생각을 했다. 민망해서 어찌 이 목사를 보나 싶은 마음도 들었지만 그런 생각을 할 처지가 못 됐다. 이 목사의 얼굴을 안 보면 금방 미쳐버릴 것만 같았다.

　부리나케 화장하고 옷을 챙겨 입은 후 순옥은 교회로 향했다. 가는 도중 몇 번을 망설이기도 했지만, 이것저것 따질 상황이 아니었다. 교회를 지나 사택에 들어서며 빼꼼이 들여다보니 아무도 보이지 않았다. 고요했다. 조심스럽게 사택 앞으로 다가가 문손잡이를 살며시 돌렸다. 문을 열고 고개를 내밀자 이 목사 혼자서 설거지를 하고 있었다.

　"아니 목사님! 사모님은 어디 가시고 손수 설거지를 하세요?"

　"네 혜주 몸에 두드러기 난 것이 심상치 않다고 병원에서 하루 더 오라고 했다네요. 아침 밥 먹기가 무섭게 둘이 원주에 갔습니다."

"네. 그나저나 웬 설거지를 하세요. 저리 비키세요. 제가 얼른 할게요."

"아닙니다. 이러시지 않으셔도 됩니다."

이 목사는 만류했지만, 순옥은 극구 사양하고 수세미를 이 목사에게 빼앗아 들고는 자신이 설거지하기 시작했다. 이 목사는 난처하다는 표정을 지어 보였지만 순옥은 아랑곳하지 않았다. 순옥이 설거지를 하는 동안 이 목사는 바로 옆에서 물끄러미 순옥을 바라보았다. 설거지가 끝날 무렵 이 목사가 말을 건넸다.

"제가 차를 준비하겠습니다. 커피 괜찮으세요?"

"네 커피는 어디에 있죠?"

"아닙니다. 앉아 계세요. 제가 준비해드리겠습니다."

순옥을 억지로 의자에 앉히고 이 목사는 커피를 준비했다. 커피잔을 놓고 둘은 마주 앉았다. 몇 초간 어색한 분위기가 이어졌다. 말문을 먼저 연 것은 순옥이었다.

"어제는 많이 당황하셨죠? 저도 제가 왜 그랬는지 모르겠어요. 하지만 괜한 짓을 한 건 아닙니다. 제 본마음입니다. 목사님도 싫지는 않으셨죠?"

순옥은 기다렸다는 듯 거침없이 솔직한 자신의 감정을 쏟아냈다. 이 목사는 순옥과 시선을 마주치지 않기 위해 눈을 이리저리 굴렸다. 그러다가 순옥의 가슴이 갈라지는 부분에서 눈이 멈춰 섰다. 그리 크지는 않지만, 순옥의 가슴은 모든 여성이 부러워하는 소위 모이는 가슴이었다. 속살은 유난히도 하얗다. 이 목사의 시선이 멈춰선 틈을 타 순옥은 다시 이 목사에게로 달려들었다. 삽시간이었다. 순옥은 식탁 의자에 앉아있는 이 목사를 일으켜 세웠다. 그리고는 자신의 입술을 이 목사의 입술에 포갰다.

이 목사도 더는 참을 수가 없었다. 둘은 한참 동안 격렬한 키스를 나녔다. 키스하는 동안 자연스럽게 이 목사의 두 손은 순옥의 아래위를 훑었다. 참으로 매끈한 몸매였다. 자신의 아내에게서 느껴보지 못한 부드럽고 가녀린 촉감이었다. 뼈가 녹는 것 같은 황홀함이 둘을 엄습했다. 순옥의 몸을 더듬으며 이 목사는 주체할 수 없는 욕정에 사로잡히고 말았다. 이제는 둘 다 벗어날 수 없는 지경에 이르렀다. 머릿속이 깜깜해지고 아무 생각도 들지 않았다. 그냥 몸이 하자는 대로 따를 수밖에 없었다.

둘은 몸을 포갠 채 게걸음을 하듯 옆으로 걸으며 안방으로 향했다. 불과 몇 분 사이 그들은 아담과 이브가 됐다. 에덴의 동산을 찾은 아담과 이브는 거칠 것이 없었다. 사랑을 갈구하는 인간의 욕정 앞에 하나님의 말씀은 한낱 진부한 메아리에 불과했다. 둘은 한 시간 남짓 이제껏 경험해보지 못한 천당을 경험하고 왔다. 제정신을 차리고 나서 둘은 돌이킬 수 없는 상황이 벌어졌음을 그제야 실감할 수 있었다. 이 목사는 순옥의 몸에 푹 빠져버린 자신을 발견했다. 이제껏 경험해보지 못한 감미로운 입술, 보드라운 피부, 순간순간 숨이 막힐 것 같은 찌릿함이 온몸을 뒤덮었다. 자신의 절대자인 하나님께 자신을 지켜달라고 그토록 간절히 기도했지만, 기도는 통하지 않았다. 서로를 확인한 후 순옥은 누가 볼 새라 조심히 교회를 빠져나가 집으로 돌아갔다.

#9

　　　　　　　　　이틀 후 일요일이 돌아왔다. 순옥은 떨리는 마음으로 성경책을 챙겨 들고 교회로 향했다. 평소 같으면 맨 앞줄에 앉아 예배에 열중했지만, 오늘은 왠지 서너 줄 뒤로 물러앉았다. 고개를 들고 이 목사와 수시로 눈을 맞추던 평소와 달리 애써 시선을 외면했다. 이 목사도 마찬가지였다. 순옥이 앉은 자리 언저리에는 눈길을 주지 못했다. 평상시 설교할 때처럼 패기에 찬 모습도 아니었다. 하나님의 심부름꾼을 자처한 자신이 엄청난 짓을 저지른 것에 대한 자책감 때문인지 힘을 주어 설교를 했지만, 힘이 실리지 않았다. 가끔은 아주 약하게 그가 떨고 있음도 느껴졌다. 대부분 신자는 그런 상황을 눈치채지 못했다. 그저 이 목사의 한 마디 한 마디에 "아멘" "아멘"을 외쳐대며 평상시와 같은 모습을 보였다. 순옥은 이 목사의 설교가 귀에 들어오지 않았다. 힐끔힐끔 이 목사의 목덜미만 바라보았다. 숨이 막힐 것 같았다. 당장 달려가 이 목사를 부둥켜안고 한 것 교태를 부리고 싶다는 생각뿐이었다.

예배가 끝나고 순옥은 곧바로 집으로 돌아왔다. 평소 주일에는 교회에 남아 이것저것 허드렛일을 하곤 했지만, 왠지 그러고 싶지 않았다. 이 목사를 바라보는 일 자체가 즐거움이면서 고통이었기 때문이다. 이 목사가 부인과 나란히 서서 예배 끝나고 돌아가는 교인들에게 일일이 인사하는 모습을 바라보는 것도 힘겨운 일이었다. 자신이 서 있어야 할 자리에 이 목사의 부인이 서 있다는 질투심이 가슴을 억눌렀다. 순옥은 '왜 일찍 가느냐?.'는 교인들의 말에 그냥 '몸이 안 좋다.'고 했지만, 실상은 몸보다는 마음이 편치 못했다. 이 목사에 대한 소유욕이 들끓기도 했고, 십자가를 바라볼 때마다 심한 죄책감이 밀려와 괴롭기도 했다. 교회에 더 머물다가는 머리가 터질 것만 같았다.

집으로 돌아왔지만, 두통은 오히려 더 심해졌다. 숨도 안 쉬고 냉수를 들이켰지만 답답한 마음은 좀처럼 진정되지 않았다. 이인철 목사와 떨어져 이렇게 사는 것은 아무런 의미도 없고, 불행만 자초하는 일이라고 생각했다. 그를 가질 수만 있다면 못할 일이 없다고 생각했다. 순옥은 무슨 일인지 갑자기 장롱을 열더니 깊숙한 곳에서 무언가를 꺼냈다. 작은 손가방 하나가 보자기에 싸여 있었고, 그 가방 속에는 서너 개의 예금통장이 있었다. 순옥은 통장을 차례로 살피며 예금 잔고를 확인했다. 4천만 원이 넘는 돈이 들어있었다. 이 돈은 짱이 아빠 모르게 순옥이 마련해둔 것이었다. 언제 무슨 일이 생길지 몰라 대비해 둔 돈이었다. 순옥은 그 돈을 가족과 함께 쓴다는 생각은 해보지 않았다. 자신에게 무슨 일이 닥치면 쓰겠노라고 생각하고 마련해둔 것이었다.

이 시간 이 목사는 신도들을 보내고 예배당 뒷정리를 하며 저녁 예배를 준비하고 있었다. 이 목사도 순옥이 늘 앉던 자리를 벗어나 앉은 일, 예배 시간 내내 자신과 눈빛을 나누지 않고 외면했던 일, 평소와 달리 예배 끝나고 바로 집으로 돌아간 일 등에 대해 이런저런 생각을 하고 있었다. 순옥이 떠난 자리가 너무도 허전하고 외롭게 여겨졌다. 순옥을 생각하는 일이 하나님께 얼마나 죄를 짓고 있는 것인지를 알고 있었지만, 자신의 마음이 조절되지 않았다. 마음이 왠지 조급하고 불안했다. 당장 순옥에게 달려가 어찌 된 일인지 묻고 싶었다. 당장 그녀의 품에 안겨 그의 체취를 맡고 싶다는 생각이 치밀어 올랐다. 이 목사가 순옥과 관련해 이런저런 생각을 하고 있을 때 휴대전화 메시지 도착을 알리는 음이 울렸다. 전화기를 꺼내 문자를 확인해보았다. 순옥이 보낸 것이었다. '정말 미칠 것 같아요. 이제 당신 없이는 한순간도 살 수 없을 것 같아요. 당신이 곁에 없어 숨을 쉴 수조차 없어요.' 이 목사에 대한 호칭은 어느새 당신으로 바뀌어 있었다. 순옥이 보낸 문자를 보고 이 목사는 더욱 숨이 막혀왔다. 순옥만큼이나, 아니 어쩌면 그보다도 더 큰 그리움을 갖고 있기 때문이었다. 당장이라도 순옥에게 달려가고 싶은 마음에 이인철 목사의 가슴은 찢어지는 듯했다.

그리고 잠시 뒤 다시 순옥에게서 휴대전화 문자메시지가 날아왔다. '오늘 밤 10시 교회 뒤편 은행나무로 오세요. 그 시간 거기라면 누구의 눈에도 띄지 않을 거예요.' 이 목사의 가슴은 누군가 망치로 때리는 듯 심하게 두근거리기 시작했다. 순옥을 만날 수 있다는 생각을 하니 가슴은 더욱 빠르게 맥박 질을 했다. 이 목사는 순옥에게서 날아온 문자 메시지를 보고 또 보며 사실을 확인했다. 문자를 확인하며 주변을 계속 살폈다. 7시부터 시작되는 저녁 예배는 어떻게 마쳤는지 생각조차 나지 않는다. 20년 넘는 동안 예배를 본 중 그렇게 길게 느껴진 적이 없었다. 하나님의 말씀을 전하는 중에도 그는 머릿속으로 순옥을 생각했다. 그토록 자신을 짓누르던 하나님에 대한 죄의식도 이제는 서서히 작아지고 있음을 그도 느꼈다.

10

　　　　　　　　　　밤 10시. 약속한 은행나무 밑에 이 목사가 먼저 도착했다. 이 목사는 순옥을 기다리는 동안 입술이 타들어 가는 초조함을 느꼈다. '정말 순옥이 나타날까?' '만나면 어떻게 해야 하지' 등등의 생각이 꼬리를 물고 있을 때 먼발치서 인기척이 느껴졌다. 순옥이었다. 순옥은 연실 좌우를 살피며 은행나무 밑으로 다가오고 있었다. 이 목사가 나무 밑에 와 있는 것을 확인하고 순옥은 발걸음을 급하게 내딛기 시작했다. 그리고는 이 목사까지의 거리가 서너 발작 남았을 때 몸을 던지듯 그에게 안겼다. 둘은 만나자마자 부둥켜안고 곧바로 깊은 키스를 하기 시작했다. 이제껏 경험하지 못한 달콤한 혀 놀림이었다. 둘은 아무 말도 하지 않은 채 키스를 이어갔다. 혀는 점점 깊숙이 상대의 혀를 훑었다. 이 목사의 손은 순옥의 탱탱한 가슴과 엉덩이를 번갈아 오갔다. 순옥도 이 목사의 목이며, 가슴이며, 엉덩이를 차례로 훑어 들어갔다.

　벌레 소리가 요란하고 하루살이와 모기들도 사정없이 달려들었지만 둘은 아랑곳하지 않았다. 순옥의 몸에서는 초여름 아카시아 꽃냄새가 났다. 순옥도 이 목사의 몸에서 라일락 꽃냄새를 느꼈다. 한참을 부둥키던 끝에 먼저 순옥이 말문을 열었다.

"이대로는 살 수가 없어요. 당신 없이는 하루도 살 수 없을 것 같아요. 난 떠날 준비가 됐어요. 우리 함께 떠나요."

"나도 그러고 싶어요. 하지만 아무런 준비도 돼 있지 않아요. 그리고 지금의 모든 상황을 어찌하려고요? 어디로 떠난단 말입니까? 당장 떠나면 어디 가서 어떻게 살아간단 말입니까? 양쪽 가족들은 어찌하고요?"

"난 이미 모든 것을 포기할 마음의 준비가 돼 있어요. 지금처럼 이렇게 살아가는 것은 내겐 지옥이에요. 나중 일은 나중에 생각해요. 함께 떠나요. 네? 당신도 나와 떠나고 싶잖아요. 안 그래요?"

"하지만…."

"아무 말 하지 말아요."

순옥은 다시 이 목사를 힘껏 껴안으며 다시금 입술을 그에게 맡겼다. 아무 생각도 하고 싶지 않았다. 그저 이 순간을 느끼고 싶었고 지키고 싶었다. 이 목사도 순옥의 교태로운 낮은 목소리와 살짝 떠는 강렬한 몸놀림에 빠져 아무런 생각도 들지 않았다. 다시 순옥이 말문을 열었다.

"내일 이 시간에 이리로 다시 올게요. 그리고 꼭 일주일 후에 여기를 떠나요. 다음 월요일 아침 나는 첫차를 타고 먼저 나갈게요. 당신은 그 다음 차를 타고 따라 나오세요. 원주터미널 앞 다방에서 기다릴게요. 모든 준비는 내가 할게요. 당신은 그냥 나만 따라오세요."

"……."

이 목사는 아무런 대답도 하지 못했다. 순옥은 다시금 마지막 깊은 키스를 이 목사에게 안기고 홀연 자리를 떠 집으로 돌아갔다.

11

그렇게 며칠 은행나무 밑에서 밀애를 나눈 두 사람이 약속한 월요일 아침이 밝았다. 잠시 후 마을이 발칵 뒤집힐 일이 벌어질 상황이었지만 이런 사실을 까마득히 모르는 양쪽 집안 가족들이나 마을 사람들은 평범한 일상을 맞이했다. 짱이 아빠 정한도 이 같은 사정을 모르고 있는 것은 당연했다. 수시로 깜짝깜짝 놀라는 일이 많아지는 등 이날 아침 짱이 엄마의 행동이 예전 같지 않다는 생각을 했지만 이 같은 일이 벌어지리라곤 꿈에도 생각하지 못했다. 이 목사 부인 혜주 엄마도 남편이 무척 초조해하고 한동안 넋을 잃는 등 평소와 다른 모습을 보이는 것이 의아스러웠지만 그저 더위를 먹었으려니 생각했다.

순옥은 약속대로 첫차를 타고 원주로 나갔다. 이곳 마을에서 원주 가는 버스는 대개 1시간 간격으로 있었지만 아침 시간에는 30~40분 간격으로 운행됐다. 이인철 목사도 약속한 대로 첫차 바로 다음 차를 타고 원주로 나갔다. 차를 타고 나가는 동안 머릿속은 천근만근 무거웠다. 정리하지 못한 자신의 삶이 너무도 걱정스러웠다. 하지만 순옥을 만나 그녀와 함께 지낼 수 있다는 생각이 걱정을 앞질렀다. 이 목사는 전날 주일 예배를 보면서 하나님께 무수히도 많이 용서를 빌었다. 그러면서 기도 말미에는 '아버지 하나님, 당신도 저를 이해해 주시겠지요. 하나님을 버리고 사탄을 쫓아가는 이 불쌍한 어린양을 살펴주소서'라고 자신을 합리화했다.

간단한 옷 가방 하나씩을 들은 둘은 터미널 다방에서 만났다. 다방 구석에 자리를 잡고 있던 순옥은 이 목사가 모습을 드러내자 자리에서 벌떡 일어섰다. 그리고는 손짓으로 이 목사를 불렀다. 이 목사가 자리에 앉자마자 둘은 약속이라도 한 듯 서로의 손을 맞잡았다.

"고마워요. 난 후회하지 않을 자신 있어요."

이 목사가 순옥의 말을 듣고 고개를 끄덕였다. 둘은 커피를 주문해서 허겁지겁 마시고 밖으로 나섰다. 밖으로 나가자마자 주위를 살핀 두 사람은 택시에 올라탔다.

"서울로 가주세요. 서울역요."

뜻밖의 장거리 손님을 만난 택시기사는 두 사람의 모습이 왠지 부부 사이 같지 않다는 느낌은 받았지만, 그것은 관심 밖의 일이었다. 택시기사는 이내 미소 띤 얼굴로 차를 몰기 시작했다. 서울까지 두 시간이 넘게 가는 동안 뒷좌석에 나란히 앉은 두 사람은 아무 말 없이 두 손을 꼭 잡은 채 차창 밖만 바라보았다. 순옥은 심신이 지쳤다는 듯 머리를 좌석 헤드레스트에 맡기기도 했다.

\# 12

　　　　　　　　　　　서울역에 도착한 둘은 가락국수로 허기를 달랬다. 순옥은 가뜩이나 적은 양의 가락국수를 절반가량 덜어 이 목사에게 건넸다. 요기를 하고 나니 조금 정신이 드는 것 같았다. 순옥이 먼저 말했다.

"인천으로 가요. 거기라면 시골 마을에서 워낙 많이 떨어져 있어 안전할 거예요. 서울은 왠지 불안해요."

"당신이 하라는 대로 할게요. 어차피 나는 모든 것을 포기했어요."

"우선 핸드폰을 주세요. 이제 우리에겐 소용없는 물건이에요."

이 목사에게 핸드폰을 건네받은 순옥은 전원을 끄고 자신의 핸드백에 두 개를 모두 넣었다. 둘은 인천행 전철 편에 몸을 맡겼다. 인천까지 전철로 이동하는 동안 유난히 많은 교회 십자가가 이 목사의 눈에 들어왔다. 크게 고함치는 하나님의 목소리가 들려오는 듯했다. 부천을 지나 부평에 이르렀을 때 순옥은 이 목사에게 내리자는 신호를 보냈다. 낯선 도시에 내린 그들은 무엇을 어떻게 해야 할지를 몰랐다.

우선 묵을 방부터 찾기로 했다. 긴장한 탓에 둘 다 너무도 몸이 지쳐 있었다. 역에서 얼마 떨어지지 않은 모텔에 방을 잡았다. 가방을 내려놓고 이 목사는 순옥을 감싸 안았다.

"당신과 있어 너무 행복한데 한편으로는 너무 두려워요. 하지만 아무 생각도 하지 않을 거예요. 당신과 함께 있어 행복하다는 생각만 할 거예요."

"그래요. 우리 아무 생각하지 말아요. 그냥 같이 있다는 생각만 해요."

고도의 긴장 속에 충청도 시골 마을에서 인천까지 몸을 숨겨온 두 사람은 그렇게 모텔방에서 첫날밤을 보냈다. 이 목사는 제법 큰 소리로 코를 골았지만, 순옥은 그마저도 달콤하게 들렸다. 이 목사의 넓은 가슴이 순옥에게는 더없이 푸근한 양털 베개처럼 느껴졌다.

13

이 목사와 순옥이 없어진 마을은 말 그대로 난리가 났다. 오후나절까지만 해도 각자의 집에서 연락 없이 사람이 사라진 것에 의아해했으나 저녁 시간이 될 무렵부터는 퍼즐이 풀리기 시작했다. 옷 가방이 사라졌고, 연락 없이 집을 나선 것을 비롯해 이른 시간 각자 가방을 들고 원주 가는 차에 오른 것을 봤다는 마을 사람들의 증언이 이어지며 둘이 함께 사라진 것이 정황상 꿰어 맞춰지기 시작했다. 마을은 삽시간에 수군거리는 소리로 요란해졌다.

"구주교회 목사랑 쌍이 애미년이 같이 도망갔댜. 세상에나 천벌을 받을라고 작정을 했지. 마누라, 신랑이랑 새끼까정 있는 연놈들이 우째 그럴 수가 있디야. 그래."

마을은 온통 두 사람의 이야기로 떠들썩했다. 짱이 아빠 정한은 연실 담배만 태우며 "나 참. 허 참"소리만 연발했다. 목사 부인 혜주 엄마도 바깥출입을 않은 채 방에서 몸을 웅크리고 앉아만 있었다. 목사 부인은 '아니야. 설마….' 하다가도 온종일 휴대폰 전원이 꺼져 있는 것을 생각하고 상황을 인지했다. 짱이도 혜주도 각지 자기 방에서 나오지 않은 채 책상과 침대를 오가며 엎드려 있었다. 아무리 이해하려고 해도 이해가 되지 않는 상황이었다. 특히 혜주는 며칠간 방에만 처박혀 있었다.

14

　　　　　　　　　　　　일주일의 시간이 흘렀다. 이 목사와 순옥은 급히 필요한 것이 있을 때와 식사를 할 때 잠시 바깥출입을 했을 뿐 줄곧 모텔방에서 시간을 보냈다. 마을에서는 원로급 노인 몇 명과 이장 등 몇몇이 모여 자연스럽게 대책 회의를 하기 시작했다.

"요새 같은 세상에 지들이 어디까정 갔겄어? 며칠이나 버티겄어? 경찰에 신고를 했응게 곧 연락이 올 거여. 그나저나 이거 이 마을에 산다고 어디 가서 얘기도 못 하겄다니께."

"어르신 말씀이 맞습니다. 지들이 가면 얼마나 갔겠어요. 곧 꼬리가 잡힐 겁니다."

마을 사람들 사이에서 오래지 않아 소재가 파악될 것이란 말이 오갔다.

짱이 아빠 정한은 일주일째 일을 하지 않고 있다. 바깥출입도 삼갔다. 교회도 사정은 같아 주일 날 찾아오는 신도도 없었다. 자연스럽게 교회의 주일 예배는 없었다. 이 교회가 생긴 이후 20년 넘도록 처음 있는 일이었다. 혜주도 이틀 넘도록 아무것도 먹지 않고 방에만 있다가 엄마가 "나도 먹을 테니 너도 제발 먹어라"라는 말을 듣고 죽지 않을 만큼 음식물을 입에 넘기기 시작했다.

이 목사도 가장 마음에 걸리는 것은 역시 혜주였다. 가뜩이나 사춘기를 겪고 있는 아이가 받았을 충격을 생각하니 가슴이 찢어지는 듯 아팠다. 순옥도 마찬가지였다. 평소 다정스러운 엄마는 아니었지만 그래도 짱이에 가장 미안스러운 생각이 들었다. 짱이가 일상생활을 잘하고 있는지가 너무도 궁금했다. 이 목사와 순옥은 일주일이 지나고 나서 좀 더 오래 편히 머물 수 있는 곳을 찾기 위해 월세방을 구하기로 했다. 남동공단 인근에 가면 근로자들 동네가 형성돼 있어 제법 싼 값에 방을 얻을 수 있다는 말을 전해 들었다. 그래서 하루동안 꼬박 발품을 팔아 제법 깨끗하고 가격이 저렴한 월세방을 구할 수 있었다.

1년 치 방값을 선급으로 달라는 집주인의 말에 순옥은 근처 농협을 찾아 카드로 현금을 찾았다. 그리고는 그 돈으로 방값을 냈다. 세상 물정에 어두웠던 순옥과 이 목사는 현금인출기를 사용하면 자신의 위치가 노출된다는 평범한 사실을 생각하지 못했다. 그래서 별생각 없이 현금 500만 원을 인출했던 것이다. 경찰에 가출 신고가 돼 있던 이들은 카드인출기의 사용으로 인천에 있다는 사실이 노출됐다. 경찰 수사를 통해 이들이 인천에 머물고 있다는 사실이 마을에 전해지기 시작했다. 마을에는 이들이 인천에 머물고 있다는 소문이 삽시간에 퍼졌다. 그리고는 곧바로 마을 원로회의가 열렸다.

"둘이 인천에 있는 것이 확인됐으니게 이제 붙들리는 것은 시간문제구먼. 지들이 뛰어봐야 벼룩이지."

"붙잡는 것은 시간문제가 맞는디, 붙잡아 끌고 와서는 워티키 해야 옳댜? 참말로 붙들어 와도 큰일일세."

"일단 짱이 아빠 말을 좀 들어보고, 어떻게 해야 할지를 논의해야 할 것 같으네."

"그라지. 일단은 짱이 아빠 말을 들어보는 것이 우선이겠네."

마을 원로회의에서는 짱이 아빠 의견을 따라 사태를 정리하자는 쪽으로 의견이 모였다. 목사 부인에 대해서는 별다른 말이 없었다. 어차피 외지에서 교회 때문에 이사 온 사람들이니 알아서 떠날 것이라고 생각한 것이다. 마을 사람들 대부분은 이인철 목사 가족이 마을에 살고 있지만, 대를 이어 살아온 집이 아니니 엄격히 따지면 마을 사람이 아니라는 생각하고 있었다. 마을에서의 상황이 이렇게 긴박하게 돌아가고 있었지만, 이 목사와 순옥은 월세방으로 거처를 옮겨 새로운 살림을 준비하느라 바쁜 나날을 보내고 있었다.

#15

현금인출기에서 순옥이 현금을 인출한 뒤 불과 이틀 후 경찰이 탐문 끝에 이 목사와 순옥이 함께 머무는 집으로 찾아왔다. 부동산 중개업소와 인근 슈퍼 등을 통해 정보를 확보한 경찰은 그들이 머무는 집을 확인하고 곧바로 시골 마을과 관할 경찰서에 연락을 띄웠다. 그리고는 순찰차에 탑승한 두 명의 경찰관이 이 목사와 순옥이 머무는 거처를 찾아왔다.

"실례합니다. 경찰입니다. 이인철 씨, 유순옥 씨 맞죠? 가출 신고가 접수돼 있습니다. 아니 가정 있는 분들이 이게 무슨 짓입니까? 더구나 목사님이시라면서요."

이 목사와 순옥은 망치로 얻어맞은 것 같은 충격을 받았다. 특히 이미 시골 마을과 관할 경찰서에 실종자 행방을 찾았다는 상황 보고가 됐다는 경찰관들의 말을 듣고 뒤로 넘어질 뻔했다. 이때까지만 해도 이들은 자신이 현금인출기를 사용하고, 부동산 임대차계약서를 작성할 때 신분이 노출돼 덜미를 잡혔다는 사실을 알지 못하고 있었다.

"일단은 경찰서로 가시죠. 가족들이 경찰서로 오기로 했으니 거기서 기다리시죠. 실종자 신분인 이상 이대로 두 분을 두고 갈 수는 없습니다."

순진한 둘은 불과 열흘 만에 경찰에 붙들려가는 신세가 됐다. 참으로 어이가 없었다. 순옥은 짱이 아빠가 찾아올 것이란 말에 얼굴이 하얗게 질렸다. 이 목사도 긴장하는 모습이 역력했다. 자신들이 사랑에 눈이 멀어 이성을 잃고 아무런 대책도 없이, 치밀한 계획도 없이 일을 저지르고 말았다는 것을 그때야 깨달았다. 하늘이 노래졌다. 숨이 멎을 것처럼 공포와 불안이 일시에 먹구름처럼 몰려왔다.

"자 어서 가방 챙기세요. 경찰서로 가서 기다리면 가족들이 올 겁니다."

경찰관은 이런 유사한 일을 여러 번 겪어봐서 놀랍지도 않고 대수롭지도 않다는 듯 그저 사무적으로 이 목사와 순옥을 대했다. 한편으로는 한심하다는 눈빛을 보내기도 했다.

이 목사와 순옥은 제대로 저항 한 번 하지 못하고 경찰관을 순순히 따라나섰다. 순간이지만 '일이 이렇게 된 이상 별 수 없다.' '어차피 또 달아난들 며칠 못가 다시 붙들릴 것이다.' 등의 생각이 밀려왔다. 하지만 마을로 돌아가야 한다니 끔찍했다. 가족들 얼굴을 다시 볼일을 생각하니 정신이 몽롱해졌다. 이 목사는 혜주, 순옥은 짱이의 얼굴을 떠올렸다. 이 목사는 열흘간 제정신이 아닌 상황에서 보내느라 잊었던 혜주의 얼굴이 선명하게 떠올랐다. 혜주 얼굴을 떠올리니 가슴이 철렁 내려앉았다. 짱이 엄마도 마찬가지였다.

1년 치 방값을 선납했지만 지금 그것을 따질 상황이 아니었다. 아직 살림살이도 마련하지 못한 상태여서 가져온 옷 가방이 사실상 짐의 전부였다. 둘은 짐 가방을 들고 순순히 경찰 순찰차에 올랐다. 순찰차는 채 10분도 안 돼 남동경찰서에 도착했다. 지구대 소속 경찰관은 이들 둘을 형사계에 인계하고 사라졌다. 형사계 직원들은 둘이 가방을 들고 들어오는 모습을 보고 '무슨 사건인지 알만하다'라는 듯한 눈빛으로 쳐다보고는 이내 관심 없다는 듯 각자의 업무를 봤다. 이 목사와 순옥은 어색함에 어찌할 줄을 몰랐다. 난생처음 들어와 보는 경찰서 형사계의 모습이 TV드라마에서 봤던 것과는 다소 다르다는 것을 알게 됐을 뿐이다. 시계 초바늘이 움직이는 소리가 유난히 크게 들렸다.

4시간 이상이 흘렀다. 형사계 의자에만 앉아있어 좀이 쑤실 무렵 문이 열리더니 낯익은 얼굴이 모습을 드러냈다. 짱이 아빠 박정한이었다. 정한과 함께 마을 사람으로 교회 신자이기도 한 김 씨가 모습을 보였다. 더 이상의 낯익은 사람은 없었다. 둘이 온 것 같았다. 짱이 아빠가 나타나자 순옥은 순간적으로 얼굴을 돌렸다. 가슴이 어찌나 세게 뛰던지 금방 숨이 멎을 것 같았다. 정한은 물끄러미 한동안 둘의 모습을 바라봤다. 이 목사도 고개를 떨어뜨린 채 아무 말도 하지 못했다. 당장 무릎을 꿇고 용서를 빌고 싶었지만, 몸은 그렇게 움직이지 않았다. 그런 상황 속에도 정한이 무섭게 달려들어 자신에게 주먹을 휘두르며 난폭한 짓을 하지 않을까 염려스럽기도 했다. 정한은 한동안 둘을 바라보더니 다시 문밖으로 나가 대략 몇 분이 지난 뒤에 다시 돌아왔다. 눈가가 붉게 변한 것이 아마도 어디선가 혼자 울며 눈물을 흘리다 온 것 같았다. 불과 열흘이 지났지만 얼마나 마음고생이 심했는지 얼굴이 많이 상해 보였다.

다시 형사계 사무실로 들어온 정한은 한 형사에게 접근해 낮은 소리로 뭔가를 물었고, 그 형사는 쥐고 있던 볼펜으로 건너편에 있는 다른 형사를 가리켰다. 정한은 가볍게 목례를 하고 그가 지목한 형사에게 달려가 인사를 하더니 뭔가 대화를 나누고 서류에 뭔가를 적는다. 신병을 인도하며 사인을 하는 것이 분명했다. 한참 대화를 하다가 정한은 그 형사에게 가볍게 인사를 하더니 둘 앞으로 왔다. 정한은 아무 말

없이 따라오라는 눈빛 신호를 보냈다. 정한과 함께 온 김 씨가 냉큼 가방 두 개를 챙겨 들고는 먼저 밖으로 나섰다. 이 목사와 순옥은 말없이 정한을 따라나섰다. 정한은 뚜벅뚜벅 앞장서 나갔다. 경찰서 현관 앞에 '구주교회'라고 적힌 승합차가 서 있었다. 가방은 이미 승합차에 실려 있었다. 운전석에 앉아있던 김 씨는 정한이 앞자리에 타려고 하자 눈치를 주며 뒤에 타라고 고갯짓을 했다. 정한은 앞에 타려다 김 씨의 몸짓을 보고 앞자리를 이인철 목사에게 내주었다. 그리고는 순옥과 함께 뒷좌석에 탔다. 하지만 순옥은 좌측 창문, 정한은 우측 창문 밖을 주시할 뿐 단 한 번도 눈을 마주치지 않았다.

중간에 한 번 휴게소도 들리지 않고 승합차는 시골 마을까지 줄달음쳤다. 3시간 넘는 길이어서 좀이 쑤시고 저마다 방광에 오줌이 차 화장실도 급했지만, 휴게소에 쉬면 분위기가 어색할까 봐 그냥 줄달음친 것이다. 마을이 가까워지자 이 목사는 긴 한숨을 내쉬었다. 어찌 가족들을 봐야 할지 앞이 깜깜했다. 순옥도 짱이를 만날 생각을 하니 얼굴이 화끈거렸다. 이윽고 승합차가 마을에 도착했다. 김 씨는 먼저 짱이네 집에 차를 세웠다. 정한이 먼저 내려 가방을 챙기자 순옥도 조심스레 따라 내렸다. 정한이 김 씨에게 수고했다고 짧게 인사를 했고 승합차는 바로 교회로 향했다. 교회에 도착하자 김 씨는 차를 주차장에 대고 시동을 끈 후 열쇠를 이 목사에게 건넸다. 그리고는 아무 말 없이 교회를 빠져나갔다.

이 목사가 집으로 들어서자 이 목사의 부인은 아무 말도 하지 않고 방으로 들어갔다. 혜주가 자신의 방에서 빼꼼히 거실을 바라보더니 바로 문을 닫았다. 그리고는 '딸깍' 하는 문 잠그는 소리가 났다. 한참을 우두커니 서 있던 이 목사는 화장실이 좀이나 급했던지 화장실에 가서 소변을 봤다. 잠시 후 변기 물 내리는 소리가 고요 속에 유난히 크게 들렸다. 이 목사가 방으로 들어가 보니 그의 아내는 침대 위에서 이불을 뒤집어쓰고 흐느끼고 있었다. 이 목사는 뭔가 미안하다는 말을 해야겠다고 생각은 했지만 좀처럼 입이 열리지 않았다. 편한 옷으로 갈아입은 이 목사는 다시 화장실로 들어가 물소리를 내며 샤워를 했다. 샤워를 하면서 이 목사는 자신의 몸과 영혼이 물과 함께 모두 씻겨 졌으면 좋겠다는 생각을 했다. 거울에 비친 자신의 모습이 마귀처럼 느껴졌다. 자신이 수십 년을 받들고 모셔온 하나님에게 씻지 못할 죄를 지었다는 생각에 혼자 가슴을 치며 흐느꼈다.

\# 16

　　　　　　　　　　　　　　이튿날 아침 짱이네 집으로 전화가 걸려왔다.

"여보세요"

"짱이 아빠? 집에 있었구먼. 마을회관으로 좀 오지"

교장으로 퇴임한 이 노인이었다. 이 노인은 이 마을의 원로로 마을 사람들로부터 가장 어른 대접을 받는 자였다.

"네 어르신, 알겠습니다."

수화기를 내려놓은 정한은 한동안 전화기를 물끄러미 바라보며 뭔가 깊이 생각을 하는 듯하더니 이내 마을회관으로 달려갔다. 회관에는 이 노인을 비롯해 마을 원로급 노인들 몇 명이 모여 있었다. 이 노인이 먼저 말을 건넸다.

"이 사람 정한이! 얼마나 상심이 큰가. 사람이 살다 보니 별일을 다 겪게 되는구먼. 자네에게 공연히 미안스러워 말을 건네지도 못 하겠구만. 하지만 일을 수습해야지 어쩌겠나?"

이 노인의 말이 끝나기가 무섭게 박 노인이 말을 보탰다.

"자네 심정은 이해하네. 무슨 말인들 위로가 되겠나. 자네같이 성실하고 착한 사람이 이런 일을 겪다니 참 하늘도 무심하네그려. 하지만 어쩌겠나. 이 노인 말대로 얼른 상황을 수습하고 먹고사는 일에 매달려야지. 안 그런가?"

정한은 노인들의 말을 듣고 뭐라 대답해야 할지 막막했다. 한동안 고개를 떨어뜨린 채 아무 말도 하지 않던 정한이 입을 열었다.

"정말 죽고 싶습니다. 창피해서 어찌해야 할지를 모르겠고요. 짱이 얼굴을 어찌 봐야 할지…, 어젯밤 한숨도 못 자고 이런저런 생각을 해봤습니다. 마을 어른들 말씀을 충분히 듣고 따르겠습니다. 이 마을을 떠나라면 떠나겠습니다."

"무슨 소리야 이 사람아! 자네가 무슨 잘못을 했다고 그런 말을 하는가. 떠나려면 저 사기꾼 같은 놈 목사 놈이 떠나야지. 도대체 하나님 팔아먹고 사는 놈이 어찌 이럴 수가 있단 말인가. 천벌을 받을 놈 같으니라고."

이 노인을 시작으로 회관에 모였던 노인들이 저마다 한 마디씩 거들며 짱이 아빠를 위로했다. 이 목사에 대한 욕설도 한 마디씩 보탰다. 한참을 듣고 있던 짱이 아빠가 말문을 열었다.

"다 제가 못나서 생긴 일입니다. 마을 어른들께 정말 죄송스러울 따름입니다. 하지만 어젯밤 곰곰이 생각해봤는데 저는 이 마을을 떠날 용기가 없습니다. 그렇다고 짱이 엄마를 버릴 용기도 없습니다. 짱이 엄마와 갈라선다고 해서 무슨 뾰족한 수가 나오겠습니까? 제가 다시 장가간다고 처녀 장가갈 수 있는 것도 아닐 테고…, 그건 아니라고 봅니다. 세월이 지나면 잊히겠지요. 못난 놈이라고 욕하실 줄 압니다. 하지만 감정만 앞세워 기분대로 살 수는 없다고 봅니다. 마을 어른들께 죄송한 건 죄송한 거고 저는 그냥 이대로 살 수밖에 없다는 결론을 내렸습니다. 거듭 죄송합니다."

노인들은 정한의 말을 묵묵히 들어주었다. 그러면서 하나둘씩 고개를 끄덕였다. 박 노인은 담배를 꺼내 불을 붙인 후 길게 빨았다가 내뿜었다.

이 노인이 다시 말을 이어갔다.

"자네 말이 맞네. 제삼자가 이렇게 말한다고 서운하게 생각지는 말게. 극단적으로 생각하면 극단적인 결과만 불러일으킬 뿐이야. 우리가 무슨 권한이 있는 것도 아니고 다만 누군가 사태를 수습해야 한다는 생각에 이렇게 나선 것뿐일세. 제일 중요한 것은 자네의 생각이야. 충분히 자네 생각을 알았네. 일단 집에 가서 뭘 좀 먹고 쉬고 있게. 그 목사 놈을 불러다 무슨 생각하고 있는 지 들어봐야겠네. 그놈 말을 들어보고 자네와 다시 상의하겠네."

"어르신들 정말 면목 없습니다. 죄송합니다. 물러가겠습니다."

정한이 집으로 돌아간 후 마을 원로들은 다시 교회에 전화를 걸어 이 목사를 마을회관으로 불러들였다. 이 목사는 창백한 얼굴로 조심스럽게 발자국을 내디디며 회관으로 들어왔다. 노인들은 이 목사가 인사를 하며 들어오자 살짝 돌아앉으며 헛기침 소리를 냈다. 역시 이 노인이 먼저 말을 건넸다.

"앉으시오. 내 이 동네서 80년 가까이 살았지만, 이번처럼 망극한 일을 겪지는 못했소. 참으로 유감스럽소이다. 목사 양반."

"……."

이 목사는 어떠한 말도 못 한 채 무릎을 꿇고 앉아 고개를 조아렸다. 그러더니 이윽고 눈물을 보이기 시작했다.

"죄송합니다. 저는 목사도 아니고 사람 새끼도 아닙니다. 그저 악마일 뿐입니다. 죽을죄를 지었습니다. 저를 벌해주십시오. 달게 받겠습니다."

"아니 다른 사람도 아니고 성직자가 어찌 그럴 수가 있단 말이오. 뭐 목사 양반 혼자 잘못했다는 것은 아니지만 일단 우리는 당신을 원망할 수밖에 없소."

성격 급한 박 노인이 입을 열었다.

"네 네 맞습니다. 제가 죽일 놈입니다. 잠시 눈이 멀고, 귀가 먹었던 것 같습니다. 하나님이 저를 용서하지 않으실 것입니다."

"아~ 그~ 여기서 하나님 얘기는 그만 접고…. 그래, 어찌하실 생각인지 그거나 말해보시오. 우리가 무슨 사법기관도 아니고, 이래라저래라할 처지도 못 되지만 그래도 사람들이 마을 원로라고 우리말을 존중해주니 마을 사람들을 대신해서 목사 양반 생각을 들어보려는 것뿐이오."

이번에도 박 노인이 나섰다.

"무슨 죄라도 달게 받겠습니다. 마을 분들에게 돌팔매질을 당하라면 당하겠습니다. 제가 무슨 낯으로 무슨 말씀을 드릴 수가 있겠습니까. 그저 어르신들께서 하라는 대로 하겠습니다."

이 목사는 떨리는 목소리로 말을 이어갔다. 그의 눈은 심하게 충혈돼 있었고, 피곤한 기색이 역력했다. 아마도 뜬눈으로 밤을 새운 것 같았다. 이 목사는 뭔가 할 말이 있지만, 쉽사리 말을 꺼내지 못하는 모양새로 비쳤다. 그 모습을 지켜보던 노인 중 이번에도 성질 급한 박 노인이 먼저 튀어나왔다.

"목사 양반. 우린 경찰도 판사도 아니고, 당신 죄를 물어 벌을 주려는 사람들도 아니오. 다만 이 일을 어찌 해결하고 싶은지 당신의 뜻을 물어보려는 것이오. 모두에게 피해가 최소화되는 쪽으로 방향을 잡아야 하지 않겠소? 피해 당사자인 짱이 아빠나 당신 부인은 이 일을 사법처리할 생각이 없어 보이는데…, 지금 중요한 건 당신이 어떤 생각을 갖고 있느냐는 것이오."

한참을 침묵하던 이 목사가 어렵게 입을 열었다.

"제가 무슨 낯으로 이 마을에 살 수 있겠습니다. 떠나겠습니다. 아주 멀리 떠나서 다시는 이 마을에 돌아오지 않겠습니다. 이 마을에서 가장 먼 곳으로 떠나겠습니다. 전라도 끝 섬마을로 들어갈 생각입니다. 제 욕심이겠지만 마을 분들이 순순히 보내주신다면 회개하는 마음으로 온몸의 가죽을 벗겨내고 새로운 삶을 시작한다는 각오로 살겠습니다. 더 욕심을 낸다면 새로운 곳에 가서 새롭게 목회 활동을 하고 싶습니다. 자격 없는 놈인 줄 압니다. 하지만 여생을 하나님과 이웃을 위해 헌신하며 살겠습니다. 아무런 욕심도 내지 않고 기도하고, 회개하며 살겠습니다."

이 목사의 말을 들은 노인들은 저마다 다른 표정을 보였다. 수긍하는 듯 고개를 끄덕이는 노인도 있었고, 눈을 동그랗게 뜨면서 '아니 또 목사 질을 하겠다고?' 하며 금방이라도 대들 것 같은 표정을 지어 보이기도 했다. 짧은 시간 노인들은 이 목사를 면전에 두고 설전을 벌였다. '이해할 수 있다'는 부류와 '또 목사 일을 하겠다는 것에 대해 말도 안 된다'는 부류의 말이 뒤엉켰다. 이 상황을 정리한 것은 이 노인이었다.

"아 여보셔들. 누군들 죄 안 짓고 삽니까? 여기 모인 사람 중에 누가 그리 죄 없이 깨끗하게 살아요? 이 자리는 잘잘못을 따지자는 자리가 아닙니다. 당사자들의 말을 들어보고 모두에게 최선이 될 수 있는 길을 찾자는 것입니다. 아니 평생 농사지은 사람이 농사 떠나 무슨 일을 할 수 있겠소? 나도 평생 선생질해서 먹고 살았소만 내가 선생질 중간에 관뒀으면 뭘 해서 먹고 살았겠소? 이 마을도 아니고 멀리 떨어진 곳으로 이사 가겠다는데 우리가 가서 무슨 일을 하든 무슨 권리로 그걸 막을 수 있겠소?"

이 노인이 급하게 가르마를 타 사태를 수습하자 다른 노인들은 더는 말을 이어가지 않았다.

"자 이제 돌아가서 쉬시오. 목사 양반 뜻은 충분히 알아들었으니."

이 노인이 돌아가라고 말하자 이 목사는 자리에서 조용히 일어나 고개를 떨어뜨린 채로 뒷걸음쳐서 방을 빠져 나갔다.

17

　　　　　　　　　　　이날 이후 며칠 동안 짱이네 가족
과 혜주네 가족은 아무도 문밖출입을 하지 않았다. 이윽고 개학 날이
됐다. 아침과 저녁으로는 제법 서늘한 기운에 살갗에 와 닿는 등 여름
도 막바지로 접어들고 있었다. 짱이는 주섬주섬 교복을 챙겨 입고 홀
쭉한 가방을 메고 인사도 하지 않고 문밖으로 나섰다. 혜주도 학교에
가지 않겠다고 투정을 부렸지만, 엄마가 한참을 설득해 마음을 고쳐먹
고 학교로 향했다. 학교에서 마주친 짱이와 혜주는 눈을 돌려 서로를
외면했고 아이들도 무슨 일이 있었는지 안다는 듯 짱이와 혜주에게 아
무 말도 건네지 않았다. 교사들도 짱이와 혜주가 아무 말도 하지 않고
수업 시간에 넋 나간 아이처럼 앉아있었지만, 시비를 걸지 않았다.
　이 목사는 두문불출하면서 집에만 있었고 수시로 이곳저곳 전화를
걸어 바깥세상 소식을 전해 들었다. 신학대학 후배에게 연락이 닿아
전라도 고흥 섬 지역에 새로 교회를 개척할 만한 마을이 있다는 소식
을 전해 들은 이 목사는 그곳으로 떠나기로 했다. 이 목사는 혜주 엄마
에게 섬으로 떠나자고 어렵게 말을 꺼냈고 혜주 엄마는 아무 말도 하
지 않았지만, 간접적으로 따라나서겠다는 의사 표시를 했다. 이 목사
는 하나씩 주변을 정리하기 시작했다. 경기도 시흥에서 전도사로 있으
며 새롭게 교회를 개척하려는 후배에게 자신의 교회를 넘겨주기로 했
다.
　짱이 엄마 순옥은 전과 다른 사람으로 변해갔다. 남편 정한 앞에서
숨소리도 크게 내지 못했다. 정한이 물을 마시려고 냉장고 쪽으로 가
면 냉큼 달려가 먼저 컵을 건넸고, 목욕탕에서 씻는 물소리가 나면 수

건을 들고 문 앞에서 기다렸다. 냉장고에 있는 온갖 재료를 꺼내 기름진 음식을 만들어 바쳤다. 정한은 다소 툴툴거리는 표정과 몸짓을 보였지만 순옥의 달라진 모습에 조금씩 마음의 문이 열리는 자신을 느꼈다. 하지만 짱이는 좀처럼 마음을 열지 못했다. 벌써 열흘이 넘도록 엄마와 짧은 대화도 주고받지 않았다. 순옥은 짱이에게 한편으로 너무도 미안스러웠지만, 한편으로는 서운한 마음이 가시지 않았다. 밥만 먹으면 밖으로 나가 놀기 바빴던 짱이는 바깥출입을 하지 않았다. 정한은 며칠간 아무 일도 하지 않다가 서서히 일하기 시작했고, 일거리가 있는 날도 일이 끝나면 어디도 가지 않고 곧장 집으로 들어왔다.

18

　　　　　　　　늦여름을 아쉬워하듯 매미 떼가 극성스럽게 울어댔다. 새벽 4시가 조금 넘은 시간 중간 크기의 트럭 한 대가 구주교회 대문 안으로 들어왔다. 트럭 운전사가 클랙슨을 한 번 울리자 이 목사 식구들이 마당으로 나왔다. 트럭에는 운전사 이외에 건장한 중년의 남성 한 명이 타고 있었다. 둘은 트럭에서 내려 이 목사 내외에게 목례를 하고는 곧바로 짐을 싣기 시작했다. 대부분 짐은 전날 밤 포장을 해둔 상태였기에 짐은 금세 트럭 짐칸에 채워졌다. 짐을 모두 실은 시간은 5시가 조금 넘었다.

"자 출발하시죠. 섬으로 들어가는 배 시간을 맞추려면 서둘러 떠나야 합니다." 둘 중 나이가 서너 살 많아 보이는 트럭 운전사가 이 목사를 향해 말했다. 이 목사는 아무 대꾸도 없이 고개를 끄덕였다.

트럭이 먼저 교회 대문을 빠져나갔고, 이 목사 가족이 탄 승합차가 뒤를 따랐다. 가을이 시작된 것을 알리는 새벽의 찬 공기가 승합차 안에 가득했다. 아직 반소매 옷을 입은 혜주와 혜주 엄마는 살갗에 와 닿는 찬 공기에 가볍게 진저리를 쳤다. 트럭과 승합차는 마을 한복판 신작로를 거쳐 외곽도로 나지막한 고개 쪽으로 향했다. 혜주와 혜주 엄마는 차가 부르릉 소리를 내며 변속을 하며 고개를 넘어서는 순간 왈칵 울음을 터트리고 말았다, 이 목사도 코가 시큰거렸다. 고개를 넘어선 트럭과 승합차는 떠오르는 해를 등지고 언덕 아래로 미끄러지듯 내려갔다. 서쪽으로 계속 달렸다. 그리고는 먼 산 사이로 녹아 없어지듯 사라졌다. 이날도 매미는 마을을 떠내려 보낼 듯 극성스럽게 울어댔다.

마지막 미소

‖ 작가 노트 ‖

늙으면 고독하고 나약해진다. 늙지 않고 살고 싶지만 그런 인간은 없다. 태어난 이상 살다 보면 나이를 먹게 되고 그러면서 늙고 병들어간다. 늙어보지 않은 젊은이들은 노인들의 생각이나 행동을 이해하지 못한다. 왜? 안 늙어봤으니까. 노인들은 자신이 한평생 살아오면서 지킨 강한 신념을 갖고 있고, 그 신념을 쉽게 내려놓지 않는다. 그래서 젊은 세대와 갈등하고 충돌한다. 하지만 달리 생각해보면 노인들이 원하는 것은 그리 원대한 것이 아니다. 소소한 것들이다. 그럼에도 불구하고 젊은 세대는 노인들과 타협하려 하지 않고 그들이 낡은 습관을 버리지 못하고 불필요한 고집을 피운다고 치부해 버리는 경우가 많다. 그들의 고독을 이해하지 못하기 때문이다. 노인들이 가장 무서워하고 힘겨워하는 것은 고독이다. 그 고독을 치유하는 길은 이야기를 들어주고, 받아주는 것이다. 그들을 설득시키려 하지 말고 그들이 원하는 바를 하는 시늉이라도 해주는 것이다. 젊은 시절 공부를 많이 했거나 부와 명예를 누린 분들은 유난히 신념이 강해 세상변화에 적응하지 못해 고독감이 더욱 큰 경우가 많다. 노인들을 이해하려고 노력해 보자는 의미로 이 소설을 썼다.

#1

　　　　　　　　향냄새가 제법 널찍한 거실에 가득하다. 천석꾼, 만석꾼은 아니었어도 남부러울 것 하나 없던 해주 최 씨 집안 제삿날이라고 하기에는 너무도 썰렁한 분위기이다. 막내며느리인 집사람이 장만해온 나물과 전 몇 가지가 명태포, 술잔과 더불어 상에 올라 있을 뿐 과일도, 고기도, 생선도 없는 허술한 제사상이다. 이대로라면 평소 차리던 제사상과 비교해 절반도 안 되는 수준이다. 제주인 아버지께서 어려서 지켜본 제사상과는 비교 자체가 곤란한 정도이다. 아버지는 대청마루 가득 사람들이 모여 제복을 갖춰 입고 제사를 올리던 시절의 이야기를 자주 하셨다. 그래서 우리 형제들은 그 시절에 다녀온 것 같은 착각을 할 정도였다. 아버지는 지금 자신의 눈앞에 펼쳐지는 현실을 도저히 믿으려 하지 않으시는 눈치이다. 아버지는 한동안 물끄러미 제사상에 놓인 영정을 바라보며 줄 담배를 피우시더니 재떨이에 담뱃불을 비벼 끄고 자리를 박차고 일어나셨다. 그리곤 안방으로 들어가 세차게 문을 닫으셨다.

거실 한 구석에서 아버지 눈치만 살펴보던 나와 집사람은 아버지께서 방으로 들어가시는 모습을 지켜보고 참았던 한숨을 내쉬었다. 한동안 무릎 꿇고 앉아있던 집사람도 더 이상은 견디기가 어렵다는 듯 자리에서 일어나 부엌으로 가더니 식탁에 주저앉았다. 셋이서 아무 말 없이 앉아 향과 초가 타들어 가는 모습만 지켜보다가 잠깐사이에 아버지는 안방, 나는 거실, 집사람은 부엌으로 흩어진 것이다. 안절부절 못하던 어색한 시간이 10분 남짓 지났을 무렵 안방에서 "탁"하고 전기 스위치 내리는 소리가 미약하게 들려오더니 문틈 새로 가늘게 새어 나오던 전등불빛이 사라졌다. 제사를 지낼 기분이 아니니 돌아가라는 암묵의 말씀이었다. 그렇다고 서둘러 돌아가면 더 서운해 하실 것 같고, 그렇다고 버티자니 그 또한 고역이 될 것 같다. 동네서도 소문난 아버지의 최 씨 고집을 누구보다 잘 알고 있기에 아버지가 다시 방 밖으로 나와 제사를 준비하지 않으실 것이란 것은 쉽게 예상이 됐다. 그래도 바로 상을 물리고 집을 나서는 것은 도리가 아니라고 생각해 20분 남짓 우두커니 앉았다가 상에 차린 음식을 걷기 시작했다.

차린 음식이 적다보니 치우는 것도 삽시간이었다. 집사람이 혼자 부엌에 들어가 잠시 그릇 뒤적이는 소리가 나더니 10분쯤 지나 상을 물리는 모든 일이 끝났다. 나와 집사람은 문도 열지 않은 채 안방을 향해 나지막한 소리로 아버지에게 인사를 드렸다.

"아버지! 상 물리고 뒷정리 끝냈습니다. 저희 이만 돌아가 보겠습니다. 편히 주무세요."

내가 인사하는 동안 아버지는 작은 인기척도 하지 않으셨다. 더 이상 무엇을 어찌 해야 할지 몰랐다. 집사람에게 턱짓으로 물러서자고 신호를 보낸 후 거실 전등을 끄고 조용히 집을 나섰다. 아버지는 분명 잠이 들지 않으셨을 텐데 우리가 나서는데 나와 보지 않으셨다. 마무리 무뚝뚝한 아버지이시지만 그래도 자식들이 집을 나설 때는 "그래, 수고했다. 어여들 돌아가거라." 정도의 인사말을 건네셨다. 오늘은 이런 인사조차 하지 않으시는 것으로 미루어 아버지의 심기가 보통 불편하지 않으시다. 10년 전만 같으면 집안을 온통 난장판으로 만드셨을 텐데 70을 넘어선 나이 때문인지 시종 침묵으로 서운함을 표출하신다. 사실 나를 포함한 모든 가족들은 그것이 더 부담스럽고 긴장된다. 과거 불같던 아버지의 성질이 이렇게까지 누그러진 것이 안쓰럽다는 생각도 들었다.

아버지 집에서 나서 집사람과 함께 차에 오른 나는 차례로 두 형에게 전화를 걸었다.

"큰형? 막내에요. 지금 집에서 나오는 길이에요. 12시 다 되도록 형들 기다리다가 끝내 안 오니까 아버지 그냥 방으로 들어가시더라고요. 결국 제사 못 지냈어요. 숨 막혀 죽는 줄 알았어요."

"……"

"작은형은 몰라도 큰형은 올 걸로 생각하셨나봐."

"그래 알았다. 수고했다. 내일 다시 통화하자."

큰형의 목소리는 낮게 깔렸다. 큰형이라고 마음 편하게 그 시간을 보냈을 리 만무하다. 큰형과 통화를 마친 후 곧바로 둘째형과 통화를 했다. 둘째형도 비슷한 반응을 보였다. 차례로 두 형들과 통화를 마치자 기다렸다는 듯 집사람이 바가지를 긁기 시작한다. 바가지를 긁는 심정도 이해가 됐지만 그렇다고 지껄이는 대로 받아줄 기분이 아니었다. 피곤하다며 내일 이야기 하자고 집사람의 입을 막았다.

#2

　　　　　　　　　　이튿날 회사에 출근해 아버지에게 전화를 걸었지만 받지 않으셨다. 휴대폰으로 먼저 전화를 드렸지만 받지 않으셔서 곧바로 집 전화로 통화를 시도했지만 역시 받지 않으셨다. 형들이 전화라도 드리면 좋으련만 절대 전화를 걸지 않으리란 걸 잘 알고 있어 기대를 하지도 않았다. 형들이야 아버지에게 전면으로 맞서겠다는 뜻을 굳혔지만 나는 아버지를 이해하는 것도 아니고 그렇다고 형들과 뜻을 같이해 아버지에게 저항하는 것도 아닌 아주 어정쩡한 위치에 서게 됐다. 나도 어찌할 바를 몰라 안절부절 하고 있는데 집사람까지 눈만 마주치면 바가지를 긁어대니 정말 미쳐버릴 것만 같다. 어디론가 사라져 이런저런 꼴을 안보고 싶다는 생각만 간절할 뿐 내게도 대책은 없다. 그러니 더 고통스러울 수밖에 없다.

45년 해방둥이인 아버지는 부유한 집안의 큰아들로 태어나 부러울 것 없이 자라셨다. 중학교는 고사하고 초등학교도 못 다닌 친구들이 허다한데 당시 전국 10대 명문으로 손꼽히던 대전고등학교를 졸업한 수재셨다. 여러 형편상 대학 진학은 포기하셨지만 일찌감치 사업에 뛰어들어 남들의 부러움을 사며 젊은 나날을 보내셨다. 당시 대부분의 아버지들이 가난에 허덕이며 술주정으로 세월타령을 하기 일쑤였지만 우리 아버지는 그래도 신식 교육을 받으신 분이어서 여러모로 이지적인 행동을 하셨다. 그렇다고 다정다감한 분은 아니셨다. 마음에 안 맞으면 큰소리로 호통부터 쳐대는 괴팍스러움은 있었다. 그래도 어머니는 아버지의 불같은 성격에 비위를 맞추며 살림을 잘 이끌어오셨다. 우리 삼형제도 모두 대학을 졸업해 나름 번듯한 직장생활을 하고 있는 것도 모두 부모님 덕이다.

그런데 환갑을 넘기고 곧바로 어머니에게 병마가 엄습한 이후 아버지의 성격은 한껏 괴팍해지셨다. 중풍에 극심한 관절염이 겹쳐 어머니는 혼자서 기본 생활을 하기에도 힘든 처지가 되셨다. 발병 후 처음 1년간 아버지는 그럭저럭 상황에 잘 적응하시며 어머니를 극진히 보살피셨다. 오전 한나절 매일 집에 찾아와 병수발을 돕고 가사를 도와주는 아주머니 한 분을 두셨고 아주머니가 집으로 돌아가신 후에는 손수 어머니 시중을 들기도 했다. 그러나 어머니의 병치레가 1년을 지나 2년으로 접어들 때부터 아버지는 매사 짜증스러워 하시며 지쳤다는 내색을 하셨다. 올해로 벌써 10년째. 아버지는 어머니께 다정스럽게 말씀을 하시는 법이 없다. 매사 퉁명스럽게 툭툭 내뱉듯이 말씀을 하신다. 그런 퉁명스러운 말투가 이제는 예사가 됐다.

보다 구체적으로는 어머니의 와병이 2년째로 접어들던 해부터 아버지에게 한 여인이 나타났고 그 후부터 어머니를 대하시는 태도가 돌변했다. 아버지는 양평댁이라고 불리는 옆 동네 혼자 사시는 또래 아주머니와 벌써 9년째 만나고 계신다. 딸 하나를 낳고 40대에 청상이 된 양평댁 아주머니는 딸을 서울로 출가시키고 혼자 생활하고 있었다. 두 분이 어떤 인연으로 만나기 시작했는지는 식구들 모두 잘 알지 못한다. 처음에는 대수롭지 않게 여겼고, 같은 남자로서 '그럴 수도 있겠다.'는 마음을 가졌다. 형제들 모두 같은 마음이었다. 그런데 아버지께서 어머니를 대하는 태도가 달라졌고, 양평댁에 대한 집착이 커지면서 가족들과의 불화는 시작됐다.

소문을 통해 들은 양평댁은 참으로 여성스럽고 차분한 성품의 소유자이다. 완고한 아버지의 성격을 이해해주고 비위도 잘 맞춰준다고 들었다. 양평댁의 남편은 술주정뱅이였고, 노름꾼으로 온갖 몹쓸 짓만 하다가 40대 후반에 저세상으로 갔다고 한다. 아버지는 수시로 쌀을 팔아 양평댁 집에 날랐고, 심심찮게 용돈도 주셨다. 그 집에 가서 점심이나 저녁식사를 하는 일도 많았다. 10년을 병석에 누워계신 어머니를 생각하면 울화가 치밀지만 그래도 아버지 입장을 이해 못 할 것도 아니었다. 아버지는 우리 삼형제가 양평댁과의 관계를 알고 있다는 사실을 알고 계셨지만 전혀 부끄럽게 생각하지 않으셨다. 그렇다고 자랑거리로 내세우신 것은 아니었지만 나름대로 당당하셨다.

아버지가 양평댁과 친하게 지내시고 쌀말이라도 팔아주시는 것은 자식들 입장에서 이해 못할 일이 아니었다. 그러나 몇 년 전 아버지가 당신 소유의 단층짜리 상가 건물을 처분한 것을 우리 삼형제가 알게 됐고, 그 돈의 상당액이 양평댁의 손에 쥐어진 것이 여러 정황을 통해 드러나면서 아버지와 우리 형제들의 불화는 본격화 됐다. 여러 경로를 통해 파악된 사실을 정리해보면 양평댁 딸이 서울에서 전셋집을 옮기는데 아버지가 수천만 원을 보태신 것이다. 몇 백만 원이라면 모른 척해줄 수도 있는 일이지만 어머니는 물론 자식들에게 한 마디 상의도 없이 상가를 처분해 양평댁의 딸에게 건넸다니 자식들 입장에서는 도저히 이해할 수 없는 상황이었다.

#3

이 일을 기화로 자식들과 아버지 간의 불화는 표면화 됐다. 기다렸다는 듯 며느리들도 목소리를 내기 시작했다. 공교롭게도 세 며느리는 모두 독실한 기독교 신자였다. 결혼 한 이후 줄곧 제사상을 차리는 일에 불평을 늘어놓았고, 명절 때와 기제사가 있을 때마다 번번이 아버지와 부딪혔다. 아버지는 워낙 불같은 성격의 소유자로 수시로 자신과 뜻이 맞지 않으면 "다 필요 없어! 내 맘대로 할 테니 니들은 잠자코 있어!"라고 고래고래 소리를 지르곤 했다. 아버지는 70대 중반의 고령이지만 중부권 최고의 명문인 대전고를 졸업한 수재이시다. 이지적이고 온화했던 아버지는 이제 더 이상 엘리트의 모습이 아니다. 툭 하면 버럭버럭 소리를 지르고 아무 것도 아닌 일에 화를 내는 시골할아버지의 모습으로 변해가고 있었다.

큰형은 고등학교 때 아버지 몰래 교회를 다니기 시작했고 거기서 지금의 형수와 만났다. 큰형수 집안은 독실한 기독교 집안으로 기독교인이 아니면 절대 사위를 삼지 않겠다는 완고한 입장이었다. 사위 당사자는 물론이고 집안 전체가 기독교 집안이어야 딸을 줄 수 있다고 버텼지만 결국 큰형만 착실히 교회에 다니기로 하고 결혼을 승낙 받았다. 처음에는 마지못해 형수를 따라 교회에 다니고 처가식구들과 더불어 교회활동을 하는 수준이었지만 결혼 후 10년이 넘어선 후부터 형이 오히려 처가 식구들을 뛰어넘는 신앙인이 됐다. 물론 조카들도 교회에 다닌다.

제사를 모시는 일을 두고 수년 전부터 아버지와 정면으로 부딪쳤다. 아버지가 워낙 완고하시니 아버지 기력 잃으실 때까지만 참겠다고 마음먹었지만 아버지와 부딪치는 건 어쩔 수 없는 일이었다. 더욱이 큰형이 할아버지와 할머니 제사상 앞에서 절을 하지 않기 시작하면서 갈등은 극에 달하기 시작했다. 큰형수도 부엌에서 음식을 차리더라도 제사가 진행되는 거실 쪽에는 얼굴도 내밀지 않으려 했다. 아버지는 언제부터인가 큰형 내외가 집에 발을 붙이면 이내 얼굴색이 변하시며 싫은 내색을 하셨다. 큰형이 제사상에 절을 하지 않던 때부터 매번 제삿날이면 제사를 마치시고는 얼른 안방으로 혼자 들어가셨다. 그리고는 담배만 연신 피워 대셨다.

작은형도 사정은 다르지 않다. 작은형도 역시 작은형수와 더불어 온 가족이 기독교식으로 생활한다. 작은형수의 친정도 큰형수 친정 못지 않은 기독교 집안이다. 둘은 첫 직장에서 만나 결혼에 이르게 됐고, 결혼 후 작은형수는 직장을 그만두고 집에서 살림만 도맡았다. 그러나 어느 샌가 교회 일에 더 많은 시간을 할애했다. 거의 매일 거르지 않고 교회에 갔고 새벽기도를 거르는 일도 없다. 아버지 댁에 오면 큰집 눈치를 슬금슬금 보면서 뒤로 숨는 듯 했지만 아버지가 목소리라도 높이면 조목조목 따지고 타이르듯 자신의 종교관을 말하는 것은 오히려 작은형수였다.

　나도 집사람과 함께 교회에 다니고 있다. 하지만 두 형과 두 형수에 비하면 우리 내외는 그저 평범한 기독교인이다. 교리에 따라 제사를 모시지 않는 것이 원칙이라는 사실은 알지만 집사람과 나는 '더도 말고 아버지 살아계시는 동안만 그냥 마음에 내키지 않아도 아버지가 시키는 대로 하자'고 약속한 바 있다. 그래서 언제든 제삿날이면 우리 내외가 제수 준비를 했고, 음식도 차려냈다. 우리 내외도 역시나 아버지 눈에는 벗어났지만 그래도 아버지가 말이라도 건네시는 건 우리뿐이다. 두 형과 아버지 사이에서 제대로 숨을 쉴 수조차 없는 답답한 생활을 해온 것이 벌써 수년째이다.

　나 역시 병든 어머니를 곁에 두고 아버지가 다른 여자를 만나고 다니시는 것이 여간 못마땅하지 않다. 설상가상 아버지는 당신 명의로 돼 있던 상가를 처분해 수천만 원의 돈을 양평댁에게 건넸다 하니 나 역시 억장이 무너지기는 마찬가지이다. 병든 어머니는 일어설 기약 없이 마지못해 연명하고 계신데 아버지가 다른 여자를 만나 정을 주고 그것도 모자라 어머니와 같이 고생 끝에 마련한 상가를 처분해 큰돈을 마련해 건넸다고 생각하니 어머니에 대한 불쌍한 마음과 아버지에 대한 원망이 동시에 솟구친다. 우리 삼형제는 나름 변변한 직장생활을 하고 있어 아버지 재산에 큰 욕심을 내는 것은 아니지만 줄줄이 아이들 대학 진학시켜 돈의 속박에서 자유롭지는 못한 형편이다.

아버지는 70대 중반의 나이에도 불구하고 명문고 출신으로 이곳저곳에 선·후배 인맥이 두터워 밖에 나가면 극진한 대접을 받고 다니신다. 제법 큰 점포를 운영하며 비교적 넉넉한 살림을 했고, 시골에 땅도 갖고 있는 데다 대전에도 건물을 두 채나 갖고 있어 남부러울 것 없다. 자식들도 변변하게 자리를 잡았으니 어디 가서 누굴 만나도 꿀릴 일은 없었다. 밖에 나가 사람들을 만날 때는 인격자 행세를 하시면서도 집에만 들어오면 어머니에게 짜증을 부리시고 자식들에게도 습관처럼 버럭버럭 화를 내시니 자식들과 편한 관계가 유지될 리 없었다. 정작 그렇게 이중적인 생활을 하시면서도 아버지는 전혀 자신의 행동이 표리부동하다는 생각을 하지 않으셨다.

#4

　　　　　　　　　　제사 다음날 오전 내 전화를 안 받으시던 아버지로부터 점심시간이 지나 전화가 걸려왔다. 핸드폰 화면에 아버지라고 이름이 찍힌 것을 확인한 후 나는 잠시 주춤 했다. 전화가 연결되면 호통부터 치실 것이라는 생각이 문득 들었기 때문이었다. 조심스럽게 핸드폰을 받았다.

"네. 아버지"

"늬 형놈들은 너한테도 전화도 안 하더냐? 배은망덕한 놈들 같으니라고. 제 놈들이 조상 없으면 어디서 태어났다고…. 수백 년 조상대대로 내려온 조상님 제사 모시는 일을 안 하겠다고? 미친놈들. 다시는 내 집에 얼씬도 하지 말라고 전해라. 나 죽어도 오지도 말라고. 장의사에게 미리 연락해두고 나 죽으면 화장시켜 뿌리라고 얘기는 해놓을테니."

"아버지, 왜 또 그런 말씀을 하세요. 형들도 아버지가 어머니한테 서운하게 하신다고 생각하니까 그러는 건데."

"일 없다. 싸가지 없는 놈들 같으니"

날카로운 수화기 내려놓은 소리가 난후 아버지의 목소리는 사라졌다.

아버지와의 통화가 끝나자 나는 검은 먹구름처럼 무거운 마음이 새까맣게 몰려드는 기분을 느꼈다. 정말 한 치도 물러서지 않는 아버지와 두 형들 사이에서 내가 혼자 너무도 고통스러운 상황을 맞고 있다는 생각이 들었다.

평생 조상 묘지 관리하시고, 연중 제사 모시면서 종중 행사 참석하고, 시제 지내는 일 등을 낙으로 알고 살아가시던 아버지로서는 당신 자식들이 수백 년 지켜온 가풍을 일시에 무너뜨린다고 생각하니 용납이 안 되는 것은 당연하다. 우리 형제들도 아버지의 그런 마음을 이해 못하는 것은 아니다. 하지만 날로 괴팍해지고 날로 뻔뻔해지는 아버지의 태도가 받아들여지지 않는다. 어머니의 병치레가 오래고 지치고 힘들만 하다는 것도 이해한다. 하지만 젊은 시절이라고 아버지가 어머니에게 다정한 모습을 보인 적은 없다. 어머니는 소학교만 졸업해 겨우 국문을 알고 기본적인 셈을 하면서 살아가는 정도였지만 큰며느리로서의 소임을 누구보다 잘 해내셨다. 그러던 어머니가 늘그막에 병이 들어 대접도 받지 못하고 누워만 계시니 자식 된 입장으로 안쓰럽고 원통하다.

제사에 참석은 해도 제사상에 절을 올리지는 않아 아버지를 불편하게 하고 "그 따위로 할 거면 다음부터 제삿날 오지도 마라"라고 호통을 듣기는 했어도 두 형과 두 형수는 꼬박 제사에 참석을 했다. 물론 제수를 준비하는 일도 마다하지 않았다. 음식을 나눠 준비하고 준비를 못할 형편이면 시장에서 사오기라도 했다. 각종 전이며 나물 등의 제수를 삼형제가 고루 나눠 준비했다. 아버지는 정성도 없이 시장에서 사다 차리는 음식으로 어떻게 제사상을 차리느냐고 못마땅해 하셨지만 며느리들이 직장생활을 하니 어쩔 수 없다는 사실도 잘 아셨다. 그래서 매번 제사 때마다 얼굴에 가득 못 마땅한 표정을 지어보이셨지만 어쩔 수 없는 일이었다.

형들이야 작정하고 아버지와 정면충돌해 각을 세우고 있지만 나는 어정쩡한 상태이다. 삼형제가 모두 교회에 다닌다고는 하지만 두 형가정과 비교하면 그래도 우리는 종교적 신념이 약한 편이다. 아버지가 살아계시는 동안은 무슨 일이 있어도 꼬박 제사에 다니자고 집사람과 몇 년 전 약속을 했고, 그 약속을 여전히 지키고 있는 것이다. 그러나 주일에 교회에 가면 늘 '내 앞에서 다른 신을 섬기지 말라'는 하나님과의 약속을 지키지 못했다는 자책감이 밀려온다. 마음이 불편하고 목사님에게도 뭔가 큰 잘못을 한 것 같은 아주 불편한 마음이다. 늘 마음이 불편하기는 하지만 그래도 어쩔 수 없는 상황이라고 혼자 생각하곤 한다.

형들의 주장은 몇 가지로 요약된다. 우선 아버지가 양평댁과의 관계를 정리해야 한다는 것이다. 병석에 누워 아내로서의 도리를 하지 못하고 있다고는 하지만 엄연히 조강지처가 생존해 있는데 다른 여자를 만나고 다닌다는 것은 있을 수 없는 일이라는 것이다. 상가를 처분해 양평 댁 딸에게 수천만 원을 건넸다는 사실을 알고 난 후 형제들은 아버지께서 재산을 빨리 정리해 상속절차를 밟아야 한다고 생각하고 있다. 그대로 두었다가는 모든 재산이 양평댁 손에 들어갈 수 있다고 판단하고 있는 것이다. 또 하나의 조건은 아버지께서 살아계시는 동안 제사를 지내는 것은 용인할 수 있으나 자식들의 종교적 신념을 인정해 절을 강요하지 말아달라는 것이다.

그러나 아버지는 무엇 하나 자식들의 요구를 들어주실 생각이 없으시다. 아버지는 자식도 부인도 채워주지 못하는 허전함을 양평댁이 유일하게 채워주고 있다고 생각하신다. 가끔 양평댁이 차려주는 따뜻한 밥상을 받는 일이 아버지의 유일한 즐거움이다. 제사를 챙기는 일도 마찬가지이다. 어려서부터 장손으로 집안 대소사에 참석하고 조상 묘소를 지키며 꼬박 제사를 챙기는 것이 자신의 소임이라는 확신을 갖고 사신 분이다. 재산을 상속하는 문제도 자식들과는 정반대의 생각을 갖고 계시다. 조상도 안 모시는 불손한 놈들에게 재산을 절대로 물려줄 수 없다는 것이 아버지의 소신이다. 제사에 꼬박 참석해 정성껏 제물을 준비하고 정중하게 제례를 올리는 자식만이 진정한 자식이라고 아버지는 굳게 믿고 계신다. 어느 것 하나 물러서지 않을 태세이다.

이런 상황이니 가운데서 막내인 나만 이러지도 저러지도 못하고 있다. 차라리 형들처럼 아버지 집에 출입을 삼가고 살면 마음이 더 편할 것 같다는 생각을 한 것도 한두 번이 아니다. 반대로 아버지께서 원하시는 아들로 살아가는 것도 쉽지 않은 상황이다. 이미 교회에서 집사라는 직함도 부여받았고, 교인들 모임에서도 구역장을 비롯해 여러 임무를 맡았다. 목사님과 교인들 앞에서 '죽는 날까지 하나님의 독실한 자녀로 살아가겠노라'고 맹세도 했다. 지금과 같은 어려운 상황이 닥칠 때마다 나와 집사람은 '저희를 시험에 들게 하지 마옵소서.'라고 간절하게 기도를 올렸다.

회사에 출근해도 아버지 생각만 하면 머리가 지끈거린다. 형들이 좀 물러서주면 좋으련만 그걸 바랄 처지도 못 된다. 하나님의 아들로 살아가겠다고 결심한 이후 나는 술을 한 모금도 입에 대지 않았다. 요새 같으면 하도 머리가 복잡해서 곯아떨어지도록 술이라도 마시고 싶다는 생각이 들기도 한다. 형들과 상의해서 양평댁을 찾아가 아버지와의 관계를 정리해 달라고 정중히 요청할까 하는 생각도 해봤지만 아버지께서 어떤 반응을 보이실지 뻔하다. 그도 안 될 일이다. 아니면 양평댁을 만나 '그래도 아버지 마음을 돌릴 수 있는 건 아주머니뿐이시니 자식들 이해해 주라고 아버지께 말해 달라 할까' 하는 생각도 했지만 그 또한 답은 아닌 것 같다.

#5

　　　　　　　　　　가뜩이나 두통이 몰려오는 나른한 오후시간. 핸드폰 벨이 울렸다. 아버지셨다.

"얼른 집으로 좀 와야겠다. 너 엄니가 아무래도 이상하다. 갑자기 숨이 급해진다."

"언제부터요?"

"아침 나절부터 평소보다 기운이 없어 보이기는 했는데 점심시간 이후부터 부쩍 심해졌다."

"알겠어요. 지금 바로 갈게요. 다급해지면 119로 전화하세요. 전화를 끊자마자 사무실을 나서 아버지 집으로 차를 몰았다. 왠지 불길한 기분이 든다. 우선 두 형에게 전화로 이 사실을 알렸다. 아버지 성격에 분명 두 형들에게는 전화도 안 하셨을 게 뻔하다. 두 형 모두 같은 대답이다. 우선 막내인 내가 집에 가보고 상황을 살핀 후 다시 연락을 달라는 것이다. 급하게 차를 몰아 집으로 들어섰다. 하지만 집에는 아무도 없었다. 이미 상황이 다급해진 것을 직감했다. 아버지에게 전화 연락을 드리니 대학병원으로 어머니를 이송 중이시란다. 다시 차를 몰아 병원으로 줄달음 쳤다.

병원에 도착해보니 이미 어머니는 응급실에서 산소 호흡기에 의존해 호흡을 하고 있었다. 긴박한 상황이라고 판단해 즉각 형들에게 연락을 했다. 아버지도 놀란 기색이 역력하셨다. 나는 어머니 곁에 있는 젊은 닥터에게 급하게 물었다.

"어떤 상황이죠? 괜찮으신 건가요?"그는 자신의 손으로 어머니의 눈을 억지로 벌린 후 펜 모양의 작은 랜턴으로 이리저리 살피더니 혀를 한번 찼다.

"중환자실로 급히 옮기셔야 겠어요. 산소호흡기 떼면 당장이라도 자가 호흡이 곤란한 상황입니다."

"네?"

어머니가 병치레를 하신 것이 워낙 오래 돼 마음의 준비는 하고 있었지만 이렇게 다급하게 일이 닥칠 줄은 몰랐다. 머릿속이 새까매지는 느낌이다. 서둘러 형들에게 전화해 상황을 알렸다. 큰 형이 저녁 7시가 조금 넘은 시간 도착했고, 30분쯤 후에 작은형이 도착했다. 두 형수도 20~30분 차이로 속속 도착했다. 이 사이 어머니는 중환자실로 옮겨갔다. 중환자실 앞 복도에 하나둘씩 자식들이 몰려들었지만 아버지는 창밖으로 멀리 도시의 불빛만 바라보실 뿐 자식들에게 눈길도 주지 않으셨다. 큰 형이 먼저 입을 열었다.

"아니 왜 갑자기? 무슨 일이 있으셨던 거예요?"

"걱정은 되냐? 네놈들이 아버지 하나님한테 드리는 기도의 정성이 부족했나보구나. 여긴 뭘 하러 왔어?"

"아버지! 그렇게 말씀하시면 어쩝니까?"

작은형이 끼어들었다.

"아버지 아무리 서운하셔도 지금 상황에서 어찌 그런 말씀을 하세요?"

아버지도 물러서지 않으셨다.

"왜? 내가 못할 말 했냐?"

듣기만 하던 나도 한 마디 했다.

"지금은 이런 이야기를 하실 때가 아닙니다. 어머니를 우선 살리고 봐야죠. 우선 담당 신경외과 과장을 만나봐야 하는 것 아닌가요?"

나의 말에 오가던 언쟁은 누그러들었다. 가까스로 언쟁을 가라앉히고 신경외과장실을 향했다.

아버지와 큰형이 과장실로 들어갔고, 20분 남짓 대화를 나눈 후 가족들이 있는 복도로 나왔다. 아버지가 말문을 여셨다.

"너의 엄니 끝났다. 산소호흡기 떼면 바로 죽은 목숨이랴. 가망 없다는 겨. 참 나원. 쯧쯔. 살아도 산 게 아니라더니. 내가 먼저 가야 허는디. 참말로⋯."

큰형도 한 마디 한다.

"아무래도 준비를 해야겠다. 이렇게 연명하는 건 아무 의미가 없다고 의사가 그런다. 가족들이 동의하면 바로 산소호흡기 떼겠다고 한다."

그 말을 듣는 순간 내가 가장 먼저 왈칵 눈물을 쏟아내고 말았다. 자식들에게 제대로 말씀도 못 남기고 별안간 돌아가신다고 생각하니 원통한 마음을 주체할 수 없었다. 젊어서 고생만 하시다가 노년에 10년 가까이 누워 보내신 시간을 생각하니 불쌍한 마음이 가시질 않는다. 병을 얻은 이후부터 어머니는 눈치 속에 사셨다. 말 수도 점점 줄어 몇 년 전부터는 하루 종일 하시는 말씀이 몇 마디 안 됐다. 어머니와 다정다감하게 이야기를 나눈 것이 언제인가 생각해보니 까마득했다. 죄스러운 마음에 하염없이 눈물이 흐른다. 걷잡을 수 없는 슬픔이다.

#6

　　　　　　　　그렇게 어머니는 가셨다. 마지막 인사를 나눌 겨를도 없이 무엇이 그리도 급하셨는지 홀연 새벽이슬처럼 우리 곁을 떠나셨다. 병원 부설 장례식장에 빈소가 마련됐다. 삼형제가 각기 교회에 연락을 하자마자 교인들이 구름같이 몰려왔다. 본래 교인들은 같은 교회 구성원이 애경사를 당했을 때 득달같이 달려가 성심껏 일을 보살펴 주는 것이 관례이다. 집안 친척 누구라도 그렇게까지 열정적으로 일을 봐주지는 못할 것이다. 시간이 허용되는 모든 교인들이 몰려와 일사분란하게 상례 치르는 일을 도왔다. 하지만 아버지는 당최 못 마땅한 표정으로 일관하신다. 아마도 '저 놈들도 모두 제 조상 사진에 절도 안 하는 놈들이겠지?'라고 생각하시는 모양이다. 교인들이 안부의 말을 전하고 부지런을 떨며 일을 봐줘도 아버지의 눈에는 못마땅한 기색이 역력하다.

빈소가 마련되고 서너 시간이 지나자 친인척부터 조문객들이 몰려들기 시작했다. 우리 형제들은 빈소 영정 앞에 성경책을 깔았고, 빈소 입구에 각 교회에서 보내온 조기를 내걸었다. 조문객들도 눈치를 챘는지 소리 내어 곡을 하지 않았고, 절반 이상은 자신들도 영정에 절을 하지 않은 채 목례와 묵념만 했다. 장례 절차도 제를 지내는 것을 대신해 교인들과 더불어 예배로 대체했다. 세 곳 교회에서 수시로 교인들이 방문하다보니 찬송가 소리가 빈소에서 끊이지 않았다. 아버지는 우리 형제가 기독교식으로 조문을 받는 것에 진노하셨다. 보다 못한 아버지는 더 이상은 못 참겠다는 듯 빈소를 떠나 상주들이 묵는 빈소 뒤편의 방에 줄곧 혼자 계셨다.

장례는 철저하게 기독교 방식으로 진행됐다. 장례가 진행되는 동안 몇 차례 예배를 올리며 찬송가 소리가 새나올 때마다 아버지는 극도의 분노를 표출하셨다. 식사도 제대로 하지 않으시며 평소 즐기지 않던 소주를 계속 들이키셨다. 가까운 친척들이 오면 앉혀놓고 술상에서 자신의 답답한 심정을 토로했다. "자식새끼들 다 필요 없다. 이제부터 이 꼴 저 꼴 안보고 혼자 살겨."라고 하시는 말씀이 수시로 들려왔다. 친척들 대부분은 "세상이 바뀌었으니 어떡하겠냐. 고집 피우지 말고 그냥 자식들이 하자는 대로 하시라"고 아버지를 설득했지만 아버지는 핏대를 세우셨다. 그런 이야기를 들을 때마다 "이 나라가 어떻게 지켜온 나라인데, 조상 대대로 수백 년 지켜온 문화가 어떻게 하루아침에 바뀔 수가 있느냐"며 펄쩍 뛰셨다.

선산에 어머니를 모실 때도 기독교식 장례는 계속됐다. 장례 절차가 진행될 때마다 찬송가와 기도가 이어졌다. 그럴 때마다 아버지는 극도로 불편한 심기를 드러내셨다. 불과 수년 전만 같아도 상을 뒤엎고 난리를 치셨을 텐데 나이 70을 넘긴 이후부터는 기력이 전만 못하신지 심한 행동을 하지는 않으신다. 어머니를 산에 모시는 날에도 아버지는 화가 가라앉지 않으시는 듯 일찌감치 마시기 시작한 술에 낮부터 취기가 가득하셨다. 사실 우리 삼형제 손님도 많았고, 우리가 상주라고는 하지만 아버지 손님도 무시할 수 없을 만큼 많았다. 중부권에서 이름 대면 알만한 정치인, 고위 공직자, 사업가 등등이 줄줄이 아버지의 선배, 후배이다 보니 아버지 손님이 퍽이나 많았다.

장례 절차를 모두 끝내고 모처럼 온 가족이 한 자리에 모였다. 이때까지도 아버지의 얼어붙은 마음은 풀리지 않았다. 어머니가 돌아가신 것은 누구보다 아버지에게 큰 충격이 분명하다. 한 집 안에서 사람 온기를 느끼며 살 수 있던 것은 병석에 누워있는 처지였지만 그나마 어머니가 계셨기 때문이다. 한편 생각하면 혼자 거동도 못할 정도로 쇠약한 어머니와 사시는 것이 불편했으니 짐을 던 것일 수도 있지만 말이다. 장례 치르느라 모두들 제대로 자지도 못했고, 며칠 쉬지도 못했으니 몸이 힘든 것은 말할 나위 없다. 아버지가 그냥 "수고들 했다"라고 한 마디만 하시면 모두들 고마워할 텐데 아버지는 끝내 그 한 마디를 아끼셨다. 오히려 "네놈들 식대로 장례를 치르고 나니 좋더냐?"고 툭툭 쏘아붙이셨다.

아버지는 누군가에게 구속되는 걸 싫어하시는 데다 기본적으로 식사문제를 혼자 해결하실 수 있다. 그러니 자식들 집에 들어가 사시는 것은 생각 자체를 안 하신다. 일주일에 2~3번 가사도우미를 불러 빨래며 청소며 집안일을 해결하시고 기본적인 반찬도 제공받아 생활하시는 데는 별다른 문제가 없다. 더구나 이제 어머니도 안 계시니 양평댁 집에 식사를 하시러 더 자주 다니실 게 아닌가. 혈압이 높아 몇 년째 약을 복용하고 계시지만 다른 건강상의 문제점은 없다. 더구나 아파트라면 "그게 닭장이지 사람집이냐"고 버릇처럼 말씀하셨던 터라 현재의 집을 혼자 지키고 사실 것이 분명하다. 여러 정황상 아버지는 지금 계시는 집에서 혼자 사시는 것이 옳다고 판단되나 그래도 70을 훌쩍 넘기신 노인을 홀로 계시게 하는 것이 여간 마음 불편한 일이 아니다. 더구나 시골에 계신 것도 아니고 자식들이 모두 같은 시내에 살고 있는데 말이다.

#7

　　　　　　　　　어머니가 돌아가신 지 6개월이 흘렀다. 아버지는 어머니가 돌아가신 후 한결 짐을 던 것이 사실이다. 시간적 여유도 있고, 식사도 잘 하시고, 잔병치레도 없으시다. 자식들이 어쩌다 안부전화를 걸면 늘 그랬던 것처럼 "나 잘 있으니 내 걱정 말고 너희나 잘 살아라"는 말을 하곤 별말씀을 이어가지 않고 전화를 끊기 일쑤였다. 자식들이 찾아가 봬도 늘 눈빛을 나누지 않고 등을 돌려 허공에 이야기 하는 버릇은 여전하시다. 그러니 찾아간 사람이 불편해 오래 앉아있을 수가 없다. 그런데 이상한 점은 하루가 다르게 아버지의 몸이 야위어가고 있다는 것이다. 성큼성큼 몸무게가 줄고 있는 것이 눈에 띈다. 한 달 만에 찾아가 뵈면 눈이 깊숙이 들어가 있는 것이 보인다.

몸이 불편하신 거냐고 여쭈면 "난 아무 이상 없으니 내 걱정 말고 너

회나 잘 챙겨라"라고 기계적으로 답변하신다. 더 이상 말을 이어가지 못하게 하신다. 내게 이 정도 하시는 걸로 미루어 형들이나 형수들에게는 눈빛 한 번 주지 않으실 분이란 걸 나는 잘 알고 있다. 아버지 건강 문제를 상의하러 형들에게 전화를 해도 "야버지가 자식들 말을 듣는 분이냐? 병원에 모시고 갈 수가 있어야지"라고 혀만 찬다. 어쩌다 아버지와 자식 간의 관계가 이 지경이 됐는지 한탄스럽다. 어려서 자랄 때도 다정다감하신 모습은 아니셨지만 그래도 남부럽지 않게 우리 형제를 키우셨다. 아버지가 실력자이고 대단한 인맥을 갖고 계신 분이라는 것을 알고 자식들이 아버지를 존경하는 마음을 가졌던 것도 사실이다.

또 한 두 달의 시간이 지났다. 아버지의 몸 상태는 한눈에 봐도 문제가 있어보였다. 불과 수개월 사이 아버지는 피골이 상접하는 초췌한 모습으로 바뀌셨다. 더 이상은 방관할 수 없다는 생각에 형들과 상의해 억지로 아버지를 종합병원으로 모시고 가 검진을 했다. 이틀간 입원을 하면서 때론 굶기도 하고 주사기로 피를 몇 홉씩 빼내는 고통의 과정이었다. 아버지는 "검사받다가 내가 죽겠다"고 수시로 투정을 하셨지만 정작 이유 없이 야위어가는 당신 몸의 변화가 사실은 궁금하셨던 모양이다. 검진을 받는 중에도 아버지는 "다음 주가 할아버지 기일인데 여기 이러고 있으면 어쩐다냐? 내가 나가서 움직여야 제사 준비를 할 텐데…."라고 혼잣말을 하셨다. 환자복을 입고 병원 검진센터 이곳저곳을 기력 잃은 걸음걸이로 옮겨 다니는 아버지의 뒷모습을 지켜보노라니 가슴이 뭉클하고 코끝이 시큰하다.

#8

며칠 후 사무실에서 한참 일을 하

고 있는데 큰형에게서 전화가 걸려왔다.

"바쁘냐?"

"아니요. 무슨 일 있어요?"

"아버지 검진 결과 나왔다. 대장암 말기란다. 5개월 넘기기가 어려울 것 같단다. 이를 어쩐다냐?"

큰형과의 통화가 끝난 뒤 나는 숨이 멎어버릴 것만 같았다. 사사건건 자식들과 부딪히는 아버지지만 사실 날이 얼마 남지 않았다니 눈앞이 깜깜해졌다. 이렇게 갑자기 가실 분인데 왜 그 작은 소원도 들어드리지 못했나 싶은 자책감이 먹구름처럼 밀려왔다. 왜 진작 건강검진한 번 제대로 해드릴 생각을 못했나 싶은 생각도 들었다. 그냥 하염없이 눈물이 주르르 흘러내렸다. 하루가 다르게 말라가는 아버지의 초라한 모습이 떠오르며 가슴을 찢는다. 나도 잘 한 게 없지만 아버지와 노골적으로 날을 세운 두 형과 형수들이 너무도 야속하게 느껴졌다. 평생 꼿꼿하실 것만 같던 아버지가, 꼬챙이처럼 날카롭기만 하던 아버지가 이제 얼마 후면 이 세상 사람이 아니라고 생각하니 도저히 믿어지지 않았다. 아버지와 함께 보낸 어린 시절의 추억이 일순간 영화필름처럼 머릿속을 스쳐간다.

어머니를 여읜 지 불과 몇 개월이 안 돼 아버지가 위독하시니 천지가 무너지는 느낌이다. 어머니는 와병생활을 오래 해 고통스럽게 이세상을 사시는 것 자체가 안쓰러워 떠나보내는 마음이 한결 가벼웠던 것이 사실이지만 그토록 꼬챙이 같던 아버지가 하루아침에 병자의 모습으로 돌변해 가실 날이 얼마 남지 않았다고 생각하니 억장이 무너진다. 그 동안 얼마나 고통스럽고 외로우셨을까를 생각하니 죄송스러운 마음이 하늘을 찌른다. 이제 더 이상 불호령을 치고 꼿꼿하게 혼자 제사를 모시던 아버지의 모습을 볼 수 없다고 생각하니 마음이 천 갈래만 갈래 찢어진다. 당장이라도 아버지에게 달려가 무릎 꿇고 사죄하며 아버지 품에 안기고 싶다는 충동이 밀려오기도 했다. 평생 우리 곁에서 호통치고 나무라며 무서운 모습으로 남아계실 것 같던 아버지가 떠날 준비를 하시다니. 아무래도 믿어지지 않았다. 불과 몇 개월 사이로 양친을 모두 잃고 부모 없는 자식이 된다는 생각에 북받치는 감정을 어찌할 바를 모르겠다.

아버지는 본인이 대장암 말기라는 사실은 모르셨지만 뭔가 심각한 병마가 찾아와 명을 재촉하고 있다는 사실은 감지하고 계셨다. 당신의 몸 상태를 당신이 가장 잘 아는 것은 당연했다. 의사 말이 오래전부터 혈변을 배출하는 등 곳곳에서 몸에 이상기류가 나타났을 것이란다. 그 말을 들으니 더욱 억장이 무너진다. 노약한 몸의 아버지께 누구 하나 병원에 가자고 조를 아들 한 명이 곁에 없었다고 생각하니 이 불효를 어찌 감당해야 하나 싶은 마음이 밀려왔다. 아버지와 함께 할 수 있는 시간은 불과 5개월. '5개월 동안 무얼 할 수 있을까'를 생각해봤다. 해야 할 일, 하고 싶은 일들이 너무도 많았다. 갑자기 마음이 너무도 다급해졌다. 노트를 꺼내 정리해야 할 일이 무엇인지 차근차근 적어 보았다.

아버지는 일단 병원에 입원하시게 했다. 본인은 극구 집으로 돌아가시겠다고 고집을 피우셨지만 형들과 내가 설득에 설득을 거듭해 입원을 할 수 있었다. 아버지는 몹시 답답해 하시면서도 뭔가 큰 일이 벌어지고 있다는 사실을 깨닫는 눈치셨다. 아버지가 입원을 하신 이후 돌변한 형제들의 태도에 아버지는 몹시도 어색해하셨다. 우리 형제 셋이 모두 입원실에 모였을 때 아버지는 먼저 말씀을 꺼내셨다.

"얼마나 더 산다드냐? 네놈들이 하는 태도를 보니 내가 오래 살 것 같지는 않구나. 얼마를 산다 해도 나는 괜찮으니 말해봐라. 이 병원에서 대장 최고 권위자라는 사람이 담당으로 붙었으니 대장암이 분명한 것 같구나. 그래 얼마나 더 산다더냐? 나도 정리해야 할 일이 많아서 그렇다."

"왜 자꾸 이상한 말씀을 하세요. 그냥 며칠 쉬시면 좋아진데요. 그런 말씀 마세요."

큰형이 아버지를 설득했지만 아버지는 이미 다 알고 계신 눈치이다. 하기야 수재 중의 수재소리를 듣고 평생 살아오신 아버지를 시골 할아버지에게 거짓말하듯 하는 우리가 바보들이다. 아버지는 이미 자신의 상태가 어떤지 대부분 알고 계시는 눈치였다.

병원에서의 시간은 정말 빠르게 흘러갔다. 아버지는 하루가 다르게 몸이 말라붙어 앙상한 뼈에 가죽만 붙은 흉한 모습으로 변해갔다. 할아버지, 할머니 산소와 어머니 산소를 꼭 가보고 싶다고 하셔서 모시고 다녀왔다. 산소를 들러 돌아오는 길에는 고향마을도 한 바퀴 둘러보셨다. 그러나 초췌한 당신의 모습을 마을사람들에게 보여주고 싶지 않으신지 서둘러 돌아가자고 재촉 하셨다. 당신 명의로 된 재산도 삽시간에 정리를 하셨다. 후배 변호사를 불러 유언장을 작성하고 공증을 통해 재산을 모두 분배하셨다. 그리고는 당신께서 돌아가시기 전까지는 유언장을 공개하지 말라고 후배 변호사에게 신신당부 하셨다. 우리 삼형제는 저마다 번번한 직장생활을 하고 있어 아버지의 재산에 큰 관심을 갖지는 않았다. 생활방식과 관념의 차이가 커 아버지와 부딪쳤을 뿐 아버지 재산을 탐해 그것을 빨리, 조금이라도 더 상속받고 싶어하지는 않았다. 아버지가 평생 관리하신 재산을 분배하는 것은 중요한 일이었지만 우리 형제들은 아버지의 당부대로 생전에는 개봉하지 않기로 했다. 더구나 아버지 후배 변호사에게 전해 듣기로는 우리 형제들이 염려했듯이 양평댁이나 그 자식들에게 배분한 재산은 없다고 했다. 가실 날을 앞둔 아버지 앞에서 재산싸움을 하는 흉측스러운 모습은 없었다.

아버지는 토요일 저녁 시간을 정해 우리 형제들과 세 며느리까지 모두 병원으로 모이라고 기별을 하셨다. 모두들 긴장하지 않을 수 없었다. 아버지는 병실 침대에서 반쯤 몸을 젖히고 앉으셔서 말씀을 시작하셨다. 한 마디 한마디 하실 때마다 힘들어 하셨고, 쉼 없이 물을 들이키셨다.

"많이 생각해봤다. 그러나 내가 당장 내일모레 죽을 것을 알면서도 아무리 생각을 고쳐보려고 해도 고쳐지지가 않는구나. 난 너희 형제들이 내가 어려서 살아왔던 모습으로 살아주기를 간절히 바라고 있다. 조상을 극진히 모시고 종중 일에도 적극 참여하면서 말이다. 그러나 너희들이 내가 원하는 대로 마음을 고쳐먹어주지 않을 것이란 사실을 잘 안다. 그래서 한 가지만 부탁하고자 이렇게 불렀다. 들어줄 수 있겠냐?"

"……."

"왜 대답이 없어? 싫은 거냐?"

"아닙니다. 아버지 말씀 하세요."

"나 죽고 너희가 니 엄니랑 나랑 제사도 지내주고 성묘도 다녀주면 좋겠다만 그건 내 욕심일 테고. 내가 백번 양보하기로 했다. 너희들이 하는 대로 애비 애미 제사 안 지내도 좋다. 죽은 자가 뭘 안다고 그깟 제사를 챙겨주기 바라겠냐. 다만 내 장례식을 치를 때도 그렇고 내 제삿날도 그렇고 그냥 너희끼리 모여서 하룻저녁 같이 지내주기만 바랄 뿐이다. 내 영정 앞에 두고 기도하고 찬송가 부르는 일은 정말 안 했으면 좋겠다. 너희가 그렇게 하면 죽어서도 내가 마음이 불편할 것 같다. 제사 안 지내고 장례 안 지내겠다면 할 말 없다만 그렇다고 제사 모시는 날 기도하고 찬송가 부르는 일은 하지 말아달라는 게 내 마지막 당부이다. 내 마지막 부탁을 들어줄 수 있겠냐?"

"……."

"안 된다는 거냐?"

"아닙니다. 아버지. 그렇게 하겠습니다."

큰형이 대답했다. 그러자 작은형도 거들었다.

"죄송해요 아버지. 아버지 마지막 소원이시라는데 그렇게 하겠습니다."

"그래. 고맙다. 그렇게만 해주면 나도 더 이상 바라지 않겠다. 그렇게 하기로 하자. 난 내 영정 앞에서 너희들이 찬송가 부르는 모습을 생각하면 눈이 감아질 것 같지가 않다. 조상대대로 수백 년 지켜온 전통이 내 대에서 끝난다고 생각하니 나도 원통해서 그런다. 너희가 나를 이해 해주기 바란다."

아버지는 하고 싶은 말을 다 하셔서 속이 후련하다는 표정을 지어보이셨다. 그리고는 아무 말 없이 주르륵 한 줄기 눈물을 흘리셨다.

한평생을 마감하는 유언이라기에는 너무도 작은 부탁이었다. 뭔가 큰 것을 부탁하지 않으셨다. 그저 조상님 모시는 일을 전통방식대로 할 수 없거든 우리가 원하는 대로 하라는 것이었다. 다만 조상님 사진 놓고 기독교식 의례는 치르지 말라고 간곡하게 부탁하셨다. 자식들이 기독교식이랍시고 조상님들 영정에 절도 안올리고 제주도 한 잔 다르지 않는 것을 지켜보시며 아버지의 속은 까맣게 타들어갔던 것이다. 어쩌면 그 스트레스로 명을 다하지 못하시고 일찍 세상을 등지신다고 생각하니 이런 불효가 없다는 자책감이 밀려왔다. 아버지가 그토록 바라시던 대로 제삿날 형제들이 모여 같이 절하고 제주 올리고 했더라면 아버지가 얼마나 좋아하셨을까 싶다. 아버지 말씀대로 수백 년 지켜온 집안 전통을 우리 대에서 단절시켰다고 생각하니 송구한 마음도 크다. 형들이라고 나와 생각이 다르지는 않을 것이다.

우리 형제들 앞에서 마지막 유언을 하고 이틀 뒤 아버지는 세상과 등을 지셨다. 음력으로 날짜를 헤아려 보니 어머니가 돌아가신 날과 일치한다. 두 분이 1년 차이로 같은 날 돌아가신 것이다. 아버지 유언

대로 우리 형제는 전통 유교식도 아니고 그렇다고 현대 기독교식도 아닌 어정쩡한 방식으로 장례를 치렀다. 빈소에는 양평댁 아주머니도 시집간 딸과 함께 찾아와 조문하고 갔다. 우린 별말 없이 "찾아주셔서 고맙습니다."라고 인사를 했다. 양평댁은 잠시 영정 앞에서 눈시울을 붉히더니 한동안 영정을 바라보고 조용히 되돌아갔다. 우리 형제들이 식사하고 가시라고 붙잡았지만, 한사코 뿌리치고 돌아갔다. 그러면서 아버지 장례를 잘 모셔달라고 거듭 당부를 했다. 내가 장례식장 입구까지 배웅했다. 양평댁의 뒷모습 어깨 위로 저녁놀이 차분히 내려앉았다. 양평댁이 시야에서 사라질 무렵 큰길 건너 교회의 십자가 네온사인에 불이 밝혀졌다. 십자가가 나를 또렷이 주시하는 것처럼 느껴졌다. 성경과, 찬송가책을 들고 장례식장을 찾은 교인들은 영문도 모르는 채 상주인 우리 형제들의 요구에 따라 기도도, 찬송도 하지 않았다. 영정 속 아버지가 나를 보고 입꼬리를 올리며 웃고 있었다.

씨간장

‖ 작가 노트 ‖

누구에게나 소중한 것이 있다. 내 기준으로 상대가 소중히 여기는 것의 가치를 평가할 수는 없다. 그러나 금전 만능주의 시대를 살아가는 우리는 돈이면 모든 것이 보상될 수 있다는 잘못된 생각을 하고 있다. 돈으로 가치를 환산할 수 없는 것들은 너무도 많다. 노인들은 특정 소장품에 우리가 생각지도 못할 의미와 가치를 부여하는 때도 있다. 그 소장품은 자신의 젊은 시절 추억과 애상이 담겨 있는 객체이기 때문에 각별한 의미를 담는다. 그 의미를 누구도 쉽게 평가해서는 안 된다. 인정하고 존중해야 한다. 그것은 그 노인의 지난 생애를 존중해주는 것과 마찬가지이다. 이 소설 역시 전해 들은 실화를 각색해 구성하였다. 짧게 전해 들었지만, 노인의 심정을 충분히 이해할 수 있었고, 그 마음을 글에 담아 보고 싶었다. 노인들의 심정을 이해하는 것은 미래의 나를 이해하는 것이다. 이 한 편의 소설이 노인을 이해하는데 보탬이 되길 바라는 마음을 담았다.

#1

　　　　　　　그전 같으면 너무 추워서 방문 밖을 나올 엄두도 못 낼 때이다. 양력으로 1월 중순이니 소한, 대한 추위가 한창 맹위를 떨칠 무렵이다. 지구 온난화라는 말을 들어본 지 벌써 10년 하고도 수년은 지난 것 같다. 그래서인지 실제로 겨울이 겨울답지 않다. 겨울은 겨울인지라 해가 하늘에서 사라지면 몸이 움츠러들 지경에 이르지만, 한낮에 해가 살아있을 때는 양지바른 곳에 있으면 겨울인가 싶을 정도로 견딜 만하다. 아침 밥상을 물리고 나서 방도 한

번 훔치고 걸어온 빨래도 개며 한가로이 TV 아침드라마를 시청하고 있던 장옥심 할머니는 마을회관으로 나설 채비를 하고 있었다. 겨울로 접어들면 마을 사람들은 누구랄 것 없이 아침밥상 물린 후 마을회관으로 모여든다.

집집마다 비싼 기름보일러를 가동하는 것도 부담스러울뿐더러 찬물에 손 담가 끼니를 해결하는 것도 노인들에게는 쉽지 않은 일이다. 20가구 남짓한 마을이니 동네 사람 다 모여 봐야 30명이 조금 넘는다. 11월부터 2월까지 매월 초가 되면 이장이 집집마다 쌀을 한 말씩 걷어 회관 운영비를 충당한다. 잔치를 치르고 난 후 축의금 중 일부를 떼어 마을 회비를 쾌척하는 주민도 있고, 도회지에 나가 있는 자식들이 주말에 들러 수표 한 장씩을 내밀고 가는 일도 적지 않다. 그러니 회관을 운영해 겨울을 나는 것이 그리 어렵지만은 않다. 회관에 모여 아들 손자 자랑을 늘어놓다 보면 가뜩이나 짧은 겨울 낮이 금세 흘러간다.

장 할머니가 마을회관으로 나갈 준비를 하며 외투를 챙겨 입고 있던 시간에 "우지끈 와장창 쾅!" 지진이라도 난 것 인양 요란한 굉음이 마당 쪽에서 터져 나왔다. 소스라치게 놀란 장 할머니는 옷을 입다 말고 방바닥에 털썩 주저앉고 말았다.

"이게 뭔 일 이라냐? 또 전쟁이 난 거 아닌가? 이를 어쩐다냐?"

놀란 마음에 이런저런 혼잣말을 하던 장 할머니는 이내 문을 열고 마루를 가로질러 소리가 난 마당 쪽으로 향해 나갔다. 순간 장 할머니는 다시 한번 마룻바닥에 힘없이 주저앉고 말았다.

도로를 주행하던 차량이 담벼락을 치밀고 들어와 집안 장독대를 풍비박산을 낸 것이다. 고추장, 된장, 간장 항아리가 하나도 남김없이 모조리 산산조각이 났다. 젊은 트럭 운전사가 가까스로 차에서 내려 다리를 절룩거리는 것을 봤지만 눈에 들어오지 않았다. 웬만하면 사람부터 챙겼을 텐데 장 할머니의 눈에는 젊은 트럭 운전사의 모습이 들어오지 않았다. 오로지 박살 난 장독대와 항아리만 눈에 들어왔다.

"이이고 이 일을 어쩐 디야. 이게 어떤 간장이고 어떤 고추장인디. 이걸 어째야 쓰겄냐. 이걸 어쩌냐?"

장 할머니는 이내 울음을 터트리고 말았다. 온 마당에 쏟아져 뒤엉킨 간장, 고추장, 된장을 보니 숨이 막힐 지경이었다. 한 방울의 간장이라도 모아 담아 보려고 했지만, 소용이 없었다. 어쩌면 그리도 완벽하게 장독을 깨뜨렸는지 산산이 조각나 간장 한 방울 모아 담을 수가 없었다.

장 할머니가 하도 서럽게 통곡을 하니 트럭 운전사는 머리를 긁적이며 할머니 앞으로 다가와서 달래보려 했지만, 소용이 없었다.

"죄송해요. 할머니. 제가 운전 중에 핸드폰 통화를 하다가 그만 이리 됐네요. 죄송해서 어쩌죠. 안전하게 보험 들어있으니 보상은 문제없이 잘 될 겁니다. 할머니."

"아니 이 사람아 지금 보상이 문제가 아녀. 남의 집 씨간장을 이리 작살을 냈으니 대체 어쩌란 말여? 이건 그냥 간장이 아녀. 씨간장이란 말여, 씨간장~"

"아니 보상 해드린다니까요! 할머니. 염려 마세요."

"이 사람아! 내가 김씨 집안으로 시집오던 해에 담은 간장이여. 저게 50년도 넘은 간장이란 말이여."

#2

　　　　　트럭의 습격으로 장독이 박살 난 뒤 장 할머니는 며칠째 잠도 못 이루고, 밥도 먹지 못했다. 간장 생각만 하면 울화가 치밀어 도저히 잠을 이룰 수가 없었다. 웬만한 분노는 대전사는 막내아들네 손주 녀석들이 전화 통화로 애교를 떨면 풀리곤 했는데 이번 건은 그것도 소용이 없었다. 마을 사람들끼리 모여 키득키득 노는 모습을 보는 것도 자신을 약 올리는 것처럼 느껴져 며칠째 마을회관에도 나가지 않고 있다. 억울하고 안타까운 마음에 잠을 이룰 수가 없어 잘 마시지 않는 소주를 몇 잔 들이켰지만 잠을 이루기에는 역부족이었다. 약장 서랍에 오래 묵은 수면제를 꺼내 먹기도 했다. 수면제 효과로 억지로 잠이 들긴 했지만 이내 2시간도 안 돼 잠에서 깨기 일쑤다.

"대체 이 억울한 마음을 누가 알아준다느냐? 아무리 생각해도 억울하고 분한 마음이 가시지가 않는구나. 어쩌면 좋다냐?"

하루에도 수십 번 혼잣말로 억울함을 표현해보지만 소용없는 짓이란 걸 장 할머니는 잘 알고 있다.

남편 김 씨 할아버지도 장독 사건 이후 마음이 편치 않다. 장 할머니가 얼마나 애틋하게 여기는 물건인지 잘 알고 있기에 뭐라 위로가 안되는 상황이다. 위로한답시고 몇 마디 말을 걸어봤지만 뭐라고 대꾸도 하지 않는다. 벌써 며칠째 이 험악하고 냉랭한 분위기가 이어지니 할아버지도 답답할 노릇이다. 소식을 전해 들은 아들과 딸도 전화로 위로를 했지만, 할머니의 상처는 쉽게 아물지 않았다. 애지중지 해오던 간장이 순식간에 날아간 생각만 하면 가슴이 벌렁벌렁 뛴다. 한두 해묵은 간장 항아리가 깨졌어도 속이 아플 노릇인데 무려 50년이 넘은 간장이 한 방울 남김없이 사라졌으니 시커멓게 타들어 가는 속을 어찌할 바 몰라 화병이 단단히 났다.

시집오던 첫해 간장을 담글 때만 해도 저 간장을 50년 넘게 두고 먹을 것이라고는 생각해보지 않았다. 어찌하다 보니 10년이 흘렀고, 또 10년, 또 10년, 또 10년이 흐른 것이다. 귀한 손님이 왔을 때 작은 국자로 하나 떠서 국이며 찌개를 끓일 때 조금씩 넣었을 뿐이다. 이웃 사람들이 한 국자만 얻어가자고 부탁했을 때도 이런저런 평계를 대고 주지 않았다. 그래서 가족들은 물론이고 동네 사람들까지도 장 할머니가 그 씨간장을 얼마나 애지중지하는지 잘 알고 있었다. 큰 며느리에게 물려 줄 것이라고 여기저기 몇 번 얘기한 적이 있지만 정작 큰며느리는 간장에 별 관심이 없다.

어머니가 며칠째 제대로 잠도 못 이루고 식사도 제대로 못 하신다는 말을 전해 듣고 대전에 사는 막내아들이 주말을 맞아 찾아왔다. 공무원인 막내아들도 이런 일은 처음 당해보는지라 무엇을 어떻게 어디서부터 손을 대서 일을 풀어야 할지 막막했다. 우선 어머니의 마음을 진정시켜드리고 제대로 밥 먹고, 잠잘 수 있게 해드리는 것이 우선이라고 생각했다.

"간장 아까운 마음은 알겠는디, 이렇게 식사도 제대로 못 하고 잠도 제때 못 주무시믄 무슨 수가 나유? 엎어진 간장이 돌아올 길은 없잖유. 아까워도 어쩔 수 없는 일이라고 생각허고 식사부터 하셔유."

"아니 그 미친 인간은 하고많은 장독대 중에 왜 해필 우리장독대에 차를 쳐박었다냐 그래. 아무리 생각해도 원통해서 말이 안 나온다. 이 일을 우째야 쓰겄냐. 잉?"

"내가 월요일 출근해서 보험회사에 연락해 볼 테니께 엄니는 기다리고 기셔유."

"보험회사가 날아간 간장을 다시 퍼 온다냐?"

"아무튼, 보상은 받아야 할 거 아뉴. 서운하고 원통한 마음은 알겠는디 어쩌유. 사람 다친 것도 아닌디 다행이라고 생각하자구유."

고등학교 진학을 위해 집을 떠나 대도시로 나간 아들들은 직장생활을 하며 사투리를 그리 많이 쓰지 않는다. 그런데 유독 고향 집에 와서 어머니와 대화를 나눌 때면 저절로 술술 고향 말투가 흘러나온다. 그게 서로 편해서 굳이 고치려고 하지도 않는다.

3

　　　　　　　　　　　막내아들 웅식은 월요일 출근해서
곧바로 보험회사에 연락했다.

"여보세요. 네 미래해상 보험사죠? 네 논산 길가 트럭이 장독대 덮친
집 피해자입니다. 사고 난지 벌써 며칠이 지났는데 아무런 연락이 없
으시길래요. 담장 무너진 것이야 다시 세우면 되고 항아리 깨진 거야
다시 사면 된다지만 노인분이 묵은 간장이 아까운 마음에 며칠째 식사
도 안 하시고, 잠도 제대로 못 주모시고 하니 병 날까 봐 무섭네요. 시
골집에 어른들만 계시니 나와 사는 자식들 처지에서는 불안해서 어찌
해야 할 바를 모르겠어요."

"네~ 김웅식 선생님. 대전 중구청에 근무한다고 하셨죠? 마침 제가
중구청 근처입니다. 그러잖아도 오늘쯤 찾아뵈려던 참이었습니다. 제
가 한 시간 이내로 찾아뵙겠습니다. 1층 로비에서 전화드리죠."

한 시간이 못 돼 보험회사 보상팀 직원이 막내아들 웅식 씨 직장으
로 찾아왔다. 로비 응접실에서 만난 두 사람은 가벼운 인사를 나눈 뒤
곧바로 보상과 관련한 대화를 시작했다.

"담당 공사하고, 무너진 장독대 보수하고, 항아리 새로 구입하는 것
은 그리 어려운 일이 아닙니다. 규정에 따라 보상해드리면 큰 어려움
이 없을 것 같습니다. 다만 간장이며 된장, 고추장을 어떻게 보상해드
려야 하는지가 저희로서도 어려움입니다. 저희는 그저 일반적인 간장,
된장, 고추장을 기준으로 보상을 해드리려고 생각하고 있습니다만 피
해자 가족분들은 저희와 생각 차이가 큰 것 같습니다."

"바로 그겁니다. 우리 어머니가 너무도 애지중지하시는 간장이라 저
희도 어찌할 바를 모르겠네요. 고추장, 된장도 20년은 족히 넘은 것으
로 아는데 그 둘은 그렇다 치고 어머니가 너무도 아까워하시는 건 간
장이에요. 50년이 넘은 씨간장이거든요. 그 간장이 50년 넘게 묵었다

는 건 우리 동네 사람들이 다 아는 사실이에요. 귀한 손님 올 때만 조금씩 꺼내서 다른 간장하고 섞어 쓰는 아주 귀한 것이거든요."

"얘기는 들었습니다. 다만 아주 특수한 경우라서 저희가 그런 물건에 대한 특별한 보상 규정이 없어서요. 본사에서는 일반 시중 간장 가격을 기준으로 보상해드리라는 지침이 내려왔는데 그건 아무래도 서운하실 것 같고 해서 저희 나름대로 최선의 방법을 찾고 있습니다."

"우선 담장하고 장독대 공사부터 바로 들어갈 수 있게 조치해주시고요, 하지만 저희 관심은 담장이나 장독대, 항아리가 아닙니다. 간장과 고추장, 된장이에요. 특히 씨간장요."

한동안 대화가 오갔지만, 쉽사리 답이 찾아지지는 않았다. 서로 좀 더 보상에 대해 알아본 후 다시 만나 이견을 좁혀보자는 얘기를 나누고 보상팀 직원은 되돌아갔다. 돈으로 보상받아 어머니의 상처를 치유해드릴 수 없음을 안다. 하지만 지금으로선 유일한 방법이 돈으로 보상을 받는 길뿐이란 것도 잘 안다. 그래서 골칫거리다.

이틀 후 보상팀 직원이 다시 웅식의 사무실을 찾아왔다. 그는 손실된 간장의 양을 100리터로 잡고 간장의 시중가인 리터당 6천 원에 7배 가격을 매겨 420만 원을 보상액으로 제시했다. 그러나 웅식은 받아들일 수가 없었다. 웅식도 며칠간 인터넷을 뒤적이며 나름의 정보를 파악한 것이 있어 호락호락하게 보험사의 입장을 받아들일 수는 없었다.

"내용물이 100리터라는 것은 어떻게 산출됐고, 시중 간장가격의 7배라는 기준은 어떻게 산출하신 것인지 이해가 안 됩니다."

"전문 손해사정인이 나름대로 합당한 근거를 가지고 제시한 보상가이니 웬만하면 수긍해 주시지요?"

장 할머니도 그러하고, 막내아들 웅식도 그러하고, 무리해서 많은 보상가를 받으려고 욕심을 내는 것은 아니다. 다만 장 할머니가 겪는 상실감이 너무 큰 데다 그 간장이 김씨 집안의 자존심과 같이 받아들

여지는 나름의 의미가 있기 때문이다.

"제가 보상문제 전문가는 아닙니다만 인터넷 뒤적이다 보니 어느 종갓집에 40년 묵은 씨간장이 한 항아리 있어 이를 감정평가 해보니 1억 원이 나왔다는 뉴스가 있습니다. 결국, 그 종갓집이 그 간장을 팔지는 않아서 거래가가 책정된 것은 아닙니다만 그런 감정가가 나온 것은 사실입니다. 우리 씨간장은 50년도 넘은 간장인데 420만 원만 받으라 하시면 너무 섭섭하죠. 선생님도 보셔서 알겠지만 저나 어머니가 무리해서 돈을 벌겠다고 이러는 건 아닙니다."

"예 압니다. 하지만 저희로서도 무척 곤혹스럽습니다. 다시 한번 회사에 들어가서 선생님의 입장을 잘 전달해 보겠습니다."

"또 다른 인터넷 뉴스를 찾아보니 10년 묵은 씨간장을 리터당 15만 원에 판매했는데 불티나게 팔렸다는 소식도 있더군요. 지금 미래해상에서 제시하는 보상가는 저희가 받아들이기 정말 어려운 지경입니다. 무리는 하지 않겠습니다만 어느 정도 수긍할 수 있는 선에서 합의점을 제시해주셨으면 싶네요."

실상 보험사가 제시하는 보상가는 420만 원이지만 웅식이 기대하는 금액은 1억 원 이상이니 그 차이가 무려 스무 배가 훌쩍 넘는다. 1억 원이 얼마나 많은 돈인지 잘 안다. 1억 원을 받을 수 있을 것이란 생각은 하지 않는다. 하지만 씨간장의 가치를 생각할 때, 어머니가 그토록 마음 아파하시니 그 아픈 마음을 위로해드리자면 그래도 420만 원으로는 합의할 수 없다는 게 웅식의 생각이다.

#4

　　　　　　　　　사고가 난 지 벌써 20일이 가까워져 온다. 주말을 맞아 웅식이 시골집으로 어머니를 찾아갔다. 세월이 약인지 어머니는 전보다 식사량도 느셨고, 잠을 주무시는 시간도 늘었다. 그러나 간장 이야기만 나오면 다시금 치미는 감정을 어찌할 줄 몰라 하신다. 그러니 보상문제를 상의 드리려 해도 여간 조심스러운 게 아니다. 그러니 조심스럽게 어머니의 의중을 물을 수밖에 없다.

"엄마는 얼마나 받으시믄 서운치 않겠슈? 간장 말유."

"그게 돈으로 계산이 뒈어? 너도 알잖니. 그게 어떤 간장인디. 내가 10억을 준대도 안 바꿀 간장여. 그게."

"아 글씨, 엄마가 그 간장 애끼는 마음은 알지. 근데 그건 그렇고 실제로 받을 수 있는 보상금을 제시해서 서운치 않게 받고 얼렁 매듭지어야지. 나도 그렇고, 엄마도 그렇고 할 일이 태산인디, 마냥 그 보상만 쫓어댕길 순 없자녀?"

"보상 할거믄 10억 갖고 오라고 그라. 10억을 준대도 내 마음이 풀리든 않을 것이여."

어머니와의 대화를 나눈 뒤 웅식의 마음은 더욱 움츠러들었다. 어찌해야 할지 도무지 좋은 방안이 떠오르지 않았다. 시골집에서 하루를 묵고 다시 대전으로 돌아온 웅식은 이 사건과 관련해 도움을 줄 만한 자리에 있는 친구들에게 이곳저곳 전화를 걸어 의논했다. 보험회사 소장을 하다 지금은 다른 일을 하는 친구, 경찰관 친구, 변호사 사무실 사무장 친구 등등 사고처리와 관련해 조금이라도 도움을 줄 수 있다고 생각하는 친구들에게 여기저기 전화를 걸어 의견을 들었다. 답변하는 친구마다 제시하는 보상가가 천지 차이다 보니 오히려 혼란만 커졌다. 무엇을 어떻게 해야 할지 좀처럼 감이 잡히지 않는다. 두통이 심해질 따름이다.

며칠 후 보험사에서 다시 연락이 왔다. 회사에서 임원 회의를 거쳐 보상액을 1천만 원까지 상향하기로 했다고 이를 수용해 달라고 한다. 간장 항아리 하나가 부서지고 그 안에 있던 간장이 엎질러진 것인데 1

천만 원을 보상받는다고 생각하니 한편 서운하지는 않다는 생각이 들었지만, 인터넷에서 종갓집 40년 묵은 씨간장의 감정가가 1억 원이 나왔다는 뉴스를 생각하면 1천만 원은 너무도 서운한 금액이다. 더구나 한 달째 어머니를 비롯한 온 가족들이 마음고생을 한 것을 고려하면 수긍이 안 된다.

사실 처음에 아무 생각 없이 일 처리를 시작했을 때는 수백만 원 받으면 된다고 마음먹었다. 그런데 여기저기 알아보고 사례를 찾아본 후에 수백만 원이란 돈은 도무지 마음에 차지 않았다. 당장 급전이 필요한 것도 아니고 보상비를 받는다고 해도 어머니가 받으실 돈이지 자신의 차지가 아니라는 것을 알면서도 은근히 욕심이 났다. 어느 종갓집 씨간장의 감정가가 1억 원이었다는 뉴스를 본 이후 실상 웅식은 마음은 자꾸 1억 원으로 달려가고 있었다. 평정심을 갖고자 마음을 다잡아도 어느새 다른 한편의 마음이 1억 원을 향해 달려가고 있음을 느꼈다. 마음속으로는 '무슨 간장 한 항아리로 팔자를 고치려고 하냐?'라는 자책도 해보지만, 마음이 1억으로 달려가는 것은 어찌할 수 없었다.

보험회사가 보상가를 1천만 원으로 제시한 후에 웅식의 마음은 한결 더 혼란스러워졌다. 수긍을 하자니 1억 원에 머물러 있는 보상 기대심에 한참 모자라 여간 서운한 게 아니다. 마음을 편히 먹고 '간장 항아리 하나 깨진 건데 1천만 원이 어디냐' 싶은 생각이 들기도 해 마음이 여간 혼란스러운 게 아니다. 여기저기 전화를 걸었을 때도 어떤 친구는 "1억 원 다는 못 받아도 수천만 원은 족히 받을 것"이라며 바람을 넣기도 했고, 반면 어떤 친구는 "그 간장이 실제 50년 묵은 것인지, 중간에 오래 묵지 않은 간장과 섞어가며 일정량을 유지한 것은 아닌지 등등을 입증해 보이려면 보통 일이 아니다. 보험회사가 결코 호락호락한 곳이 아니다. 적당히 타협해라"라며 전혀 다른 태도를 보였다. 그러니 남의 말을 한 사람이라도 더 들을 때마다 오히려 마음의 혼란은 커져만 갔다.

　서울 사는 형이나 누나들은 보상과 관련해 돌아가는 내막은 대충 알지만, 막내 웅식에게 맡겨두다시피 하고 한 발짝씩 물러서 있다. 여럿이 나서면 의견이 엇갈려 배가 산으로 갈 수 있다고 생각하고 있다. 이 일로 서너 시간씩 매주 내려와 이일 저일 알아보고 이 사람 저 사람 만나보는 게 만만치 않다는 것을 잘 알고 있기 때문이다. 서울에서 기반 잡고 큰 걱정 없이 사는 형제들은 설령 어머니가 일정액의 보상가를 받는다고 해도 그걸 갖고 싶어 욕심낼 정도의 파렴치한 인물들은 아니다. 오히려 막내 웅식이 시간 내서 신경 써가며 다니는 모습이 안타까울 따름이었다. 무엇보다 어머니 장 할머니가 쏟아진 씨간장 때문에 너무도 속상해하는 모습을 지켜보는 것이 안타까울 따름이다. 속병 심하게 앓으시다가 몸져누우시지나 않을까 오히려 그게 걱정이다.

　이렇듯 형제들도 보상가에 욕심을 내지 않고 있고, 어머니와 아버지도 김씨 집안의 전통을 간직하고 있는 씨간장이 사라진 일에 마음 아파하고 계실 뿐 '이번 기회에 한몫 잡아보자'라는 마음은 전혀 없다. 할아버지는 특히나 할머니가 이번 일로 건강을 잃지나 않을까 노심초사하고 있다. 같은 마을 송 씨네 집안 할머니가 사업하다 부도난 아들이 수십억 원 빚을 감당 못 해 교도소로 끌려가는 모습을 보고 몸져누웠다가 일어나지 못한 일을 바로 옆에서 지켜본 탓에 잔뜩 겁을 먹고 있는 지경이다. 보상금액이 결정되면 당연히 보상의 수령자는 어머니와 아버지이다. 웅식을 비롯한 아들딸들은 노인분들을 대신해 일 처리를 맡아 진행하고 있을 뿐 보상과 관련해서는 한 발치 물러서 있는 제삼자에 불과하다. 하지만 여러 정황상 막내아들 웅식이 어떤 결정을 하느냐에 따라 보상건은 종결될 수 있는 상황이다. 웅식이 욕심을 내 소송을 불사한다면 해를 넘기게 될 것이고, 당장 수긍을 한다면 모든 일이 쉽게 정리될 수 있는 상황이다.

5

보상문제와 연관돼 벌써 한 달 가까이 신경을 그곳으로 몰고 가고 있고, 근무시간에 하루에도 몇 통씩 보상과 관련된 전화 통화를 하고 있자니 직장 내에서도 서서히 눈치를 주는 분위기이다. 처음에는 다 같이 걱정해주고 이런저런 도움이 될 만한 말도 거들어 주며 관심을 보이던 동료 공무원들도 서서히 발을 빼기 시작했다. 직속 윤 과장은 지난주 무렵부터 서서히 불쾌한 표정을 얼굴에 드러내 보이기 시작했다. 가뜩이나 스트레스가 심한 지경인데 여기저기서 눈치를 주니 '내가 왜 이런 고통을 당해야 하나?' 하는 생각이 들었다. 한편으로는 '이처럼 간접적으로 받은 고통도 모두 금전적으로 보상을 받아야 한다.'라는 생각을 하기도 했다.

집에서도 아내가 처음에 며칠은 걱정도 해주고 위로도 해주고 하더니 이제는 "얼굴에 인상 좀 펴고 다녀"라며 구박을 주기 일쑤다. 모가 됐든, 도가 됐든 빨리나 해결하라고 다그치기 시작했다. 가뜩이나 혼란스럽고 판단이 안 서는 데다 스트레스도 이만저만이 아닌데 주위에서 도와주는 사람 없이 고독한 싸움을 혼자 이어가고 있는 자신의 모습이 안쓰럽고 처량하게 여겨졌다. 더욱이 보상금이라도 받으면 자신이 그 돈에 손이나 대지 않을까 여기저기서 의심의 눈길을 보낼 것은 자명하다. 이래저래 피해가고 싶은 상황이다. 하지만 여기까지 왔으니 이러지도 저러지도 못하고 있다. 생각하면 할수록 울화가 치민다. 왜 하필 그 씨간장이 든 항아리를 파손시켜 이토록 곤란한 상황을 만들었는지 생각할수록 화가 난다.

한동안 1억 원이란 금액에 집착했던 마음도 이제는 놓기로 했다. 현실적이지 않은 금액에 마음을 사로잡혀 진전은 안 되고 점차 간극만 벌어져 사태가 장기화할 수 있고, 그에 따른 가장 큰 피해자는 자신이 될 수 있다는 생각을 한 것이다. 지방의회의 행정사무 감사를 앞둔 시점이어서 업무량은 많고, 과장의 눈치는 가중되고 있으니 더는 보상문제에 매달려 있을 수는 없다는 판단을 했다. 또 마음이 변하기 전에 얼른 일을 처리하겠다는 마음이 생겼다. 웅식은 바로 수화기를 들고 보험회사 담당 직원에게 전화를 걸었다.

"여보세요, 논산 장독대 사건 피해자입니다. 우 팀장님 되시죠. 제가 너무 스트레스가 심하고 다른 일을 할 수가 없어 상황을 빨리 종결짓고자 합니다."

"네, 선생님. 잘 생각하셨습니다. 저희로서도 최선을 다하고 있는데 워낙 회귀한 사건이고 양측의 견해 차이가 크니 송구할 따름입니다. 속히 보상이 진행됐으면 싶습니다."

"물론 최종 결정은 저희 어머니가 하실 텐데요, 우선은 제가 가이드라인을 잡아 말씀드리겠습니다. 저희도 너무 억울한 점이 많고요, 특히 노인분이 너무 오랫동안 마음고생을 많이 하신 부분이 저로서도 속상할 따름입니다. 그것 때문에 쉽게 결정하지 못했던 것이고요…."

"잘 생각하셨습니다. 선생님! 어떻게 결정하셨나요?"

"네 저도 많이 생각해봤는데요. 제가 제시하는 금액에서 더 이상 양보하기는 어려울 것 같습니다. 2천만 원 요구합니다. 임원들과 잘 상의해 주십시오."

"예? 2천만 원이라고요? 그 금액도 저희가 제시한 1천만 원과는 격차가 크군요. 제가 파악한 사내 분위기로는 실상 1천만 원 넘는 보상을 해드리기에는 무리가 있습니다. 담장과 장독대 공사도 있고, 다른 장류에 대한 보상도 있고 해서요. 한 번 더 생각해 주시고 보다 현실적인 제안을 해주시길 바랍니다. 저도 회사에 선생님의 뜻을 전달하겠습니다."

"회사 측에서는 어찌 생각하실지 몰라도 저도 충분히 마음을 비우고 결정한 사항이니 제 뜻이 반영될 수 있도록 적극적으로 힘써주시길 바랍니다."

웅식은 욕심을 비우고 마음을 다잡아 파격적인 금액을 제시했다고 생각했는데 보험회사가 완강히 나오니 마음이 답답했다. 얼른 끝내버리고 싶다는 생각뿐이지만 어느 정도 수긍할 수 있는 금액에서 합의해야 한다는 마음이 떠나질 않는다. '내가 욕심을 내는 건가? 아닌데, 아닌데….' 웅식은 열 손톱에 힘을 주고 머리통 전체를 긁적이며 혼잣말로 중얼거렸다.

#6

　　　　　　　　　이튿날 출근해서 행정사무 감사 준비에 정신없이 사무실과 의회를 오가던 웅식의 핸드폰으로 전화가 걸려왔다. 보험회사였다.

"김 선생님, 저 우팀장입니다. 바쁘시죠? 빨리 말씀드리겠습니다. 선생님과의 어제 전화 이후에 회사에서 다시 임원 회의가 진행됐습니다. 제가 분위기를 전해 듣자면 2천만 원은 도무지 무리일 듯 하고요, 1000만 원에서 조금 더 신경을 써드리는 것으로 해서 얼른 마무리 짓자는 쪽으로 방향이 설정됐습니다. 저희도 법률 자문하고 나름 알아보고 드리는 결정이니까 웬만하면 수긍해 주셨으면 합니다. 아시잖아요? 보험회사가 어디 그리 호락호락합니까? 한 번 무리한 보상의 사례를 남겨놓게 되면 계속 그 선례에 끌려다녀야 하잖아요. 그러니 적당한 선에서 용단을 내리시는 게 좋을 듯합니다."

"……."

웅식은 뭐라 말을 할 수 없었다. 빨리 상황을 종결짓고 싶다는 강한 충동이 밀려왔다. 그러면서도 1억 원을 넘으리라 생각했던 보상가가 1천만 원대에서 종결된다고 생각하니 당최 서운한 마음이 가시지 않는다.

"일단 회사 측의 입장이 그러하시다는 것을 알겠습니다. 부모님, 형제들과 상의해보고 다시 연락드리겠습니다."

결국, 또 합의점을 찾는 데 실패했다. 마음 같아선 "네 그렇게 합시다. 어른 좀 끝냅시다."라는 말이 금세 튀어나오려 했지만, 꿀꺽꿀꺽 참았다.

이날 하루 웅식은 의회 행정사무 감사와 맞물려 정신없는 시간을 보냈다. 누군가 살짝 밀면 그대로 넘어질 것만 같은 기분이 들었다. 빨리 집으로 돌아가 샤워하고 침대에 눕고 싶다는 것 외에는 다른 어떤 생각도 나지 않았다. 실제로 웅식은 그날 밀려오는 감당 못 할 피곤함에 제대로 씻지도 못하고 그대로 잠이 들었다.

저녁 10시가 조금 넘은 시간에 잠을 자기 시작한 웅식은 새벽 4시 반 무렵 잠에서 깼다. 다시 이런저런 복잡한 생각이 밀려오기 시작했다. 시계를 보니 4시 40분을 가리키고 있다. 시골 어머니와 아버지가 모두 잠에서 깨셨을 시간이다. 침대에서 한참 눈알을 굴리며 이런저런 생각을 하던 웅식은 벌떡 일어나 시골집으로 전화를 걸었다. 벨 소리가 채 두 번이 끝나기도 전에 수화기를 드는 소리가 난다.

"여보세요."

"엄마? 대전 막내유. 왜 벌써 일어나신겨?"

"원제는 이 시간에 안 일어났다냐? 너야말로 잠 안 자고 이 시간에 웬일이냐?"

"간장~. 나 그 간장 땜에 머리 아퍼 죽겠슈. 우티기 빨리 보상을 결정해야지 도대체 다른 일을 헐 수가 없네. 그냥 오늘 전화 걸어서 마무리 질래유."

"그려라. 난두 이전 간장 생각 않고 살란다. 얼렁 보상받고 말아뿔자. 억만금을 줘도 내 마음은 안 풀릴 거인데 어쩐다냐? 잊을 건 잊고 얼렁 정신 챙겨 내 일을 허고 살어야지. 안 그냐?"

"그류 엄마. 어제 전화 오기를 천만 원 조금 넘게 준다 허니, 1100을 줄지, 1500을 줄지는 나도 모르겠네. 아무튼, 내가 오늘 중으로 연락해서 마무리헐팅게 그리 아쇼."

"그려라. 아침 곡 챙겨 먹고 출근혀라. 잉?"

"그류, 염려 마셔유."

웅식은 더는 이 일로 신경 쓰고 싶지 않다고 마음을 굳게 먹었다. 그래서인지 출근하는 발걸음이 한결 가벼워졌다. 출근 후 조회를 마치자마자 이번에 웅식이 먼저 전화를 걸었다.

"여보세요? 우 팀장님이시죠? 대전중구청 김웅식입니다. 오늘은 합의하기 전에 전화 끊지 맙시다. 더는 이 문제를 끌고 나갔다가는 내가 못 견딜 것 같아요. 우선 사람이 살고 봐야 할 것 같아요. 마음 많이 비웠습니다. 웬만하면 수긍하려고 하니 제게 금액을 제시해주시죠."

"어제 말씀드린 대로입니다. 2000만 원은 사실상 어렵고요, 1000만 원 조금 넘는 수준에서 결정하시죠. 그게 최선입니다."

"조금 넘는다는 말이 참 모호하군요. 1100만 원을 생각하신다는 건지, 1천5백만 원을 생각하신다는 건지. 그 폭이 너무 커서요."

"아~ 그런가요. 제가 먼저 말씀드리죠. 아무래도 제가 분위기를 가장 잘 파악하고 있을 테니까요. 1200만 원 어떠세요? 서운하신가요? 저희로서는 그 이상은 무리입니다. 법적 절차를 진행한다고 할지라도 그 이상은 어려우실 겁니다."

"……."

웅식은 한동안 응답을 하지 못했다. 그러다가 질러대듯 큰 목소리로 대답했다.

"그렇게 하시죠. 1천 2백만 원에 합의하는 것으로 하시죠. 거기서 1백만 원, 아니 몇십만 원 더 받는 게 무슨 큰 의미가 있겠습니까? 사람

몸만 축나고 머리만 아플 뿐입니다. 1천2백만 원에 최종 합의해 드릴 테니 오늘이나 내일까지 합의서 작성해서 중구청으로 찾아오시기 바랍니다. 마음 변할지 모르니 빨리 오세요."

"네. 그리하시죠. 협조해주서서 대단히 감사합니다. 제가 직접 찾아뵙겠습니다. 어머니 인감과 위임장 준비하시는 것, 잊지 마시고요."

#7
　　　　　　　　　　　　한 달 넘게 지속한 씨간장 보상 건이 마무리됐다. 돌이켜 보면 모두가 피해자이다. 돈이란 요물로 서로의 허물어진 마음을 달래기로 했지만 누구 하나 서운하지 않은 사람이 없다. 모두가 피해자이다. 웅식은 사고가 나면 가해자, 피해자가 없이 모두가 피해자란 사실을 다시 한번 뼈저리게 실감했다. 합의서를 작성하고 나니 이렇게 마음이 가벼울 수가 없다. 어둡고 습한 동굴 속에서 벗어나 세상으로 나온 기분이다. 그동안 마음고생 한 것을 생각하니 은근히 부아도 치밀었지만 홀가분한 기분이 월등히 컸다.

웅식은 곧바로 논산에 계신 어머니에게 전화를 걸었다.

"엄마? 대전 막내유. 지금 막 보험회사하고 합의서 썼슈. 다른 보상은 별 이유 없이 이미 처리 된거고, 씨간장값만 1200만 원에 합의했네유. 서운해도 참어유. 엎질러진 간장을 어쩐디야? 이번 주 안으로 엄마 농협통장으로 입금 될규, 그리 아셔."

아들이 1천2백만 원에 최종 합의했다는 말을 전해 들은 장 할머니는 서운한 마음이 가시지 않았다. 돈이 적어서가 아니다. 아기고 아끼던 간장을 하루아침에 홀딱 팔아버린 것 같은 마음이 들어 서운한 마음이 가시지 않는 것이다. 1천2백만 원이면 시골에서 적지 않은 돈이다. 1년 내 뙤약볕에서 밭 한 뙈기 농사지어봐야 1천만 원 순수익 올리기가 쉽지 않은 것은 사실이다. 여전히 간장만 생각하면 가슴이 아린다. 장 할머니는 아들과의 통화를 마치고 야릇한 기분이 몰려오는 것을 느꼈다. 억만금 보상도 필요 없고, 1억 원을 줘도 마음이 안 풀릴 것이라고 본인 입으로 수없이 말했고, 실제 그럴 거라고 생각을 했는데 막상 통장에 1천2백만 원이 입금될 것으로 생각하니 든든함이 밀려왔다. 아픈 마음도 소화제 복용 후 체기가 내려가듯 서서히 가시기 시작했다. '돈이 좋긴 좋은 게로구나. 머리까지 치밀던 부아가 이렇게 가라앉으니 말여.' 장 할머니는 혼잣말로 중얼거렸다. 보상 합의 소식을 전해 들은 장 할머니는 모처럼 식욕과 웃음을 되찾았다.

누구보다 합의를 가장 반긴 것은 막내아들 웅식이다. 한 달 넘게 마음고생, 몸 고생에 어머니가 몸져눕는 모습을 지켜봤으니 그 수고가 이만저만이 아니었다. 보상 제대로 받아볼 생각으로 여기저기 인터넷을 뒤지고, 이 사람 저 사람 지인들에게 전화를 걸 때마다 마음이 이리 쏠리고 저리 쏠리는 것 자체가 고통이었다. 다음에 이런 비슷한 일이 발생하면 형제들에게 모두 떠넘기고 자신은 빠지겠다는 다짐을 몇 차례 했다. 웅식은 오랜만에 편한 마음으로 잠을 잘 수 있다는 생각에 마음이 한결 가벼워졌다. 시원한 맥주라도 한잔 들이켜고 싶은 생각에 퇴근 전 옆 부서에서 근무하는 임용 동기이자 친구인 성엽과 약속을 하고 구청 근처 식당에서 만났다. 편한 마음에서 들이켠 맥주와 소주 맛이 그렇게 좋을 수가 없었다. 저녁 식사를 마치고 집으로 돌아온 후에도 그렇게 기분이 좋을 수 없었다. 편한 마음으로 모처럼 홀가분하게 단잠을 잘 수 있었다.

#8

　　　　　　　　　　씨간장 보상금을 비롯해 나머지 모든 보상금의 지급도 끝났다. 한겨울에 사고가 났고 모든 것이 매듭지어진 지금은 벌써 4월 초순이다. 목련이 만발하고 벚꽃도 양지바른 곳에 있는 나무는 꽃망울을 터뜨렸다. 온 천지가 봄꽃의 향연이다. 항목별로 보상금이 입금됐고 그 보상금으로 담장과 장독대 수리를 마쳤다. 그러나 고쳐진 장독대에 항아리는 채우지 않았다. 이제 어머니 나이는 70대 중반을 넘어 80을 목전에 두고 계신다. 그 어머니가 더는 장을 담그고 살림을 한다는 것은 불가능하다고 모두가 판단하고 있기 때문이다. 장 할머니는 "간장, 고추장도 없이 어떻게 산다냐?" 하시며 한숨을 내쉬지만, 자식들은 "사 먹든 훔쳐 먹든 알아서 할 테니 걱정마슈."라고 어머니를 설득했다. 보상금을 받고 며칠간 장 할머니는 그런대로 마음의 안정을 찾아가는 듯 했지만, 씨간장 생각이 다시 간절해지기 시작했다. 대문을 드나들며 비어있는 장독대만 보면 은근히 부아가 올라왔고, 지나던 사람들이 "아니 저 집은 어떻게 살림을 하걸래 장독대에 독이 없디야"하며 흉을 볼 것만 같은 생각이 머릿속에서 떠나질 않았다.

　　그래서 장 할머니는 대청마루에 앉아 우두커니 장독을 바라보는 시간이 많아졌다. 아무 생각 없이 먼 산을 바라보듯 장독대를 바라보며 넋 나간 사람처럼 앉아있는 모습이 가족들은 물론이고 동네 사람들에게도 자주 눈에 띄기 시작했다. 처음에는 대수롭지 않게 생각을 했다가 이런 회차가 많아지면서 가족들의 걱정도 켜졌다. 이런 일을 자주 목격해서인가. 가족들은 최근 장 할머니가 부쩍 빠르게 노화가 진행되고 있다는 느낌을 받았다. 걸음걸이도 힘들어졌고, 밥을 먹을 때는 밥상 주위에 음식물을 흘리고 입 주위에 음식을 묻히는 일도 잦아졌다. 보상문제가 해결돼 모든 것이 끝났다고 생각했는데 그게 아니었다. 가족들은 초조해지기 시작했다. 특히 가까이서 자주 시골집에 드나드는 웅식의 불안감은 유난히 컸다.

웅식은 형제들에게 전화를 걸어 어머니 문제를 상의했다.

"큰형? 웅식이에요. 그 씨간장 사건 이후 울 엄마 부쩍 늙으시네. 말도 행동도 그전 같지 않으시고 부쩍 어눌해지셨어. 아주 안타까워 죽겠네. 뭘 어떻게 해야 할지 판단이 안 서네. 어쩌지?"

"그러게다. 아직 그렇게 노쇠해질 연세는 아닌데. 어째야 할지 잘 모르겠다."

"내가 요 며칠 곰곰이 생각해본 건데. 아무래도 항아리 몇 개 사고 거기에 간장하고 된장하고 고추장을 조금씩 사다 채워드려야겠다는 생각이 들었어요. 물론 공장에서 만든 간장, 된장 말고. 내가 인터넷 뒤져보니까 충북 단양 쪽 큰 절에서 신도들을 위해서 재래식 간장과 된장, 고추장을 담아서 파는 곳이 있다고 봤는데. 전에 있던 것처럼 큰 항아리에 잔뜩 채울 필요는 없겠고 웬만한 크기에 적당히 채워서 시골집 장독에 놔드려야 할 것 같아요."

"그래 그 말도 맞다. 평생 장독에 장 없이 단 하루도 지낸 적이 없는 분인데 하루아침에 모든 장을 다 잃으셨으니 그 상심이 오죽 허시것냐. 장과 장독에 갖는 어머니의 정서는 우리가 생각하는 그런 것과는 전혀 다른, 우리가 이해하기 어려운 것이야. 난 니 말이 맞다고 생각한다. 좀 더 알아보고 그렇게 해드리자."

"알았어요. 내가 알아보고 추진허께."

웅식은 큰형과의 전화 통화 이후에 나머지 형제들에게도 모두 같은 내용으로 통화를 했고 같은 답변을 얻어냈다. 그리고는 곧바로 인터넷을 통해 간장, 고추장, 된장을 구매하는 방법을 확인했다. 그리고는 단숨에 주문까지 마쳤다.

논산 근처 옹기점의 위치도 미리 알아두었다. 일은 신속하게 처리돼

장류는 금요일 저녁 시골집에 택배로 도착했고, 형제들은 토요일에 시골집으로 모여들었다. 명절도 아니고, 부모님 생신도 아닌데 모든 자식이 한자리에 모인 것이 꽤 오랜만이다. 웅식이 성인 허리까지 닿을 정도의 크기 항아리 3개를 주문해 옹기집 트럭이 시골집 마당까지 싣고 들어왔다. 하루 전날 도착한 간장과 된장, 고추장을 며느리와 딸들이 모여들어 단숨에 항아리에 채워 넣었다. 한바탕 요란스럽게 장을 항아리에 쏟아붓고는 모처럼 시골집 마당에서 온 가족 삼겹살 잔치가 벌어졌다. 장 할머니의 얼굴에도 모처럼 미소가 찾아왔다.

큰딸 은자가 말했다.

"엄마, 장 항아리 채우니까 좋아요?"

"좋기는 저까짓 남의 집 간장, 고추장이 어디 간장이고 고추장이냐? 내 손으로 정성껏 빚어야 내 집 간장, 된장, 고추장이지. 저거 다 소용없는 짓이다. 저기서 내 집 장맛이 나올 리가 없잖냐. 예로부터 음식 맛은 장맛이라고 했는데…, 다 소용없는 짓 한겨. 니들이."

"그래도 엄마 저 항아리가 저렇게 자리 잡고 있으니까 든든한 맛은 있잖아. 그치?"

"아 글씨, 저 남의 집 장으로는 내 집 입맛을 낼 수가 없는 겨."

큰누나 은자를 웅식이 거들었다.

"엄마, 엎질러진 간장을 어쩔 겨. 그래도 자식들이 엄마 마음 알고 이렇게 모여서 장독도 채워드리고 엄마 보고 싶다고 모두 모였잖유. 그러니 그저 고맙다, 재밌다 허구 즐겁게 놀다 주무슈. 안 그류?"

모처럼 모인 형제들은 늦은 시간까지 소주잔을 돌리며 요란스럽게 웃고 떠들었다. 평소 밤 9시만 되면 잠자리에 들던 김 할아버지와 장 할머니는 이날 자정이 다 되도록 자식들의 웃고 떠드는 자리에 동참하다가 자정이 조금 못된 시간 가장 먼저 잠자리에 들었다.

#9

　　　　　　　　　　　　　새벽 1시가 가까운 시간까지 꽤 많
은 술병이 비워졌다. 자정 이후 한 사람씩 사라져 잠자리로 찾아 들어
가더니 마지막에는 큰아들과 막내아들, 큰 사위가 셋이 남았다. 셋은
자신들이 가장 오래도록 남아 자리를 지켰다고 자화자찬하며 마지막
잔을 비우고 각자 방으로 들어갔다. 웅식은 대문 옆 사랑방으로 들어
가 눈을 붙였다. 술기운이 몰려와 제대로 양치도 못 하고 그대로 이불
속으로 빨려 들어갔다. 이 방 저 방에서 코 고는 소리가 요란하게 들려
온다. 술자리가 이어지는 동안 요란하게 울려대던 동네 개 짖는 소리
도 이제야 멈춰 섰다. 코 고는 소리만 없다면 마을 전체가 고요 그 자체
일 상황이다.

　새벽 5시가 조금 못 된 시간 웅식은 심한 갈증을 못 이겨 눈이 떠졌
다. 막판에 집에 있던 인삼주와 더덕주를 마시지 말았어야 했는데 그
술병을 따는 바람에 모두가 과음으로 이어졌다. 웬만하면 그냥 잠을
잤으면 좋겠는데 갈증이 너무 심해 도저히 그대로 잠을 잘 수가 없었
다. 무거운 몸을 털고 일어나 소변도 볼 겸 물도 마실 겸 억지로 일어났
다. 모두 곯아떨어져 뒤엉켜 잠을 자고 있었다. 핸드폰 불빛에 의지해
더듬더듬 방문을 찾아 나가려는 순간 마당 장독대 쪽에서 인기척이 느
껴졌다. 문을 조금 열고 빼꼼 눈을 내밀어 살펴보니 어머니 모습이 보
였다.

　어머니는 작은 촛불 하나를 켜 놓고 냉수 대접을 떠 놓고는 간장, 고
추장, 된장 항아리를 향해 큰절을 올리더니 두 손바닥을 비벼가며 뭔
가 주문을 외우신다. 그러더니 다시 절을 하고 다시 주문을 외우고 하
는 동작을 반복하신다. 그러더니 깨끗하게 삶아 빤 행주로 어제 사 온
항아리들을 계속 닦고 계셨다. 그러더니 또 절을 하고 빌고, 닦고 하는
행동을 계속 반복하셨다. 그러더니 샘에 가서 손을 깨끗이 닦고는 다

시 항아리 앞에 와서 뚜껑을 열고 일일이 손으로 찍어 장맛을 보기 시작하셨다.

"역시 깊은 맛은 없구먼. 절에서 한꺼번에 담았다니 깊은 맛이 날 리가 없지. 우리 집 씨간장하고야 맛을 비교할 수가 있겠는가. 그래도 암튼 공장서 맹길어 파는 간장이니 고추장하고는 확실히 다르긴 다르구먼. 그래도 이눔이라도 사서 자리를 잡아 노니께 집안이 집안 같네."

달빛 아래서 혼자 장독대 의식을 치르고 난 어머니는 장독대에 걸터앉으시며 혼잣말을 계속하셨다.

"50년이 훌쩍 넘어 뿌렀네. 이 집 장독 지키고 산 것이 50년이 넘었어. 아이고 무정한 세월아. 그래도 새끼들 잘 키워봤으니 뭐 더 바랄 것이 있겠는가. 논산 바닥 다 뒤져도 우리 집 새끼들 같은 새끼 없지. 지 어매 항아리 깨서 서운해한다고 그 멀리서 이렇게 장을 사다 다시 장독대를 꾸며줬으니 이런 자식들이 어디 또 있겠는가."

혼잣말을 계속하며 마루를 거쳐 안방으로 향하시는 어머니의 뒷모습 너머로 동편에서 어슴푸레 여명이 비친다. 이 방 저 방 코 고는 소리는 여전하다. 옆집 수탉이 새벽을 알리는 긴 닭 울음을 뽑아낸다.

무녀리

‖ 작가 노트 ‖

대한민국 사람들은 자식 자랑을 하기 위해 살아가는 것 같은 착각을 준다. 자식이 행복하고 편하게 사는 것에 가치를 두기보다는 학업 성적이 우수해 명문대학을 졸업하고, 좋은 직장을 얻어 부귀를 누리며 사는 것에만 집착한다. 그리고는 그것을 평생의 자랑으로 여긴다. 말로는 자식을 위해서라고 하면서도 실상 자식에게 공부를 강요하고 명문대학에 입학하기를 권하는 것은 타인에게 자랑하고 싶은 욕망이 감춰져 있다. 기죽지 않으려는 심보이다. 그래서 모여 앉으면 자식 자랑을 한다. 자식 중에 으뜸은 부모의 곁을 지키고 알뜰히 보살피는 자식이다. 하지만 부모들은 그런 자식보다 출세하고 물질적으로 풍요롭게 사는 자식을 자랑거리로 삼는다. 한국 사회에서 나타나는 아주 독특한 문화이다. 이런 독특한 현상을 소설로 옮겨보고 싶었다. 효의 참가치에 대해 의문을 던져보고 싶었다. 자식은 부모의 자랑을 위한 존재가 아니다. 대한민국 사회에 만연해 있는 자식 미국 유학 보내기도 한 번쯤 생각해볼 일이다. 영어만 잘하고 미국 생활에 적응 잘하고 미국 시민권만 따면 세상 살아가는 목적을 다하는 것으로 여기는 사람들이 많다. 한국 땅을 지키며 묵묵히 살아가는 사람들은 못난이인가? 가까이서 부모를 돌보는 자식이 진정한 자랑거리라는 인식을 공유하고 싶어 이 소설을 썼다.

#1

　　　　　　　　　　"여보세요? 이 면장? 소식 들었지? 박 교장 마나님이 끝내 저세상으로 갔구먼 그랴. 그리도 오래 고생을 하더니 원."

"그러게 말이야. 나도 지금 막 소식을 받았는데 안됐네! 그랴. 간 사람도 간 사람이지만 남은 박 교장이 앞으로 혼자 어떻게 살아갈지가 걱정이네."

"그러게. 자식들이라고 모두 미국 가 있으니 혼자 어떻게 살아간단 말여 그래. 쯔쯔쯔쯔"

"성심병원이라지? 언제나 가볼려구? 여기서 1시간 남짓 걸리니 지금 출발해도 6시 넘어야 도착허겄네."

"그렇지. 나도 대충 옷 좀 챙겨 입고 나설 테니까 7기쯤 거기서 만나는 걸로 허세."

"그러지. 그럼 장례식장에서 7시까지 감세."

전화 통화를 마친 이 노인과 우 노인은 각자 집에서 장례식장에 갈 준비를 하고 길을 나서 7시가 조금 못 된 시간 성심병원 장례식장에서 만났다. 예상했던 대로 아직 장례식장은 어수선한 분위기이다. 3단 근조화가 두어 개 빈소 앞에 자리를 차지하고 있고, 음식 재료를 나르는 배달업체 직원들이 부산스럽게 오가고 있다. 박 노인은 검정색 양복으로 갈아입고 빈소 앞 한구석에 우두커니 앉아있다가 이 노인과 우 노인이 식장 안으로 들어오는 것을 보고 놀란 듯이 일어나 이들을 반겼다.

"아니 뭐 벌써 오고 그랴. 내일 잠깐 들렀다 가면 될걸. 아직은 준비가 안 돼서 정신이 없고만."

"더위에 손님 치르려면 당신 고생이 이만저만이 아니겄네. 미국 있는 아들들한테는 연락된 거지?"

우 노인이 두 눈 가득 걱정 어린 눈빛을 담아 박 노인에게 물었다. 아무래도 상주가 워낙 멀리 있다 보니 장례식이 끝나기 전에 도착할 수 있을지 염려스러운 마음이 가시지 않는다.

"의사가 아무래도 어렵겠다는 말을 할 때부터 기별을 넣기 시작했어. 비행기 표 구하는 대로 바로 출발한다고는 했는데 어쩔랑가 모르겠네. 못 오믄 할 수 없는 기지 뭐."

"그래도 제 어머니 돌아가셨는데 못 와본다믄 말이 되는가? 세상없는 일이 있어도 와야지. 비행기 표 못 구허믄 헤엄쳐서라도 와야지. 안 그런가?"

우 노인이 이 노인을 바라보며 맞장구쳐주기를 바라는 눈빛으로 말했다. 박 노인은 두 노인의 대화에 뭔가 자신 없다는 표정을 지어 보이며 살짝 고개를 떨어뜨렸다. 세 노인이 만나 이런저런 이야기를 나누는 도중 30대 후반으로 보이는 건장한 청년 한 명이 검은 양복을 갖춰 입고 부지런히 빈소를 오가며 손님 치를 준비를 하고 있었다.

이 노인과 우 노인은 박 노인이 아들만 둘을 두고 두 아들이 각기 미국에서 살고 있다는 사실을 알고 있었다. 그래서 그 건장한 청년이 조카쯤 되리라 생각했다. 검은 양복을 제대로 갖춰 입고 땀을 삘삘 흘리며 빈소 주변을 오가는 청년은 한눈에 봐도 예의 바르고 절도가 있어 보였다. 친근한 인상인 데다 헤어스타일도 단정히 해 처음 대하는 사람이라도 누구나 호감을 느낄만한 젊은이였다. 상주들이 도착하기 전까지 박 노인의 조카가 상주 노릇을 해주려나 싶어 여간 기특해 보이지 않았다.

퇴근 시간이 되니 문상객들이 하나둘 모여든다. 손님맞이 테이블도 하나씩 자리를 채우기 시작한다. 아들 둘이 모두 미국에 가서 산 지가 오래돼 당연히 아들 손님보다는 박 노인을 위로하기 위해 찾아오는 손님들의 수가 훨씬 많으리라 생각했다. 그러면서도 정년퇴직한 지 15년이 지난 박 노인이 무슨 손님이 그리 많을까 싶었다. 대개는 친인척들 손님들이 주류를 이룰 것이라고 여겼다. 다소 초라한 초상집이 되리라 생각했다.

2

이 노인과 우 노인, 박 노인은 기원에서 바둑을 두다 만난 사이이다. 40년생 동갑내기인 데다 서로 통하는 구석이 있어 나이 들어 만난 친구 사이다. 같은 시내 조금씩 떨어진 곳에 살지만 거의 매일 시내 다방과 기원에서 만나 하루를 보내는 사이이다. 이 노인은 젊어서 시골 군청에서 과장으로 정년퇴직한 공무원 출신이다. 공무원 재직 때 2년 남짓 면장을 지낸 적이 있는데 그 후로부터 누구든 그를 부를 땐 "이 면장" "이 면장님"이라고 한다.

우 노인은 40대 때부터 60대까지 20년 넘도록 택시를 60대 이상 갖고 운수사업을 벌인 사업가 출신이다. 왕성한 사회활동을 했고 50대 중반에 라이온스클럽 회장을 역임한 이후 그를 부를 때는 대개 '우 회장' 또는 '우 회장님'이라고 했다. 상처를 당한 박 노인은 초등학교 교사 출신으로 정년을 앞둔 8년간 시골에서 두 곳 학교의 교장을 역임했다. 정년퇴직한 이후에도 누구라도 그를 부를 때는 '박 교장' 또는 '박 교장 선생님'이라고 했다.

나이 들어 만난 세 노인은 궁색하지 않아 누구랄 것 없이 점심을 사고, 다방에 가서 커피도 한 잔씩 돌리는 사이다. 기분 좋은 날은 친구들은 물론 다방 레지들에게까지 쌍화차 한 잔씩을 돌리는 호기를 부리기도 한다. 젊어서는 모르고 지낸 사이지만 이들 세 명의 노인이 거의 매일 같이 만나 하루를 보낸 것은 벌써 10년이 넘는다. 고향 친구들은 소식도 가물가물하지만 그래도 가까이 살면서 생활 수준이나 의식 수준이 비슷하니 이만한 친구가 없다. 제 밥벌이 못 해 속 썩이는 자식이 없으니 저마다 연금으로 비교적 풍족한 노년 생활을 하고 있다. 주위 사람들도 저렇게만 살면 노년도 걱정이 없겠다는 말을 하며 노인들을 부러워했다.

노인들이 모여서 할 수 있는 이야기는 젊어서 잘나가던 시절 이야기가 주를 이룬다. 새마을운동 한다고 나라가 들썩들썩했던 시절의 이야기도 나누고, 통일벼 심기 시작하면서 보릿고개를 벗어나던 시절의 이야기도 빼놓지 않는다. 쌀 막걸리를 만들어 먹기 시작했을 때의 감격에 대해서도 자주 이야기를 나눴다. 이들 노인이 어려서 겪은 6·25전쟁의 이야기도 수시로 등장하는 대화의 소재이다.

그러나 뭐니 뭐니 해도 자식들 이야기가 빠질 수 없었다. 면장을 지낸 이 노인은 아들과 딸을 각 둘씩 뒀다. 이 노인은 두 아들에게 공무원을 해야 안정적으로 먹고살 수 있다고 귀가 따갑게 이야기를 했다. 그래서 큰아들은 아버지의 말을 따라 공무원이 됐다. 9급으로 시작해 30년 가까이 성실히 일해 5급 사무관이 됐다. 구청에서 과장으로 일 하는 큰아들은 조만간 동장으로 발령인 날 단계이다. 이 노인은 자기 뜻에 따라 공무원 길을 택한 큰아들이 마냥 기특하고 대견하다. 둘째 아들은 적성에 안 맞는다고 끝내 공무원 시험을 거부하더니 업종을 바꿔가며 몇 차례 사업과 장사를 번갈아 하더니 지금은 택배 영업소를 운영하며 살아가고 있다.

이 노인의 네 딸 중 두명은 대학 진학을 하지 않고 곧바로 취직해서 가사를 돕다가 20대 초반에 시집을 갔다. 큰딸은 공무원과 결혼했고, 둘째 딸은 직업군인과 인연을 맺었다. 그래서 네 자녀가 큰 어려움 없이 잘 살아가고 있다. 이 또한 이 노인이 다른 이들의 부러움을 살만한 일이다. 둘째 딸 하나가 전문대학을 다녔을 뿐 나머지 딸들은 고등학교만 졸업했다. 셋째와 넷째는 나이 들어 스스로 방송통신대학을 졸업했다. 이 노인은 그런 딸들이 늘 자랑스럽다. 한편 원하는 만큼 가르치지 못한 미안한 마음이 크다.

우 노인은 아들 하나에 딸 넷을 두었다. 위로 넷인 딸은 저마다 좋은 조건에 시집을 잘 가서 걱정 없이 살고 있다. 막내인 아들은 숙기가 없고 내성적이어서 어려서부터 우 노인의 마음을 불안하게 했다. 일찍부터 우 노인이 자신의 회사로 출근시켜 사업을 가르치려 했지만, 쉽사리 받아들이지 못했다. 몇 년 데리고 일을 가르쳐 본 후 우 노인은 '이 녀석은 도저히 사업가로서 어울리지 않는다.'라는 결론을 내리고 원하는 일을 하라고 길을 터 줬다. 몇 차례의 취업과 창업을 번복하던 우 노인의 아들은 몇 해 전부터 휴대폰 대리점을 운영하며 나름 잘살고 있다. 우 노인 역시 자신이 젊어서 큰 사업을 하며 호령하던 시절을 생각하면 자식들 생활이 못마땅하지만 크게 속 썩이는 자식 없이 사는 것에 안도한다.

교장 출신의 박 노인은 두 아들이 모두 어려서부터 수재 소리를 듣고 자랐다. 두 아들 모두 전교 1등을 한 번도 놓치지 않고 고등학교까지 마쳤다. 큰아들은 서울대학교 공과대학에 진학해 학부를 마치고 MIT 공과대학에 진학해 석사와 박사과정까지 마쳤다. 둘째 아들은 고등학교에서 곧바로 미국 미시시피 주립대학으로 진학해 회계학을 공부하기 시작해 역시 박사과정까지 마쳤다. 박 노인은 "미국에 가서 학교에 다니더라도 결혼만큼은 한국 여자와 해야 한다."라고 두 아들의 귀에 못이 박이도록 이야기했다. 그 덕인지 둘 다 한국 여자와 결혼했다. 큰 며느리는 서울에서 대기업 건설회사 중역을 지낸 집 딸로 미국에서 음악을 전공했다. 둘째 며느리는 전 가족이 어려서 미국에 이민하여서 미국 시민권을 가진 집의 딸이다. 사돈이 뉴욕에서 현지 여행사와 호텔을 경영하고 있는 성공한 집안이라고 한다.

박 노인은 두 아들 자랑을 할 때 얄밉게 대놓고 자랑하지는 않았다. 그래도 교장 선생 출신이라서 자기 체면을 지킬 줄 알았다. 하지만 두 아들 키우는 동안 수도 없이 '부럽다' '대단하다'는 등등의 말을 들어서 어디서든 자식들 이야기를 할 때가 가장 즐겁다고 생각했다. 박 노인이 먼저 자식들 이야기를 꺼내는 일은 별로 없었지만, 누구라도 자식 이야기를 꺼내면 은근히 어깨에 힘이 들어갔다. 대개 자신은 가만히 있어도 주위 사람들이 박 노인의 자식들 이야기를 하며 한 것 치켜세웠다. 평생 들은 자식 잘 됐다는 얘기는 일일이 기록을 할 수 없을 지경이다.

#3
　　　　　　　　　　　박 노인이 교장직을 끝으로 학교를 떠난 지 15년이 넘었다. 그 사이 교육계 인맥도 하나둘씩 끊겨나갔다. 정년 이후 아파트를 두 번이나 이사했다. 그러니 동네 이웃도 썩 자별하지 않다. 자식들은 어려서부터 품을 떠나있었고, 더구나 미국 생활한 지도 30년에 이른다. 이래저래 초상집치고는 초라하다. 그저 친인척들의 발걸음이 이어지고 있을 뿐이다. 이튿날은 문상객들이 조금 있으려나 몰라도 장례 첫날이라 그런지 아직은 빈소나 손님 맞이방이 한산한 모습이다.

이 노인과 우 노인은 빈소 바로 옆 손님맞이방 구석에 앉아 돼지고기 수육과 간자미 무침을 안주 삼아 소주를 마시고 있다. 박 노인도 함께 마시다가 누군가 찾아오면 빈소에 갔다가 다시 오기를 반복한다. 직장 퇴근 시간인 저녁 8시가 되니 갑자기 문상객들이 몰려오기 시작한다. 불과 30분 남짓한 시간에 한가하던 빈소가 문상객들로 채워졌다.

"아니 썰렁하기만 하던 초상집에 먹구름이 장대비 몰고 오듯이 손님이 들어차네! 그려. 상주도 없는 초상집에서 저 조카가 손님 맞느라고 고생이 이만저만이 아닐세 그려. 아까부터 죽 지켜봤는디, 저 조카 양반 사람이 참말로 그만일세. 그려. 큰집인지 작은집인지 몰러도 저렇게꺼정 일을 봐주기가 쉽지 않은 것인디 말이여."

우 노인이 말문을 열자 이 노인이 곧바로 응수한다.

"글쎄말여. 나도 아까부터 유심히 지켜봤는디, 저런 사람 없다는 생각이 드네. 인상도 참 좋고 부지런하고 성실한 것이 몸에 뱄구먼 그랴. 아무튼, 기특한 노릇일세. 멀리 있는 자식새끼들 다 소용없다니께. 임종은 고사하고 지 엄니 돌아간 지 몇 시간이 지났는디도 아직 나타나지도 못하고 있으니. 쯔쯔쯔. 가까이 있는 조카만도 못하니 그려. 안 그런가?"

"사실 박 교장 저 사람도 그동안 많이 외로웠지. 자식이고 손자새끼들이고 전부 미국 가 있으니 뭔 재미가 있었겠나? 자랑하긴 좋았을지 몰라도 곁에 없는 자식은 아무 소용 없는 겨."

"암만. 가까이서 수시로 얼굴 비치고 손주 새끼들 데리고 오는 놈이 제일이라니께."

"그려그려, 그렇게 치면 당신이랑 내가 박 교장보다 노년이 더 행복한 거여. 안 그런가?"

"그나저나 아까 손님 없을 때는 괜시리 내가 미안시럽고 안돼 보이던데 갑자기 이렇게 문상객이 몰려오니 마음이 놓이네. 그랴. 근데 저 손님들은 다 누구 손님이랴?"

"그러게 나도 그것이 궁금하다니께."

"손님들 어지간히 빠지면 상주노릇 해주는 저 조카 불러다 소주라도 한 잔 줘야겠네. 참 고마운 사람일세. 그려."

이 노인과 우 노인은 조카로 보이는 그 청년을 소재로 한참을 이야기를 나눴다. 상주가 없어 어쩌나 싶어 걱정을 많이 했는데 문상객도 들어차고 제법 상가 같은 분위기가 나기 시작하니 두 노인의 마음도 한결 가벼워졌다. 그래서인지 소주도 입에서 댕긴다. 한편으로는 자식들도 멀리 떠나가 있는 친구가 늙은 나이에 혼자서 살아갈 일을 생각하니 여간 걱정스럽지 않다. 60대 후반만 돼도 밥해줄 만한 과부 한 명 얻으라고 했으면 싶은데 80을 바라보는 나이가 됐으니 그 또한 쉽지 않다.

#4

　　　　　　　　밤 10시가 넘어가니 상가 손님도 눈에 띄게 줄었다. 이제나저제나 눈치를 살피며 청년을 불러 칭찬을 해주고 싶던 이 노인과 우 노인은 빈소에 문상객의 발걸음이 끊긴 시간을 틈타 냉큼 그 청년을 불렀다.

"어이 젊은이! 상주 노릇하느라고 고생이 이만저만이 아니네. 손님 없을 때 잠시 쉬어야지. 잠시 이리와 소주도 한잔하고 좀 쉬시게."

우 노인이 안쓰러운 표정을 지어 보이며 빈소 청년을 불렀다.

"아닙니다. 괜찮습니다. 어르신."

"아니 그러지 말고 잠시 이리 좀 와보래두."

청년은 거듭되는 노인들의 성화에 무안하다는 듯 머리를 극적이며 노인들이 차지하고 있는 상으로 몸을 옮겨갔다. 옮겨가는 동안에도 손수건으로 연실 목덜미에서 흘러내리는 땀을 닦아냈다. 청년은 조아리는 듯한 낮은 자세로 두 노인 앞에 꿇어앉았다.

"제가 먼저 와서 인사를 여쭈었어야 했는데 계속 문상객이 이어지고 저 혼자 손님을 치러내다 보니 이제야 인사를 드립니다."

"아닐세, 아니야. 지켜보자니 상주 노릇 대신해주느라고 여간 고생이 아니야. 내 부모가 돌아가셔도 이렇게 정성껏 상주 노릇을 하기가 쉽지 않을 것인데…"

"아! 제가 이 집 아들인 걸 모르시는군요. 저 박 교장 선생님 셋째 아들 우현입니다. 아버지 친구분들 같은데 제가 진작 인사를 못 드려 송구합니다."

"에이? 자네가 이 집 셋째 아들이라고? 이게 대체 뭔 소리야? 우린 박 교장이 아들만 둘을 둔 것으로 알고 있는데. 셋째 이들이 있었다고?"

"네. 제가 이 집 셋째 아들 맞습니다. 형들하고 나이 차이가 좀 나긴 합니다만 셋째 아들이 맞습니다."

"아 그래? 어허 참 이게 박 교장을 만난 지 10년이 넘었는데 셋째 아들 이야기는 처음 들었어. 우린 두 아들 이야기밖에 들은 적이 없어서…."

"그러세요? 왜 제 이야기를 안 하셨는지 모르겠군요. 하기야 친척들도 그렇고 다른 아버지 친구분들도 그렇게 대개 모이면 형들 얘기밖에 안 해요. 형들이 워낙 출중한 분들이라서 그런지 누구랄 것 없이 모이면 형들 얘기를 많이 하죠. 저야 뭐 얘깃거리가 없잖아요. 헤헤."

자신이 박 교장의 아들이 맞다고 연거푸 말하는 청년의 말을 들으며 이 노인과 우 노인은 몇 차례 눈을 마주치며 놀라움에 가득한 표정을 서로 지어 보였다.

"여튼 자네가 정말 수고가 많네. 형들은 언제 도착한다든가?"

"작은형은 내일 저녁 무렵 도착할 수 있을 것 같다고 하는데 큰형은 발인하고 나서나 이후에나 올 수 있지 않을까 싶네요. 휴가철이라 비행기 표 구하기가 쉽지 않은 모양입니다. 입관 전에 도착하면 좋을 텐데 잘 되려나 모르겠네요."

"그러게 말일세. 임종을 지켜보지 못하는 것만으로도 큰 불효인데 소렴, 대렴도 못 보고 입관까지 못 지켜보면 그건 아닌데. 아무튼, 자네가 고생이 많네. 그려. 자! 소주 한잔하고 쉬엄쉬엄하게. 요새 상가는 상주들도 다 먹을 거 먹고, 잘 거 자고 그래. 자지도 않고 먹지도 않고 초상 치른다는 거 다 옛날얘기야. 잠도 자고 먹을 거 먹고 기운 차려야 손님 치르지."

"네! 어르신들. 그렇게 하겠습니다. 저는 이만 물러가서 다시 빈소를 지키겠습니다."

청년은 우 노인이 따라준 소주 한 잔을 고개 돌려 단숨에 털어 넣고 우 노인에게 잔을 되돌려 드린 후 소주를 가득 채워 주었다. 그리고는 두 번 허리 굽혀 인사를 하고 뒷걸음질 쳐서 빈소로 되돌아갔다.

"아니 저렇게 건실한 아들을 두고 어째 박 교장은 여지껏 셋째 아들 이야기를 한 번도 안 했을까?"

우 노인이 먼저 말을 건네자 이 노인도 이내 맞장구를 쳤다.

"난 좀 어이가 없네. 어쩌면 그동안 셋째 아들 이야기를 한 번도 안 했을까? 혹시 다른 데 가서 나온 자식 아닐랑가? 학교 선생이 그 짓을 못했을 터인데…."

"저 아들은 그냥 한국에 사는가 보네. 다행일세. 가까이 저렇게 듬직한 아들이 있으니 말이야. 박 교장 혼자라고 괜한 걱정을 했고만 그려."

두 노인이 셋째 아들을 소재로 대화를 이어가던 중 서울서 문상 내려온 친척들을 배웅하러 밖으로 나갔던 박 노인이 다시 빈소로 들어왔다. 이 노인이 자리에서 벌떡 일어나 낚아채듯 박 노인을 끌고 와서는 자신들이 차지하고 있는 상 옆에 앉혔다.

"아니 저기 저 청년이 박 교장 셋째 아들 맞어? 참말여?

"우린 저 아들 얘기를 여적 들어본 적이 없어. 까마득하게 모르고 있었어. 그리고 보니 저 아들이 박 교장을 닮긴 닮은 것 같네! 그려."

박 교장은 두 노인을 잠시 살펴본 후 대수롭지 않다는 듯 대답을 했다.

"셋째 아들 맞어. 저 아이에 대해서 굳이 할 말도 없고 해줄 말도 없어서 안 했던 것뿐이지, 일부러 감추고 말 안 하려고 한 건 아녀. 제 형들하고 달리 저 녀석은 아주 평범해. 그냥 여기 지방대 겨우 졸업해서 지금 동네 신협에 다니고 있어. 지극히 평범하게 살고 있지. 그러니 뭐 얘깃거리가 없지 뭐."

너무도 천연덕스럽게 말하는 박 노인의 표정에 두 노인은 할 말을 잃었다.

"막내가 신협에 다녀서 신협에서 조화도 오고, 조기도 오고 했구먼. 장례식장에서 사용하는 종이컵과 나무젓가락도 신협에서 가져온 거더라고. 이 집하고 신협이 무슨 인연인가 했네! 그려."

열심히 손님치레하기에 자신들이 눈여겨본 젊은 청년이 박 노인의 아들이었다니 두 노인은 놀라움을 감추지 못했다. 어려서부터 수재 소리 듣고 엘리트 코스를 밟으며 자란 두 아들에 비하면 셋째는 그저 평범한 아들에 불과했다. 그래서 입만 벌리면 두 아들 자랑을 했던 박 노인도 셋째 아들에 대해서는 단 한마디도 하지 않았다. 박 노인과 10년 넘게 만난 두 노인도 셋째 아들의 존재에 대해서는 전혀 알지 못했다.

밤 11시를 넘어 시곗바늘이 자정으로 향해 가고 있다. 두 노인은 박 노인에게 충분히 잠을 자고 몸을 잘 챙기라는 신신당부를 하고 자리에서 일어났다. 내일 다시 오마는 약속도 잊지 않았다. 셋째 아들은 장례식장을 나와 주차장까지 두 노인을 배웅했다. 이 노인과 우 노인은 장례식장을 나서며 출입구 쪽에 설치된 화상 안내판을 확인했다. 상주 이름에 셋째 아들 '박우현'의 이름을 확인하고서야 머릿속에서 모든 상황이 정리되는 느낌을 받았다.

#5

　　　　　　　푹푹 찌는 무더위가 지속되는 가운데 장례 이튿날을 맞았다. 점심나절 소나기가 한차례 세차게 뿌려대고 나서야 기온이 조금 내려갔다. 이 노인과 우 노인은 오후 6시 장례식장에서 다시 만나기로 했다. 첫날 문상을 다녀왔으니 할 도리는 했지만 그래도 박 노인 가까이서 말동무라도 해주어야 한다는 생각이 들었다.

그래서 약속한 6시에 장례식장에서 두 노인은 다시 만났다.

이튿날은 첫날보다 문상객의 수가 곱절은 많았다. 장례식장 측에서 일반실 요금으로 특실을 사용하도록 배려해 주어 특실을 사용하고 있는데도 손님을 맞는 식탁이 거의 채워졌다. 여전히 셋째 아들 혼자서 그 많은 문상객을 맞이하며 장례식 전체를 진두지휘하고 있었다. 미국에 서는 두 아들은 여전히 도착하지 않았다. 박 노인을 통해 전해 들으니 인천공항에 도착했고 지금 이곳 장례식장으로 내려오는 중이란다. 자정 전에는 도착할 수 있다고 한다.

이 노인과 우 노인은 오늘도 여전히 셋째 아들의 행동을 예의주시했다. 피곤할 법도 한데 거침없이 문상객들을 받아내며 상주 역할에 최선을 다했다. 그의 아내와 자녀들로 보이는 열 살 남짓한 초등학생 남녀 아이도 정성껏 손님을 맞이하고 있어 보기에도 마음이 흐뭇했다. 아마도 상가를 찾아오는 문상객 대부분이 셋째 아들 손님인 듯하다.

옆 테이블에 앉아 식사하는 문상객들이 나누는 대화를 들어보니 이들도 셋째 아들 칭찬을 한다. 그들의 말을 정리해보니 성실과 친절이 몸에 익은 데다 성격이 좋아 누구에게나 상냥하고 예의 바른다고 한다. 한 번도 아니고 연이어 두 번이나 손님 무리가 셋째 아들 칭찬하는 대화를 나누는 것을 두 노인은 똑똑히 들었다. 세상에 저런 훌륭한 아들을 두고도 왜 박 노인은 단 한 마디도 그 아들 이야기를 하지 않았는지 여전히 이해가 되지 않았다.

저녁 8시부터 10시까지 문상객 수가 최고조에 달했다. 애초 장례를 치르기 시작할 때 '찾아올 사람이 없어 썰렁하면 어쩌나?' 걱정했던 것은 기우에 지나지 않았다. 이 또한 셋째 아들 덕이라고 생각하니 그 아들이 더욱 기특하게 여겨졌다. 그래서 두 노인은 틈나는 대로 셋째 아들을 격려해주고 쉬엄쉬엄하라고 위로의 말을 건넸다. 셋째가 혼자 애쓰는 모습을 보며 두 노인은 차츰 미국에 있는 두 아들에 대한 원망의 마음이 켜졌다.

'미국에서 잘 나가는 박사고 고관대작이면 뭐해? 가까이서 부모를 모시고 손주 새끼들 데리고 자주 찾아뵙는 것이 제일 효자지, 그까짓 박사면 뭐하고 재벌이면 뭐해?' 장례식장의 상황을 지켜보며 두 노인의 생각은 이렇게 옮겨가고 있었다.

"이봐, 세상엔 말여, 자랑하기 좋은 자식이 있고, 곁에서 효도하는 자식은 따로 있는가 벼. 안 그런가? 미국으로 떠나는 순간, 내 새끼가 아녀. 손주 새끼들도 마찬가지여. 그깟 미국놈들 다 소용없어. 저렇게 가까이서 지 애비 성심껏 모시고 사는 놈이 최고여. 그치?"

우 노인이 먼저 말을 건네자 이 노인도 기다렸다는 듯이 뿜어댄다.

"내 말이. 아무리 품 안에 자식이라지만 그래도 늘그막에 마음 나누고 정 나누는 게 부모와 자식 간이지. 가뭄에 콩 나듯 전화질이나 한 번씩 허는 게 무슨 부모 자식 간 이랑가? 안 그려? 나도 이번 초상 치르는 거 보면서 자식에 관한 생각을 많이 바꿨네. 자네나 나나 곁에서 지켜주는 자식이 있으니 좀 좋아."

"암만. 너무 잘 난 놈들은 내 새끼가 아녀. 어지간히 잘난 놈은 사돈댁 자식 돼버리고, 그 보다 잘난 놈은 나라 자식이지 내 자식이 아니라니께. 워낙 똑똑한 자식은 국가에 헌납하는거."

두 노인이 이런저런 대화를 나누고 있는 동안 전국 각지에서 찾아온 친척들 손님치레를 하던 박 노인이 피곤한 낯빛을 하고 두 노인 곁으로 다가왔다. 이 노인이 대뜸 소주 한 잔을 권한다.

"내일 날씨는 좋을랑가 몰러. 다행히 비는 오지 않을 거 같은데 날이 여간 뜨겁겠어?"

우 노인이 말하자 박 노인은 피곤함에 지친 목소리로 응답했다.

"뜨거워도 할 수 없지 뭐 어쩐다나. 일이야 기계가 하는 거지 뭐. 옛날같이 사람이 일을 해야 걱정이지 뭐."

세 노인이 소주잔을 주고받으며 산에 가서 묘지를 만드는 일에 대해 한 시간 남짓 이야기를 나누고 있던 때 셋째 아들의 목소리가 들려왔다.

"아버지, 둘째 형 왔어요."

세 노인은 술잔을 내려놓고 약속이라도 한 듯 벽시계를 바라봤다. 자정이 넘어 12시 5분을 가리켰다. 시계를 본 노인들은 일제히 일어섰고 출입문 쪽으로 자리를 옮겼다. 작은아들 내외가 아버지 박 노인에게 깊이 머리를 숙여 인사를 했다.

"멀리 있는 길 오느라 고생 많았다. 애들은?"

"급히 오느라 저희 둘만 왔습니다. 때마침 아이들은 기말고사 기간이기도 하고요."

"녀석들 본지가 벌써 몇 년이 흘렀는데 이번에도 못 보는구나. 알았다. 어서 네 어머니 빈소에 술 한 잔 올려라."

둘째 아들은 흐느끼며 절을 하면서도 절제된 모습을 잃지 않으려 했다. 한눈에 봐도 세련미가 넘쳐나는 며느리도 숙연한 자세를 보일 뿐 곡을 하거나 울음을 쏟아내지는 않았다.

'저게 무슨 아들이고 며느리랴? 손님이네. 손님이야.' 두 노인은 머릿속으로 같은 생각을 했다. 둘째아들 올 때까지 있다 가겠다고 작정을 했던 두 노인은 심야할증 택시를 타고 늦은 시간 집으로 돌아갔다.

#6

　　　　　　셋째 아들 혼자 지키던 빈소는 이제 둘째와 둘이서 지킬 수 있게 됐다. 하지만 이틀간의 손님치레를 이미 끝나 산에 가서 하관하고 봉분을 만드는 일만 남았다. 이 노인과 우 노인은 아침 일찍 서둘러 장례식장으로 갔다. 상주들과 함께 아침 식사를 챙겨 먹고 함께 장지로 향했다. 이때까지도 큰아들은 도착하지 않았다. 박 노인의 얼굴에 서운함과 수심이 가득하다. 이 노인과 우 노인이 그걸 모를 리 없다. 운구행렬이 한 시간 이상을 달려 박 노인 집안의 선산에 도착했다.

9시가 조금 넘었을 뿐인데 여름 햇볕이 내리쬐기 시작한다. 모두 더위에 지쳐 헉헉댄다. 장례는 예정대로 진행됐다. 작은 포크레인 한 대가 이미 땅을 파서 못자리를 만들어 두었고 장례서비스 회사 직원 네 명이 능숙하게 묘지 만드는 일 처리를 했다. 역시 장례서비스회사 소속의 몇몇 아줌마들은 텐트 아래서 상주들과 손님들에게 제공할 음식을 준비했다. 이런 광경을 지켜보며 노인들은 '세상 참 좋아졌다. 한편으로는 야속해졌다. 이런 일조차도 이웃 도움 없이 돈 주고 사람을 사서 해야 하니~'라고 생각했다.

정오가 막 넘어간 시간 모든 봉분 작업이 마무리 단계에 이르렀다. 장례회사 직원은 본분 앞에 돗자리를 깔더니 마지막 상을 차렸다.

"마지막으로 드리는 제사상입니다. 상주분들 모이세요."

이 말이 끝나기가 무섭게 셋째가 말했다.

"아버지, 저기 택시 한 대 들어오는데 큰형인가 봐요."

장례를 지켜보던 모든 이들의 시선이 택시로 향했다. 택시는 좁은 시골길을 잘도 빠져나왔다. 이곳 장지로 오고 있는 것이 분명했다. 불과 몇 분 만에 택시가 도착했다. 예상대로 박 노인의 큰아들이 타고 있었다.

큰아들은 간단한 짐을 내리고 뚜벅뚜벅 걸어왔다. 동반한 사람은 아무도 없었다. 혼자 몸이었다. 큰아들은 한눈에 봐도 이지적인 인상으로 기품이 느껴졌다. 하지만 오랜 여행길로 지칠 대로 지쳐있음이 표정에서 나타났다.

"조금 늦었으면 네 어머니에게 마지막 작별인사도 못 할 뻔했구나.

이리 와라. 네가 맏상주니 너부터 술잔을 올려라."

　박 노인의 말에 큰아들은 봉분 앞에 무릎을 꿇고 앉았다. 그는 절제된 표정을 지어 보이며 끝내 울음을 터뜨리지 않았다. 둘째 아들 내외도 손수건으로 눈물만 훔쳐냈을 뿐 소리 내 울지는 않았다. 막내아들 가족은 그동안 곁에서 모신 정이 깊어서인지 소리 내 울면서 어머니와 마지막 인사를 나눴다.

#7

　　　　　　　　　　　모든 장례가 끝났다. 미국에서 날아온 두 아들은 삼우제가 끝나기가 무섭게 바쁘다며 미국으로 돌아갔다. 박 노인은 두 아들을 떠나보내며 '이제 이놈들은 내가 살아서 다시보기는 힘들겠구나. 내가 죽으면 그때나 오겠지. 그것도 이번에 제 어머니 장례 치를 때처럼 장례가 거의 끝날 무렵에나 빼꼼 얼굴 비치고돌아가겠지!' 하는 생각을 했다. 그래서 더 애틋한 마음이 생겼지만 애써 표현하지는 않았다. 수재의 삶, 영재의 삶을 살라고 어려서부터 집떠나 객지로, 타국만리로 보낸 것은 자신이니 뭐라 할 말이 없다는 생각을 했다.

　삼우제를 마친 다음 날 이 노인과 우 노인이 박 노인을 만났다. 장례를 치르는 내내 자신의 곁을 지켜주며 위로를 아끼지 않은 두 친구가 고마워 소주 한잔을 사기로 하고 늘 같이 자주 가던 단골집으로 둘을 불렀다. 돼지고기와 두부를 잔뜩 넣고 끓여주는 김치찌개가 일품인기원 옆 식당이다. 60대 중반의 몸집이 아주 큰 식당 여주인이 노인들을 반갑게 맞아 주었다. 그녀는 박 노인에게 더운 날씨에 장례 치르느라 고생했다는 위로의 말도 잊지 않았다. 아직 주문한 찌개는 준비 중이지만 미리 깔아놓은 밑반찬을 안주 삼아 세 노인은 소주잔을 나누기 시작했다.

이 노인이 먼저 말했다.

"그래 혼자 있을 것인가? 당장 삼시 세끼 혼자 밥 챙겨 먹는 것이 여간 불편하지 않을 것인디?"

"할멈 살아있을 때부터 셋째네가 수시로 들락거려. 며느리가 반찬도 만들어주고 가고 그려. 셋째가 일주일에 두 번 와서 청소해주고 빨래해주고 반찬 만들어놓고 가는 도우미 신청했다고 하는구먼. 일단 그렇게 하기로 했네. 며느리도 직장 댕기니 어쩌겄나."

"왜 이참에 셋째네 들어가 살지 않고."

우 노인의 말이 끝나기도 전에 박 노인은 손사래를 치며 말을 막는다.

"일 없네. 그 징역살이를 내가 왜 해? 아침 한 끼 간단히 때우면 점심이랑 저녁은 나가 돌아 댕기다 사람들 만나면 먹고, 소주 한잔하면 그걸로 대충 때우고 하는 거지. 무슨 이 나이에 삼시 세끼를 꼬박 챙겨 먹을 생각을 허겄나."

노인들의 대화가 무르익는 동안 식당 여주인이 큰 냄비에 수북하게 찌개를 준비해준다.

"자네들 지켜봐서 알겄지만, 미국 가 있는 두 녀석은 이제 내 아들도 아녀. 내가 죽으믄 그때나 와서 송장 앞에서 술 한 잔 따를 위인들여. 어차피 혼자 그렇게 살다 가는 겨. 뭔 욕심이 더 있겄나?"

"그래도 자네 그 셋째 아들이 참말로 대견허데. 그 친구가 형들 못하고도 남겄든디 뭘 그랴. 대단한 효자든디. 우린 보면 알아. 셋째 아들 많이 의지하고 살게 그려."

"그러게. 그놈마저 곁에 없었으면 어쩔 뻔했나 싶은 생각이 들더고만. 어려서부터 잘난 제들 형 둘에 치여서 갸는 항상 뒷전이었어. 나나 할멈도 두 아들 녀석이 워낙 특출허니게 셋째는 평범한데도 눈에 안 들어오더라고. 친척들이 모여도 맨 두 아들만 칭찬하고 걔들에게만 존재감을 줬지. 셋째가 워낙 착해서 내색도 안 하고 잘 받아들였어. 어렸을 때 제 속은 어련했겠나? 생각할수록 셋째한테 미안혀."

"아무렴. 곁에 있는 자식이 진짜 자식이라니께. 이번 일 치르면서 셋째 하는 걸 보고 위안이 되더구만. 자네 혼자 남아 어찌하나 걱정이 이만저만이 아니었는데 셋째 보고 마음이 놓였어."

"나도 그렇고, 지 애미도 그렇고 셋째 아들 신세를 지고 살 줄은 꿈에도 몰랐어. 그저 큰아들하고 둘째 아들 덕을 볼 거로 생각했지. 그런데 웬걸. 그 녀석들은 내 자식이 아니더라고. 부모에게 잘난 아들 소용없다는 거 절실히 느꼈네."

"암만. 잘난 놈들은 자식이 아니라 손님이야. 며느리도 마찬가지고. 어디 가서 '우리 아들 미국서 잘 나가는 박사네'하고 자랑질하기만 좋았지 아무 소용없는 게 그거더라고."

노인들의 마음이 하나로 모이고 있었다. 이 노인도 우 노인도 박 노인이 장례를 치르는 것을 지켜보고 자신들이 얼마나 행복한지를 제대로 알게 됐다. 평범하게 사는 것이 얼마나 큰 행복인지 나이 여든이 다 돼서야 제대로 깨달을 수 있었다.

저녁 시간에 만나 한참을 이야기 나누고 소주도 얼근하게 마셨지만 8시가 조금 넘었을 뿐이다. 밖에 나와 보니 아직도 해가 서산에 남아있어 세상이 환하다. 박 노인은 극구 사양하는 이 노인과 박 노인에게 택시비라며 1만 원씩을 나눠줬다. 그리고는 택시 타는 것을 지켜보고 자리를 옮긴다. 박 노인의 집까지는 20분이면 다다를 수 있는 거리이다. 술도 깰 겸 천천히 걸어가기로 마음먹었다.

뒷짐을 지고 투덜투덜 걸어가며 박 노인은 혼잣말을 중얼거린다.

"여보 마누라. 내가 살믄 얼마나 더 살겠는가? 바로 따라갈 테니 기다리시게. 당신 없으니 집이 아주 허전허구만. 그래도 내가 잘 챙겨 먹고 잘 살 테니 걱정하지 말고. 큰아들에 이어 둘째까지 대한민국 수재라고 받들며 키웠지. 그놈들 둘 덕에 무서울 게 없었지. 기세가 등등했지. 허지만 다 소용없는 일이네. 두 녀석 덕에 평생 남들 앞에서 실컷 자랑은 하고 살았지. 하지만 그게 다 무슨 소용이란 말인가. 당신 초상 치러보니 셋째가 진짜 내 아들이더라고. 당신도 그렇게 생각허지? 여생 동안 셋째한테 어려서 못 다 준 정 듬뿍 주고 그놈하고, 그놈 새끼들하고 재미있게 살다 가려네. 어쩐가? 내 생각이 맞는 거지?"

혼잣말을 중얼거리며 집으로 향하는 박 노인의 중절모 위로 낮 동안 이글거리며 맹위를 떨치던 태양이 주저앉고 있다.

삼남매

모든 것이 풍요로워졌다. 각 가정의 자녀 수는 과거에 비교할 때 현격히 줄었다. 한 세대 전으로 올라가도 세상은 확연히 달랐다. 모든 것이 부족했고, 가정마다 자식들이 넘쳐났다. 형제들 간에도 매사 보이지 않는 경쟁이 벌어졌다. 그 경쟁은 더 좋은 의식주를 차지하기 위한 것부터 시작해 다양한 형태로 나타났다. 하지만 경쟁 중에 가장 치열한 경쟁은 누군가 선택받은 자만 상급학교에 진학할 수 있다는 점이었다. 특히 대학 진학은 그 경쟁이 심했다. 그 경쟁은 일단 여아보다는 남아가 절대적으로 유리했다. 아들 중에는 장남이 우선 유리했지만, 차남이나 삼남일 수도 있었다. 선택받은 한 명 또는 두 명을 제외하면 나머지 형제자매들은 선택받은 핏줄을 위해 희생해야 했다. 이는 대부분 가정에서 아주 일반적인 모습이었다. 선택받지 못한 그 많은 이들의 아픔과 서러움을 표현하고 싶었다. 그들이 오히려 더 행복하고 보람된 삶을 사는 모습을 허구의 세계에서 그려내 그들을 위로하고 싶었다. 나도 그 시절 선택받은 자식의 부류에 속해 대학을 졸업했다. 형제자매들의 희생과 양보가 있었기에 가능했던 일이다. 애석한 마음, 고마운 마음을 이 소설의 반전 속에 담아냈다.

#1

　　　　　　　"지지배가 무신 고등학교여? 중학교까지 배웠으면 실컷 배운 거지. 지금 우리 집 형편을 알면서도 고등학교 가고 싶다는 말이 나오냐? 집안이 넉넉하믄 이야 누구랄 것 없이 새끼들 모두 대학에 보내주면 나도 좋겠지. 근데 그게 되냐고? 니 올애비 하나 대학 갈치는 데도 집안뿌리가 흔들릴 정도여."

"아부지, 그래도 그렇지 내가 중학교 내내 1등은 못했어도 반에서 5

등 밖으로 떨어져 본 적도 없고, 남들처럼 부모 속 한번 썩인 적도 없는
디, 대학 갈쳐달라는 것도 아니고 여상이라도 좋으니 고등학교 가르쳐
달라는데 그걸 외면하시믄 내가 너무 서운하네요."

"니가 그렇게 말 허니 내 속도 속이 아니다. 아부지 말씀 듣고 일단
은 니가 양보 좀 허야겄다. 당체 우리 집 지금 형편으로는 너꺼정 고등
학교에 보낼 수가 없다는 건 니가 더 잘 알잖냐? 잉? 그렇게 아부지 말
씀 따르고 취직해서 살림 보태고 아부지 엄마랑 같이 큰오빠 뒷바라지
허자. 오빠가 일어서야 우리 집안 전체가 일어서는 겨. 안 그냐? 작은
오빠도 고등학교 졸업하던 줄로 바로 농협에 취직했잖냐. 다 부모 생
각해서 그렇게 허는 거 아니겄냐? 너도 조금만 양보혀라. 잉?"

"아니 지금껏 딸이라고 궂은일은 다 시키고, 좋은 거 만난 것은 다 큰
오빠 주고, 억울하게 살았는디 큰오빠 땜에 남들 다 가는 고등학교도
가지 말라고 허니 너무 서운하네요. 정말 억울해서 못 살겄네요."

명숙은 작심한 듯 참았던 울분을 왈칵 쏟아냈다. 집안 형편을 생각
해 대학 진학은 포기한 지 오래다. 그래도 고등학교는 갈 수 있다고 생
각했다. 그것도 시내 학교도 아니고 읍내 있는 여상이라도 보내줄 것
이라고 믿었다. 그런데 당장 취직해서 대학 간 오빠 뒷바라지를 하라
는 아버지와 어머니의 말에 참을 수 없는 서러움이 밀려왔다. 절대로
물러서지 않겠다고 다짐은 했지만, 부모가 이미 결심을 굳힌 것을 보
고 더는 저항하는 것이 무모하다는 것을 피부로 느꼈다.

어머니와 아버지가 방으로 들어가고 마루에 혼자 남은 명숙이 바라
보니 멀리서 새까만 검은 구름이 몰려온다. 금방이라도 장대 같은 빗
줄기를 뿜어댈 듯 성큼성큼 몰려온다. 샘 옆에 심어놓은 봉숭아도 명
숙의 마음을 헤아리기라도 하듯 풀이 죽어 서 있다. 더위에 숨을 헐떡
이던 누렁이도 애처로운 눈빛으로 명숙을 바라보며 하품을 한 번 하더
니 *끄웅끄웅*하며 낮은 신음을 토해냈다.

불과 5분도 안 돼 검은 구름이 머리 위까지 달려왔다. 그리곤 세차게 빗줄기를 쏟아내기 시작한다. 밭에서 일하다가 미처 비를 피하지 못해 밀짚모자를 꾹 눌러쓴 채로 느티나무 아래로 몸을 피하는 마을 사람들의 모습이 멀찍이 보인다. 다른 때 같으면 꽤 평화롭게 보였을 이 모습이 전혀 반갑지도 정겹지도 않게 느껴졌다. 장대비가 쏟아지기 시작한 지 10분쯤 지났을 무렵, 눈으로 봐도 확연히 차이가 날 만큼 집 앞 도랑물이 불었다. 도랑물은 금세 세상을 삼켜버리기라도 할 듯 무서운 기세로 소용돌이를 치며 빠른 속도로 흘러내려 갔다. 명숙은 자신도 모르는 사이에 마음속으로 '이깟 세상 다 쓸어가 버려라' '산도 들도 구분 없이, 부잣집과 가난뱅이 집도 구분 못 하게 다 쓸어가 버려라'라고 중얼거리고 있었다. 하지만 억수 같던 소낙비도 채 20분을 쏟아내지 못하고 물러가고 이내 해가 다시 살아나 쨍쨍 내리쬐기 시작했다. 잠시 그쳤던 매미 울음도 세차게 다시 들려오기 시작했다.

해가 지고 세상을 모두 삶아낼 듯 작열하던 태양이 자취를 감추자 숨쉬기가 한결 가뿐해졌다. 저녁 7시가 지났는데도 한낮처럼 환하다. 읍내 농협에서 비료와 농약 배달 일을 하는 작은 오빠 현욱이 퇴근해 자전거를 타고 집으로 들어온다. 다른 날 같으면 명숙이가 냉큼 달려들며 자전거 짐칸에 실은 도시락을 빼앗아 들었을 것인데 오늘은 왠지 시무룩한 표정으로 먼 산만 바라보고 있다. 오빠에게는 눈길 한 번 주지 않는다. 현욱은 명숙을 몇 번 바라보며 '오빠가 왔는데 왜 아는 척도 안 하느냐?'는 표정을 지어 보였지만 명숙은 끝내 눈길을 주지 않는다. 현욱이 자전거를 바쳐 세우고 명숙을 물끄러미 바라보던 중 어머니가 부엌에서 나오며 아들에게 달려간다.

"아야 이렇게 뜨거운 디 얼마나 고생이 많았냐? 어여 씻어라. 상추 뜯어 논 거 있응게 그놈하고 밥 묵자."

"예, 근데 명숙이 자는 왜 저러고 앉었어요?"

"고등학교 못 보내준다니께 안 저러냐? 부모 속도 모르고 저 지랄이다. 아까 한낮부터 저렇게 마루에 앉아가꼬 먼 산만 바라보고 있다."

"아야 저녁 묵게 언능 상 피고 반찬 날러라잉. 오빠 배고프겄다. 장정이 도시락 하나 까묵고 죙일 심든 일 허믄서 버틸랑게 얼마나 힘들 겄냐? 어여 밥상 준비혀라."

\# 2

　　　　　　　　　　　　　　이후로도 몇 번 아버지와 어머니를 붙들고 사정을 해봤지만, 답은 없었다. 결국, 명숙은 중학교를 끝으로 모든 배움의 길에서 내려와야 할 처지임을 인정하고 말았다. 그래서인지 중학교를 졸업하던 날 사진을 찍자는 친구들도 뿌리치고 곧장 집으로 돌아왔다. 졸업식장에 찾아온 어머니가 모처럼 짜장면을 한 그릇 사주겠다고 했으나 그 또한 못들은 채 하고 줄달음쳐 교문을 빠져나왔다. 이것이 학교 문을 나서는 마지막이라고 생각하니 서러움은 더욱 커졌다. 명숙은 10리나 되는 길을 뒤도 한 번 돌아보지 않고 재촉하는 걸음으로 달려왔다. 관절염이 생겨 어머니가 걸음이 불편하다는 사실도 잘 알았지만, 도저히 어머니를 챙겨드릴 마음이 생기지 않았다. 명숙은 할 줄 아는 거라곤 땅을 파고 농사를 짓는 일뿐인 부모님도 이 사회 선의의 피해자란 사실을 알고 있었다. 평생 한눈 한 번 팔지 않고 죽을힘을 다해 농사를 지은 부모님을 지켜보고 자랐으니 불쌍한 마음도 든다. 하지만 오로지 큰오빠에 매달려 가족 모두에게 희생을 강요하는 부모의 마음을 도저히 이해할 수가 없다.

　중학교를 졸업하고 며칠 지나지 않아 명숙은 아버지를 따라 서울로 올라갔다. 10리를 걸어 나가 읍내에서 서울행 버스를 이용하는 교통편이어서 꼬박 하루가 걸렸다. 덜컹거리는 시골길을 버스가 헤치며 나갈 때마다 뿌얀 먼지가 소용돌이를 치며 버스를 따라붙었다. 여간해 버스 탈 일이 없던 시골 마을에서 나고 자란 명숙은 심한 울렁증에 매스꺼운 속을 어찌할 줄 몰랐다. 태어나 처음으로 부모 곁을 떠나 집을 나서는 것만으로도 긴장감이 몰려오는데 멀미까지 더해져 심신이 무너져 내렸다. 대학생인 오빠가 이 길로 집과 서울을 오간다는 사실이 신기했다. 한편으로는 오빠는 대학생 신분으로 오가는 이 길을 자신은 식모살이하러 올라간다고 생각하니 서글픔이 밀려왔다. 차창 밖을 내다보며 이곳을 다시는 올 수도 없을지 모른다는 생각을 하니 서러움이 밀려왔다. 눈물이 주르륵 흘러내렸다.

서둘러 아침 첫차로 출발했지만 도착한 시간은 오후 2시 반을 넘어섰다. 멀미가 너무 심해 밥때가 한참 지났는데도 밥 생각이 없다. 차를 오랜만에 타시는 아버지도 속이 편하지는 않으신 것 같다. 명숙의 눈에 비친 서울 시 가지는 말 그대로 신세계였다. 태어나 이렇게 많은 차를 본 적도 없고, 이렇게 넓은 길도 본 적이 없다. 높은 빌딩을 쳐다보니 현기증이 날 것 같다.

"아버지, 오빠는 안 나오데요? 아버지랑 나랑 여기 서울까지 왔는데 어찌 마중도 안 나온데유?"

"느그 오빠 지금 막 개학해서 정신이 없을 것이다. 내가 일 보고 내려가는 길에 학교로 잠시 들리겠다고 기별 넣었다. 그러니 기다릴 것 없다."

명숙의 서울 길은 이번이 두 번째이다. 아주 어렸을 때 외삼촌 결혼식 날 한 번 다녀갔지만, 기억은 가물가물하다. 아버지는 명숙을 잠시 세워놓고 공중전화 부스 앞에 줄을 섰다. 그리고는 바지 주머니에서 꺼낸 쪽지에 적힌 전화번호대로 다이얼을 돌리기 시작했다. 아버지는 전화를 끊자마자 노점에서 팔고 있는 가래떡 구이 2개를 사 와서는 명숙에게 안겼다. 버스에서 내려 한참 찬 바람을 쐬니 이제 좀 정신이 드는 것 같더니 시장기도 느껴졌다.

　길에서 아버지와 둘이 요기를 한 명숙은 아버지를 따라 시내버스에 올랐다. 한참을 가다가 버스를 갈아타야 했다. 그렇게 한 시간가량을 가서 도착한 곳은 어느 시장 입구였다. 아버지는 상인들에게 두 번을 물으시고는 나를 이끌고 한 그릇 가게 앞에 이르렀다. 그리고는 기웃거리다가 주인과 눈 맞춤을 하고는 얼굴에 환한 미소를 보였다. 주인은 짐 정리를 하다말고 아버지 얼굴을 보고는 득달같이 달려 나와 인사를 했다.

　"찾아오시느라 얼마나 수고 많으셨슈? 식사는 제대로 하신규?"

　"아이고 걱정 마쇼. 서울이 무서운 곳이라고는 허지만 그래도 다 사람 사는 곳인디 물어물어 찾아오면 못 찾기야 하겠소?"

　둘이 한참 인사를 나누다가 그릇가게 주인이 내게 손짓을 하며 말했다.

　"저 아이가 따님이신가요? 아주 착실하게 생겼구먼요."

　"안녕하세요? 명숙이에요."

　"고등학교까지는 갈쳤으야 허는 디, 아시다시피 시골서 농사져서 아이 하나 가르치기가 여간 어렵지 않아서요. 김 사장께 염치 불고하고 맡기고 갈 테니 잘 좀 보살펴 주시구랴."

　"염려는 붙들어 매세요. 제가 내 딸이려니 하고 잘 데리고 있을 테니까요."

　#3

　　　　　　서울 시장에서 그릇 가게를 제법 크게 운영하는 이는 40대 중반의 김정우로 본래 명숙의 고향마을 출신이다. 아버지의 가장 친한 친구인 살구나무집 김 씨 아저씨의 사촌 동생이다. 어려서 상경해 배달원부터 시작해 시장바닥에서 갖은 고생을 하다가 수년 전 가게를 장만했다. 그런데 자기 가게를 시작한 지 1년도 안 돼 부인이 혈액암 판정을 받고 대형병원에 입원했다. 고1인 첫째 아들과 중2가 된 딸, 그 밑으로 초등학교 6학년 막내아들이 자녀로 있는 단란한 가정이었지만 엄마가 암으로 진단을 받은 뒤 하루아침에 집 안이 엉망이 됐다. 가게를 둘이서 함께 운영했지만, 아내가 쓰러진 뒤 김 씨 혼자 가게에 나간다. 아내 유 씨가 입원한 이후 김 씨는 가게 일을 보랴 집안일을 보랴 하루도 편한 날이 없다. 그래서 가정 살림을 맡아주고 수시로 병원을 오가며 병시중해줄 사람이 필요했다. 고향 동네 사촌 형에게 말해 적당한 사람을 구해 달라 했고, 마침 명숙이 고교 진학을 하지 않고 취업을 한다는 소식을 전해 들은 사촌 형이 명숙의 아버지에게 말해 명숙이 서울로 오게 된 것이다.

아버지는 김 씨의 말을 거절하지 못하고 그의 집으로 가서 반주를 곁들여 저녁 식사를 함께 하시고 하룻밤 묵으시기로 했다. 김 씨의 집은 가파른 골목길을 한참 올라 다다를 수 있었다. 산 중턱에 자리한 집은 작은 마당 옆에 방과 부엌이 하나씩인 셋방이 세 가구나 있었다. 무일푼으로 상경해 이 같은 집 장만을 했다니 그가 얼마나 억척스럽게 살았는지 알만하다. 밤 9시가 넘은 시간 도착했지만, 자녀들은 모두 식사도 하지 않은 채 아버지를 기다리고 있었다.

"인사드려라. 시골에서 올라오신 어르신이시다."

"어르신은 무신~ 그래그래 반갑다. 애들아. 학교 다니느라 힘들지? 엄마가 아프셔서 어쩐다냐? 니네들이 고생이 이만저만이구나."

"여기는 명숙이여. 어르신 따님인디, 앞으로 너희를 보살펴 줄 거다. 엄마 병원에도 다니면서 도와줄 것이고. 얼마 전에 중학교 졸업하고 왔으니 큰애 너보다는 한 살 아래고, 정현이랑 구현이 보다는 언니고 누나다. 앞으로 형제처럼 서로 잘 애껴주면서 지내야 한다. 셋방 하나가 두 달 있으면 나갈 것인디, 명숙이 방은 그때나 돼야 줄 수 있겄다. 그때까지는 불편하더라도 정현이 너랑 언니랑 같이 방을 쓰야겄다."

명숙은 수줍은 듯 가벼운 목례를 하고 눈인사를 나눴다. 아버지와 김 씨는 늦도록 고향 얘기, 사는 얘기를 나누셨고 아버지는 '잘 부탁한다.'라는 말을 수도 없이 반복하셨다. 자정이 다 된 시간에 이르러 모두가 잠자리에 들었다. 딸 정현이가 아버지 김 씨 방으로 가서 자고, 상경한 두 모녀에게 방을 내주었다. 평소 무뚝뚝하기로 누구와 견줄 사람이 없던 아버지지만 곱게 키운 딸을 낯선 땅에 홀로 두고 혼자 내려가실 생각을 하니 먹먹하신가 보다. 잠자리에 누워 아버지는 '미안하다', '이해해 달라.'는 등의 이야기를 반복하시다가 술기운에 곯아떨어지셨다. 명숙은 등을 돌리고 누워 베개를 적셨다. 이렇게 어색한 서울에서의 첫 밤이 지났다.

#4

아침에 일어나자 김 씨네 아이들은 알아서 학교 갈 준비를 챙겼다. 김 씨가 어느새 일어나 아침밥을 챙겼다. 아이들을 학교에 보내고 곧바로 집을 나서 시장 김 씨의 가게로 갔다. 버스 정류장에서 아버지는 명숙의 오빠 다니는 학교로 가는 시내버스에 올랐고, 김 씨와 명숙은 걸어서 10분 남짓 움직여 시장 가게로 갔다. 버스에 어렵게 올라타시는 아버지의 뒷모습이 그토록 애잔하게 느껴진 적은 없었다. 서운함과 두려움이 동시에 밀려왔다. 가게에 도착하자 김 씨는 기계적으로 움직이며 천막을 걷어내고, 가게 안에 쌓아두었던 그릇들을 밖으로 내놓기 시작한다. 그러면서 명숙에게 하나하나 이름을 가르쳐주고 대충 가격대도 설명해준다. 명숙은 처음 보는 그릇이며 시골에서는 보지도 못한 예쁜 그릇들을 보면서 신기한 마음이 든다. 그러면서 혼자 '어쩜 이렇게 예쁜 그릇들이 있담?'하고 생각했다. 옆집 채소 가게와 정육점 주인은 낯선 모습의 명숙을 보면서 누구냐고 물으며 인사를 건넨다. 제법 큰 시장에서 수많은 점포가 장사준비를 하는 모습을 지켜보는 것만으로도 명숙은 신기함을 감출 수가 없었다. 별 것 아닌 장사 준비하는 모습이지만 시골서 나서 자란 명숙에게는 처음 보는 풍경이니 신기한 것은 어쩌면 당연했다.

장사준비를 끝내고 11시가 가까워지니 손님이 몰려들기 시작한다. 명숙은 이렇게 많은 사람을 전에 본 적이 없었다. 개인 손님도 있었지만, 음식점을 운영하는 단골손님도 있어 보였다. 어떤 단골손님은 김 씨에게 부인의 안부를 물으며 딱한 표정을 지어 보이기도 했다. 멀뚱멀뚱하게 서 있는 명숙의 모습을 보면서 누구냐고 묻는 손님들도 더러는 있었다. 낮 동안 분주하더니 잠시 한가한 시간이 찾아왔다. 김 씨는 기다렸다는 듯이 명숙을 앉혀놓고 집안 사정을 이야기하더니 시간대별로 해야 할 일을 조목조목 설명해주었다. 아침에 일찍 일어나 밥을 짓는 일부터 시작해 아이들이 학교에 나고 나면 설거지와 집 안 청소를 하고 나서 점심때 도시락을 싸고 가게에 나오면 된다고 했다. 그리고 오후에는 그의 아내가 입원해 있는 병원으로 가서 살펴보고 저녁 시간이 되면 집으로 가서 다시 저녁 식사를 준비하는 것이 주된 역할로 부여됐다. 병원에는 김 씨의 장모께서 틈틈이 방문하시고 있어 명숙이 계속 자리를 지킬 필요는 없었다. 다만 병간호를 하시는 김 씨의 장모가 드실 반찬을 만들어 가는 일이 맡겨졌다. 환자의 속옷을 챙겨 가고 입었던 속옷을 집으로 가져와 빨래하는 일도 명숙의 몫이었다.

엄마가 해주는 편한 밥을 먹다가 누군가에게 시간 맞춰 밥을 지어주어야 한다는 것이 여간해 힘들지 않았다. 너무나도 잘 서울 생활에 적응해가고 있는 자신의 모습을 지켜보면서 스스로 신기했다. 교복 입고 학교 가는 또래들을 보면 한없이 부럽기도 했고, 서글픈 생각에 눈물

을 펑펑 쏟아낸 일도 한두 번이 아니다. 잠자리에 누우면 부모님 생각
과 고향 생각에 눈물짓는 날이 많았다. 그래도 매달 말일이 되면 김 씨
가 노랑 봉투에 월급이라는 돈을 내게 주었다. 자신이 스스로 돈을 벌
고 있다는 생각에 스스로 기특하다는 생각이 들었다. 통장을 만들어
은행에 입금하는 날이면 너무나 기뻐 어찌할 줄 몰랐다. 물론 전체 받
은 월급의 절반 이상은 시골집으로 송금했다. 그것이 큰 오빠의 학비
며 서울 생활하는 비용으로 다시 보내진다는 사실을 잘 알고 있었다.
작은오빠 현욱도 농협에 다니며 받는 월급의 대부분을 부모에게 드렸
다. 그 역시 자신이 번 돈이 큰형에게 쓰인다는 사실을 잘 알고 있었
다. 같은 서울 하늘 아래 살지만, 큰오빠와 명숙의 처지는 하늘과 땅처
럼 달랐다. 큰오빠는 멋쟁이 대학생이었지만 명숙은 그저 남의 집 부
엌일을 도맡는 식모의 모습 그대로였다. 큰오빠는 1년이 다 되도록 딱
한 번 명숙을 찾아왔다. 그릇 가게로 연락을 해 찾아와 만났는데 반갑
기도 했지만 어색하기 짝이 없었다.

"명숙아 오빠 뒷바라지 허니라 고생이 많다. 오빠 내년에 군대 가니
께 조금은 숨 쉴 여력이 생길 것이다."

이것이 오빠가 해준 말의 전부였다.

#5

　　　　　　　　　큰오빠 현수가 3년의 군 생활을 하
는 동안 명숙은 시골로 내려보내는 돈의 액수를 반으로 줄였고, 3년 만
기 적금을 따로 부었다. 통장에 적히는 숫자가 늘어가는 것을 바라보
는 것이 명숙의 유일한 희망이고 기쁨이었다. 명숙의 적금 만기가 돌
아오고 큰오빠가 군 제대를 불과 얼마 남기지 않은 가을날 4년 가까운
병치레를 하던 김 씨의 아내가 세상을 뜨고 말았다. 이제 막 40대 중반

으로 모진 가난을 이겨내 자신의 집을 갖고, 자신의 가게를 가져 이제 좀 고생 안 하고 살아보려나 싶었던 때에 홀연 세상을 뜨고 만 것이다. 명숙은 세상이 참으로 불공평하다는 생각을 했다. 40대 여인이 힘없이 죽어가는 모습을 가까이서 지켜보던 명숙은 인생의 허무함을 새삼스럽게 느껴야 했다. 죽음에 대한 공포도 엄습해왔다. '저렇게 억척스럽게 살다 가면 뭐 한담? 죽으면 모두가 소용이 없는 것을~' 명숙은 김 씨의 부인이 세상을 떠난 뒤 한동안 충격 속에서 하루하루를 보냈다.

김씨 부인이 세상을 뜨고 난 후에도 생활은 크게 달라지지 않았다. 명숙도 병원을 찾아다니는 일을 하지 않게 된 것 외에는 그냥 집안일을 하던 대로 했다. 이제 이 집안 살림은 명숙이 없이는 무엇 하나 제대로 돌아가지 못할 정도가 됐다. 김 씨도 명숙이 빈틈없고 야무지게 살림을 잘한다는 믿음을 가졌기에 점차 명숙에게 많은 것을 맡기기 시작했다. 병원 가는 일을 하지 않게 되자 명숙은 자연스럽게 가게에 머무는 시간이 늘었고, 장사도 차츰 배우게 됐다. 김 씨의 자녀인 기현, 정현, 구현과도 허물없이 지내는 사이가 됐다. 큰아들 기현은 얼마 후 고등학교를 졸업했다. 고등학생이라고는 하지만 기현은 공부에 관심이 없었고, 대학에 갈 생각도 없었다. 그저 고등학교 졸업장이나 따야겠다는 생각으로 학교에 다녔다. 어머니의 병치레로 더욱이 공부할 형편도 못됐다.

기현은 고등학교를 졸업하고 곧 아버지의 가게로 합류했다. 일찌감치 가업을 이어받을 생각을 했고, 어렵게 가게를 일군 김 씨도 아들이 가업을 잇는 일을 굳이 마다하지 않았다. 기현은 총명하고 민첩한 성격은 못됐지만 성실하고 우직했다. 2년여에 걸쳐 장사를 꽤 배워 혼자서도 가게를 운영할 수 있을 만큼이 됐다. 명숙도 집안 살림이 날로 숙련된 것은 물론이고 가게도 수시로 왔다 갔다 하며 어깨너머로 배운 장사 솜씨가 남달랐다. 김 씨는 명숙의 야무진 솜씨와 일 처리가 늘 마음에 들었다. 그래서 큰아들 기현이와 맺어주면 좋겠다는 생각을 했다. 기현도 명숙을 마다하지 않았다. 수년째같이 한 집안 살림을 해오면서 명숙이 누구보다 야무지고 솜씨 있는 여자라는 사실을 기현도 잘 알고 있었다. 두 동생 경현과 구현도 엄마를 대신해 자신들을 챙겨준 명숙에 대해 특별히 나쁜 감정이 있지는 않았다. 다만 딸 정현이는 명숙이 중학교만 졸업했다는 사실이 조금 내키지 않았다. 하지만 당사자인 기현이나 아버지 김 씨가 모두 명숙이를 마음에 들어 한다는 사실을 알고 별 거부감을 갖지 않기로 마음먹었다. 한 살 차이라서 때로는 친구처럼 지내고 때로는 심하게 부딪히며 갈등하기도 했지만 골 깊은 감정이 있는 것은 아니었다.

명숙이 들어온 지 3년이 지났고 그 뒤로 김씨 집안의 살림도 많이 불었다. 죽은 부인의 병시중으로 적지 않은 비용을 지불했음에도 불구하고 장사가 날로 번창해 가게는 점점 확장됐다. 단골도 많이 늘었고, 거래하는 식당도 많아졌다. 기현과 명숙은 달리 약속을 하고 관계를 별도로 정리하지 않았지만, 기현이 장사를 시작하고 1년 정도가 지난 후부터 자연스럽게 연인으로 발전했다. 김 씨는 기현이 군 복무를 마치고 돌아오면 서둘러 결혼을 시킬 생각이다. 제대로 알지 못하는 새 사람이 들어와 애써 일궈 놓은 집안의 안정을 무너뜨릴 수 있다는 막연한 불안감을 느끼고 있던 김 씨는 명숙을 며느리 삼으면 안정적으로 집안을 끌고 나갈 수 있다고 생각했다. 기현도 같은 생각을 했다. 명숙은 작은 몸집을 가졌지만 매사 손놀림이 야무졌고, 성격도 좋았다. 그동안 김 씨 가족과 깊은 정도 들었다. 기현이 입대를 했고, 이후 명숙은 김씨 집안의 며느리 노릇을 맡게 됐다.

명숙의 큰오빠 현수는 군 복무를 마치고 대학에 복학한 후 성실히 공부했다. 대학에 다니는 내내 도 동생과 부모가 자신을 위해 헌신했다는 사실을 잘 알고 있던 현수는 묵묵히 공부를 열심히 했고 졸업 후

중견기업에 취직했다. 명숙의 작은 오빠 현욱은 농협에서 배달직 사원으로 근무하다가 성실성을 인정받아 정규직 직원으로 채용됐다. 같은 농협에 다니던 여직원 옥란과 사귀어 결혼을 앞두고 있다. 명숙의 부모는 작은아들과 딸의 도움을 받았지만, 큰아들 대학 가르치느라 적지 않은 가산을 소진했다. 시골에서 농사지어 자식 대학 공부시키는 것이 이렇게 힘든 일인지 몰랐다. 아무튼, 두 부부는 세 자녀가 모두 성실히 살아주고 있으니 더 바랄 것이 없다는 생각을 했다. 큰아들 현수가 사법시험을 치러 법관이 돼 온 집안을 일으켜 세워주길 바랐지만, 세월이 지나면서 그게 과한 욕심이란 사실을 깨달아 갔다. 대학을 졸업하고 곧바로 취직해서 돈벌이를 시작한 것 자체가 너무도 기특하고 대견하다고 생각했다.

6

　　　　　　　　　명숙은 기현이 군 복무를 마치고 돌아온 이듬해 결혼식을 올리고 정식 며느리가 됐다. 그보다 1년 앞서 김 씨도 같은 시장 내에서 양품점을 운영하는 동갑내기 윤 씨와 살림을 합쳤다. 윤 씨는 일찍 남편과 사별한 후 10년 가까이 딸과 둘이 살았지만, 그 딸이 결혼하고 난 후 혼자 살았다. 시장 사람들은 적극적으로 둘의 사이를 연결해 급기야 살림을 합치게 됐다. 윤 씨도 성격이 좋아 명숙과 부딪힘 없이 살림을 잘 이끌어갔다. 명숙은 윤 씨에게 배울 것이 참 많다는 생각을 했다. 명숙은 서울로 올라온 뒤 그저 일이 술술 풀리고 있다는 느낌이 들었다. 어린 나이에 식모살이하러 올라왔다가 졸지에 서울 부잣집 맏며느리가 된 자신의 과거를 되돌아보니 자신도 믿어지지 않는다. 작은오빠 현욱도 농협 여직원과 결혼해 시골 마을에서 조금 떨어진 읍내에 둥지를 마련했다. 현욱의 처도 나무랄 데 없는 현모양처형이다. 부유한 집에서 자라지는 못했지만, 읍내 여상을 졸업한 후 곧바로 농협에 취직해 모두에게 성실하다는 평가를 받고 살았다.

명숙의 큰오빠 현수는 성실히 중견기업에서 직장생활을 하던 중 대학 친구의 소개로 그 친구 회사 동료인 정은을 만났다. 정은은 서울 토박이로 금은방을 하는 부모님 슬하에서 비교적 넉넉한 생활을 하며 외동딸로 자랐다. 오빠가 한 명 있었는데 고등학생 때 여름에 해수욕장에서 수영하다가 익사했다. 전문대학을 졸업한 후 무역회사에 입사해 경리와 총무업무를 맡아보고 있었다. 빼어난 미모에 언뜻 봐도 서구적 이미지가 물씬 풍겨 나왔다. 차림새도 늘 화려하고, 세련되게 하고 다녔다. 현수는 처음 만났을 때부터 정은의 마력에 빠져들었다. 만날수록 철이 없고 이기적이라는 생각을 하기도 했지만 큰 문제가 될 것이라고는 여기지 않았다. 직장생활 1년 반 만에 결혼하려니 당장 살 집이 문제였다. 사글세 자취방에서 직장생활을 하던 현수는 정은과 정은의 부모가 방 두 개 이상 있는 전세방을 구해야 한다는 주문을 하는 바람에 부모님에게 손을 벌릴 수밖에 없었다. 명숙과 현욱이 알뜰살뜰 모아둔 목돈이 현수에게 들어갈 수밖에 없는 상황이다.

지금껏 거의 일방적으로 작은아들과 딸의 돈을 큰아들에게 보냈던 부모도 목돈을 보내려니 현욱과 명숙에게 크게 미안한 마음이 든다.

"어린 것들이 지 형, 오빠라고 갖은 고생 해가매 고생고생 해서 번 돈을 군소리 않고 바쳤는디, 세상에나 또 지 오빠 방 얻어주얀다고 돈을 내놓으라고 하면 갸들이 그 말을 듣건는가? 그것들은 내 새끼 아니란 말인가 그래?

"그렇다고 자취방에서 살림하라고 할 순 없자뉴. 부모가 못나 그런 걸 어쩐대유. 그냥 눈 딱 감고 이번만 오빠 도와주라고 얘기를 합시다."

"난 못해. 임자가 혀. 난 못 헌다니께."

옥신각신 실랑이가 오갔지만 결국 현욱과 명숙이 모아둔 돈은 오빠의 결혼자금으로 흘러 들어갔다. 둘은 '그래도 우리 집안에서 처음 대학 나온 사람인데 전셋집은 마련해서 결혼해야지 않겠나.'하는 마음을 가졌다. 현수가 나중에 잘 돼서 이 집안을 일으켜 세울 것이란 막연한 기대도 했다. 모진 고생 끝에 모은 돈인데 한입에 털어 넣으려니 살이 부르르 떨렸다. 말 그대로 먹고 싶은 것도, 입고 싶은 옷도 참으면서 모은 돈이었다.

부모님과 동생들의 도움으로 현수는 가까스로 전세방을 마련해 결혼할 수 있었다. 결혼식은 아버지가 계신 시골 고향 동네에서 치르고 싶었지만, 정은의 부모가 서울에서 치르자고 거듭 요청하는 바람에 결국은 서울 대형 예식장에서 치르게 됐다. 결혼식은 누가 봐도 신부 측이 주도하는 모양새였다. 서울에서 제법 자리 잡고 사는 정은의 부모는 얼굴에 기름기가 흘렀지만, 시골에서 평생 농사를 지은 현수의 부모는 고생의 흔적이 얼굴 곳곳에 묻어있었다. 현욱도 촌에서만 오래 살아 왠지 모를 촌스러움이 몸에 배어있었다. 하지만 명숙은 달랐다. 과거 몸에 배어있던 촌티를 완전하게 벗어던져 버리고 세련미가 흘러났다. 오랜만에 만나는 시골 어른들은 명숙에게 "서울 귀부인 사모님 티가 난다."며 칭찬을 아끼지 않았다. 명숙은 왠지 까칠한 정은의 태도와 외모가 마음에 내키지는 않았지만, 부모가 아무런 말도 없으시니 더 할 말이 없었다.

#7

　　　　　　　5년이 세월이 흘렀다. 명숙의 시아버지 김 씨는 큰아들 기현과 며느리 명숙에게 사실상 그릇 가게의 운영권을 넘겨주었다. 나이가 들면서 김 씨는 그릇 가게 일이 힘에 부친다며 큰아들과 명숙에게 모든 운영권을 넘기고 자신은 윤 씨와 함께 양품점 일을 보기로 했다. 윤 씨의 양품점도 날로 매출이 늘고 고객이 늘어 번창했다. 성실한 기현과 야무진 명숙이 함께 운영해가는 그릇 가게는 점차 규모가 확대됐다. 매출이 쑥쑥 늘어 시장 내에 점포 두 곳을 사서 세를 놓았다. 이런 상태로 몇 년 만 더 번창하면 작은 빌딩이라도 한 채 살 수 있을 정도로 사업은 번창했다. 현욱도 부부가 농협에서 일하며 착실히 살림을 불려 나갔다. 부모님이 연로해지면서 날로 힘에 벅차하시니 가까이 사는 현욱이 퇴근 시간과 주말 시간을 틈틈이 이용해 농사를 지었다. 아버지는 얼마 되지는 않지만, 현욱에게 논과 밭을 물려주기로 했다. 큰아들에게는 할 만큼 했다고 부모는 생각했다.

현욱과 명숙이 기반을 닦아가며 착실히 생활했지만, 현수는 상황이 달랐다. 아내 정은과 한시도 편한 관계가 이어지지 못했다. 결혼 직후 직장생활을 접고 살림에 전념하기로 한 정은은 살림에 별다른 관심이 없었다. 남편이 가져다주는 몇 푼 안 되는 월급은 정은을 만족시키지 못했다. 정은은 자신이 즐겨 듣는 팝 음악을 듣기 위한 오디오도 필요했고, 번번이 주인집에 전화를 받으러 가는 것도 싫어 전화도 놓고 싶었다. 일주일에 한 번은 경양식집으로 외식을 하러 가는 것도 정은은 건너뛸 수 없었다. 아파트란 곳에 이사 가면 연탄불을 안 갈아도 된다는 말을 듣고 자나 깨나 아파트로 이사 가는 꿈만 꾸었다. 결혼 직후 태어난 딸에게도 부족함 없이 해주고 싶었다. 전질 도서를 비롯해 무엇이든 아끼지 않고 사주었다. 딸과 자신의 옷을 사고, 신을 사고, 모자와 액세서리를 사는 데 조금도 주저하지 않았다. 푼돈을 모아 목돈을 만드는 따위의 일은 애초부터 정은에게 관심의 대상이 아니었다.

정은은 은행에 적금을 드는 것에도 관심이 없었다. 순번을 잘 타면 계를 통해 더욱 큰돈을 굴릴 수 있다는 생각에 동네 큰손 아줌마들과 어울려 다니며 계를 물었다. 계모임을 다녀올 때마다 정은은 부잣집 아줌마들의 호화로운 생활에 대한 동경심을 키워갔다. 전세방에서 살림을 시작한 자신의 처지가 아무리 생각해도 억울했다. 곗돈을 잘 굴려 금세 큰돈을 만들 수 있다고 생각했다. 그러던 중 평소 자신을 친절하게 대해주던 우 여사로부터 연락을 받았다.

"새댁 아주 좋은 기회가 왔어. 나랑 오래전부터 어울리며 계를 물는 사람들이 몇 있는데 이번에 좋은 멤버로 스무 명 만 꾸려서 제법 큰 계 하나 만들자고 연락이 왔어. 중간 이후 순번을 타면 아마 서운치 않은 수익이 돌아올 거야."

"네, 그럼 저도 껴 주시는 건가요?"

"그럼, 내가 평소 새댁 지켜봤더니 사람이 하는 짓마다 이뻐. 매너도 좋고. 해서 내가 얘기해뒀어. 아무 걱정 말고 나만 따라오라고."

"네 아주머니, 정말 감사합니다."

정은은 이제까지 했던 계와는 차원이 다른 멤버가 모여서 큰 수익을 나눌 계를 조직했다는 말에 우 여사에게 성큼 돈을 맡겼다. 처음 몇 개월 이상 없이 곗돈은 잘 처리됐다. 하지만 중간 순번쯤 갔을 때부터 소식은 끊겼고, 우 여사를 포함해 모든 계원은 나타나지 않았다. 처음부터 계획된 사기에 단단히 말려들고 만 것이다. 결혼 후 수년간 모아두었던 돈을 송두리째 날려버린 것이다. 가뜩이나 집주인은 전세를 올려달라고 하고 있고, 진퇴양난의 위기에 몰렸다.

이것은 정은의 첫 번째 사고였다. 첫 번째 사고는 친정아버지가 도와줘 무사히 위기를 넘길 수 있었다. 그렇지만 정은은 1~2년을 주기로 돈과 연관된 굵직한 사고를 쳤다. 감당하기 어려운 대형사고여서 친정 부모도 두 손 두 발을 다 들었다. 이제는 도움을 청할 곳도 없다. 시골에 계신 현수의 부모님은 농사일을 둘째 현욱에게 모두 맡기시고 경로당에 다니신 지 오래다. 자신의 대학 공부를 위해 진학까지 포기하고 청춘을 희생한 두 동생의 처지를 너무나 잘 알고 있는 현수는 차마 동생들에게 손을 벌릴 염치가 없었다. 그렇지만 정은은 너무도 파렴치하게 현수를 몰아붙였다.

"아니 큰아들이 이렇게 위기에 처했는데 대체 당신 형제들은 뭐 하고 있는 거예요? 조카랑 오빠가 길거리에 나 앉게 생겼는데 잠자코 구경만 하고 있을 거래요? 내가 잘했다는 건 아니에요. 하지만 당장 급한 불은 꺼야지 않겠어요. 얼른 동생들한테 사정 좀 해봐요. 네?"

현수는 어이가 없었다. 저토록 뻔뻔한 여자가 세상에 어디 또 있단 말인가. 아무리 참으려 해도 솟아오르는 분노를 억제할 수가 없다. 한두 번도 아니고 이젠 부모님과 동생들 면목이 없다. 하지만 면목이 없는 것은 나중 일이고 우선 닥쳐온 위기는 풀어야 했다. 현수는 막막했다. 사방을 둘러봐도 자신을 도와줄 사람은 아무도 없다. 기대고 싶어도 기댈 곳이 없다. 머릿속에 새까만 구름이 몰려오는 느낌이다. 이 순간을 탈출하고 싶다는 생각을 하고 있지만, 도무지 출구가 보이지 않는다.

#8

"드르륵 드르륵 드르륵"

수화기에서 신호 가는 소리가 들려올 때마다 현수의 숨은 가빠졌다. 수화기를 내려놓고 싶은 충동이 밀려왔다. 명숙이 전화를 받으면 그냥 수화기를 내려놓을지도 모른다는 생각을 하고 있다.

"네 여보세요. 작동시장 만도기물입니다.

"……."

"여보세요? 여보세요? 말씀 안 하시면 끊습니다."

"명~ 명숙아!"

"응 오빠. 이 시간에 웬 일이야?"

"아니 그냥 잘 지내고 있나 해서?"

"그렇지 뭐. 같은 서울 하늘 아래 살면서 얼굴 한 번 못 보고 사네. 식구들 잘 있지?"

"그럼 잘 있고말고. 니네도 다들 별일 없지?"

"응, 근데 오빠 왜 이렇게 힘이 없어? 어디 아파?"

"아냐. 아프긴. 그냥 좀 피곤해서 그래"

"아닌데 뭔가 있는 것 같은데? 올케가 또 사고 친 거 아냐?"

"……."

"말 해봐 이번엔 또 뭐야?"

"그래 면목 없게 됐다. 정말 죽어버리고 싶구나. 내가 왜 이렇게 고통스럽게 살아야 하는지, 언제까지 이렇게 살아야 하는지 정말 이해할 수가 없구나. 부모님과 형제들 볼 면목이 없다. 너랑 현욱이는 나 때문에 청춘을 바쳤는데 말이다. 내가 너희의 그늘막이 돼주어야 하는데 오히려 늘 이렇게 짐이 되고 있으니 대체 어찌해야 한단 말이냐?"

"……."

"정말 이 지겨운 세상에서 벗어나고 싶구나. 그런데 방법이 없구나."

"힘들어도 내색하지 말고 아버지, 어머니 살아계시는 동안에는 무조건 버텨야 해. 아버지, 어머니는 오빠 잘못되는 거 보면 제대로 눈 못 감으셔. 오빠가 울 아버지, 엄마한테 어떤 자식인데, 우리한테 어떤 오빠데."

"정말 면목이 없구나. 이번엔 그냥 도와달라는 거 아니다. 빌려주면 이자는 못 주더라도 원금은 꼭 갚을 테니 염려 말고 오빠 한 번만 더 믿어주라."

결국, 이번에도 명숙이 오빠의 급한 불을 꺼주었다. 현수는 동생들에게 평생을 두고 갚아야 하는 빚을 지고 있다는 사실을 잘 알고 있다.

언제고 어떤 방식으로든 빚을 갚아야 한다고 생각하고 있는데 빚을 갚기는커녕 오히려 빚을 키워가고 있으니 마음이 여간 무거운 게 아니다. 현수는 무뚝뚝한 성격으로 상냥하게 말로 표현은 못 하는 편이지만 자신을 위한 동생들의 희생을 알지 못할 만큼 파렴치하지는 않다. 현수는 정은과 계속 함께한다면 동생들에게 진 빚을 평생 갚을 수 없다는 사실을 잘 알고 있다. 그래서 더욱 조바심이 나고 울화가 치밀어 오른다. 딸아이가 아니라면 당장 결단을 내리고 싶다는 생각도 하지만 사실은 딸보다도 시골에 계신 부모님을 실망하게 할 수 없다는 생각이 더 컸다.

정은이 상식 밖의 행동을 거듭할수록 현수와 동생들의 틈새는 자꾸 벌어져 갔다. 현욱과 명숙은 오빠가 얼마나 힘든 하루하루를 살아가고 있는지 잘 알고 있다. 하지만 정은을 생각하면 도저히 가까이하고 싶지가 않다. 더구나 집안을 이렇게 결딴 내놓고도 뻔뻔함의 극치를 보이는 정은과는 어떤 이유로도 만나고 싶지 않았다. 실제로 정은은 시골뜨기라고, 중학교밖에 못 나온 식모 출신이라고 현욱과 명숙을 대놓고 무시했다. 시골에 계신 시부모에 대해서도 마찬가지다. 아들 손자를 봐달라는 노인들의 간곡한 부탁도 정은은 면전에서 당돌하게 거부했다. 가진 것이 없어서 아이를 더 낳을 수도 없거니와 하나만 잘 키우는 것이 평소 자신의 소신이라고 거침없이 말한 것이 한두 번이 아니다. 명절 때 시골에 내려오기라도 하면 불편하다고 온갖 투정을 부리는가 하면 이튿날 날이 새기가 무섭게 서울로 돌아가겠다고 남편을 보채기 일쑤였다. 시부모도 그런 꼴을 더는 지켜보는 것이 역겹다는 듯 서둘러 올려보내기를 반복했다. 가족 중 누구 한 명도 정은을 반기지 않았다. 정은은 이런 상황을 오히려 즐겼지만, 남편인 현수와 다툴 때는 늘 "당신 가족들이 날 언제 가족으로 대해준 적 있어?"라고 적반하장을 하기가 일쑤였다.

#9

　　　　　　　　　　시골 마을에서 몇 안 되는 대학 나
온 자식이지만 현수의 꼴은 꼴이 아니었다. 현수는 가정이 붕괴한 이
후 점차 무기력한 모습으로 변해갔다. 회사에서도 승진이 밀려 과장에
서 머물러 더는 올라가지 못하고 있었다. 그에게 주어지는 보직도 늘
한직이었다. 신혼 초 방 둘인 2층 독채 전세를 얻어 출발했지만, 지금
은 방 하나 부엌 하나의 달동네 사글세 단칸방이다. 살림은 점차 움츠
러들 뿐 나아질 기미가 보이지 않는다. 정은은 살림이 궁핍해질수록
자신의 잘못을 반성하기는커녕 현수를 무능력하다고 탓한다. 이런 시
간이 길어지면서 둘은 더 점차 부부의 생활을 잃어갔다. 마주 앉아 밥
을 먹는 일도 없어졌고, 대화하는 일도 거의 없어졌다. 달리 방법이 없
어 돌파구를 찾지 못하고 있을 뿐 아무런 정도 없이 그저 살아가고 있
었다. 현수의 장인과 장모는 자신들의 딸 정은이 사고뭉치라는 사실은
잘 알지만 그래도 번번이 일이 생길 때마다 사위인 현수를 탓했다.

　현수는 좀처럼 입에 대지 않던 술을 마시기 시작했다. 술을 마시는
횟수가 늘고 조금씩 마시는 양이 늘어나더니 이제는 술을 마시지 않고
는 잠을 청할 수 없는 지경에 이르렀다. 정은은 이런 현수의 모습에 더
욱 짜증이 깊어갔다. 정은은 무능력한 촌뜨기와 결혼해 자신의 인생이
꼬였다고 생각하고 있다. 현수와의 관계를 속히 정리하고 홀가분한 신
분이 돼 능력 있는 남자를 다시 만나야 한다는 생각을 버리지 않고 있
다. 현수는 물론 현욱과 명숙도 정은의 이런 생각을 평소 잘 알고 있
다. 현수가 한없이 불쌍한 신세라는 사실을 잘 알고 있다. 자신들이 오
빠의 이런 모습을 보려고 진학도 포기한 채 어려서 직업전선에 뛰어들
어 그토록 모진 고생을 했는지 생각하면 억울함을 가눌 수가 없다. 큰
아들을 위해 평생 희생만 일삼아 오신 부모님을 생각하면 억장이 무너
진다. 현수의 부모는 현수의 사는 모습을 짐작은 하고 있지만, 세세히

알지는 못하고 있다. 시골에 내려오면 늘 아들 얼굴에 수심이 가득한 사실만으로도 대충은 상황을 짐작하고 있었다. 그러나 부모는 이제 아들을 위해 아무것도 해줄 여력이 없는 무력한 존재가 돼 버렸다.

삼 남매를 세상에 남겨두고 아버지와 어머니는 불과 한 달 간격으로 세상과 이별을 했다. 어머니가 먼저 새벽에 돌연사한 뒤 꼭 한 달 만에 아버지도 뒤를 따라 그곳으로 갔다. 어머니는 돌연사하는 바람에 자식 중 누구도 임종을 못 했다. 아버지의 임종은 작은아들 현욱만 지켜봤다. 아버지는 숨을 거두는 그 순간까지도 큰아들 현수의 이름을 부르다 가셨다. 그러나 정작 현수는 아버지 가시는 길을 배웅하지 못했다. 아버지와 어머니는 물론 온 집안의 기대를 한 몸에 받고 자란 현수는 아버지의 떠나시는 모습조차 배웅해드리지 못한 자신이 너무도 원망스러웠다. 아버지 앞에 한없이 작은 자신의 모습을 보고 현수는 서러움이 북받쳐 올라왔다. 평생 아버지 앞에 당당한 모습 한 번 보여드리지 못한 자신이 너무도 원망스러웠다. 자신에게 아무것도 받지 못하고 모든 것을 주고만 가신 아버지를 생각하니 쉴 새 없이 눈물이 쏟아져 흘렀다.

#10

　　　　　　　　부모님을 떠나보내고 현수는 한결 대담해지고 당당해졌다. 정은과의 관계를 정리했고, 회사에도 사직서를 제출했다. 모든 것을 재출발하고 싶었다. 딸은 정은에게 맡기면 안 될 것 같다는 생각에 자신이 맡기로 했다. 모든 것을 원점에서 다시 시작하고자 마음먹었다. 평생 짊어지고자 했던 큰아들의 굴레, 대졸자의 굴레도 모두 벗어던지기로 했다. 다만 동생들에 대한 빚을 갚아야 한다는 사실은 잊지 않기로 했다. 부모님에 대한 빚은 이제 갚을 길이 없어졌다. 당당하게 현 상황을 정리하고 일어서 재기하는 것이 부모님에 대한 도리라고 생각했다. 현수는 그동안 자신을 억눌렀던 모든 굴레에서 탈출하기로 했다. 자신이 집안의 장남이고 대학을 졸업한 엘리트라는 사실을 모두 내려놓기로 했다. 원점에서 시작해 반드시 새 인생을 보란 듯이 열어젖힐 것이라고 거듭 다짐했다. 이젠 체면 따위는 개나먹게 개밥그릇에 처박겠다고 수백 번도 넘게 마음을 고쳐먹었다.

현욱은 딸 둘과 아들 하나를 낳고 읍내에 상가가 달린 2층짜리 집을 사서 살고 있다. 내외가 함께 농협에 근무하면서 농사일을 병행하고 있어 금세 재물을 늘려갔다. 시골에서 살지만 남부러울 게 없다. 야산을 사서 사과나무와 복숭아나무를 심어 곧 수확이 시작된다. 새 농민 후계자로 선정돼 정부의 저금리 지원금을 받아 과수원 규모를 늘릴 기회를 얻게 됐다. 딸 둘과 아들은 건강하게 잘 자라고 있다. 성실한 농협 직원으로, 모든 지역주민에게 인정받고 있어 누굴 만나든 쏟아지는 칭찬 세례를 받고 있다. 직장생활하면서 농사일까지 맡는 고된 생활을 하고 있지만, 현욱은 하루하루가 보람되고 즐겁다. 돌아가신 아버지와 어머니의 제사를 모시는 일도 현욱이 맡기로 했다. 지역민들은 현욱을 향해 "돌아가신 아버지 성품을 본받아 부지런하고 성실한 데다 대인관계까지 좋아 나무랄 데가 없는 사람"이라고 칭찬을 퍼붓고 있다.

명숙이 그릇 가게를 꿰찬 이후 사업은 더욱 번창했다. 국민소득이 올라가면서 양은 위주의 그릇이 스테인리스와 사기 위주로 바뀌는 시점을 맞아 매출이 하루가 다르게 늘어갔다. 시장 내에 점포 두 곳을 매입한 데 이어 버스가 다니는 대로변 시장 입구에 5층짜리 빌딩도 장만했다. 별다른 우환만 생겨나지 않는다면 평생 임대료만 받고도 걱정 없이 살 수 있는 조건이 됐다. 시장 내에서 가장 성공한 집을 꼽으라면 상인들 누구라도 명숙의 그릇 가게를 지목하는데 주저함이 없다. 실제 많은 돈을 벌었고, 투자한 부동산 가격이 크게 올라 재물로만은 누구도 부럽지 않은 처지가 됐다. 아들 둘 딸 하나인 아이들도 모두 건강하게 잘 자라주고 있다. 남편 기현의 동생 정현과 구현도 대학 졸업 후 취업을 잘해 누구에게도 꿀리지 않게 잘살고 있다. 기현, 정현, 구현의 삼남매는 우애도 깊어 큰아들 기현을 중심으로 화목하게 지내고 있다. 물론 명숙의 역할도 컸다.

현수, 현욱, 명숙 삼남매의 아버지와 어머니가 돌아가신 지 1년이 지난 7월의 무더위 날. 명숙의 가게가 유난히 부산스럽다.

"오빠! 용달차 10분 있다가 도착하기로 했으니까 저기 상자 포장해 둔 그릇 전부 싣고 홍성산업 구내식당 다녀오시면 돼요. 영수증 꼭 챙겨 가시고요. 지난번처럼 영수증 안 가져가서 가지러 또 오시지 말고 잘 챙겨가요."

"그래 알았다. 염려 마라. 내가 일 시작한 지 벌써 10개월째인데 그런 실수를 또 하겠냐?"

"그래도 잘 챙겨서 가세요. 다음 배달은 애들 아빠한테 다녀오라고 할 테니까 그쪽 일 천천히 보고 오시면 돼요."

"그래 알았다."

현수가 동생 명숙의 그릇 가게에 와서 배달 일을 주로 하는 점원 생활을 시작한 지 10개월이 지났다. 처음에 현수가 명숙에게 그릇배달 일을 시작해보고 싶다고 했을 때 명숙은 펄쩍 뛰었다. 절대 안 된다고 사양했다. 하지만 현수의 의지가 워낙 확고했다. 껍데기를 벗고 새 출발을 하겠다는 오빠의 의지를 도저히 꺾을 수가 없었다. 돌아가신 부모님 앞에 큰 죄를 짓는 것 같아 명숙은 마음이 몹시 불편했다. 하지만 한 달 두 달 시간이 지나면서 오빠 현수의 표정이 밝아지고 몸에 적당히 살이 붙으며 건강해지는 모습을 지켜보며 마음이 한결 놓였다. 잃어버린 웃음을 찾아가는 모습을 보고 있자니 명숙의 마음도 가벼워진다. 대졸 출신의 현수는 아주 빠르게 배달 일을 배워가고 있다.

열일곱 꽃 같은 나이에 식모 생활을 시작해 모은 월급을 고향 집에
보내 대학생 오빠의 학비를 마련했던 명숙. 그 명숙은 지금 서울 시내
에서 손꼽히는 그릇 도매상의 주인이 됐고 큰돈을 벌었다. 명숙의 도
움으로 대학을 다닌 큰오빠 현수는 지금 자신을 가르친 동생 명숙의
가게에서 배달원이 돼 새로운 인생을 헤쳐가고 있다. 현수는 굴레를
벗어던지고 살아가는 지금이 몹시 행복하다. 배달을 나서며 현수는 혼
자 말한다. "대학? 난 대학을 헛다녔어. 지금 다니는 인생 대학이 진짜
대학이란 사실을 조금만 일찍 알았더라면 고통 없이 더 행복하게 살았
을 것을⋯."

동아마을

‖ 작가 노트 ‖

한·중·일의 역사는 서로 분리해 생각할 수 없다. 물고 물리며 살아온 세월이 반만
년이다. 때로는 더없이 친한 관계를 유지하다가 때로는 숙적이 돼 괴롭혔다. 그냥
괴롭히는 정도가 아니라 무자비한 학살을 자행하기도 하고 수십 년의 침략으로 고
통을 인기기도 했다. 그러나 그런 와중에도 한·중·일은 지속적인 관계를 유지하
며 서로 발전해 오늘에 이르렀다. 근대 이후 한·중·일의 역사에 가장 큰 변수로
작용하는 대상 중 하나가 북한이다. 북한은 한국에게만 골칫거리가 아니다. 동아시
아 전체의 골칫거리이다. 하지만 우리는 북한을 안고 가야 한다. 우리가 아니면 누
가 북한을 보듬고 가겠는가. 우리가 손을 내밀지 않으면 그들은 미아가 된다. 그럴
수록 그들은 더욱 돌출하는 행동으로 동아시아 지역을 향해 막가는 행동을 일삼을
것이다. 이러한 동아시아의 국세관계를 한 마을에 대입해 풀어보았다. 동아시이는
우리가 슬기롭게 문제를 풀어가며 지켜내야 할 우리의 터전이다.

#1

　　　　　　　　　　동아마을은 인근에서 가장 큰 마을
이다. 30여 가구가 옹기종기 모여 사는 이 마을은 인물도 많이 배출했
고, 이 마을 출신으로 타지에 나가 큰 부자가 됐거나 관료로 높은 지위
까지 올라간 사람들도 많아 주민들이 갖는 자부심이 대단하다. 마을
가운데도 김헌국, 오종국, 조익본 이들 세 명은 이 마을에서 존재감이
각별한 사람이다. 세 집안이 무얼 해도 이 마을의 중심축 역할을 했다.
이들 세 집안은 마을 내부에서 경쟁적이면서 때로는 심각한 갈등을 연

출하기도 한다. 그래서 이들 세 집이 조용하면 마을이 조용하다. 하지만 마을 전체 주민들은 그래도 이들 세 집을 부러워한다. 마을 최초로 기술을 익혀 농기계 수리점과 전파상을 차린 것도 이들이고, 비닐하우스와 특용작물을 마을에 처음 들여온 것도 이들이다.

세 집 가운데 그래도 가장 심성이 곱고, 유순한 사람이 김헌국이다. 김헌국은 부지런하기가 따를 사람이 없다. 부모에게 물려받은 재산이 없어 몸서리치게 가난한 시절을 보냈지만, 특유의 성실함으로 조금씩 땅을 넓혀가 이제는 누구도 부러워할 만한 집안으로 성장했다. 다만 복헌이라는 동생이 정신 못 차리고 동네서 사고뭉치라서 늘 걱정이다. 착한 헌국은 복헌이 위기에 처할 때마다 도와주지만 복헌은 형의 마음을 헤아리지 못하고 매번 사고를 친다. 동네서도 상대할 수 없는 불한당이라고 낙인을 찍었지만, 형 헌국이 워낙 마을에서 신뢰가 커 형 체면을 봐서 이해하고 만다. 복헌만 정신을 차려준다면 헌국도 더 바랄게 없을 것 같다. 복헌은 술 한 잔만 마시면 동네에서 말릴 사람도 없게끔 사고를 친다.

오종국 집안은 한때 이 마을에서 가장 큰 부자였다. 마을 사람 중 종국의 땅에 소작을 짓지 않은 집이 없었다. 종국의 할아버지가 마을 훈장이어서 웬만한 마을 사람들은 어려서 종국의 할아버지에게 천자문과 사자소학 정도를 배웠다. 농사짓는 기술이 있는 데다 워낙 땅이 넓다 보니 먹고 사는 데는 지장이 없다. 한때 새로운 작물 재배를 시작했다가 고난의 시기를 겪기도 했지만, 이제는 다시 자리를 잡았다. 헌국과 복헌 두 형제가 분쟁이 생기면 종국은 복헌의 편을 들어주었고 그로 인해 개차반이라고 소문이 난 복헌도 종국 앞에서는 고분고분해진다. 복헌을 제압할 수 있는 사람은 마을에서 종국이 유일하다. 마을 사람들 눈에 종국은 복헌에게 친형 이상 가는 존재로 비친다. 종국은 자신이 아니면 복헌이 언제 또 동네 사람들에게 해를 가할지 모른다는 사실을 잘 알고 있다.

조익본은 조상 대대로 가난하게 살았지만 그의 아버지가 농기계센터를 운영하기 시작한 이후 삽시간에 동네서 가장 부유한 집안이 되었다. 마을에서 가장 못 배우고 가난해 늘 도움만 받고 살던 처지였는데, 익본이 고교를 졸업한 이후부터는 하는 일마다 잘 풀려 가장 주목받는 집안이 되었다. 어느덧 동네서 가장 부자가 되었지만, 근본이 없는 집안이라 해서 동네 사람들은 그가 부자는 됐지만, 덕이 부족하다고 생각해 제대로 인정하지 않는다. 실제로 익본은 겸손하지도 않고 시기심과 질투심이 많은 인물이다. 모험을 즐기고 허영심도 많다. 언제나 헌국과 종국을 경쟁자로 여겨 늘 그들을 앞지르고자 하는 욕망에 들끓는다.

#2

이들 세 사람의 할아버지대로 거슬러 올라가면 종국의 집이 마을에서 가장 큰 영향력을 발휘하고 살았다. 마을에서 가장 먼저 집안에 우물을 만들어 사용한 집이 종국의 집안이다. 헌국의 아버지와 익본의 아버지도 종국의 할아버지에게 천자문과 사자소학을 배웠다. 그래서 종국의 집안사람들은 여전히 자존심이 강하고 자신들이 이 마을에서 가장 영향력 있는 집안이라고 생각하고 있다. 위기도 있었다. 종국의 아버지 대에 이 집안은 큰 위기를 맞았다. 종국의 아버지가 마약에 빠져들며 하루가 다르게 가세가 기울었다. 이 무렵 익본의 아버지가 서울에 올라가 2년 가까운 세월에 걸쳐 농기계 수리기술을 배웠다. 익본의 아버지는 집안 농토의 절반을 팔아 기술을 배웠고, 그 기술로 수년 후 고향 면 소재지가 있는 동네에 농기계 수리점을 차렸다.

마을 사람들은 익본의 아버지가 괜한 짓을 하고 있다고 수군거렸다.

"저 사람 저러다 그나마 가진 재산 다 털어먹기에 십상이지. 집집마다 논이 얼마나 되고 밭이 얼마나 된다고 기계는 무신 기계여. 그냥 소 한 마리면 되지. 소야 가지고 있으면 살도 찌고, 재산이 되지만 기계는 기름을 잡아먹으니께 오히려 돈만 잡아먹는 겨. 그러니 누가 기계를 사겠나. 그게 오죽 비싼가. 안 그려?"

"그려 내가 봐도 익본이 아부지, 저 사람 무리하는 거 같어. 송충이가 솔잎이나 잘 갉아먹으며 살면 되는 거지. 어짠 기술이랴 그래."

익본의 아버지도 그 말을 못 들은 게 아니다. 동네 사람들이 무슨 말을 하든 이미 마음을 잡은 그에게는 들리지 않았다. 그는 동네 사람들이 자신에 대해 수군거리는 말을 들을 때마다 속으로 '어디 두고 보라지. 누구 생각이 옳은지. 조상 대대로 땅 파먹으며 살아봤지만 먹고는 살았는지 몰라도 아무것도 나아지는 게 없어. 날 보고 비웃고 쑥덕거리던 놈들, 모두 후회하게 만들어주마'라고 혼잣말을 하며 마음을 다독였다. 익본 아버지의 생각은 옳았다. 우경 시대가 종말을 고하고 본격적인 기계농 시대가 열리게 된 것이다. 한집 한집 경운기를 사기 시작했고, 이앙기와 콤바인도 보급되기 시작했다.

면 내에 첫 농기계 수리점을 연 덕에 익본 아버지는 불과 수년 안에 큰 부자가 되었다. 몰려드는 농기계에 언제나 일손이 부족했고 기계 다루는 솜씨가 좋다고 소문이 났다. 그래서 익본은 비교적 부유한 생활을 할 수 있었고, 이후 아무런 갈등 없이 공업계 고등학교로 진학해 농기계를 전공할 수 있었다. 익본은 한발 앞선 판단을 한 아버지 덕에 윤택한 생활을 할 수 있던 것은 물론이고 고민 없이 자신의 진로를 결정할 수 있었다. 익본의 할아버지가 살림하던 시절만 해도 세 집을 비교할 때 조 씨네 집이 가장 뒤쳐졌다. 하지만 익본의 아버지 세대에 이르러 조 씨네 집안은 오 씨네 집안과 김씨네 집안이 따라갈 수 없을 정도로 격차가 벌어졌다. 한 번 벌어진 격차를 좁히기는 쉽지 않았다.

조 씨네 집안이 한창 번성하는 것을 지켜보면서도 오 씨네와 김 씨네는 크게 긴장하지 않았다. 그들은 여전히 농사가 살아가는 유일한 직업이라고 생각했고, 농사를 떨치고 새로운 기술을 배울 용기도 없었다. 처음에는 '그깟 경운기가 몇 대나 된다고 그걸 고쳐주는 돈으로 밥을 먹고 살겠냐'고 생각했다. 그런데 지켜보니 경운기 수는 하루가 다르게 늘어났고, 불과 수년 만에 제법 큰 농사를 짓는다는 집이 거의 다 경운기를 구입하는 지경에 이르렀다. 수년이 지나 농기계 수리점이 급성장하는 것을 지켜보고 후회는 했지만 이미 때는 늦었다. 하지만 종국의 아버지나 헌국의 아버지 모두 겉으로는 태연하기만 했다. 바로 옆집 이웃이 불과 수년 사이에 큰 부자가 되는 광경을 목격하고도 늘 태연한 표정을 지어 보였다. 속으론 배가 뒤틀리는 심사였으면서도 말이다.

#3

　　　　　　　　　　농기계 수리점을 운영하며 큰돈을 벌게 된 일본 집안은 서서히 교만해지기 시작했다. 일본의 할아버지 때로 거슬러 올라가면 늘 종국과 헌국 집안에 신세를 지고 살았지만, 가세가 역전되자 언제 그렇게 신세를 졌냐는 듯 뻔뻔해지기 시작했다. 일본의 아버지가 교만해지는 모습을 보며 일본도 덩달아 교만한 마음이 생기기 시작했다. 동네 사람들은 모여 앉으면 일본 집안이 돈맛을 보더니 변했다고, 마을 사람들을 무시하기 시작했다고 입을 모았지만 정작 일본의 아버지나 일본은 그런 사실을 깨닫지 못했다. 오히려 조 씨 집안이 일어서기 시작하니까 시샘을 하는 것이라고 치부했다. 이제 동아마을의 중심축은 누가 뭐래도 조 씨네 집으로 기울었다. 한 세대

만에 양지가 음지 되고, 음지가 양지 된 꼴이다. 조상 대대로 기죽어 지내다가 처음으로 어깨를 펴기 시작한 조 씨네 집안은 무서울 것이 없었다. 수년 안에 동아마을 전체의 땅이며 집이며 다 사들일 수 있을 것 같은 자신감이 생겼다. 구미마을을 비롯해 면내 몇몇 이웃 마을의 큰 부자들과 비교해도 전혀 꿀릴 게 없는 처지라고 생각했다.

종국의 할아버지는 어쩌다 아편에 손을 대기 시작해 불과 몇 년 만에 집안을 풍비박산 나게 했다. 마약을 대준 서울 장사꾼들이 몰려와 집문서며 전답 문서를 쓸어갔다. 마을에서 제일 잘 나가던 집안이 하루아침에 쪽박 신세가 된 것이다. 종국의 할머니가 돌아가시고 할아버지가 환갑 무렵 뒤늦게 얻은 후처 서 씨는 사치가 몸에 밴 몹쓸 여자였다. 집안이 기우는 것은 아랑곳하지 않고 늘그막 나이에도 자신의 몸을 꾸미는 데만 열중하며 온갖 사치를 부렸다. 성질도 포악해 누군가 자신에게 싫은 소리를 하면 싸움닭처럼 대들었다. 어찌나 집요하고 포악한지 한 번 시비가 붙었던 사람은 다시 상대하지 않았다. 마을 사람들은 모여 앉으면 "오 씨 집안이 저렇게 망해가는구나"라며 혀를 찼다. 종국의 아버지도 아편에 손을 댔다는 소문까지 번졌다.

가세가 급격히 기울기 시작한 것은 헌국의 김씨 집안도 마찬가지였다. 헌국의 할아버지와 할머니가 나란히 긴 병치레를 했고 성실하기만 했던 헌국의 아버지는 말년에 노름꾼들의 꼬임에 넘어가 마작판에 뛰어들고 말았다. 그나마 몇 마지기 있던 전답을 날리는 데는 그리 오랜 시간이 소요되지 않았다. 매년 가을 추수 때면 면사무소가 있는 동네 허름한 대폿집에 방을 하나 얻어놓고 노름판을 벌이는 서울 노름꾼들에게 제대로 걸려든 것이다. 워낙 성실했던 헌국의 아버지는 노름방 옆에도 가지 않는 사람이었지만 노름꾼들은 서울에서 교태가 넘치는 50대 과부 한 명을 데리고 내려와 시골 마을 사람들 여럿을 노름판으로 끌어들였다. 딱 한 번만 가본다고 발을 디뎠다가 그들의 꼬임에 넘어가 발을 깊이 담갔다.

　오 씨네 집안 재산은 서울 마약 꾼들의 손에 넘어갔다. 미처 손을 쓸 겨를도 주지 않고 마약 꾼들은 종국 집안의 재산을 싹쓸이해갔다. 할아버지는 자신이 저지른 일을 감당 못 해 이듬해 화병으로 세상을 떴다. 할아버지가 세상을 뜨기 전 병석에 눕고 재산을 탕진해 더는 사치를 할 수 없게 되지 서 씨는 기다렸다는 듯이 할아버지를 등지고 떠났다. 눈엣가시였던 서 씨가 떠난 것은 반가웠지만 이미 집안은 망가질 대로 망가진 상태였다. 종국의 아버지도 아편에 손을 댔다는 소문이 돌았지만, 확인된 바는 없었다. 김헌국의 집안도 단 몇 년 만에 다시 일어설 수 없을 지경까지 주저앉았다. 그 탓에 헌국은 고등학교도 제대로 진학할 수 없었다. 진학은 고사하고 기본 생계를 걱정해야 할 처지가 됐다. 노름으로 가산을 탕진한 헌국의 아버지는 반 실성한 사람처럼 먼 산을 보며 혼자 우는 날이 많아졌다. 삶에 의욕을 잃어, 날로 느는 것은 술이었다. 제 정신으로 살아갈 수 없으니 매일 닥치는 대로 술을 마셨다. 그러더니 몇 년 안에 금세 술 중독자가 됐다.

　집안 기둥인 아버지가 무너지자 헌국은 앞이 깜깜했다. 그런데 아버지보다 더 심각한 골칫거리가 생겼으니 그것이 동생 복헌이었다. 사춘기 무렵 아버지의 몰락을 지켜본 복헌은 사정없이 무너졌다. 중학생이던 복헌은 학교도 가고 싶은 날만 갔고, 가서도 친구든 선배나 후배든 누굴 붙들고라도 싸움질을 했다. 또래 몇 명과 몰려다니며 싸움질을 하고 남의 물건에 손을 대기 시작하는데 감당이 안 됐다. 하루가 멀다고 복헌에게 매를 맞은 아이들의 부모가 김씨네 집으로 쫓아왔다. 며칠 이러다 말겠지 했지만 복헌의 상태는 점점 심해졌다. 어찌나 난폭하고 상스럽게 행동하는지 동네 어른들도 복헌이를 만나면 슬금슬금 피했다. 괜히 시비라도 붙으면 망신당할 수 있다고 생각한 것이다.

　헌국만 죽을 맛이다. 아버지는 가사를 탕진한 후 술독에 빠져 허송

세월을 보내고 있고, 동생 복헌은 싸움질만 하고 다닌다. 아니 일방적으로 사람을 패고 다녀 치료비 물어내라고 찾아오는 사람이 한두 명이 아니다. 삶에 의욕을 잃은 헌국의 아버지는 따지러 오는 사람들에게 제대로 대꾸도 하지 않는다. 찾아오는 사람들을 일일이 상대해야 하는 것도 헌국의 몫이었다.

"너 어쩌자고 이러냐? 지금 집안 꼴이 어떻게 돌아가는지 아는 놈이 이러고 다닌단 말이냐? 대체 언제까지 이러고 다닐 거야 임마."

"상관 마. 어차피 이 집안은 끝났어. 어떤 희망도 없어. 고등학교도 못 갈 거 나도 알아. 농사지을 땅도 없는 거 알아. 어쩌라고? 씨발 내 맘대로 살 테니까 내버려 둬."

"뭐? 너 지금 형한테 씨발이라고 했냐? 이 새끼가 정말 보자보자 하니까 망나니 새끼가 다 됐고만."

"아 씨발 집 나가면 될 거 아냐. 왜들 지랄이야."

어려서 그토록 잘 따르던 동생 복헌이는 무섭게 변해있었다. 헌국이 감당할 수 없는 지경이 됐다. 아무리 철이 없어도 그렇지. 집안이 이 지경이 났는데 동생 놈이 보탬이 되기는커녕 설상가상 사고를 치고 다니니 헌국은 하늘이 무너져 내리는 것 같았다.

\#4

　　　　　　　　이렇게 소소한 다툼이 몇 번 있다가 결국 형제가 크게 한번 붙었다. 복헌이 잔소리를 한다며 낫을 들고 형 헌국을 죽이겠다고 무섭게 덤벼들었다. 밥 먹고 하는 일이 싸움질밖에 없는 복헌은 거칠 것이 없었다. 헌국도 참을 만큼 참았으나 복헌의 행패가 날로 심해지자 더는 참을 수가 없었다. 이대로 참다가는 화병이 나서 어떻게 될지 모른다고 생각했다.

"그래 너 덤벼봐라. 철없이 까불고 다니는 거 불쌍하다고 이해해줬더니 갈수록 개차반이구나. 이 싸가지 없는 새끼. 너 어디 죽어 봐라."

평소 순하기로 동네에 소문이 파다한 헌국도 악에 받쳤는지 도저히 참을 수 없다는 듯 동생 복헌에게 달려들었다. 그렇지만 복헌은 오히려 더 큰소리를 지르며 형인 헌국에게 덤벼들었다. 헌국의 아버지는 술을 마시려고 장터에 나갔고, 어머니는 품삯 받고 동네 우 씨네 밭일을 나갔다. 집안에는 두 형제만 있었다. 복헌이가 낫을 들고 덤벼드는 바람에 헌국도 맨손으로 막아낼 수는 없었다. 순간 눈에 들어온 것이 부엌문 옆에 세워둔 빨래방망이였다. 복헌의 마구잡이 공격에 헌국은 빨래방망이를 들고 막아냈다. 어려서는 한주먹 거리도 안 되던 복헌이 이제는 형 헌국을 몰아세울 정도로 덩치도 커졌고, 힘도 세졌다. 더욱이 복헌은 집안 식구 누구에게도 없는 포악성을 갖고 있었다.

형제의 난투극은 점입가경이었다. 물불 가리지 않고 무섭게 덤벼드는 복헌에게 형 헌국은 속수무책이었다. 더구나 복헌은 낫을 들었다. 제대로 막아내지 못하면 큰 화를 입을 지경이다. 헌국도 이성을 잃을 만큼 화가 났지만 그래도 어떻게 해서든 낫으로 하는 공격은 막아내야 한다는 생각을 했다. 복헌은 세 살이나 많은 형에게 온갖 욕을 퍼부으며 맹렬히 덤벼들었다. 헌국은 극한의 상황에서도 형제간의 싸움을 누구라도 볼까 봐 무서웠다. 형제간에 낫을 들고 방망이를 들고 싸우는 모습이 얼마나 한심해 보일까를 생각하니 남의 눈이 무서웠다. 복헌은 그런 생각도 하지 않는지 사납게 형에게 달라붙었다. 헌국은 방망이로 복헌의 공격을 막아내며 그가 손에 쥐고 있는 낫을 빼앗으려 했다. 그러다가 아차 하는 찰나에 낫의 칼날 끄트머리가 왼쪽 팔뚝으로 치고 들어왔다. 선홍색 붉은 피가 펑펑 솟구쳐 올라왔다. 헌국은 오른손으로 상처 부위를 움켜쥐었지만 흐르는 피를 막아내기에는 역부족이었다.

형의 팔뚝에서 피가 펑펑 쏟아지는 모습을 지켜보며 그제야 복헌도 조금은 정신을 차리는 듯했다. 하지만 복헌은 식식거리기만 할 뿐 형에게 다가가거나 조치를 하려 들지 않았다. 때마침 리어카를 끌고 동네를 지나던 고물장수 양 씨가 그 광경을 목격했다. 양 씨는 싸리문을 박차고 들어와 빨랫줄에 걸려 있는 저고리 하나를 걷어 내리더니 이로 천을 물고 찢었다. 찌직~ 소리를 내며 천이 길게 찢어지자 양 씨는 잽싸게 천으로 헌국의 팔뚝을 싸맸다. 상처 부위에 천을 대자마자 천은 붉은 천으로 염색됐다. 헌국이 양 씨의 도움을 받아 응급처치하는 것을 지켜보고 복혼은 낫을 마당에 집어 던지더니 씩씩거리며 집 밖으로 나갔다. 양 씨가 때마침 집 앞을 지났기에 망정이지 말리는 사람이 없었으면 큰 싸움으로 번질 상황이었다.

이날 이후 며칠간 복헌은 집에 들어오지 않았다. 학교에도 나타나지 않았다. 사방을 수소문 해봐도 도무지 행방을 찾을 길이 묘연했다. 몇 날이 지난 뒤에 소식을 들으니 이 마을 저 마을 옮겨 다니며 주먹 꽤 쓰고 다니는 무리와 어울려 다닌다는 이야기가 들여왔다. 헌국의 아버지는 형제간에 칼부림하고 싸웠다는 것이, 도저히 믿어지지 않았다. 그러면서 그 모든 상황이 자신에게서 비롯됐다고 생각했다. 그러니 더욱 억장이 무너졌다. 병원은 고사하고 변변한 약 한 번 안 쓰고 큰 상처를 이겨내려니 여간 고통스럽지 않았지만, 마음이 깊은 헌국은 부모 앞에서 아픈 내색을 제대로 하지 않았다. 한여름이 지나 가을바람이 한창일 때라 상처가 덧나지 않고 나아감을 다행으로 생각했다.

며칠이 더 지나 종국이 헌국의 집에 찾아왔다. 종국은 헌국과 어려서부터 같이 자란 사이지만 두 살이 많은 선배였다. 그래도 친구처럼 편하게 말을 트고 지내는 사이였다.

"니네 집이나 우리 집이나 이게 무슨 꼴이라냐? 집안이 망하는 건 삽시간이구나 싶다. 상처는 어쩌? 괜찮은 거냐?"

"잉. 관찮여. 참을 만 혀. 아픈 것도 아픈 거지만 동네 챙피해서 죽겄네. 그놈의 새끼 들어오기만 해봐라."

"그놈인들 속이 속 이겄냐? 하필 한창 철없이 까불고 다닐 나이에 집안에 그런 일을 당했으니 꼬라지 부리는 거지 뭐."

"그놈이라도 정신을 차려줘야 집안 꼴이 이 지경은 벗어날 것인디."

"나 어제 복헌이 만났다."

"어디서?"

"어제 저녁나절 찾아 왔드라. 그놈이 이상하게 어려서부터 나를 잘 따랐잖냐. 집 나가서 돌아 댕기니 꼬라지가 말이 아니더라. 밥 먹이고 어제 내 방에서 재웠다. 집에는 안 들어가겠다고 하더라. 그러면서 수련마을 우리 당숙네 집으로 머슴살이 보내 달라고 하더라. 우리 당숙네가 큰 농사짓는 걸 그놈도 전부터 잘 알고 있었거든. 가서 사고 안 치고 잘 있을 테니 자기 좀 그 집에 보내 달라고 하더라. 어쩌냐?"

"⋯⋯."

"솔직히 니네 지금 그놈 가르칠 형편 못 되잖냐? 학교 보낸다고 공부할 놈도 아니고."

"그래도 아직 나이 열여섯에 머슴살이 하러 가는 건 좀 그렇잖어? 너무 불쌍한 거지. 한참 까불고 다닐 나인디."

"사정대로 가야지."

"일단 아부지께 말씀은 드려보고."

"당분간 내가 데리고 있을 테니께 염려 말고 아부지랑 상의해서 내게 연락 주라."

종국이 다녀간 이후 헌국네 가족들은 그나마 안심을 할 수 있었다. 제 발로 동네로 들어와서 집으로는 못 들어오고 고작 간다는 게 종국의 집이었다. 헌국이 종국을 만나 나눈 이야기를 전해 들은 헌국의 아버지는 아무 말도 하지 않았다. 헌국의 어머니도 다른 말을 하지 않았다. 자신들의 입으로 어린 자식을 머슴살이 보내라고 차마 말을 하지 못하는 것일 뿐 사실상 절반의 승낙을 한 것이다. 헌국의 아버지는 헌국의 말을 듣고 말없이 벽을 보고 누워 곰방대에 담뱃불을 붙였다. 헌국은 부모가 승낙한 것으로 보고 이튿날 종국에게 이 같은 사실을 전했다.

그리고 이틀이 지난날 복헌이 집에 나타났다. 복헌은 헌국에게 상처가 아물었느냐고 한 마디 묻지도 않고 방에 들어가 옷가지를 챙겨 보따리에 챙겼다. 헌국이 이것저것 묻는 말을 했어도 복헌은 아무런 대꾸도 하지 않았다. 그러더니 옷가지를 챙긴 보따리를 들고 나서 부모에게 인사를 하는 둥 마는 둥 하고는 집을 나서려고 한다.

"야 이놈아. 아비가 아무리 못났어도 이렇게 훌쩍 떠나버리면 어쩐다는 것이어서?"

아버지가 흐느끼듯 이야기했다.

"아시잔유. 수런마을 오 씨네로 머슴 살러 가유. 우리는 이제 바늘 하나 꽂은 땅도 없는디 집에서 뭐 한 데유? 집에 놔두면 내가 싸움질밖에 더 해유? 그러니 아무 말 마슈. 아직 어리고 젊은데 내 몸둥이 하나 책임 못 지겄슈? 날랑 걱정 말고 잘 덜 계셔유."

툴툴거리며 몇 마디 지껄이더니 복헌은 바람같이 사라졌다.

#5

그렇게 떠나더니 복헌은 그예 돌아오지 않았다. 종국을 통해 전해오는 말로는 거기서 적응하며 잘살고 있단다. 가끔 술을 먹고 동네 청년들과 시비가 붙는 것이 말썽일 뿐 건강하게 일도 잘하고 잘 지내고 있다고 한다. 몇 번은 동네 청년들에게 끌려가 몸뚱이가 부서질 만큼 얻어맞은 적이 있다고 한다. 마을마다 텃새란 게 있는 건데 그걸 무시하고 만만한 청년을 붙들고 시비 붙다가 단단히 혼구멍이 난 것이다. 그래도 복헌은 수련마을에서 잘 적응하며 생활하고 있다. 오히려 문제는 헌국이었다. 아버지 노름빚으로 전답을 모두 날려 농사지을 땅이라곤 한 평도 없으니 당장 생계가 막막하다. 헌국이 날품을 팔아 하루하루 버티는 형국이지만 아무런 희망도 보이지 않는다. 아버지는 가산을 탕진한 후 무기력증에 빠져 도무지 힘을 쓰지 못한다. 늘 처져 있고 아무런 의욕이 없다. 술을 마셔야 그나마 기운이 나고 뭐라고 말을 할 뿐 술을 마시지 않은 시간에는 먼 산만 바라본다. 어머니는 그보다는 사정이 낫지만, 기력을 잃은 것은 마찬가지이다. 아버지의 노름 사건 이후 부부가 함께 10년 이상은 노화된 것 같다.

헌국은 며칠간 일도 나가지 않고 뒷방에 박혀 골똘히 생각만 했다. 어찌해야 이 난국을 헤쳐나갈지 정말 암담했다. 이렇게 날품을 팔아 연명하는 것도 하루 이틀이지 아무런 미래도 없이 살아갈 수는 없다고 생각했다. 다른 친구들처럼 도시로 나가볼까 생각도 했지만, 저토록 노쇠한 부모님을 남겨놓고 갈 수는 없는 일이다. 도시로 나간 친구들은 대개 먼저 나가 자리를 잡은 일가친척이 있는 경우였다. 하지만 헌국에게는 그런 일가친척이 없었다. 자신도 태어나 동아마을에서만 자랐으니 바깥세상으로 나가는 것이 두렵기도 했다. 무엇보다 앞으로 얼마 후에 군 입영 통지서가 날아올 것이란 사실을 잘 알고 있다. 며칠을 두고 고심을 했지만 뚜렷한 결론을 내리지 못했다.

일단은 서둘러 군 복무를 마치고 와야겠다고 생각했다. 피할 수 없는 길이라면 서둘러 해결해야겠다고 생각했다. 군 복무를 마치고 나야 무엇을 해도 할 수 있을 것 같았다. 헌국이 군 입대를 서둘러야겠다고 작심을 하고 가장 먼저 찾은 사람은 복헌이었다. 동생이 30여 리 밖에서 머슴 생활을 하고 있지만 사실 한 번도 와보지 못했다. 그래서 복헌의 생활도 궁금하고 해서 겸사겸사 수련마을을 찾았다. 동네에서 가장 큰 집이라서 묻지 않고도 금세 찾을 수가 있었다. 마침 복헌이 마당에서 작업하고 있었다.

"웬일이랴? 여긴 뭐하러 왔어?"

복헌은 오랜만에 만나는 형에게 퉁명스럽게 말을 던졌다.

"너한테 할 말이 있어서 왔다. 나 좀 보자."

형제가 한두 마디 말을 나누는 사이 뒷마당에서 이 집 안주인이 사람 소리를 듣고 누가 왔나 싶어 고개를 내밀었다.

"주인마님 되셔요?"

"그렇습니다만~"

"네, 저 복헌이 형 되는 사람입니다."

"아 그래요. 복헌이 와서 일 한 지 1년이 다 돼가는데 이제야 가족을 보는군요."

"그렇게 됐습니다. 면목 없습니다. 저 동생에게 하고 싶은 말이 있어서 왔는데 잠시만 밖에 나갔다 오겠습니다."

"그렇게 하시죠. 복헌이 갔다 와. 콩 남은 건 내가 털 테니까 걱정 말고 나갔다 와."

형제는 마을 정자가 있는 느티나무 아래로 갔다. 낫을 휘두르며 싸운 뒤로 처음 마주 대하는 것이어서 서로가 어색하고 서먹하다.

"요새도 싸우고 다니냐? 남의 동네에서 설치고 다니다가 큰코다치니께 각별히 조심혀라."

"그런 말 할라고 온 건 아니겠지? 나 바쁘니께 할 말 있으면 빨리 허고 가."

"……."

"얼렁 할 말 하라니께'"

"아무래도 내가 군대를 가야겠다. 어차피 갔다 올 군대라면 서둘러

갔다 오는 것이 나을 듯싶다. 군대를 갔다 와야 뭘 해도 할 수 있을 것 같다. 그래서 말인디. 너도 알다시피 엄니나 아부지나 지금 일을 할 형편이 못 된다. 지금은 근근이 내가 받아오는 품삯으로 버티는디 내가 군대 가믄 그나마 워쩐다냐? 그래서 얘긴디, 내가 군대 가 있는 동안만 니가 엄니랑 아부지를 좀 챙겨줬으면 싶다. 물론 너한테 그런 짐을 주는 게 미안헌디, 사정이 어쩔 수가 없구나. 그렇다고 집에 들어오라는 건 아니다. 여기 있을 수 있으면 그냥 있어. 여기서 받는 새경으로 딱 3년만 집안에 보태라. 내가 군대 갔다 와서는 너한테 이런 부탁 안 허마."

"여기서 받는 새경이 몇 푼이나 된다고 그걸로 집안을 건사하나 그래?"

"내가 분명히 약속하마. 딱 3년, 나 군대 있는 동안 딱 3년만 아부지랑 엄니를 부탁헌다."

복헌은 아무 대꾸를 하지 않았다. 그저 하늘만 쳐다보며 담배만 빨아댔다. 그러면서 한 마디 던졌다.

"일 옳네. 나는 어차피 그 집하고 인연을 끊은 것이고, 그 집 자식도 아니고 아무 것도 아닝게 나한테 그런 말 할 거 옳네. 누구 땜에 집안이 그 지경이 났는데 나보고 누굴 건사하라는 겨? 그게 말이 되는 겨?"

헌국이 아무리 사정을 했지만 복헌은 마음을 돌리지 않았다. 그리고는 바쁘다며 등을 보이고 돌아서 휙 사라졌다. 헌국은 앞이 깜깜했다. 돌아오는 내내 방죽에 빠져 죽어버리고 싶다는 충동이 불끈불끈 몰려왔다. 집에 돌아와 보니 아버지는 술기운에 눈동자라 풀려있었고 연실 마른기침을 쏟아냈다. 헌국은 잠자리에 누웠지만 좀처럼 잠을 이룰 수가 없었다. 아버지의 기침 소리는 밤새 계속됐다.

6

그 뒤로 얼마 지나지 않아 헌국은 군에 입대했다. 늙고 병들어 아무것도 할 수 없는 부모를 남겨두고 발걸음이 떨어지지 않았지만 어쩔 수 없었다. 헌국의 어머니는 "내가 무슨 수를 내서라도 니 아부지 잘 챙기고 있을텡게 걱정 말고 몸 조심히 다녀오거라"고 했지만 실제로 무슨 대책이 있어 그렇게 한 말은 아니었다. 평생 작은 농사일만 해본 어머니가 무슨 일을 할 수 있단 말인가. 어머니는 품을 팔러 다닐 정도로 건강하지도 못했다. 사실상 생계를 위한 대책이 전혀 없는 상황이었다. 헌국은 그래도 복헌이가 부모를 위해 역할을 할 것이라고 기대했다. '제 놈이 말을 그렇게 했지만, 막상 부모님을 방치하기야 하겠나' 하는 생각을 했다. 하지만 실제로 복헌은 부모를 챙기지 않았다. 헌국이 군 복무 중인 동안 단 한 번도 집을 찾지 않았다.

헌국의 아버지는 헌국이 군 입대를 하고 불과 몇 개월도 안 돼 마지막 재산인 집을 처분해야 했다. 익본 아버지에게 찾아가 집문서를 내놓고 생계비를 얻어야 했다. 오종국과 김헌국의 집안이 몰락하는 사이, 조익본의 집은 전에 없던 호황을 누리며 날로 재산을 늘렸다. 농기계 수리점이 호황을 누리며 돈도 많이 벌었고 더불어 땅도 하루가 다르게 늘려갔다. 이제 동아마을은 물론이고 면 전체에서 조 씨네를 능가할 집은 이제 없다. 헌국보다 한 살이 많은 익본은 어려서 소여물을 썰다가 작두로 손가락 하나를 잃어 군 복무를 면제받았다. 3년을 번 셈이다. 헌국이 군 복무를 한 사이 익본은 아버지로부터 기술을 물려받아 이제 제법 능숙한 농기계 수리공이 됐다. 생계가 막막했던 헌국의 아버지는 달랑 하나 남은 재산인 집문서를 들고 익본 아버지를 찾아갈 수밖에 없었다. 돈은 얻어 썼지만 갚을 능력은 애초에 없었다.

헌국이 제대를 불과 열흘 남짓 남겨두었을 때 아버지는 세상을 등지고 떠나셨다. 집 한 칸마저 남의 손에 넘기고 철저하게 빈손으로 저세상으로 가셨다. 복헌은 아버지의 장례를 치를 때 헌국이 군대에 간 후 처음 집에 나타났다. 수년 만에 나타났지만, 장례를 치르고 바로 사라졌다. 헌국은 복헌의 철없는 행동에 부아가 치밀어 올라왔지만, 꾹꾹 눌러 참았다. 그러면서 속으로 '늙고 병든 부모가 지척 거리에서 생계도 못 꾸리고 지내는데 한 번도 찾아오지 않는 놈이 무슨 자식이고 가족이겠는가' 생각하며 마음을 내려놓았다. 불과 몇 년 동안 자신 앞에서 벌어진 일들이 믿어지지 않았다. 태어나서 이렇게 서럽고 외로운 적이 없었다.

논밭은 노름꾼들에게 모두 날렸고, 집은 익본의 소유가 돼 있었다. 헌국은 정신을 차릴 수가 없었다. 하지만 어금니를 꽉 깨물고 마음을 고쳐먹었다. 조 씨네는 익본의 할아버지 때 오 씨네 집안과 김씨네 집안의 많은 도움을 받았다. 그때는 세 집 중에 조 씨네 형편이 가장 어려웠다. 그러던 것이 불과 한 세대 만에 상황이 완전히 뒤바뀌었다. 가세가 기울었다 일어섰다 한다지만 참을 수 없는 것은 조 씨 집안의 태도였다. 동아마을에서 그토록 오래 살면서 김 씨네와 오 씨네 집안으로부터 많은 도움을 받고 살았지만, 어느 날 돈을 벌더니 교만으로 똘똘 뭉쳤다. 익본의 아버지와 익본이 모두 돌변하였으니 동네 사람들이 모두가 '개구리 올챙이 적 생각 못 한다'라고 손가락질을 했다. 하지만 면전에서는 누구도 조 씨 부자에게 아무 말 하지 못했다. 공연히 미움이라도 사면 좋을 것이 아무것도 없기 때문이다.

장례를 치르고 군에 복귀한 헌국은 단 이틀 만에 군복을 벗고 자유인이 되었다. 집으로 돌아온 헌국은 잠시의 마음 여유를 갖지 못하고 곧바로 집안을 살리기 위한 절차에 들어갔다. 우선은 익본을 찾아가 집을 되찾을 방법을 상의해보았지만, 대화를 나눠보니 익본은 집을 되돌려 줄 생각이 없어 보였다. 이 마을의 집이든 땅이든 닥치는 대로 모

두 사들여 사실상 이 마을 전체를 조 씨 집안 재산으로 만들고 싶은 것
이 익본의 생각이라는 것을 알았다. 그렇다고 집을 포기할 수도 없고,
조상 대대로 살던 이 마을을 떠날 수도 없었다. 어머니도 이 마을을 떠
날 생각이 전혀 없으시다. 헌국은 무슨 수를 써서라도 자신의 대에 잃
어버린 집과 땅을 모두 찾겠다고 각오를 다졌다. 당장 뾰족한 수는 없
었지만, 성실히 살다 보면 불가능한 일이 아니라고 생각했다.

　헌국이 군 복무를 할 때 같은 내무반에서 생활한 선임병 조을태는
심성이 착하고 누구에게나 베풀 줄 아는 성격의 소유자이다. 같은 고
향 사람이라고 김헌국을 몹시도 챙겨주었던 좋은 사람이었다. 졸병들
이 단체 얼차려를 받을 때 조을태는 일부러 김헌국에게 심부름을 시켜
열외를 시켜주는 등 알게 모르게 덕을 베풀었다. 김헌국도 그런 조을
태를 친형처럼 따랐다. 조을태가 제대하면 한번 찾아오라고 주소를 남
기고 간 것이 생각나 찾아가 보았다. 동아마을에서는 40여 리 떨어진
군청소재지 읍내가 조을태의 집이었다. 찾아가 보니 역시나 조을태는
김헌국을 반갑게 맞아 주었다. 둘은 밤새 막걸리를 마시며 옛이야기를
주고받았다. 조을태는 김헌국의 사정을 대충 알고 있었지만, 자세히
알지 못하다가 이날 자세히 알게 되었다.

　"야 김 상병. 아니 헌국아! 너랑 나랑은 군대에서 형제처럼 지냈잖
냐. 넌 참 성실하고 괜찮은 놈이고. 여러모로 힘들 텐데 우선은 일자리
를 찾아야 할 것 아니냐. 우리 아버지가 그래도 농협 조합장을 두 번이
나 하신 이 동네 유지시다. 우선은 비라도 피하려면 이것저것 가릴 거
없다. 내가 아버지에게 말씀드릴 테니 며칠만 기다려봐."

　"조 병장님 감사합니다. 그렇게까지 않으셔도 되는데…."

　"무슨 소리야. 우린 군대에서 그 어려운 시절을 같이 보낸 선후배 잖
냐. 서로 챙기면서 살아야지. 더구나 전국 팔도 사람 다 모이는 군대에
서 딱 한 명 있던 고향 후배인데."

"아무튼, 고맙습니다. 선배님."

헌국은 조을태의 아버지 소개로 읍내 전업사 겸 전파사에 취직할 수 있었다. 작은 라디오부터 시작해 각종 가전과 전기용품을 취급하고 지하수를 개발하러 다니는 일까지 두루 해야 하는 만만치 않은 일이었지만 당시에 집집마다 라디오와 선풍기가 보급되기 시작하는 시점이어서 꽤 전망 있는 업종이었다. 헌국은 가게 한편에 마련된 방에서 잠을 자며 생활했고, 월급을 받아가며 허드렛일을 했다. 월급을 모아 집으로 보내 매월 집세를 내게 했다. 쉬는 날에는 꼬박 고향 집을 찾아가 어머니를 보살폈다. 헌국이 성실하게 사는 모습을 보고 가게 주인은 하나둘씩 그에게 기술을 전수해주기 시작했다. 가전제품 수리를 비롯해 전기를 다루는 일과 지하수를 개발하는 일까지 불과 수년 만에 배울 수 있었다.

헌국은 동아마을에서 멀지 않은 면 소재지에 점포를 구해 전파사와 전업사를 겸하는 자신의 가게를 차릴 수 있었다. 읍내에서 점원 생활을 할 때 사귀던 미장원 아가씨와 결혼도 하게 됐다. 깜깜 터널 속 같던 암울한 생활도 서서히 빛이 보이기 시작했다. 때마침 가전 바람이 시골 마을에 불기 시작해 집집마다 소형 가전들을 구매하기 시작했다. 라디오와 선풍기가 주도하던 시대가 끝나고 나니 TV와 냉장고 수요가 바람처럼 일어났다. 관정을 개발해 농사를 지으려는 사람들이 지하수를 파는 일도 많았다. 헌국이 워낙 성실하고 친절한 데다 손재주가 좋다고 소문이 나서 가게는 금세 세를 늘려갔다. 3년 만에 익본에게 넘어간 집도 되찾을 수 있었다. 익본은 되팔 생각이 없었지만 헌국이 후한 값을 쳐준 데다 팔지 않으면 마을에서 인심을 잃게 될까 봐 마지못해 집문서를 돌려주었다.

이 무렵 종국도 할아버지 대에 아편에 손을 대 날린 재산을 서서히 복구해가고 있었다. 할아버지와 아버지 대에는 쌀농사와 일부 밭작물을 재배하는 재래식 농사를 고집했지만, 종국에 이르러 농업기술을 물려받아 비닐하우스에서 특용작물을 재배하고 밭에도 고소득 작물을 심어 재산을 불려 나갔다. 그래서 할아버지가 잃은 땅을 조금씩 사들였다. 땅을 살 때마다 익본과 시비가 붙었다. 익본은 이 마을 전체를 자신의 땅으로 만들고 싶다는 욕망을 버리지 못해 종국이나 헌국이 땅을 사려고 할 때마다 훼방을 놓았다. 물론 자신이 갖고 있던 땅을 내놓으려고도 하지 않았다. 하지만 조상들이 농사짓던 땅은 되파는 것이 옳다고 타이르는 마을 어른들의 지엄한 충고가 이어져 어쩔 수 없이 되팔고 말았다. 그러나 익본은 시가의 곱절에 가까운 무리한 가격을 요구해 번번이 헌국과 종국을 불편하게 했다. 하지만 헌국과 종국이 서서히 일어나면서 익본이 독주하던 마을의 주도권은 점차 삼각 편대 형태로 재편되기 시작했다.

#7

수년간 이 마을에서 독주체제를 유지해오던 익본은 헌국과 종국의 성장하는 모습이 반갑지 않았다. 수년 내 이 마을 전체를 자신의 왕국으로 만들고 싶다는 욕망이 이들 둘에 의해 무너지고 있기 때문이다. 그래서 익본은 헌국과 종국을 이간질하기 위해 온갖 헛소문을 퍼뜨리기도 하고 마을 사람들에게 갖은 험담을 하고 다니기도 했다. 헌국과 종국이 부를 축적하고 세를 확산하는 것에 불안감을 느껴온 익본은 복헌을 끌어들일 생각을 갖기 시작했다. 헌국이 군 복무 3년간 복헌이 무심하게 가족을 돌보지 않아 집을 잃고 결국 아버지가 돌아가시게 된 원인이 됐다는 것을 익본은 잘 알고 있다. 익본은 복헌이 헌국과 종국을 등 돌리게 하고 그들의 성장을 방해할 수 있는 적임자라고 생각했다. 익본은 그래야만 자신이 동아마을의 유일한 재력가이면서 세력가가 될 수 있다고 판단했다.

익본은 바로 수련마을로 복헌을 만나러 갔다. 그리고는 온갖 감언이
설로 복헌을 꼬드겨 그의 불같은 성미를 자극했다.

"아니 형이 여긴 웬일이슈? 돈 많이 벌고 아주 잘 나간다고 소문이
파다하던데…."

"응. 덕분이지 뭐. 나야 뭐 그냥 시골에서 조그맣게 경운기 가게 하
면서 먹고 사는 건데 뭐. 농사짓느라고 힘들지? 아직 한참 놀고 다닐
어린 나인데 고생이 많구나. 너는 이렇게 고생하는데 네 형 헌국이는
요새 아주 잘 나간다. 결혼한 이후 하루가 다르게 재산이 늘고 걔가 하
는 가게는 계속 손님이 늘어. 직원도 두 명이나 두었다고 하더라. 아니
나이 어린 제 동생은 땡볕 아래서 허리 한번 제대로 펴지 못하고 죽도
록 땅 파는 일을 하는데 남들 데려다 그 비싼 월급을 주는 게 말이 되
냐? 내가 옆에서 지켜보자니 울화통이 터져서 너를 만나러 온 거다. 나
같으면 너 여기서 이렇게 살게 두지 않는다."

처음에는 별 반응 없이 듣고만 있던 복헌은 익본의 이야기를 들을
때마다 부아가 치밀었다. 열여섯 살 어린 나이에 낯선 마을에 와서 텃
새 받으며 얻어맞고 죽도록 일만 하고 살아온 세월이 억울하다는 생각
이 들었다. 가뜩이나 헌국이 돈을 잘 벌어 잃었던 집도 되찾고 땅도 샀
다는 이야기를 들어 심기가 불편하던 차에 익본이 와서 화로에 기름을
부은 것이다.

"아니 나는 다른 의도는 없고, 네가 아직도 이렇게 머슴살이를 하고
있는데 형이란 놈이 저만 잘 먹고 잘살려는 게 보기 안타까워서 그러
는 거야. 암튼 고생이 많다. 네 형에게 찾아가 네 몫으로 땅이라도 몇
마지기 사달라고 해. 그래야 너도 장가가서 처자식 거느리고 살지. 그
렇지 않으면 평생 죽도록 일해도 머슴살이 못 벗어난다. 난 다 네가 걱
정돼서 하는 소리다."

익본은 확실하게 복헌의 마음에 불을 질러놓고 왔다. 복헌은 이튿날 형 헌국과 어머니가 사는 고향집에 가서 난장판을 피웠다. 잔뜩 술을 먹고 가서 온갖 행패를 부렸다. 보이는 대로 기물을 집어 던지고 욕설을 해댔다.

"내가 열여섯 어린 나이에 남의 집 머슴살이하러 갔는데 가족이라고 누구 하나 내 걱정을 했나? 내가 누구 땜에 이렇게 살았는데? 내가 낯선 동네 가서 온갖 구박 받고 텃새 받으며 산 세월이 너무 억울해서 이렇게라도 안 하면 속이 뒤집혀 살 수가 없을 것 같아서 왔다. 왜 뭐가 잘못됐나?"

헌국이 나무라기도 하고 타일러도 보았지만 복헌은 수그러들지 않았다. 헌국의 처는 복헌의 행패 부리는 모습을 지켜보고 파랗게 질려버렸다. 수년 동안 왕래도 하지 않고 살던 복헌이 갑자기 집에 찾아와 행패를 부리는 이유를 가족들은 알지 못했다. 복헌이 행패를 부린다는 소식을 듣고 종국이 찾아왔다. 종국이 복헌을 타일러 데리고 나가면서 그제야 사태는 잠잠해졌다. 갈수록 엉망이 돼 가는 동생 복헌을 바라보며 헌국은 한없는 허망함에 빠져들었다. 그 뒤로 복헌은 잊을 만하면 한 번씩 집을 찾아와 행패를 부렸고, 그때마다 종국의 도움으로 사태는 마무리됐다.

#8

　　　　　　　　　복헌을 끌어들여 자신이 의도한 대로 헌국의 발목을 잡은 익본은 통쾌하고 신이 났다. 익본의 이 같은 마음은 어쩌면 조상 대대로 헌국네 집안에 도움이나 받고 살아온 것에 대한 복수심 같은 것이었다. 은혜를 원수로 갚는다는 말은 바로 이런 상황을 일컫는 것이다. 익본은 다음 수순에 들어가 헌국과 종국의 관계를 이간질할 생각이다. 종국은 자신도 할아버지 때 완전히 주저앉은 집안을 나름 일으켜 세웠지만 헌국이나 익본에 비해 자신이 뒤처지고 있다는 생각에 늘 조바심하고 있었다. 둘은 신산업으로 눈길을 돌렸지만, 자신은 아직도 농사에서 벗어나지 못하고 있음을 불안하게 여겼다. 그런 기분이 들 때마다 자존심이 상하기도 했다. 익본은 이 점을 잘 알고 있었고, 그래서 이 점을 노렸다. 언젠가 헌국이 동네 또래들 여럿이 모인 자리에서 "이제 농업은 끝났어. 우리나라도 이제 기술력으로 살아야 할 시대가 왔어."라고 말한 것을 악용하고자 마음먹었다.

헌국은 자신이 느낀 일상적 이야기를 한 것뿐인데, 익본은 이 말이 종국을 의식해 한 말이라고 동네 소문을 내고 다녔다. 헌국이 돈 좀 벌더니 옛날부터 은혜를 입은 종국이네를 우습게 여기는 말을 하고 다닌다고 헛소문을 내고 다녔다. 복헌이가 제 형에게는 쌍욕을 하며 대들지만, 종국 앞에서는 순한 양이 된다는 사실을 잘 알고 있던 익본은 이 점도 간과하지 않았다. 익본은 "제가 먹고 살 만큼 재산을 모았는데도 하나밖에 없는 동생을 머슴살이나 시키고 있으니 복헌이가 분해서 제 형만 보면 눈에 쌍심지를 켜고 덤벼든다."라고 소문을 내는가 하면 "복헌이가 종국이만 따르는 것을 시기해서 헌국이 종국에게 앙갚음하려 한다"라고 퍼뜨렸다. 작은 시골마을인지라 소문은 삽시간에 모든 동네 사람에게 퍼졌다.

순진한 마을 사람들은 익본의 의도대로 말을 옮겼고, 불과 며칠 만에 헌국과 종국은 만나면 등을 돌리는 사이가 됐다. 종국은 '요새 돈 몇 푼 벌었다고 네놈 기세가 등등한데 어디 두고 보자'라는 마음을 먹었고, 헌국도 '복헌이 녀석이 제 놈을 좀 따른다고 그걸 대단하게 여겨 아무 잘못도 없는 나를 흉보고 다니는 괘씸한 놈'이라고 생각했다. 가깝게 지내던 둘은 삽시간에 불구대천지원수 사이로 변했다. 익본은 자신이 저지른 일을 즐기며 '사람 마음을 갈라놓는 것이 세상에서 제일 쉽구나'하고 생각을 했다. 둘 사이가 벌어져 갈등의 골이 깊어지는 것을 지켜보며 익본은 통쾌함을 맛봤다. 한참 돈을 벌 때만큼이나 신나고 재미있다는 생각을 가졌다.

그 뒤로 복헌이 제집으로 찾아와 헌국에게 행패를 부릴 때 종국은 그전처럼 말리지 않았다. 오히려 복헌을 부추겨 제 형을 더 괴롭히도록 사주했다. 이 모두가 익본의 장난질에서 비롯된 것이지만 헌국, 종국, 복헌 모두 이를 알아차리지 못했다. 그래서 익본은 더욱 재미있고 신났다. 자신의 권모술수에 휘말려 서로 물고 뜯는 세 사람을 생각하면 너무도 재미가 있었다. 익본의 집안은 세 집안 중 가장 보잘것 없는 집안이었다. 조상 때부터 늘 오 씨네와 김 씨네 도움을 받고 살아왔다. 하지만 자손인 익본의 아버지가 신기술을 배워 농기계 수리점을 운영해 큰돈을 벌기 시작하면서 그 기술과 재산이 익본에게 전수된 것이다. 익본은 분명 은혜를 원수로 갚고 있는 것이 분명했다.

#9

　　　　　　　익본은 과거 조상대에 이루어진 일들로 인해 평소 자신에게 묘한 패배감을 안겨주었던 종국과 헌국을 이간질해 묘한 쾌감에 휩싸여 있다. 거기에 전국적으로 시골에 농기계 보급이 확산되며 사업적으로도 계속 성장세를 이어갔다. '더도 말고 덜도 말고 요즘만 같아라'라고 혼잣말을 하고 다닐 정도로 신바람이 났다. 그런 와중에 하늘이 내려주신 것이란 믿을 만한 기회가 찾아왔다. 세기농기계 본사에서 전국 각 지역에 시군마다 한 곳씩 대리점을 설치하기로 하고 대상을 물색하던 중 익본의 농기계 수리점이 그 대상으로 지목된 것이다. 성사만 된다면 면 지역 농기계를 대상으로 하던 수리점이 일약 군 지역 전체를 시장으로 하는 업체로 성장할 기회가 찾아온 것이다. 세기농기계 본사 영업부에서 익본을 직접 찾아왔다.

"아시다시피 우리 세기농기계는 국내 1위의 농기계 전문 회사입니다. 2위 풍년농기계와 3위 미라클농기계가 있지만, 아직 우리의 상대가 못 됩니다. 우리는 이번 기회에 국내 시장을 석권한다는 목표로 각시·군지역마다 우수협력업체를 지정해 일감을 몰아주고 대대적인 시설정비를 할 수 있도록 지원할 계획입니다. 조익본 씨의 수리점과 파트너십을 구축하고자 합니다. 어떠신지요?"

"저야 영광이죠. 무조건 세기농기계의 협력업체로 가겠습니다. 이제 풍년과 미라클은 취급하지 않겠습니다. 저를 믿어주시면 결코 실망하게 하지 않겠습니다."

"그럼 한 달 뒤에 찾아와 정식 계약을 체결하는 것으로 하시죠. 계약 조건을 여기에 적힌 대로입니다. 많은 분이 이번 프로젝트에 관심을 보이니 계약 조건이 조금 버겁더라도 빨리 결정하셔야 우선 계약을 체결할 수 있습니다."

계약 조건을 살펴보니 군청소재지에 30평 규모의 사무실과 150평 규모의 작업장을 마련해야 하고 다른 회사의 농기계를 절대 취급하지 않고, 세기농기계 제품만 취급해야 한다는 조건이었다. 부품은 본사에서 배달되는 신제품만 사용하고 절대 중고를 사용하지 않으며 본사에서 매월 실시하는 점검에 임하고 지적사항을 바로 개선해야 한다는 내용도 포함돼 있었다. 다소 까다로운 부분도 있지만, 조건대로만 되면 크게 성공할 수 있다고 익본은 생각했다.

익본은 바로 절차에 착수했다. 면 소재지에 있던 자신의 농기계 수리점을 헐값에 처분해 마련한 돈으로, 군 소재지에 사무실과 작업장을 마련해 대규모 농기계 대리점을 꾸몄다. 본사에서 추천한 기술인력을 무려 여덟 명이나 배치했다. 대리점 점포를 얻기 위해 시골 마을 땅을 대부분 매각했다. 그래도 부족한 자금은 농협에서 집과 나머지 땅을 담보로 대출을 했다. 누가 봐도 번듯한 농기계 대리점이 완성됐다. 아직 20대 중반인 익본에게 어디서 이런 배짱이 나왔는지 그를 아는 모든 사람은 대단하다고 치켜세웠다. 농기계를 수리하는데 그쳤던 농기계 수리점에서 출발해 이제는 판매와 수리를 겸하는 대리점 대표가 된 것이다. 때마침 경운기에 이어 트랙터와 이앙기, 콤바인 등의 수요가 서서히 고개를 들기 시작한 무렵이어서 적어도 조익본의 사업은 탄탄대로가 보장되는 듯했다.

실제로 익본의 대리점은 날로 번성했고, 그만큼 익본의 교만과 거드름도 더해갔다. 아직은 젊은 나이지만 좀처럼 허리를 숙이는 일이 없었고, 자신이 부리는 직원들에게도 거침없이 반말과 욕설을 일삼았다. 그를 아는 사람들은 안하무인이라는 말로 그의 거만함에 반감을 표출했다. 익본은 동아마을 집 외에 군 소재지 읍내에 집 한 채를 더 장만해 양쪽 집을 오가며 생활했다. 마을 사람 중 처음으로 자동차를 사 몰고 다녔다. 마을 사람들은 '쥐구멍에도 볕이 든다더니 조 씨네 집안이 저렇게 될 줄 누가 알았느냐?'며 부러워하면서도 익본의 거만함에 불쾌감을 표했다. 익본은 점점 더 교만해지기 시작했다. 재산이 불어나는 만큼 그에게 주어지는 감투도 많았다. 각종 봉사단체 회장을 비롯해 동창회장, 마을 청년회장, 새마을지도자회장 등까지 그의 몫으로 돌아왔다. 돈을 쓰면 세상 사람들이 엎드리고 예우해준다는 사실을 알게 되자 익본의 교만은 날로 더해갔다.

헌국의 전파상을 겸한 전업사도 날로 번창했다. 익본의 대리점에 비할 정도는 아니지만, 꾸준히 고객이 늘어갔고, 더불어 매출도 늘었다. 헌국은 익본이 돈을 벌면 벌수록 교만해진다는 것을 눈으로 목격하며 스스로 경계심을 늦추지 않았다. 더구나 마을 사람들이 모여 앉으면 익본이 이전 같지 않아 날로 거만해진다며 혀를 차는 모습을 지켜봤기 때문에 자신은 늘 겸손해야 한다고 생각했다. 익본이 군 소재지까지 진출해 사업을 키워가는 것이 한편 부럽기도 했지만 무리하다가 큰코다칠 수도 있다는 생각에 마음을 억누르며 평정심을 지켰다. 종국도 농사일을 중심으로 성실하게 재산을 불려 나갔다. 자신도 헌국이나 익본처럼 기술을 배워 신산업에 진출해야 한다는 생각은 하고 있지만 급하게 마음먹지 않으리라고 다짐했다.

#10

　　　　　　　익본이 대리점 사업을 시작한 지 1년 반쯤 지났을 무렵 생각지도 못했던 일이 터졌다. 아침 조간신문 1면 머리기사에 '국내 최대 농기계업체 세기 부도'라는 기사가 보도됐다. 수개월 전부터 수상한 소문이 돌았던 것은 사실이지만 워낙 농기계 시장이 호황을 누리던 터라 누구도 소문을 의심하지 않았다. 농기계 사업이 탄탄대로를 달리자 세기농기계는 국내 최대 규모의 농기계 공장 건립에 착수했고, 이 과정에서 무리하게 금융권 돈을 끌어다 쓴 것이 화근이 되었다. 전국 대리점을 무리해서 확장한 것도 공장 건립을 위한 자금을 마련하기 위한 것이었다. 업종은 호황인데 자금 흐름이 경색되며 발생한 호황 속의 부도이다. 말로만 들었던 호황 속 부도가 세기농기계에서 현실로 일어난 것이다. 익본은 여기저기 수소문하며 사태를 파악하려 했지만, 본사는 전화가 불통이었고, 타 지역 대리점 업주들에게 전화를 걸어도 그들도 도무지 사태 파악이 안 된다는 답변뿐이다.

　익본은 이튿날 서울 본사까지 직접 올라가 사태를 파악하려 나섰지만, 전국에서 몰려온 대리점 업주들만 북적일 뿐 책임 있는 답변을 할 인물은 보이지 않았다. 다만 채권단 대표라는 은행 직원이 한 명 나타나 "세기농기계는 최종 부도처리 됐다."라고 발표하고 "앞으로 모든 연락은 채권단에서 발송하는 우편물을 참고해 달라"고 했다. 그는 "최대한 사태를 빨리 수습할 것이며 채권단을 믿고 맡겨야 피해가 최소화되도록 조처할 것"이라고 말했다. 믿을 수 없는 일이 현실로 다가왔다. 익본은 제자리에 그대로 주저앉고 말았다. 자신의 모든 것을 걸고 시작한 사업이 허무하게 무너지는 순간이었다. 거침없이 달려온 수년 동안의 행보가 이렇게 허망하게 날아간다는 사실을 믿을 수가 없었다. 더구나 자신의 잘못이 아닌 본사의 부도가 발단이 된 사실을 받아들일 수가 없었다.

익본이 대리점을 운영하는 세기농기계 본사가 부도 처리됐다는 사실이 알려지자 익본이 자금을 대출한 농협에서도 바로 자금 회수 절차에 돌입했다. 대출된 자금을 회수하겠다는 고지서가 날아왔고 임대보증금에 대한 압류 절차도 진행됐다. 세기농기계는 전국에서 대리점을 모집해 자금을 확보하고 이를 통해 초대형 농기계공장을 짓는 프로젝트를 추진했지만, 그것만으로도 부족해 금융권에서 엄청난 대출을 얻고 외국자본까지 끌어들이기로 한 것이다. 그런데 투자를 약속했던 외국자본이 갑자기 투자 불가 방침을 밝히면서 모든 사업 추진이 수포가 되었다는 것이 뉴스를 통해 들은 부도 소식의 경위였다. 동아마을은 물론이고 면 내에서 가장 급성장한 사업가로 이름을 날리던 익본은 하루아침에 대리점을 잃고 빚더미에 앉는 곤두박질 신세가 됐다.

익본의 아버지에서 시작해 익본으로 이어진 사업번창은 불과 20여 년 만에 막을 내렸다. 대기업의 부도 아래 시골의 대리점주는 바람 앞에 촛불처럼 아주 나약한 모습으로 주저앉았다. 무리해서 저지른 사업 탓에 빚더미에 앉게 된 익본은 자살을 결심하기도 했지만 그러기엔 자신의 나이가 너무 젊다고 생각했다. 대리점을 내서 한참 사업을 키워나가던 지난 1년 반의 세월이 마치 꿈만 같았다. 아무리 생각해도 자신이 잘못한 게 없는데 이런 상황이 벌어진 것이 너무 억울했다. 당장 서울로 올라가 세기농기계 대표를 찾아가 분이 풀릴 때까지 주먹질해대고 싶다는 생각밖에 안 들었다. 계산해보니 모든 빚을 정리하자면 자신의 명의로 된 전 부동산을 처분해야 했다. 아버지 대부터 모아온 전 재산을 모두 날려야 할 형편이다. 시골집 하나라도 남기려고 애를 써봤지만 역부족이었다.

고민에 빠져 있던 익본에게 헌국으로부터 만나자는 연락이 왔다. 헌국은 익본의 사정을 누구보다 잘 알고 있었다.

"어쩌냐? 그 고생해서 사업을 이루어놨는데 네 잘못도 없이 모든 것을 엎어먹었으니. 지켜보는 입장에서 참 안쓰럽구나."

"맘에도 없는 소리 말어. 속으론 얼마나 고소하겠어? 내가 네 속을 모를 것 같아서 그랴?"

"말이라도 그렇게 말아라. 조상대대로 한 마을에서 살아온 우린디 설마 그런 악심이야 품겠냐? 너 사태 터진 이후 어떻게 도와주어야 하나 많이 생각해봤다. 나도 아직 큰돈 모아둔 것은 없고 그럭저럭 먹고는 살어. 일단 마을에 있는 집을 나에게 넘겨라. 그리고 너는 읍내 나가서 살아라. 집도 없이 땅도 없이 농사지을 것도 아닌데 여기서 사는게 무슨 의미가 있겄냐?"

"나가면 누가 거저 밥 먹여주냐? 이 동네를 두고 내가 어딜 나간단 말이냐?"

"네 집은 내가 후한 값 쳐줄 테니 내게 넘겨라. 너는 읍내 나가서 살 수 있는 집을 구하는 게 좋을 것 같다. 어떻게든 다시 일어서야지. 농사지어서 일어설 수는 없잖냐. 좋은 기술 배웠으니 읍내 나가서 그 기술로 살 궁리를 해봐. 넌 사업가적 기질이 있어서 언제고 다시 일어설 수 있을 겨."

"……."

"마을에 있는 니네 집은 내가 시세의 곱은 못 쳐도 한 곱 반은 쳐줄 테니 네게 맡기는 것이 유리할 거다."

11

　　　　　　　　모든 것이 빠르게 정리됐다. 익본은 집을 헌국에게 넘기고 읍내에 단칸방 하나를 구해 이사 나갔다. 읍내 농기계수리점 점원으로 취직을 해서 바닥부터 다시 시작하기로 했다. 점원 생활을 하면서 전국의 세기농기계 대리점주들과 연대해 본사를 상대로 하는 소송에 참여하고 있다. 승산은 없지만 그래도 이대로 주저앉을 수는 없기에 소송을 벌이기로 한 것이다. 처음엔 아무 생각이 없고 세상이 원망스럽기만 했지만, 차츰 지나고 나니 자신에 대한 반성이 찾아왔다. 자신이 너무 교만했고 열심히 잘살고 있는 이웃들을 상대로 악의적 소문을 퍼뜨려 등을 돌리게 한 등등이 자신을 지금과 같은 나락으로 내몰았다고 생각했다. '조금 더 겸손하게 살 걸, 조금 더 너그럽고 양심적으로 살 걸'하는 생각이 꼬리에 꼬리를 물었다.

　헌국은 복헌을 찾아갔다. 복헌은 여전히 헌국에게 공손하지 못했다. 하지만 헌국은 그런 복헌을 이해하고자 노력했다. 어린 나이에 고생한 것이 아무래도 마음에 걸리기 때문이다.

　"이제 이곳 생활 정리하고 우리 마을로 돌아가자. 나야 재수가 좋아 기술도 배우고 장사도 했다만 너는 그렇지 못했으니 내 마음이 늘 무겁다. 아버지가 날린 땅은 내가 모두 되찾았다. 하지만 난 가게 일 때문에 실상 농사를 지을 여유가 없다. 그러니 니가 마을로 돌아와서 아버지가 농사짓던 그 땅에서 농사를 지었으면 좋겠다."

　"나보고 동아마을로 돌아오라고? 그 집으로 다시 돌아오라고?"

　"물론 내가 장가를 가서 가정을 꾸렸으니 한집에서 살기는 불편할 것이다. 그래서 생각 끝에 너를 위한 집 한 칸을 마련했다. 익본네가

동아마을　235

읍내로 이사 나갔다. 그래서 그 집을 네 이름으로 내가 샀다. 너도 곧 장가도 가야 할 것이고, 애도 낳아서 길러야 할 것인데 집이 필요하지 않겠냐? 그래서 네 이름으로 샀다. 사는 데 불편하지 않게 수리를 다 했으니 걱정 말고."

"칫…, 웬 인심을 쓰고 그런디야. 나 같은 개차반한테. 내가 가서 행패부리고 지랄 떤 것 생각허믄 정 떨어질 건디."

"넌들 마음이 좋아서 그리 했겠냐? 답답하기도 허고, 억울하기도 허니께 그랬겠지. 지난 일을 다 묻고 마을로 돌아와서 새출발 해라. 집도 있고, 땅도 있는디 두려울 게 뭐냐? 더구나 너는 농사짓는 도사 아니냐? 너 좋아하는 종국이 그 친구가 신농법을 계속 익혀서 제법 고소득을 올리고 있으니 종국이 따라 새로운 농사법도 익히고 해봐."

생각지도 못한 헌국의 제안에 복헌의 마음이 눈 녹듯 녹았다. 살 터전을 마련해준다니 고맙기도 했거니와 이제 복헌도 철들 나이가 되었다. 더구나 뚜렷한 목표도 없이 남의 집에서 머슴살이하는 것이 발전적이지 못하다는 생각을 하고 있던 참이다. 시대적으로도 산업화가 진행되면서 시골에서 유행했던 머슴제도가 사라지던 때이기도 하다. 자신은 아무런 준비도 없이 살았는데 형이 집을 마련해주고 땅을 마련해주면서 농사를 지으라고 하니 마다할 이유가 없었다. 그래서 복헌은 못 이기는 척 이웃마을 머슴 생활을 정리하고 고향마을로 되돌아 왔다. 자신의 집이 생겼다는 것이 믿어지지 않았다. 더구나 내 손으로 내 농사를 지을 수 있다고 생각하니 희망이 보이기 시작했다.

\#12

　　　　　　　　동아마을의 헌국, 종국, 익본은 조상대부터 복잡 미묘하게 얽혀 살았다. 뜨고 지기를 반복하며 앞서거니

뒤서거니 살았다. 그러다가 결국 익본이 마을을 떠나며 세 집안의 구도는 막을 내린다. 그 자리로 새롭게 비집고 들어온 복헌은 철이 들면서 더는 행패 부리는 짓은 하지 않았다. 농사일에 재미를 붙여 하루하루 사는 흥미를 느끼고 있다. 종국과 더불어 새로운 농업기술을 배우는 데도 열중해 날로 자리를 잡아나갔다. 복헌이 돌아온 이후 한동안 서먹했던 헌국과 종국의 관계도 이전처럼 좋아졌다. 많은 대화를 나누고 앞뒤 이야기를 맞춰나가다 보니, 또 복헌을 통해 익본이 찾아왔던 이야기를 듣고 보니, 헌국과 종국이 서로 등을 돌리게 한 것도 모두 익본의 수작이었음이 드러났다. 모든 게 제자리를 찾았다.

헌국은 전파사와 전업사가 하루가 다르게 번성해 차곡차곡 재산을 불려나갔다. 젊은 나이에도 불구하고 마을 사람 모두에게 인정을 받았다. 더구나 개차반이라고 소문난 제 동생에게 그렇게 당하고도 덕을 베풀어 동생의 살길을 열어주었다는 점 때문에 모두가 칭송했다. 한번 철들기 시작한 복헌은 과거에 그가 난동부리기를 일삼던 동네 골칫거리였는지가 의심이 들 정도로 성실한 모습으로 변해갔다. 어려서부터 잘 따랐던 종국과 더불어 신농법을 가장 먼저 받아들여 동아마을을 농업 일번지로 만드는 데 일조하고 있다. 혼자서 큰집에 살기가 적적하다며 얼마 전부터는 헌국의 집에서 모셨던 어머니를 모시고 왔다. 같은 동네 몇 발짝 떨어지지 않은 곳에 살다 보니 밥도 같이해 먹고 한집처럼 오가며 살고 있다.

읍내로 이사 나간 익본은 취업은 했지만, 자신의 처지를 비관해 늘 시무룩해 있다. 술과 담배에 중독돼 날로 몸이 야위고 행세도 초라해졌다. 몰락한 자신의 처지를 인정하지 못해 고통 속에 하루하루를 보냈다. 하루는 만신창이가 되도록 술을 마시고 읍내 길거리에서 불량배들과 시비가 붙어 호된 매질을 당했다. 동지 무렵 한겨울에 갈비뼈가 두 개나 부러지도록 흠씬 맞아 쓰러져 동사할 뻔한 것을 다행히 지나던 사람들이 구조해 목숨을 건졌다. 익본은 좀처럼 절망의 늪에서 헤어나지 못하고 있다. 재기의 기회를 기다리며 하루하루를 성실히 살아가기보다는 여전히 단번에 과거의 지위로 올라가고 싶다는 생각만 했다. 그럴수록 그에게 찾아오는 것은 술과 병마였다.

일요일 아침 평소보다 일찍 눈을 든 헌국은 아직 서리도 걷히지 않은 산길을 뚫고 아버지 산소를 찾아갔다. 참으로 열심히 살았던 아버지였건만 말년에 노름꾼들의 꼬임에 넘어가 온 가족을 너무도 어렵게 만들었다. 복헌이 비뚤게 나간 결정적 원인을 제공한 것도 어쩌면 아버지였다. 아버지가 그렇게 저지를 일을 수습하는데 꼬박 10년의 세월이 흘렀다.

"아버지, 저 한마디도 입 밖에 낸 적은 없지만, 아버지 원망 많이 했어요. 저 정말 힘들었어요. 그래도 기특하지 않나요? 10년 만에 모든 것을 되찾았잖아요. 집도 찾고, 땅도 찾고, 집 나간 동생 녀석도 데려오고. 정말 힘든 시간이었어요. 아시죠? 아버지 그토록 힘들어하시던 때 제가 단 몇 살만 더 나이가 들었어도 아버지를 그렇게 허망하게 가시게 하지는 않았을 거예요. 그게 너무 가슴이 아파요. 지금 이런 모습을 보여드리지 못하는 게 너무나 슬퍼요. 아버지, 저하고 복헌이 잘 살 테니까 높은 곳에서 잘 지켜봐 주세요."

헌국이 하얀 입김을 쏟으며 아버지와 이야기를 나누는 사이 동녘에서 붉은 태양이 고개를 디밀고 있다. 태양 이래 동아마을이 한눈에 들어온다.

아픈 손가락

‖ 작가 노트 ‖

개인적으로 내게 누군가 "세상에서 가장 고통스러운 삶을 사람이 누구라고 생각하느냐?"고 묻는다면 "중증 장애가 있는 아이의 부모, 아니 엄마"라고 대답하겠다. 장애 당사자보다 몇 곱절 힘든 삶을 살아야 하는 이들이 바로 그들의 엄마이다. 장애를 안고 살아간다는 사실만으로 그 삶은 난관의 연속이지만 세상 사람들은 자신과 생김새나 하는 짓이 다르다는 이유로 혐오하고 천대한다. 남들이 내 자식을 혐오하고 천대하는 것도 참기 어려운 일이거늘 하물며 공동의 책임 주체인 상대 배우자가 남들처럼 장애 아이를 홀대한다면 어찌해야 할까? 부정과 모정의 차이는 무엇이며, 얼마의 간극이 있을까? 언감생심 그 부모들의 마음을 헤아릴 수 없겠지만, 이해하려고 노력하는 마음을 갖고 이야기를 엮어보았다. 세상 사람들이 장애인과 장애인 자식을 둔 어머니에 대해 생각해보는 기회를 주고 싶다는 생각을 하며 이 소설을 집필했다.

1

　　　　　　　"재영엄마 미안해요! 우리 은동이가 오늘도 애를 먹였어요. 재영아 미안! 우리 때문에 재영이가 매일 기다리느라 힘들 구나. 그치? 학교 끝나고 집에 오면 아줌마가 오늘 저녁에 맛있는 거 해줄게."

"사정 뻔히 아는데요 뭘. 그런 말 하실 필요 없고, 얼른 가시자고요. 재영아 아줌마한테 인사드려야지. 은동이형한테도 인사하고."

"안녕하세요?"

재영은 엄마가 시키는 대로 인사는 하지만 여느 아이들처럼 집중력이 없다. 인사를 하면서도 입으로만 인사를 할 뿐 고갯짓하고 시선은 차창 밖을 바라보고 있다.

"은동이도 아줌마하고 재영이한테 인사해야지."

"안녕·하·세·요? 안녕~하~세~요? 하하하 안·녕·하·세·요?"

은동이도 마찬가지다. 하지 않아도 될 반복인사를 하지 않나, 매번 인사를 하면서도 음색을 달리한다. 시키니까 하긴 하지만 인사의 의미를 모르는 것이다.

언제나 아침이면 허겁지겁 급해진다. 차분히 앉아 천천히 밥을 먹어 본 적이 언제인지 기억조차 못 하겠다. 은동 엄마 이금옥과 재영 엄마 조성란은 매일 아침 세상 누구보다 정신없이 아침 시간을 보낸다. 자폐 장애가 있는 아이들을 깨워서 씻게 하고, 밥을 먹이고, 옷을 입혀 등교 준비를 하는 일이 다른 집보다 10배는 어렵다. 이들은 벌써 5년째 차 한 대에 아이들을 태우고 1시간 반 남짓 서울에 있는 성세학교에 간다. 이들이 사는 곳은 경기도 시흥으로 시흥에는 자폐를 앓고 있는 아이들을 전문적으로 교육할 수 있는 시설이 없어 수소문 끝에 집에서 가장 가까운 서울 소재 전문학교를 찾아냈다. 같은 처지의 이웃이다 보니 둘은 자연스럽게 친한 사이가 됐다. 평소에도 가장 많이 정보를 공유하고, 속마음을 가장 많이 털어놓는 사이다.

은동은 열두 살로 재영이보다 한 살이 많다. 유아복지시설에서 처음 만나 알게 됐고 성세학교까지 같이 다니게 됐다. 금옥은 결혼 전 운전면허를 땄지만 이후 실제로 운전을 해본 적이 없다. 그래서 성란이 재영을 등교시킬 때 카풀을 이용하고 있다. 자폐장애가 있는 은동과 재영은 또래와 비교하면 지적 능력이 떨어지는 데다 돌발적으로 난폭한 행동을 하기도 하고 느닷없이 고래고래 소리를 지르기도 한다. 그래서 혼자 두 아이를 차에 태우고 운행하는 것이 불가능하다. 한 명이 운전에 열중하는 사이 다른 한 명은 아이들을 돌봐야 한다. 그러니 서로에게 아쉬운 존재이다. 홀아비 사정 과부가 안다고 했던가. 이웃인 금옥과 성란은 서로의 아픔을 가장 잘 이해해 주는 사이면서 의지하는 사이다. 동갑내기로 알게 된 지는 8년째지만 아직도 서로 존대한다.

금옥은 희망의 끈을 놓지 않는다. 계속 교육하다 보면 언젠가 은동이 스스로 기본생활을 할 수 있을 것이라 기대하고 있다. 장애 자녀를 둔 모든 부모의 마음은 한결같다. '살아있는 동안은 어떻게 해서든 내가 너를 책임진다. 다만 내가 죽기 전에 너 혼자 최소한의 생활을 할 수 있게 해주는 것이 나의 도리라고 생각한다.' 금옥 역시 이 같은 생각이 간절하다. 은동이 여느 아이들처럼 혼자 힘으로 모든 것을 척척 해내리라고는 기대도 안 한다. 그저 기본적인 생활을 할 수 있을 만큼만 아이를 가르쳐 놓는 것이 최대의 바람일 뿐이다. 재영엄마 성란도 사정은 같다. 다른 집 아이들 '공부를 잘하네, 못 하네, 1등을 했네, 2등을 했네' 하는 소리는 금옥과 성란에게는 사치일 뿐이다. 자신들이 세상에 없어도 혼자 살아갈 수만 있게 기본생활을 해준다면 더 바랄 것이 없다. 아이들이 아무 탈 없이 건강하게 자라주는 것에 만족하지 못하고 공부니, 운동이니 욕심을 부리는 부모들을 보면 순간 부아가 치밀어 오를 때가 한두 번이 아니었다.

"다 왔다. 어서 내리자. 바로 들어가자. 재영엄마 수고하셨어요. 애들은 내가 데려주고 올 테니 기다리세요."

"재영아, 은동아 엄마하고 아줌마한테 '학교 다녀오겠습니다' 이렇게 인사해야지."

"학교 다녀오겠습니다."

"학교 다녀오겠습니다."

성란은 직업이 없는 전업주부로 재영을 등교시키고는 집으로 돌아간다. 하지만 금옥은 학교 근처 마트에 가서 평일에만 파트타임으로 오전과 오후 각 3시간씩 점원으로 일을 한다. 남들에게는 그저 "반찬값이나 벌까 해서요."라고 말을 하지만 실상 점원 일을 해야 하는 이유가 따로 있다. 은동아 아빠는 중견기업의 과장으로 직장 내에서 인정받는 일꾼이다. 대기업에 납품하는 탄탄한 중견기업으로 월급도 여느 회사 못지않게 많아서 금옥이 굳이 마트 점원까지 해야 할 정도의 형편은 아니다. 하지만 금옥은 벌써 5년째 마트 점원 일을 하고 있다.

성란은 다시 시흥 집으로 돌아갔다가 아이들이 하교하는 시간에 맞춰 4시 반쯤 다시 학교로 온다. 출퇴근 시간을 피하면 1시간이면 집에 다다를 수 있다. 그래서 성란은 금옥을 마트까지 태워주고 집으로 간다. 금옥은 6시간 일을 하고 나서 시간 맞춰 학교로 가서 성란과 함께 아이들을 태워 집으로 돌아온다. 다른 아이들은 학교 버스가 등·하교를 시켜주고 있지만, 은동과 재영은 학교버스 노선이 닿지 않는 지역에 거주하는 데다 아이들이 언제 어떤 형태로 버스 안에서 괴상한 행동을 할지 몰라 불안한 마음에 직접 승용차로 등하교를 해주고 있다. 버스 노선이 닿는 곳에 살면서 버스를 타고 등·하교할 정도로 상태가 양호한 아이들을 보면 그것조차 부럽다. 장애 아이를 키워보지 못한 부모는 상상도 할 수 없는 소박한 꿈이 그들에게는 있다.

종일 서서 매장을 부산스럽게 오가는 일이다 보니 집에 돌아오면 다리가 붓는다. 집으로 돌아오는 차 안에서 때로는 졸음이 쏟아지기도 하지만 아이들이 불안해서 잠을 청할 수 없다. 그보다도 운전하는 성란에게 미안해서 편하게 잠을 청할 수가 없다. 아침 등교 때 온 집안이 난장판이 되다 보니 하교 후 돌아오면 집은 아수라장이 따로 없다. 지친 몸이지만 치울 곳은 치워야 하고 저녁 식사도 준비해야 한다. 중학생인 큰아들 효동이는 학교를 마치고 학원 한 군데를 갔다가 집에 오면 오후 6시쯤 된다. 금옥과 은동이 집에 도착하는 시간은 대략 5시 반쯤이다. 효동이가 집에 도착하자마자 배가 고프다고 성화를 하는 탓에 집에 오자마자 식사 준비를 해야 한다. 은동은 집에 오면 정리정돈을 하기는커녕 서랍과 신발장 등을 뒤져가며 이것저것 꺼내 놀며 집을 난장판으로 만든다.

효동이는 사춘기가 되더니 말수가 없어졌다. 그전에는 동생과 잘 놀아주기도 하더니 중학생이 된 이후부터는 방문을 걸어 잠그고 혼자 있는 시간이 많아졌다. 동생 은동에게도 전에 없이 쌀쌀맞게 군다. 엄마가 안 보는 틈을 타서 주먹질하기도 한다. 엄마가 늘 은동이 곁을 지키는 것 자체가 못마땅하다. 사실 효동이도 큰 피해자이다. 초등학생 때 은동이를 데리고 나가면 친구들에게 놀림을 당하기 일쑤였고, 같이 마트나 식당 등을 갔을 때 돌발행동을 하면 어쩔 줄 몰라 했다. 더구나 은동이 한번 떼를 쓰기 시작하면 원하는 것을 들어주기 전까지 멈추지 않아 온 가족이 난감했던 때가 한두 번이 아니었다. 엄마는 늘 은동이 차지였다. 효동이는 어려서부터 엄마의 품에 안겨 응석 한번 제대로 못 부려봤다. 늘 희생을 강요받았다.

"넌 형이란 녀석이 그렇게 이해심이 없니? 동생하고 똑같이 굴어야 하겠니?"

하루에도 몇 번씩 이런 얘기를 들어야 했다.

2

　　　　　　　　효동과 은동의 아버지이자 금옥의 남편인 서정섭은 이날도 10시가 넘어서 술에 취해 귀가했다. 정섭이 이렇게 늦게 귀가를 한 것은 벌써 수년째다. 알코올에 약한 체질로 태어난 그는 과음하지는 않지만, 수년 전부터 거의 매일 술을 마시는 편이다. 담배는 하루에 한 갑 반씩 30여 개비를 피워 골초라고 주위에 소문이 났다. 담배도 전에는 이렇게 많이 피우지 않았다. 술을 마시기 시작한 시점과 피우는 담배양이 급격히 늘어난 것은 비슷한 시기이다. 은동이 여덟 살이던 해 정섭과 금옥은 서울대병원 소아정신과를 찾아가 정밀검사를 했다. 이미 대여섯 살이 됐을 때 자폐라는 사실은 인지했지만 그래도 희망을 버리지 않았다. 열심히 치료하면 정상적인 생활을 할 수 있는 아이가 될 것이라고 굳게 믿었다. 그러나 정밀검사를 받고 나서 정섭은 돌변했다. 금옥도 절망에 빠져든 것은 마찬가지였지만 유독 정섭은 그 충격에서 헤어나질 못했다.

은동이 8살이 되던 해 정섭은 직장 휴가를 내고 효동이를 할머니에게 맡긴 채 금옥과 함께 금동이를 데리고 서울대학교 병원을 찾았다. 사흘간 시흥과 서울을 오가며 대학교 병원에서 할 수 있는 검사를 다 했다. 하지만 의사가 건넨 말은 정섭을 나락으로 밀어 넣었다.

"인정하셔야 해요. 금동이는 자폐 질환을 갖고 있습니다. 그 원인이 궁금하시겠지만, 저희로서는 명쾌하게 드릴 답변이 없네요. 원인은 대략 400가지 정도로 봅니다. 그중 어떤 원인이 은 동이에게 작용한 것인지는 알 수 없습니다."

"아니 그럼 원인을 모르니까 치료도 불가능하단 말씀인가요? 여기는 대한민국 최고라는 서울대학교입니다. 선생님, 제발 부탁드립니다. 길을 찾아 주세요. 간곡히 부탁드립니다."

"아버님 심정은 이해합니다. 그렇지만 저희가 할 수 있는 일은 없습니다. 400가지 중 어떤 원인 때문인지 조사할 수는 있습니다. 그 조사를 하자면 자그마치 열흘 이상이 걸리고 아이가 녹초가 될 겁니다. 돈도 수천만 원이 듭니다. 그런데 중요한 건 원인을 알게 되더라도 치료는 없다는 겁니다."

"한국에서 안 된다면 미국이라도 건너가 보겠습니다. 안 되는 겁니까?"

"글쎄 아버님 심정은 이해한다니까요. 안 되는 일을 된다고 말씀드릴 순 없습니다. 현 상태에서 꾸준한 교육과 재활로 아이의 생활능력을 키워주는 것이 최고의 선택입니다. 안타깝지만 더는 드릴 말씀이 없네요."

6년 전 그날이었다. 그날 이후 정섭은 말을 잃었다. 담배만 피워 물었다. 몇 날을 밥도 먹는 둥 마는 둥 하고 넋이 나간 사람처럼 먼 하늘을 바라보며 담배만 피웠다. 실낱같던 희망도 모두 무산되고 나니 앞이 깜깜했다. 살아가야 할 이유를 찾지 못했다. 정섭과 금옥은 며칠째 아무런 대화도 나누지 않았다. 정섭은 밤에도 옷을 제대로 갈아입지도 않은 채 혼자 거실에서 새벽까지 창밖만 내다봤다. 새벽 서너 시가 넘어서야 겨우 소파에 쭈그리고 쪽잠을 잤다. 2~3시간 겨우 눈을 붙이고 아침 식사도 거른 채 출근하기를 반복했다.

"효동 아빠, 정섭 씨 정말 왜 그래? 당신 실망하는 거 알아. 하지만 안 되는 일을 어쩌란 말이야. 이럴수록 가장인 당신이 더 확실히 자리를 잡아주어야 하는 거 아냐? 대체 왜 이래?"

"……."

"정말 나도 미쳐버릴 것 같아. 당신 정말 너무하네. 흑흑흑"

금옥은 참았던 눈물을 쏟아냈지만, 정섭은 아랑곳하지 않고 그대로 현관문 밖으로 나가버렸다.

금옥은 잘 몰랐다. 그날의 그 충격이 그토록 오랜 세월 이어질 줄은.

정섭은 평소 웬만해선 입에 대지 않던 술을 마시기 시작했다. 타고난 체질이 술에 약해서 많이는 마시지 않았다. 하지만 술을 마시고 귀가하는 횟수가 급격히 늘었다. 흡연량도 평상시와 비교하면 거의 2배가까이 늘었다. 그리고는 좀처럼 안방에 들어오지 않았다. 소파에서 불편한 잠을 자초했다. 금옥은 그러다 말겠지 하고 내버려 두었다. 하지만 정섭은 도무지 안방으로 들어올 생각을 하지 않았다.

그렇게 서너 달이 지난 후 금옥은 정섭에게 말을 건넸다.

"나랑 자는 거 싫으면 내가 은동이 방에서 은동이랑 잘 테니 당신이 안방으로 들어와. 당신이 편한 잠을 자야 회사 가서 일하고 식구를 먹여 살릴 거 아냐. 안 그래?"

"됐어. 난 그냥 소파가 편해. 나 상관 말고 그냥 편히 자."

정섭의 말에 아랑 곳 않고 금옥은 베개를 들고 은동의 방으로 갔다.

그날 이후 벌써 5년이 넘게 지났다. 그날 이후 정섭과 금옥은 단 한 번도 같은 이불 속에서 잠을 자지 않았다. 여간해 같은 식탁에서 밥을 먹는 일도 없었다. 둘 사이의 대화는 갈수록 줄어들었다. 정섭은 큰아들 효동이와 간단한 대화를 나눌 뿐 금옥이나 은동과는 대화를 거의 나누지 않았다. 인지력이 떨어지는 은동이라지만 눈치는 있었다. 아빠가 자신에게 전혀 따뜻한 눈길을 주지 않는다는 사실을 알고 좀처럼 아빠 곁에 다가가지 않았다. 멀쩡히 생활하다가도 아빠가 현관문을 열고 들어오는 소리가 들리면 소스라치게 놀라 제 방으로 숨어버렸다.

금옥은 결혼 이후 바깥 생활을 하지 않았다. 낡고 작은 아파트지만 정섭이 결혼할 때 부모님이 장만해준 집이 있어서 남들처럼 집 장만하겠다고 바둥거릴 필요는 없었다. 정섭도 금옥이 바깥일을 하는 걸 원치 않았다. 정섭은 결혼 초기부터 일정액의 생활비를 금옥에게 전해줄 뿐 나머지 금전 관리를 직접 본인이 했다. 넉넉한 돈을 받지는 않았지만, 금옥은 알뜰하게 살림을 꾸려갔다. 효동이가 초등학교 고학년이 되면서부터 영어와 수학 학원도 다니고 방과후학교 프로그램을 통해 바이올린 연주도 배우기 시작하면서 생활비가 많이 늘었다. 두 아이가 열 살을 넘어서면서부터 음식 먹는 양도 크게 늘어 전에 1주일에 한 번 꼴이던 장보기가 이제는 이틀 간격으로 가게 됐다. 하지만 정섭은 생활비를 늘려주지 않았다. 그리고는 몇 달에 한 번씩 아무런 사전 고지 없이 생활비 지급을 건너뛰기도 하였다.

처음엔 금옥도 사정이 있겠지 싶어 별말을 하지 않았다. 그냥 좀 아

껴 쓰면 된다고 생각했다. 하지만 생활비를 제때 주지 않는 일이 날로 싸늘해지는 정섭의 태도와 무관치 않다는 생각이 든 이후 오히려 말을 할 수가 없었다. 그보다도 눈을 마주칠 일이 없으니 어떻게 대화를 시도해야 할지도 막막했다. 핸드폰 문자 메시지를 건네기도 했지만 아무런 답이 없었다. 그럴 때마다 심한 모욕감을 느꼈다. 그러다 결국 금옥이 마트 일을 시작하게 되었다. 정섭은 효동이와 관련된 비용은 날짜를 지켜 잘 건네주었지만, 금옥이나 은동이 써야 할 돈은 제때 건네주지 않았다. 금옥이 마트 점원으로 일하기 시작하면서 정섭은 더욱 담을 높이 쌓았다. 금옥으로서는 이러지도 저러지도 못할 상황이었다. 하지만 당장 아쉬운 것은 자신이다 보니 어쩔 수가 없었다. 그보다 마트 일을 하다 보면 잡생각을 할 겨를이 없어서 오히려 좋았다.

#3
　　　　　　　　금옥은 최근 수년간 자신에게 벌어진 일을 생각하면 감정이 치밀어 올라 감정을 주체할 수가 없다. 어디서부터 무엇이 잘못된 건지 당최 종잡을 수가 없다. 주위를 아무리 둘러봐도 자신을 이해 해주고 도와주는 사람은 없다. 삶이 너무 무겁다는 생각뿐이다. 은동은 열 살이 넘어서면서부터 신체 성장에 가속도가 붙어 키와 몸무게가 하루가 다르게 늘어갔다. 은동의 몸이 커간다는 것은 금옥이가 그만큼 은동을 다루는 데 힘에 부친다는 것을 의미한다. 효동이는 사춘기로 접어들며 전과 달리 화를 내는 일이 잦아졌고, 은동에게도 거칠고 퉁명스럽게 대하기 시작했다. 운동의 상태는 좀처럼 호전되지 않았다. 자신이 원하는 것을 들어 주지 않으면 벽이나 테이블, 식탁 등에 자신의 머리를 찧는 행동을 반복하며 생떼를 부리는 일이 많아졌다. 때로는 엄마인 금옥에게도 주먹질하거나 손톱으로 할

퀴는 등의 공격적 성향을 드러내 보인다.

효동이 사춘기를 맞아 예민해진 것은 야속하지만 이해할 수 있는 일이다. 은동이 과격해지는 것도 제 본심과 무관한 일이란 사실도 잘 안다. 그러니 이해할 수밖에 없다. 세상천지에 은동을 지켜주고 보호해 줄 사람은 금옥 자신뿐이란 사실을 잘 안다. 하지만 그 현실 자체가 두려움으로 다가온다. 금옥이 정작 서운하고 원망스러운 것은 정섭이다. 자신이 이토록 힘들고 어려운데 가장 가까이서 위로해주고 힘을 주어야 할 남편이 오히려 가장 큰 짐이 되고 있으니 말이다. 몸이 힘들어도 자신이 몇 곱절 힘들 것이고, 마음이 무거워도 자신이 몇 곱절 무거울 텐데 정섭은 대체 무슨 생각을 가지고 저리도 마음을 잡지 못하는 것인지 여간 야속한 게 아니다.

정섭은 회사 일을 마치고 초저녁에 귀가하는 법이 없다. 아무리 일찍 들어와도 밤 10시를 넘긴다. 대개는 술자리를 갖고 들어오고, 술을 마시지 않고 맨정신에 들어오는 날도 식구들과 여간해 눈도 마주치지 않고 곧바로 안방으로 들어간다. 그리고는 일찌감치 불을 끄고 거실로 나오지 않는다. 가끔 효동이를 방으로 불러들여 이런저런 이야기를 나누기도 하지만 깊은 대화는 아니다. 효동이가 방에 불려들어간 날은 아빠에게 용돈을 받는 날이다. 성실하게 학교에 잘 다니고 성적도 상위권인 효동이는 아빠 정섭의 유일한 희망이다. 효동이는 아빠의 투정 어린 행동이 계속되는 것이 못마땅하지만 달리 자신이 할 수 있는 일은 없다고 생각하고 있다. 엄마 금옥이 너무 애처롭다는 생각은 하지만 그 또한 자신이 무얼 어찌해야 할지에 대해 별다른 생각이 없다. 다만 집에 들어오면 푸근하고 정겨움이 없어 자신도 불만스럽다. 은동의 난치 판정 이후 사실 가정이 무너졌다. 가장 중심을 잡아주어야 할 가장인 정섭이 가장 먼저 무너지면서 나머지 식구들도 속절없이 무너진 것이다.

장애가 있는 은동이 최소한의 가정생활과 학교생활을 하기 위해서는 양부모의 피나는 노력이 뒤따라야 한다고 금옥은 생각하고 있다. 자신 혼자서 아무리 애를 쓰고 노력해도 한계가 있다고 생각하는 금옥은 벌써 몇 년째 은동은 물론 가정을 포기한듯한 행동을 하는 것이 여간 야속하지 않다. 자신의 처지를 스스로 생각해봐도 너무 측은해 분통이 터질 때가 한두 번이 아니다. 부부의 정이 없이 사는 것은 그래도 이해할 수 있다. 다른 집도 몇 년 지나면 다들 그렇게 정이 없이 그냥 관성대로 산다고 들었거니와 지금 당장 애틋한 부부의 정이 자신에게는 사치라는 생각도 하기 때문이다.

하지만 제가 낳은 제 새끼인데 은동에게 데면데면한 모습은 도무지 참을 수가 없다. 부부관계를 정리하고 싶은 마음을 가진 것도 수백 번이지만 효동이를 생각하면 차마 그럴 용기가 나지 않는다. 인지력이 부족한 금동이야 무서운 아빠와 떨어져 사는 것을 오히려 반길 수도 있지만, 효동이는 상황이 다르다. 금옥은 어찌 보면 효동이가 가장 큰 희생양이라는 생각을 늘 하고 있었다. 일찌감치 동생에게 엄마를 빼앗겨 정에 굶주렸을 아이다. 표현은 안 하지만 어린 것의 속은 얼마나 새까맣게 타 있을까를 생각하면 금옥의 마음은 찢어진다. 처음 1~2년은 정섭이 마음을 다시 잡고 가정으로 돌아오길 바라는 마음으로 기다렸지만, 이제는 마음을 접었다. 효동이 때문에 부부관계를 정리하지 못하고 살아가고 있다.

#4

　　　　　　　　금옥의 친정엄마 백우진은 딸만 생각하면 억장이 무너진다. 물론 백 씨는 딸이 장애 아들 탓에 힘겹게 살고 있다는 사실만 알고 있다. 정섭과 벌써 5년 넘게 남처럼 살아가고 있다는 사실을 전혀 알지 못한다. 금옥과 가까이 군포에 사는 백 씨는 딸과 자주 통화를 하고 싶어도 딸 목소리만 들으면 참았던 울음이 터져 오히려 딸의 마음에 상처만 줄 뿐이란 사실을 본인은 잘 알고 있다. 4남매를 둔 백 씨는 자식 모두가 그런대로 자리를 잡아, 탈 없이 잘살고 있음에 늘 감사한다. 그러던 중 막내딸 금옥이 은동을 낳은 이후부터 없던 걱정이 생겨 밤잠을 제대로 이루지 못한다. 백 씨는 평생 교회고 절이고 다녀본 적이 없지만 얼마 전부터 이웃집에 사는 또래를 따라 은광사에 다니기 시작했다. 부처님 앞에 엎드려 절이라도 하면 그나마 시름이 조금은 가시기 때문이다. 오늘도 백 씨는 은광사에 가서 금옥을 위해 부처님께 천 배를 올렸다.

똑같은 상황을 놓고 시어머니는 친정어머니와 바라보는 시각이 180도 다르다. 시어머니 조춘자 씨는 자나 깨나 아들 정섭 걱정이다. 정섭이 웃음을 잃은 지 오래고 핼쑥하게 말라가고 있으니 어머니 된 처지에서 가슴이 아플 수밖에 없다. 3남매 막내인 정섭이 어머니 조 씨 눈에는 가장 늙어 보이니 말이다. 얼굴도 늘 푸석푸석 윤기가 없고, 이제 40이 갓 넘은 나이에 웬 흰머리는 그리도 많은지. 바라보자니 마음이 타들어 간다. 조 씨는 며느리 금옥이 은동 때문에 힘들 것이라고 생각은 하면서도 당장 자신의 자식인 정섭이 야위어 가는 것을 두고 볼 수 없어 이따금 전화를 걸어 금옥의 억장을 무너뜨린다.

"아니 애미야. 너 힘들고 어려운 걸 아니까 내가 차마 말은 못 했다만 효동 애비 하고 다니는 꼴을 좀 봐라. 그게 어디 각시 있는 놈 몰골이더냐. 밥 맛나게 하는 영양제라도 좀 먹이고 반찬이라도 좀 먹게끔 준비해서 아범 꼴은 만들어줘야 하는 거 아니냐. 지켜보고 있자니 속이 터져서 한마디 했다. 어쨌든 애비가 건강해야 너도 애들도 살아갈 것 아니냐? 내 말 너무 야속하게 듣지 말고 아비 좀 챙겨라. 내 말 알겠지?"

금옥은 자신도 두 아들을 키우는 부모의 입장이니 시어머니 조 씨의 심정을 이해는 한다. 하지만 자신이 얼마나 힘에 겨운지 알지도 못하면서 그저 자신의 자식만 눈에 밟히는 시어머니의 말을 듣고 나면 정말 가슴 한가운데서 시뻘건 불덩이가 끓어오른다. 시어머니와의 전화 통화를 마치고 나면 온몸에 맥이 쭉 빠진다. '내가 어떻게 살고 있는지 알고 저러시나?' 싶은 생각에 야속한 마음이 가시질 않는다. 반면 자신만 아니면 아무런 걱정이 없으실 친정어머니가 절에 기도까지 다니시는 걸 보고 그 또한 송구한 마음에 억장이 무너진다. 친정어머니와 전화 통화를 마치면 며칠 먹먹한 마음이 가시지를 않는다.

금옥은 수면제를 먹지 않으면 잠을 이룰 수 없는 날이 늘어갔고, 지난해부터는 정신과 진료를 받기 시작해 우울증 판정을 받아 치료하고 있다. 물론 정섭은 아무것도 알지 못한다. 금옥은 우울증약을 복용하면서 신기한 경험을 했다. 약을 먹으면 한결 마음이 편해지고 수면제 없이도 잠을 잘 수가 있으니 말이다. 시뻘겋게 올라오는 울화도 이전만큼 호흡을 방해할 정도는 아니다. 금옥은 자신이 우울증 치료를 받기 시작하면서 어느 정도의 효험을 보기 시작하자 정섭에게도 치료를 권해보고 싶다는 생각을 했다. 그가 치료를 받으면 이전의 다정스러웠던 신랑의 모습으로 돌아올 수 있다는 희망을 품게 됐다. 하지만 눈길 한번 제대로 주지 않는 정섭에게 그런 말을 할 기회는 없었다. 설령 말을 한다고 한들 냉소적인 반응을 보일 것이란 걸 잘 알고 있다. 그래서 문자 메시지를 이용해보았다. 하지만 정섭에게는 아무런 답장도 날아오지 않았다.

"효동 아빠, 당신 너무 힘들면 병원 도움을 받아봐. 요즘 현대인들은 스트레스가 너무 심해서 그냥 내과나 이비인후과 가듯 정신과 가서 진료를 받는데. 의사에게 상담받고 약 처방받아서 먹으면 상태가 한결 좋아진다고 하네. 억지로라도 마음속 울분을 삭여봐. 꼭 치료받아보길 바래."

"……."

#5

　　　　　　　　　　숨이 턱턱 막힐 듯한 폭염이 계속
되는 일요일. 웬일인지 정섭은 외출하지 않고 집에 머물러 있다. 찌는
더위를 견디지 못하겠던지 샤워하러 목욕탕으로 들어갔다. 금옥은 순
간 정섭의 휴대전화를 훔쳐보고 싶다는 생각이 들었다. 패턴으로 잠
겨있었지만, 자세히 살펴보니 손자국이 선명하게 나왔다. 그대로 따
라 패턴을 그려보니 암호가 풀리고 초기화면이 나타났다. 문자 메시지
와 통화내역을 살펴보았다. '주 실장'이란 이름으로 하루에도 적게는
수통, 많게는 수십 통의 통화 내역이 기록돼 있었다. 문자도 그와 나눈
대화로 가득했다. 금옥은 일단 주 실장의 전화번호를 옮겨적었다. 주
고받은 문자 메시지 내용을 살펴보려는 순간 정섭이 목욕탕 문을 여는
소리가 들렸다. 소스라치게 놀란 금옥은 얼른 전화기를 제자리에 놓고
주방으로 걸음을 옮겼다.

　금옥은 뭔가에 가위눌린 듯 가슴 한가운데로 통증이 집중 몰려드는
것을 경험했다. 불길한 예감이 엄습하며 머릿속이 까맣게 멈춰 서는
블랙아웃, 그걸 경험했다. '말로만 듣던 블랙아웃이 이런 거구나' 금옥
은 혼자 생각했다. 격한 심장박동을 억제할 수가 없었다. 금옥은 여자
다. 아직 생리적으로 젊고 신체 건강에도 별문제가 없는 여자다. 여자
의 촉이란 게 있다. 남성은 이해하지 못하는 예지력이랄까? 금옥은 순
간 촉이 살아나며 심상찮은 일이 앞으로 벌어질 것을 직감했다. 주 실
장이란 사람은 분명 여자일 것이며 정섭과 업무 외에 무엇인가로 엮여
있는 상태란 직감이 밀려왔다. 식탁 의자에 주저앉아 있던 금옥은 순

간 벌떡 일어나 서랍장을 뒤져 진정제를 찾아 한 알을 물과 함께 삼켰다.

그 순간 은동의 방에서 "쿵~" 하는 소리가 들렸다. 소스라치게 놀라 달려 들어가 보니 은동은 방바닥에 내동댕이쳐진 채 울음을 쏟아내기 시작했다. 바퀴가 달린 의자에 올라가 놀다가 넘어진 것이다. 방 안에는 은동이 가위질로 잘라놓은 종이 뭉치가 사방으로 흩어져 있었다. 신문지며 전단지며 색종이까지 온통 방 안에 종이 파편이 넘쳐났다. 은동은 열두 살이지만 아직 3~4살 또래의 인지력을 갖고 있다. 잠시만 방심하면 감당하지 못할 사고를 친다. 며칠 전에는 금옥이 잠시 동네 마트에 다녀오는 사이 주방 싱크대를 뒤져 설탕과 조미료, 물엿과 식용유 등을 꺼내 온 집안에 흩뿌리는 일이 있었다. 치우는 데만 두어 시간이 걸렸다. 이런 일을 한번 겪을 때마다 금옥은 몸과 마음이 지쳐감을 느낀다. 은동이 엉엉 울며 소란을 피웠지만 아빠 정섭은 은동의 방을 살펴보지도 않은 채 밖으로 나가버렸다. 창문 너머 정섭이 차를 몰고 주차장을 빠져나가는 모습이 금옥의 눈에 들어온다.

금옥은 주 실장 문제를 어떻게 대처해야 할지 막막했다. 심부름센터를 동원할까 싶은 생각도 들었고, 지인들에게 도움을 청할까도 생각해보았다. '그냥 모른 체할까?' 하는 생각도 들었지만 그건 아니었다. '차라리 몰랐으면 좋았을 걸 공연히 알게 돼 속앓이만 한다.'라며 후회하기도 했다. 휴대전화를 훔쳐본 자신이 너무나 원망스러웠다. 몰랐으면 이런 상처를 입지 않았을 텐데 공연한 짓을 했다는 생각이 물밀 듯이 밀려왔다. 그러면서도 한편으로는 주 실장은 분명 업무와 관계되는 인물로 남성일 것이란 생각을 하기도 했다. 하지만 남성이라면 아무리 업무와 밀접한 관계가 있다고 해도 하루에도 수십 통씩 통화할 리가 만무했다. 문자를 그토록 많이 주고받을 일도 없다고 생각했다. 금옥은 자신의 촉을 믿었다.

금옥은 이튿날 친구 김이선에게 전화를 걸었다. 이선은 대학 때 같은 동아리 활동을 했던 친구로 학부에 이어 석사과정까지 심리학을 전공했고, 서울에서 사설 아동심리센터를 운영하고 있다. 학교 다닐 때 금옥과 이선은 둘도 없이 친한 단짝이었다. 이선이 성인이 아닌 아동 심리 전문가라고는 하지만 그래도 자신의 답답한 마음을 가장 잘 이해해 주고 해결책을 제시해줄 것이라는 믿음이 생겼다. 전화를 걸어 이선에게 그간의 일들을 모두 털어놓았다. 마음이 한결 후련해지는 것을 느꼈다.

"금옥아, 내게 다 이야기 해줘서 정말 고맙다. 대충 짐작은 했지만 네가 그렇게까지 고통스럽게 사는지는 몰랐다. 그동안 무심했던 거 정말 미안하다."

"아니야. 별소릴 다 하는구나. 나도 너한테 신경 하나도 못 쓰고 살았는걸. 뭐. 우리 애들이나 키워놓고 자주 만나자. 지금은 내가 좀처럼 짬을 낼 수가 없구나. 지금은 몸도 마음도 늘 여유가 없어서…."

"금옥아~"

"……."

"내가 볼 때 효동 아빠 여자 생긴 거 맞어. 얼마나 서운하고 괘씸하겠니? 내가 너래도 못 참을 것 같아. 하지만 금옥아, 절대 이번 사태를 감정적으로 처리해선 안 돼. 감정을 억제하고 최대한 이성적으로 판단해야 해. 미운 감정은 잠시 접어. 애들 아빠를 위해서가 아니라 너와 너희 아이들을 위해서 하는 말이야."

"……."

"금옥아! 금옥아? 듣고 있니?"

"응 듣고 있어. 말해."

"애들 아빠 반드시 돌아올 거야. 반드시. 남자들은 그 나이에 한 번씩 한눈을 팔아. 애 아빠도 오죽 힘들면 그랬겠나 하는 마음으로 바라보고 이성적으로 행동해. 물론 지금 같은 상황에서 너한테 한 짓을 생각하면 한없이 밉다. 너무 얄밉다. 그치만 아이들을 생각해야 해. 알겠지?"

#6

　　　　　　　이튿날 금옥은 떨리는 손가락을 다른 손으로 붙잡아가며 정섭의 핸드폰 속 주 실장에게 전화를 걸었다. 신호음이 계속되는 동안 금옥의 심장은 심한 박동질을 했다. '내가 잘못한 게 하나도 없는데 왜 내가 떨고 있지?'라고 생각하는 사이 수화기 너머 낭랑한 목소리가 들려왔다.

"네, 아성실업 주미연입니다."

아성실업? 그것은 정섭이 다니고 있는 회사의 이름이었다. 그래서 금옥은 더욱 놀랄 수밖에 없었다. 숨이 막혀 어쩔 줄 몰랐지만 침을 한 번 삼키고 호흡을 가다듬었다. 그리고는 차분한 어조로 말했다.

"주 실장님이시죠?"

"네 그렇습니다만, 어디시죠?"

"네 저는 서정섭 씨 부인되는 사람입니다."

"아, 네에~"

조금 전까지만 해도 당당하고 발랄하던 주미연의 목소리가 갑작스럽게 차분해지고 움츠러들었다.

"불쑥 전화 드려서 죄송해요. 제가 우리 애 아빠 관련해서 좀 여쭤보고 싶은 게 있는데요. 시간 좀 청해도 될까요?"

"아니 뭐 전화 통화로는 어려우실까요?"

"바쁘신 줄은 압니다만 그래도 한번 뵙고 부탁을 드리고 싶은 게 있는데요."

"네. 그럼 그렇게 하시죠."

금옥은 주 실장과 다음날 바로 만나기로 하고 약속 시각과 장소를 정했다. 전화를 마치고 금옥은 긴 한숨을 내쉬었다. 자신이 피해자일 수 있는 일인데 왜 자신이 그토록 떨리고 가슴이 졸이는지 스스로 이해가 되지 않았다.

이튿날 금옥은 낮 마트 근무를 잠시 비우고 약속된 커피숍에서 주 실장을 만났다. 약속 시각보다 10분 이르게 금옥이 도착했고, 주 실장은 3분 일찍 도착했다. 둘은 첫눈에 서로를 알아봤다. 씁쓸한 미소를 나누고 마주 앉았다. 마트에서 일하다 온 금옥은 청바지에 자주색 니트 상의를 입고 있었다. 반면 주 실장은 말쑥하게 회사 출근복인 스커트 정장을 입고 있었다. 약간 둥근 얼굴에 옆구리를 삐져나오는 살이 한눈에 드러나는 주 실장은 누가 봐도 매력을 발산할 만큼 세련된 이미지를 풍기기보다는 그저 푸근한 40대 여성의 이미지였다. 금옥이 먼저 말문을 열었다.

"바쁘신 시간에 이렇게 초라한 행색으로 만나 뵙자고 해서 너무 죄송스럽네요. 어차피 한번 뵙고 말씀을 드려야 할 상황인데 차일피일할 필요 없다고 생각했습니다."

금옥이 말을 하는 동안 주 실장은 애써 눈빛을 외면하면서 찻잔을 뚫어지라 직시했다. 그러면서 금옥의 말에 수긍하는 듯 고개를 수시로 끄덕여주었다. 금옥은 자신의 신세 한탄부터 풀어놓았다. 지금 자신이 혼자 서있기도 벅찰 정도로 외롭고 힘든 입장임을 털어놓았다. 그리고 정섭이 작은아이로 인해 심각한 우울 증세를 보인다는 사실도 말했다. 주 실장은 시종 고개를 끄덕이며 금옥의 말을 듣기만 했다. 금옥의 눈에 비친 주 실장은 충분히 이성적이었고, 차분했다. 금옥이 할 말을 다 했다는 판단이 들었을 때, 주 실장이 입을 열기 시작했다.

"저, 부인께서 생각하시는 것만큼 몰상식 한 사람은 아니에요. 언젠가 한 번쯤 이런 날이 올 거라고 생각은 했어요. 서 과장하고 저는 선후배 사이입니다. 제가 서 과장보다 8년 먼저 이 회사에 입사했습니다. 나이도 다섯 살 많구요. 직접 같은 부서에서 근무한 적은 없지만 큰 프로젝트를 두 번 같이 맡아 추진한 적이 있어요. 참 명석하고 유능한 후배예요. 큰 프로젝트 수행하는 동안 많이 친해졌고, 술도 한잔 같이할 기회가 있었고요."

금옥은 속이 타는 듯 커피를 두고 얼음물을 주문해 계속 마셨다. 두 번이나 냉수를 다시 채워 계속 마셨다. 주 실장은 이야기를 계속했다.

"술자리를 갖다가 제가 혼자 산다는 사실을 서 과장이 알게 됐어요. 일부러 흘린 것은 아니지만 아주 우연히 말하게 됐어요. 저 이혼녀거든요. 혼자 산 지 6년 됐어요. 딸 아이하고 둘이 살다가 딸아이가 지난해 미국으로 공부하러 갔어요. 저도 외로웠어요. 그렇다고 서 과장에게 수작을 건 적은 없었어요. 오히려 서 과장이 제가 혼자라는 사실을 알게 된 후부터 너무 집요하게 접근한다는 사실을 느끼고 제가 피했어요."

"그러셨군요. 계속 말씀해주시죠."

"자주 전화가 걸려오고, 하루에도 수십 통씩 문자를 보내고 그러더군요. 저더러 누나가 돼 달라고 계속 말했어요. 저는 혼자 사는 여자가 너무 가볍게 처신한다는 얘기 듣고 싶지 않았어요. 회사라는 곳도 모두 나름대로 대졸 엘리트들 모아 놓은 집단이라고는 하지만 말도 많고, 저속한 소문도 돌고 그러거든요. 그게 너무 싫었어요."

"……."

"하루는 술 한잔하자길래 자리를 가졌는데 둘째 아이 이야기를 제게 하더군요. 아주 많이 힘들어했어요. 정말 보기 안쓰러웠어요. 당장 눈에 보이는 게 서 과장이다 보니 뵌 적 없는 애 엄마 생각은 안 떠오르더군요. 지금 생각해보면 애 엄마가 아빠보다는 몇 곱절 힘들 텐데요."

"그래서 지금도 자주 만나시나요?"

"저는 이혼을 경험한 여자입니다. 남자들을 너무 잘 알죠. 그동안 재혼 제의도 주위에서 많이 받았고, 외로울 만큼 외로워도 봤어요. 수년 전에는 재혼을 전제로 사귀는 남자도 있었어요. 하지만 혼자 산 세월이 길다 보니 다시 누군가와 산다는 게 엄두가 안 났어요. 그냥 이렇게 사는 게 답이라고 생각했어요. 전 누군가에게 몰입하기에는 너무 이기적인 성격이에요."

"저도 좀 그래 봤으면 좋겠네요. 부럽네요."

"서 과장이 접근해 오길래 사실 많이 피했어요. 저는 이미 많이 늙었어요. 폐경도 이제 머지않았어요. 남자에 그닥 큰 관심 없어요. 그런데, 서 과장이 많이 외로워 보인다는 점이 늘 안타까웠어요. 위로해주고 싶었어요. 달래주고 싶었어요. 그래서 전화 오면 전화 받아주고, 문자 오면 답장해주고…, 그랬어요. 잘했다는 거 아니에요. 정말 죄송해요. 제가 서 과장한테 마음을 뺏겼든 안 뺏겼든 그건 중요하지 않아요. 가정 있는 남자에게 좀 더 단호하게 뿌리치지 못했다는 것은 무조건 제 잘못이에요. 앞으로 부인의 심기를 불편하게 해 드리는 일은 없을 거예요. 맹세해요. 그리고 진심으로 사과드려요."

너무도 당돌한 주 실장의 태도에 금옥은 더 뭐라고 대처할 수가 없었다. 처음에 그를 만나러 올 때는 머리카락이라도 움켜쥐고 바락바락 소리를 지르며 싸울 수도 있다는 생각을 하고 왔다. 하지만 너무도 냉철한 그의 행동에 마음이 녹아내리고 말았다. 오히려 그에게 뭔가 도움을 요청하고 싶다는 나약한 생각이 들기도 했다. 하지만 금옥은 태연한 듯 자신도 한껏 냉철한 태도를 보였다. 둘 사이의 관계가 어디까지인지는 굳이 묻지 않았다. 어쩌면 가장 궁금했을지 모르지만, 왠지 그 문제를 대화에 끼워 넣고 싶지는 않았다. 설령 그걸 알았다고 한들 그 자리에서 뭐라 하겠나 싶은 생각도 들었다. 그 문제를 끄집어내자니 스스로가 너무 초라하게 느껴졌다. 더구나 주 실장은 본인 스스로 금옥이 원하는 대답을 한 것 아닌가. 앞으로 전화 통화도 안 하고 문자도 주고받지 않겠다고 했으니 다른 확답을 받을 필요가 없다고 생각한 것이다. 더 무엇인가를 요구하는 것이 자신을 비참하게 만들 수 있다고 느꼈다.

#7

　　　　　　　　친구 이선의 말대로 금옥은 아주 이성적으로 문제를 해결했다. 그러나 문제는 주 실장의 문제를 해결했음에도 불구하고 정섭의 마음을 되돌릴 수 없다는 점이다. 실제로 며칠 뒤 금옥이 다시 한번 정섭의 전화기를 몰래 살펴본 결과, 통화내역에도, 문자 내역에도 주 실장과 주고받은 연락은 없었다. 이를 입증이라도 하듯 다시 며칠이 지난 뒤 주 실장으로부터 금옥에게 한 통의 문자 메시지가 날아왔다.

"서 과장에게 알아듣게 이야기했어요. 부인과 아이들에게 충실한 아버지가 돼달라고 간곡히 당부했어요. 아마 다시는 저를 찾는 일이 없을 겁니다. 심려를 끼쳐드려 정말 죄송했습니다."

주 실장의 문자는 간결하면서도 명료했다. 몇 글자 안 되는 문자 메시지에서도 커리어우먼의 풍미가 배어 나왔다. 금옥도 망설이다가 답신을 보냈다.

"고맙습니다. 무례한 부분이 있었다면 이해해 주시기 바랍니다."

이렇게 주 실장 문제는 일단락됐다. 주 실장이 정섭에게 단도직입적으로 상황을 설명하고 매듭을 지은 것 같다. 물론 금옥을 만났다는 이야기도 한 것 같다. 금옥은 정섭에게 자신이 주 실장을 만나고 온 사실을 말하지 않았다. 정섭은 그 사실을 알 테지만 금옥에게 자초지종을 묻지 않았다. 늘 그랬던 것처럼 둘은 별다른 이야기를 나누지 않았다. 금옥은 정섭이 자신에게 다가와 미안하다고 진심 사과하길 바랐다. 하지만 정섭은 한 발짝도 다가오지 않았다. 은동에게도 눈길 한번 주지 않았다. 금옥은 정섭이 전혀 바뀌지 않았음을 확인하며 절망감이 더욱 켜졌다. 정섭은 어쩌면 전보다 더 가정에 거리를 두며 사춘기 청소년 같은 반항기를 보였다. 대체 누굴 향해 무엇 때문에, 무얼 바라고 저러는 건지 바라보는 금옥은 억장이 무너질 뿐이다.

금옥과 정섭이 남남처럼 살아온 세월이 벌써 5년째이다. 대체 어디서부터 무엇이 잘못된 것인지 금옥은 답답하기만 하다. 하루하루 속절없이 늙어만 가는 자신이 너무도 안쓰럽다. 금옥은 수년 전만 해도 무엇 하나 부러울 게 없는 인생이었다. 번듯한 대학을 졸업했고, 졸업 후에는 세무사무소에 취직해 능력을 인정받으며 남부럽지 않게 살았다. 국세청 과장으로 퇴임한 세무사무소 소장은 금옥의 업무처리 능력이 탁월하고 성격도 좋다며 최고 대우를 해줬다. 그래서 결혼 후에도 금옥은 세무사무소 일을 계속했다. 첫째 효동이를 낳아 기를 때도 시어머니 조 씨의 도움을 받아 큰 불편 없이 직장생활을 계속할 수 있었다. 그러나 은동을 낳고 상황이 급반전되었다. 두 아이를 시어머니에게 맡길 수도 없었고 훗날 은동이 서너 살이 되면서부터 자폐증 증상을 드러냈기 때문이다. 이때부터 금옥은 자연스럽게 일을 접을 수밖에 없었다.

금옥은 하루하루의 생활이 너무 고달프다. 집에서 먼 거리를 오가며 아이를 등교시키고 마트 점원으로 일을 하는 자체도 힘에 부친 데 은동은 계속되는 교육과 치료에도 나아지는 모습을 보이지 않는다. 오히려 덩치가 커지면서 통제하기만 더욱 어려워진다. 앞으로 1~2년 후에는 도저히 은동의 생떼를 당해내지 못할 것이란 두려움도 수시로 밀려온다. 효동이는 학교생활에 잘 적응하며 모범생으로 잘 적응하고 있다고는 하지만 사춘기가 된 이후 도무지 상냥하고 따뜻한 구석이라곤 찾아볼 수가 없다. 늘 불만으로 가득한 얼굴을 하고 엄마가 묻는 말에 대꾸도 잘 하지 않는다. 남편 정섭은 주 실장 사건을 잘 마무리하면 뭔가 달라지는 모습을 보일 거라고 기대했지만 오히려 이전보다 더 싸늘해졌다.

희망이 보이지 않는 삶은 삶이 아니라고 했던가. 대체 자신이 무얼 잘못했고 어디서부터 자신의 삶이 이토록 망가졌는지를 생각하면 금옥은 억울한 마음뿐이다. 금옥은 가끔 자신이 죽고 난 뒤에 은동이 혼자 살아가는 모습을 상상하면 등골이 오싹해진다. 자신이 없으면 은동은 단 하루도 살 수 없을 거라고 금옥은 생각하고 있다. 은동 때문이라도 다른 어떤 생각을 할 수 없는 게 금옥의 심정이다. 너무도 답답하고 억울하다는 생각에 죽어버릴까 싶은 생각이 들 때도 많았지만 효동이와 은동을 생각하면 그럴 수는 없다고 결론이 났다. 그렇다고 이렇게 살자니 하루하루가 생지옥이다. 이렇게 한번 펴보지도 못하고 시들어버리면 어쩌나 싶은 조급한 마음이 생기면 감당을 못할 지경이다. 그래서 의사의 진료와 상담을 받고 지금껏 복용하던 우울증약을 한 알에서 두 알로 늘렸다.

#8

　　　　　　　　새벽 6시가 조금 넘었다. 한겨울이어서 바깥세상은 칠흑같이 어둡다. 정섭의 휴대전화가 사납게 울어댔다. 정섭은 6시 반에 알람을 맞춰 출근 준비를 하는데 30분이나 일찍 휴대폰이 요란하게 울었다. 정섭의 전화기는 전화벨 소리와 알람 소리가 달라 정섭과 금옥 모두 알람 소리가 아니라는 것을 금세 알아차렸다. 은동이 방에서 잠을 자던 금옥도 알람 소리를 듣고 깼다. 뭔가 불길한 예감이 밀려왔다. 정섭은 방 전등을 켜고 시간을 확인한 후에 전화를 받았다. 그리고는 화들짝 놀라며 전화를 끊고 옷을 주워입기 시작했다. 금옥은 불길한 예감을 감출 수 없어 안방으로 달려갔다.

"효동 아빠 무슨 일이야? 새벽부터 무슨 전화야?"

"어머니가 교통사고를 당하셨는데. 새벽기도 다녀오시다가 집 앞 횡단보도에서…."

정섭은 병원 가서 상황을 보고 전화를 하겠다고 하고는 곧바로 차를 몰고 병원으로 달려갔다.

금옥은 불안함을 감출 수 없었다. 하지만 침착해야 한다고 생각했다. 모든 상황이 궁금했지만, 자신이 먼저 전화를 거는 것은 아무런 도움이 되지 않는다고 판단했다. 그래서 전화가 오기만 기다렸다. 마침 방학 중이어서 효동이와 은동은 세상모르고 자고 있었다. 금옥은 최악의 상황을 대비해 준비할 수도 있다는 생각을 했다. 그래서 여행용 가방에 가족들의 속옷과 양말, 칫솔과 치약 등을 챙기기 시작했다. 8시가 거의 다 된 시간 금옥의 휴대전화에 벨이 울렸다. 발신자를 확인해보니 정섭이었다. 금옥의 휴대전화에 정섭은 '신랑'이라고 표시돼 있었다. 정섭은 아주 낮은 목소리로 흐느끼며 말했다.

"아무래도 오늘을 넘기시지 못할 것 같아. 두 애들 데리고 군포 한마음병원으로 와. 옷가지랑 세면도구도 좀 챙겨와야 할 것 같고. 형네 식구들도 지금 오고 있어. 누나네 식구들도."

"그래 알았어. 준비해갈게."

금옥의 가슴이 철렁 내려앉았다. 늘 아들만 생각하고 아들 편에서 이야기하는 야속한 시어머니였지만 젊은 나이에 청상이 되셔서 2남 1녀를 키우는데 모든 청춘을 바친 분이다. 금옥이 직장생활을 할 때 효동과 금동이를 키워주신 분이다. 전화를 끊고 나니 시어머니 백 씨와 지낸 세월이 주마등처럼 스쳐 지나갔다. 자식들밖에 모르고 사신

세월이 가엾다는 생각이 들어 금옥은 순간 큰 울음을 터뜨리고 말았다.

"어머니~ 어머니~ 그렇게 가시면 어떡해요. 저랑 은동이 어떻게 사는지는 알고 가셔야죠. 이렇게 가시면 어떡해요. 어머니~~~ 제가 서운한 게 많아서 근래에 따뜻한 말 한마디 못해 드렸는데 이렇게 갑작스럽게 가시면 어떡해요. 정말 너무하세요. 어머니~"

아이들을 데리고 택시편으로 병원에 도착하니 10시 반이 조금 넘었다. 중환자실에 있는 조 씨는 정오와 오후 6시 하루에 단 두 번만 가족면회가 허용된다. 그래서 아직 정섭과 그 형제자매들도 조 씨의 상황을 지켜보지 못했다. 가족들은 중환자실 앞에 마련된 몇 개의 의자에 각기 앉아 머리를 숙인 채 흐느끼고 있다. 연락을 받고 뒤늦게 병원으로 도착하는 이모들과 외삼촌이 차례로 도착할 때마다 그들을 붙들고 펑펑 우는 게 가족들이 할 수 있는 유일한 일이었다. 이윽고 12시가 돼 중환자실 문이 열렸다. 그리고는 병원 직원 한 명이 큰 소리로 말했다.

"조춘자 씨 가족분들! 지금부터 20분간 가족 면회하시겠습니다. 환자가 아주 위독한 상태니까 안정이 필요합니다. 너무 소리 내어 우시거나 환자를 붙들고 흔들거나 하는 일은 삼가세요. 면회시간은 20분이니까 시간 꼭 지켜주시고요. 한 분씩 차례로 들어오세요."

이윽고 중환자실 문이 열렸다. 조씨는 온몸을 붕대로 감은 상태였고 부을 대로 부어있었다. 알코올로 닦아냈다고는 하지만 온몸이 피멍투성이여서 알아볼 수조차 없는 지경이다. 의식이 없는 것은 물론이고 산소호흡기에 의해 억지로 연명하고 있을 뿐 이미 이 세상 사람이 아니었다. 누구랄 것 없이 피멍투성이가 된 조 씨를 보고 가족들이 일제히 울음을 터뜨렸다. 평소 시어머니에 대한 서운함으로 가득했던 금옥이지만 생사의 갈림길에서 가녀린 숨을 몰아쉬고 있는 조 씨의 모습을 보니 연민이 쏟아졌다. 연민과 함께 자신의 억울한 처지를 끝까지 이해하지 못하고 떠나게 됐다는 데 대한 서운함이 뒤엉켰다. 더구나 조 씨는 두 아이가 어렸을 때 지극정성으로 손주들을 돌봐주었다. 금옥을 비롯한 온 가족이 서럽게 우는 모습을 바라보며 은동도 엄마 곁에 바짝 붙어서 펑펑 울어댔다.

"자, 이제 20분이 지났습니다. 가족분들은 이제 모두 바깥으로 나가 주시기 바랍니다. 오후 6시에 한 번 더 만나 뵐 수 있는 시간을 드리도록 하겠습니다. 협조해 주시기 바랍니다."

직원이 안내하자 가족들은 하나둘씩 밖으로 나가기 시작했다. 처음으로 조 씨의 상태를 확인하고 나와 중환자실 복도에 모인 가족들은 더는 희망이 없음을 직시하고 장례를 치를 구체적인 준비에 착수했다. 의료진도 "산소호흡기만 떼면 바로 사망이라며 오늘을 넘길 수 없을 것이니 준비를 해달라"고 말한 상태이다. 우선 장례식장을 예약했고 가까운 친척들에게 연락을 전하기 시작했다. 큰집 조카는 증명사진을 가지고 사진관에 가서 영정사진으로 만들어오기로 했다. 일단 형제들끼리 모여 의견 조율이 시작됐다. 큰아들이 주도권을 갖고 대화를 이끌었다.

"누가 상조회사 회원 가입한 사람 없을까? 대개 형제 중에 한 사람씩은 가입이 돼 있던데. 나는 마음만 여러 번 먹었지 실제 가입은 못 했네. 누구 없나?"

모두가 절레절레 고개를 흔들었다. 서로 눈치만 보던 중 금옥이 대답했다.

"네. 제가 바다상조라는 회사 상품에 가입한 것이 있어요. 가입한 지 2년쯤 됐어요. 우리가 모두 장례절차에 대해 잘 모르니까 상조회사 도움을 받으면 아무래도 나을 것 같아요."

"고맙습니다. 제수씨. 다행이네요. 그럼 얼른 연락해서 상조회사 직원들도 준비할 수 있게 하시죠."

금옥은 사실 친정어머니가 일을 당하면 사용하겠다는 목적으로 상조상품에 가입했다. 친정 형제라고 해봐야 오빠하고 금옥 달랑 둘인데 평소 자신의 가정조차 제대로 챙기지 못하는 오빠가 상조상품에 가입할 리가 없다는 생각을 해 자신이 가입하고 혹시 모를 상황에 대비한 것이다. 그러나 우선 당장 시어머니가 먼저 가실 지경이니 급한 대로 먼저 사용해야겠다고 생각한 것이다. 연로한 어머니가 계시니 자식 중 누구라도 한 명은 상조상품에 가입했을 것으로 생각했는데 아무도 없던 것이다. 금옥은 자신이 상조상품에 가입한 사실을 감춰둘 수가 없어 공개하고 말았다. 모두가 필요로 하고 있으니 우선 급한 대로 사용을 사용해야 한다고 생각했다.

이렇게 상조회사 문제 등으로 이런저런 이야기를 나누던 중 중환자실 문이 열렸다. 그러더니 조금 전 안내를 했던 직원이 제법 큰 목소리로 말을 했다.

"조춘자 씨 가족분들 중환자실로 오세요. 곧 운명하실 것 같습니다."

가족들은 나누던 대화를 멈추고 황급히 중환자실로 달려 들어갔다.

"흐~ 후~, 흐~ 후~"

조 씨는 아주 힘들게 숨을 들이마시고 길게 뱉기를 반복했다. 조 씨 머리맡에 있는 알 수 없는 화면 모니터는 반복적으로 상하 지그재그를 그리던 그래프가 갑자기 뚝 떨어져 바닥권에서 머물고 있다. 의료 상식이 없는 누가 봐도 그 그래프가 무엇을 의미하는지 단번에 알아차릴 수 있었다. 긴 호흡을 몇 차례 하던 조 씨는 "후~~"하고 아주 길게 숨을 내뱉고 목을 떨구었다.

"운명하셨습니다. 지금 시간 13시 51분입니다. 산소마스크 떼겠습니다."

직원의 말이 떨어지기가 무섭게 온 가족이 통곡하기 시작했다. 바로 어제까지만 해도 멀쩡하던 조 씨는 하루 사이로 이 세상에서 저세상으로 건너갔다. 모든 가족은 눈앞에 벌어진 이 상황이 도무지 믿어지지 않았지만 엄연한 현실이었다.

#9

　　　　　　　　　　　　　　장례는 순조롭게 잘 진행되었다. 한겨울인데도 손님이 많아 이틀 내내 북적였고, 상조회사도 믿음이 가게끔 깔끔하게 일 처리를 잘 해주었다. 어머니에게 평소 무뚝뚝하고 퉁명스럽게 대했던 둘째 아들 정섭은 무엇이 그리도 서러운지 가장 많이 울음을 쏟아냈다. 중학생이 된 효동이도 손자로서 제법 의젓하게 장례절차를 따랐다. 장애가 있는 은동은 정확한 상황은 파악하지 못하고 있지만, 전체적인 분위기가 침울하게 진행되고 있다는 사실은 인지하는 듯했다. 그래서인지 고집을 피우고 생떼를 쓰는 일 없이 얌전하게 장례절차를 따랐다. 특히 엄마인 금옥이 서럽게 울어대면 큰 목소리로 따라 울었다. 소렴과 대렴을 할 때는 겁에 질린듯한 표정을 보이기도 했지만 그래도 전체적인 분위기를 잘 따랐다.
　어쩌면 가족 중 조 씨에게 가장 서운할 수 있는 인물은 금옥이다. 금옥이 어떤 처지로 살아가는지는 전혀 알지 못하면서 늘 자식인 정섭 편에 서 있었으니 금옥으로서는 야속하기 이를 데 없는 시어머니였다. 한 번만이라도 "애미야! 애들 키우느라고 애쓴다. 아범이 무뚝뚝하게 굴더라도 니가 이해해라. 알잖냐? 제가 성격이 저래서 표현을 못 하는 거지 본디 속마음은 안 그런 거 니가 알잖냐?" 정도의 말만 해주었어도 그 서운한 마음이 오래도록 응어리지지는 않았을 것이다. 그토록 서운한 앙금이 남아있는 시어머니이거늘 금옥은 왜 그리도 그 죽음 앞에 자신이 이토록 서러운지, 가슴 깊은 눈물이 그칠 줄 모르는지 자신도 알 수가 없었다.

망인이 된 조 씨는 미국 유학파로 서울의 한 전문대학 교수인 큰며느리에게는 조심스럽게 대했다. 말도 가려 했고, 여간해 서운한 말을 하는 일이 없었다. 대기업 연구소 부장이던 큰아들을 대할 때도 늘 손님처럼 대했다. 그나마 자식과 며느리를 통틀어 가장 만만하게 대한 것이 금옥이었다. 금옥이라고 그걸 모를 리 없었다. 서운한 것도 참 많았다. 하지만 결혼 초기에 아이들이 어렸을 때 두 아이를 키워준 것은 죽는 날까지 잊을 수 없는 고마움이다. 그래서인지 미운 정 만큼 애틋함도 많았던 모양이다. 조문객들에게 일일이 음식과 술을 나르며 대접하는 일도 금옥이 진두지휘를 했다. 조문을 온 일가친척과 손님들도 "누가 봐도 큰며느리와 작은며느리 역할이 바뀌었어."라고 수군거렸다. 가족 중에 가장 서럽고 슬프게 우는 것도 금옥이었다. 종일 문상객을 치르면서도 잠시 한눈팔면 사고를 칠까 봐 은동을 챙기는 것도 금옥의 몫이었다. 많이 울었고 잠도 제대로 못 잔 상태라 금옥은 장례를 치르는 3일 내내 눈두덩이가 잔뜩 부어있었다.

평소 말도 제대로 섞지 않는 사이였지만 어머니를 떠나보내는 마지막 제를 올리는 동안 정섭과 금옥은 나란히 절을 하고 술을 따랐다. 나란히 그리고 가까이 서 본 것이 얼마만 인지 헤아려지지 않는다. 별 것아닌 이 일이 무어가 그리 어렵다고 부부는 그리 오랜 세월 등을 돌리고 살았을까. 어머니를 보내면서 가식적인 부부의 모습으로 절을 하는 자신의 처지를 생각하며 금옥은 다시 깊은 슬픔으로 빠져들었다. 그 짧은 시간에 만감이 교차하며 설움이 파도처럼 밀려왔다.

"어머니~ 어머니~ 죄송해요. 너무너무 죄송해요. 제가 잘못했어요. 어머니~"

금옥이 서럽게 우는 모습에 감정이 북받쳤는지 정섭도 참았던 눈물을 쏟아내며 펑펑 울었다. 정섭의 눈물은 어머니를 여읜 슬픔의 눈물이면서 동시에 지난 수년간 아무 잘못도 없이 자신에게 온갖 설움을 당하며 두 아이 엄마로서의 자리를 굳건히 지켜준 아내 금옥에 대한 사죄의 결정체였다. 어머니의 가시는 길을 끝까지 지켜주고 있는 금옥에 대한 고마움이 표출된 회한이었다. 정섭과 금옥이 나란히 서서 통곡하는 모습을 바라보며 효동과 은동도 끝내 참았던 눈물을 터뜨렸다.

#10
　　　　　　　　　　　어머니는 안양공원묘원에 미리 잠들어 계신 아버지 바로 옆자리에 모셔졌다. 매섭게 몰아치던 한파도 막상 장사를 치르는 날에는 기세가 꺾였다. 묘지 주변 곳곳에 반 토막 낸 드럼통을 설치하고 장작불을 피웠다. 포크레인 작업이 진행되는 동안 가족과 문상객들은 장작불의 온기 옆으로 모여들었다. 금옥은 비집고 들어갈 틈을 못 찾아 장작불에서 한 발 떨어진 곳에 서 있었다. 미리 비집고 들어가 자리를 잡고 있던 정섭이 금옥의 팔뚝을 낚아채더니 장작불 옆으로 끌어당겼다. 그리고는 자신이 서 있던 자리를 금옥에게 내주고 자신이 한 발짝 물러섰다. 평범한 부부라면 아무것도 아닐 이 일이 금옥에게는 참으로 별스럽게 다가왔다. 5년 넘게 만에 처음 느끼는 정섭의 배려 표현이었기 때문이다. 이 작은 몸짓이 그리도 어려웠던 것인가. 금옥은 또 목이 메어왔다.

포크레인 작업이 끝나고 이제 본격적인 입관 절차가 시작됐다. 묘지에서도 상조회사 직원이 전체 장례를 통솔했다. 장례식장에서 망인을 모신 관은 묘지에서 해체하고 모두 불에 태웠다. 베옷으로 감싼 망인의 모습이 드러나자 가족들은 다시 일제히 오열했다. 정말 마지막으로 지상에서 어머니를 접하는 순간이었다. 온 가족이 서럽게 우는 모습을 바라보던 조문객들도 하나둘씩 울음을 터뜨렸다. 상조회사 직원이 주위를 환기하려는 듯 큰 소리로 말했다.

"큰아드님과 며느님, 같이 나오셔서 삽을 들고 흙을 한 삽씩 퍼서 어머니께 덮어드리세요."

"어머니~ 아이고 어머니~"

삽질을 하면서 큰아들 내외는 서럽게 울었다.

"이번에 둘째 아드님과 며느님 나오세요."

정섭은 좀 전보다 한결 자연스럽게 금옥의 팔뚝을 움켜잡고 같이 삽질을 했다. 금옥은 장작불 보다 따스한 온기를 정섭에게서 느꼈다. 참으로 얼마 만에 느껴보는 정섭의 온기인가? 삽질을 마치고 한 걸음 물러나 자리를 잡은 후 손자들과 어머니 형제들, 조카들이 차례로 어머니께 흙을 덮어드리는 동안 정섭은 금옥의 손을 꼭 잡고 놓지 않았다. 금옥은 너무도 어색해 불편한 마음이 들었지만 뿌리치지는 않았다. 8년간 얼어붙었던 마음이 그리 쉽게 녹아내리지는 않았다.

유가족들의 흙덮기 의식이 끝난 후부터는 공원묘지 직원들이 달라붙어 능숙한 솜씨로 묘를 만들었다. 채 1시간이 걸리지 않아 묘를 만드는 모든 절차가 마무리됐다. 다시 상조회사 직원이 의식을 진행했다.

"이제 마지막으로 어머니를 떠나보내는 제를 올릴 겁니다. 큰아들 내외분부터 차례로 나오셔서 어머니께 잔을 올려주세요"

큰아들 내외에 이어 둘째인 정섭 내외가 마지막으로 어머니께 잔을 올렸다. 정섭은 좀 전보다 한결 가까이 밀착하며 금옥 옆에 섰다. 절을 하고 물러서면서는 금옥의 허리춤을 감싸 안기도 했다. 효동과 은동도 할머니 떠나시는 길을 술잔으로 배웅했다. 은동은 한결 의젓한 모습으로 형을 따라 할머니께 절을 하고 술잔을 올렸다. 정섭은 절을 하고 나오는 은동을 불러 자신의 앞에 세우고 손아귀로 양어깨를 잡아주었다. 아빠의 전에 없던 행동에 은동은 약간 놀라고 경계하는 표정을 지어보였지만 그렇다고 돌발행동을 하지는 않았다. 효동은 아빠가 어깨에 손을 얹는 동안 물끄러미 엄마의 얼굴을 바라보며 어색함을 달랬다.

모든 장례절차가 끝났다. 가족들은 장례 버스를 타고 모두 어머니가 사시던 집으로 모였다. 당장 처리할 수 없지만, 어머니가 살던 집 처분 문제, 삼우제와 탈상문제 등을 협의했고, 접수된 부의금을 정산하는 일도 했다. 3일간 꼬박 장례를 치른 가족들은 모도 녹초가 돼 있다. 삼우제 때 모여 추가적인 논의를 하기로 하고 일단 각자의 집으로 흩어지기로 했다. 정섭이 차 운전석에 앉았다. 평상시처럼 효동이 아빠 옆자리에 앉으려고 앞쪽 조수석 문을 열었다. 은동이 언제 어느 때 무슨 행동을 할지 모른다는 이유로 금옥은 늘 은동과 뒷좌석에 앉았다. 자연스럽게 앞 좌석은 효동의 몫이었다. 그런 좌석 배치가 굳어진 것이 족히 10년은 된 것 같다.

효동이 앞문을 열고 운전석 옆자리에 타려고 하자 정섭이 말했다.

"효동아 앞으로는 니가 은동이 데리고 뒷좌석에 타라. 앞 좌석은 엄마에게 양보해라. 알았지?"

효동은 아빠의 말이 너무 이상하게 들렸다. 하지만 한편으로는 아주 다행스럽고 좋은 현상이라고 생각했다.

"효동 엄마 뭐해? 앞으로 타라니까."

"됐어. 왜 안 하던 짓을…. 타던 대로 은동이랑 뒤에 탈게."

"은동아 앞으로는 형하고 같이 타는 거야. 알겠지?"

은동은 못내 서운한 듯 눈을 동그랗게 뜨고는 마지못해 아빠의 말에 고개를 끄덕였다.

떠밀리듯 금옥은 정섭의 옆자리에 앉았다. 정확하지는 않지만, 은동을 낳아 키우기 시작한 이후 처음인 것 같다. 금옥이 안전벨트를 끌어내려 버클에 채우려 할 때 정섭은 도와주려는 듯 벨트를 잡아당겨 금옥이 편하게 버클을 채울 수 있게 해주었다. 그리고는 서서히 차를 출발시켰다. 골목 이면도로를 벗어나 큰길로 접어들었을 때 정섭은 오른손으로 금옥의 왼쪽 손목을 잡아당겼다. 그리고는 금옥의 손을 기어

뭉치 위에 얹었다. 그 위에 살포시 자신의 손을 덮었다. 금옥은 아무런 저항을 하지 않았다. 정섭은 별말 없이 전방만 주시하며 계속 운전을 했다. 금옥도 왼손을 정섭에게 맡긴 채 앞만 바라보았다. 네 가족을 태운 차가 미끄러지듯 겨울 햇살을 가로지르며 아파트 숲 사이로 빠져나 갔다.

ꟾ간장

김 도 운 소 설 집

발 행 일 | 2020년 04월 30일
지 은 이 | 김도운
발 행 인 | 李憲錫
발 행 처 | 오늘의문학사
출판등록 | 제55호(1993년 6월 23일)
주   소 | 대전광역시 동구 대전로867번길 52(한밭오피스텔 401호)
전화번호 | (042)624-2980
팩시밀리 | (042)628-2983
전자우편 | hs2980@hanmail.net
카   페 | cafe.daum.net/gljang(문학사랑 글짱들)
         cafe.daum.net/art-i-ma(월간 충청예술문화)

공 급 처 | 한국출판협동조합
주문전화 | (02)716-5616
팩시밀리 | (02)716-2999

ISBN 979-11-6493-047-0 03810
값 15,000원

* 이 책은 ㈜교보문고에서 eBook(전자책)으로 제작하여 판매합니다.
* 잘못 제작된 책은 바꾸어 드립니다.

2019~2021
대전
방문의해   * 이 책은 ✳ 대전광역시와 대전문화재단 ∰ 에서
           사업비 일부를 지원받았습니다.